VOYAGES AVEC MA TANTE

Le romancier anglais Graham Greene est né en 1904 à Berkhamsted. Après des études à Oxford, il fit du journalisme, devint secrétaire de rédaction au Times, *puis critique littéraire et cinématographique au* Spectator. *Pendant la Seconde Guerre mondiale, mobilisé dans les services de renseignement, il accomplit des missions en Afrique occidentale.*
Graham Greene a beaucoup voyagé et certains des pays qu'il a connus ont servi de cadre à ses romans – le Mexique à La Puissance et la Gloire, *la Sierra Leone au* Fond du problème, *l'Indochine à* Un Américain bien tranquille, *Haïti aux* Comédiens, *etc.*
Dans l'œuvre importante de cet écrivain, les dilemmes du croyant face au monde moderne tiennent une place prépondérante – même dans ceux de ses livres considérés comme « policiers ».
Graham Greene est mort à Vevey en 1991.

Une mise à la retraite anticipée laisse à Henry Pulling le loisir de se consacrer aux occupations rituelles des célibataires quinquagénaires de sa sorte, en l'occurrence la culture des dahlias. On n'imagine pas plus sage, plus posé, plus respectable que cet ancien employé de banque, plus calme que son existence. Si bien que les obsèques de sa mère lui sont quasiment une distraction dans une suite de jours mornes. Alors tout change. En effet, à la crémation, assiste sa tante Augusta, dont il fait ainsi tardivement la connaissance. La rutilance de sa chevelure l'étonne quelque peu, comme inattendue chez une personne de soixante-quinze ans ; la présence d'un Hercule noir chez elle le déconcerte ; la substitution de poudre de marijuana aux cendres maternelles, opérée par l'Hercule, l'abasourdit. Pour comble, sa tante lui annonce que celle qu'il croyait être sa mère n'est pas sa mère. Il n'est qu'au début de ses surprises... La vérité, il la découvre au fil de voyages aventureux qui le conduisent à Paris, Boulogne, Istanbul et le Paraguay, à la suite de sa tante toujours alerte, toujours ardente, auprès de qui – vieux garçon rajeunissant à vue d'œil – il apprend enfin à vivre sa vie. Leçon paradoxale et à la morale pince-sans-rire, où vibre de bout en bout un humour savoureux à l'accent très nouveau dans l'œuvre de Graham Greene.

ŒUVRES DE GRAHAM GREENE

Dans Le Livre de Poche :

LA PUISSANCE ET LA GLOIRE.
LE TROISIÈME HOMME.
TUEUR À GAGES.
ORIENT-EXPRESS.
ROCHER DE BRIGHTON.
LES NAUFRAGÉS.
LE MINISTÈRE DE LA PEUR.
L'HOMME ET LUI-MÊME.
LA SAISON DES PLUIES.
LE FOND DU PROBLÈME.
LA FIN D'UNE LIAISON.
LES COMÉDIENS.
C'EST UN CHAMP DE BATAILLE.
VOYAGE SANS CARTES.
LE CONSUL HONORAIRE.
ROUTES SANS LOIS.
UNE SORTE DE VIE.
UN CERTAIN SENS DU RÉEL.
LE FACTEUR HUMAIN.
L'AGENT SECRET.
DOCTEUR FISCHER DE GENÈVE.

GRAHAM GREENE

Voyages avec ma tante

ROMAN

TRADUIT DE L'ANGLAIS
PAR GEORGES BELMONT

LAFFONT

Titre original :

TRAVELS WITH MY AUNT

à H.H.K.
qui m'a aidé plus
que je ne saurais dire

PREMIÈRE PARTIE

CHAPITRE PREMIER

JE rencontrai ma tante Augusta pour la première fois en plus d'un demi-siècle aux obsèques de ma mère. Ma mère avait près de quatre-vingt-six ans à sa mort ; ma tante était sa cadette de quelque onze ou douze ans. Deux ans plus tôt j'avais quitté la banque avec une retraite suffisante et une agréable « enveloppe ». La Westminster nous avait absorbés et ma succursale faisait double emploi. De l'avis général j'avais de la chance. Pour ma part je trouvais le temps long. Je n'ai jamais pris femme ; j'ai toujours mené une existence paisible ; sauf un penchant pour les dahlias je n'ai pas de violon d'Ingres. Autant de raisons qui ajoutaient aux obsèques de ma mère un brin de piquant nullement déplaisant.

Mon père était mort depuis plus de quarante ans. Entrepreneur en bâtiment, d'un naturel somnolent, il avait coutume de faire de petites siestes, l'après-midi, en toute sorte de lieux surprenants. Et ce, à l'irritation de ma mère, femme énergique et qui aimait à le débusquer pour troubler son repos. Enfant, pénétrant dans la salle de bain (nous demeurions alors à Highgate), je me souviens d'y avoir trouvé mon père dormant tout habillé dans la baignoire. Je suis assez myope et crus d'abord à un pardessus nettoyé par ma mère, puis j'entendis mon père chuchoter : « Pousse le verrou intérieur avant de sortir. » Il était trop paresseux pour s'arracher à la baignoire, et trop endormi, j'imagine, pour mesurer le caractère totalement irréalisable de son ordre. Il y eut aussi l'époque où, ayant à construire un groupe d'appartements à Lewisham, il s'offrait ses petits sommes dans la cabine de la grue géante — et, jusqu'à son réveil, le bâtiment n'allait plus. Ma mère, à qui l'altitude ne faisait pas peur, grimpait aux échelles jusqu'en haut des échafaudages, dans l'espoir de l'y découvrir, alors qu'il y avait autant de chances de le retrouver au fond des excavations du futur garage souterrain. J'avais toujours cru leur couple normalement heureux : leurs rôles jumeaux — la chasseresse et la proie — leur convenaient, je pense ; car ma mère, dans les premières images que je pus me former d'elle, avait pris à la longue un port de tête constamment en alerte et une façon méfiante de trotter que je comparais à ceux d'un chien de chasse. Qu'on me pardonne ces évocations du passé : rien ne leur est favorable comme des obsèques, à cause de toute cette vague attente qui n'en finit pas.

Le service avait lieu dans un crématorium fort connu. L'assistance était assez maigre, mais on la sentait aux aguets, parcourue de ce léger frémissement d'expectative que l'on n'éprouve jamais au bord d'une tombe. Et si les portes du four allaient refuser de s'ouvrir ? le cercueil, se coincer sur le chemin de la fournaise ? Derrière moi, j'entendis une voix, distinctement claire et vieille, dire : « Une fois, j'ai assisté à une incinération prématurée. »

C'était — non sans peine j'établis la ressemblance avec une image de l'album de famille — ma tante Augusta, arrivée en retard et vêtue assez comme notre chère et regrettée reine Mary se fût peut-être habillée, si elle eût été encore de ce monde et eût tant soit peu sacrifié à la mode actuelle. Je fus surpris par le rouge éclatant de ses cheveux, monumentalement échafaudés, et par ses deux dents de devant, très grandes, dont la vitalité semblait l'apparenter à l'homme de Néanderthal.

Quelqu'un fit : « Chut ! » et un clergyman entama une prière qui devait être de son cru ; je ne l'avais jamais entendu réciter à aucun autre service funèbre, et Dieu sait si j'en ai subi, en mon temps. On s'attend qu'un directeur de banque rende les derniers devoirs à n'importe quel vieux client qui n'est pas, comme nous disons, « en rouge » ; et de toute manière, j'ai un faible pour les obsèques. C'est l'occasion pour les gens de se montrer généralement sous leur meilleur jour, sérieux et sobres, et optimistes quant à leur immortalité personnelle.

Les obsèques de ma mère se déroulèrent sans la moindre anicroche. En bonne économie, on récupéra les fleurs répandues sur le cercueil, lequel, sur la simple pression d'un bouton, nous quitta et glissa hors de notre vue. Après quoi, dehors, dans la lumière inquiète, je serrai la main à bon nombre de neveux, nièces et cousins que je n'avais pas vus depuis des années et que j'étais incapable d'identifier. Il était convenu que je devais attendre les cendres ; ce que je fis en conséquence, tandis que la cheminée du crématorium fumait doucement au-dessus des têtes.

« C'est sûrement toi Henry, dit Tante Augusta, en me considérant d'un air pensif et de ses yeux d'un bleu de mer profond.

— Oui, dis-je, et c'est sûrement vous Tante Augusta.

— Cela fait bien longtemps que je n'avais eu signe de vie de ta mère, me dit-elle. J'espère qu'elle a eu une mort facile.

— Mon Dieu, oui, vous savez, à cet âge... le cœur s'arrête. C'est tout. Elle est morte de vieillesse.

— De vieillesse ? Elle n'avait que douze ans de plus que moi ! » se récria Tante Augusta d'un ton accusateur.

Ensemble nous fîmes quelques pas dans le petit parc du crématorium. Ce genre de jardin ressemble à un vrai jardin à peu près comme un terrain de golf à un paysage naturel. Les pelouses sont trop soignées, les arbres trop au garde-à-vous ; les urnes ont l'air de ces petites boîtes de sable où l'on frappe la balle au départ d'un parcours.

« Au fait, demanda Tante Augusta, tu es toujours à la banque ?

— Non, j'ai pris ma retraite, il y a deux ans.

— Ta retraite ? Si jeune ? Seigneur, que fais-tu de ton temps ?

— Je cultive des dahlias, Tante Augusta. »

Elle eut un mouvement de reine et pivota, balayant des hanches une tournure fantôme :

« Des dahlias ! Qu'aurait pensé ton père !

— Je sais, il ne s'intéressait pas aux fleurs. Un jardin pour lui c'était de la bonne terre à bâtir perdue. Il aurait calculé combien de chambres à coucher superposées cela aurait pu donner. C'était un homme qui avait toujours sommeil.

— Il avait besoin de chambres pour tout autre chose que pour dormir, rétorqua ma tante avec une grossièreté qui me surprit.

— Il dormait dans les endroits les plus bizarres. Je me rappelle un jour dans la salle de bain...

— Les chambres lui servaient à tout autre chose qu'à dormir, répéta-t-elle. Tu en es la preuve. »

Je commençais à comprendre pourquoi mes parents avaient si peu vu Tante Augusta. Son caractère n'était pas de nature à plaire à ma mère. Sans être puritaine, tant s'en fallait, ma mère aimait que, paroles ou actes, tout vînt en temps voulu. A table on parlait de cuisine. A la rigueur du prix des denrées. Si l'on allait au théâtre, à l'entracte on parlait de la pièce — ou d'autres pièces. Au petit déjeuner, des nouvelles. Elle avait le chic pour ramener la conversation dans le droit chemin si d'aventure elle s'en écartait. Elle avait pour cela une formule : « Mon cher, ce n'est pas le moment... » Dans sa chambre, me pris-je à penser avec un rien du cynisme de Tante Augusta, peut-être parlait-elle d'amour. Sans doute était-ce pourquoi elle ne supportait pas que mon père dormît dans des endroits bizarres — pourquoi aussi, au début de mon penchant pour les dahlias, elle me sermonnait souvent pour que je n'y pense plus pendant mes heures de bureau à la banque.

Notre petit tour terminé, les cendres m'attendaient. J'avais choisi un modèle d'urne très classique, en acier noir, et j'aurais voulu m'assurer de l'impossibilité de toute erreur, mais on me présenta un paquet très proprement emballé dans du papier brun et scellé de cachets rouges assez évocateurs des cadeaux de Noël.

« Que vas-tu en faire ? me demanda Tante Augusta.

— Je pensais dresser un petit socle au milieu de mes dahlias pour l'y mettre.

— Cela ferait un peu sinistre et nu en hiver.

— Je n'y avais pas songé. Je pourrais toujours rentrer l'urne à la mauvaise saison.

— Tu parles d'un va-et-vient ! Ma pauvre sœur n'a guère de chances de reposer en paix, j'en ai peur.

— J'y réfléchirai.

— Tu n'es pas marié, que je sache ?

— Non.

— Sans enfant ?

— Evidemment.

— Reste à savoir à qui tu légueras ma sœur. J'ai toutes raisons de mourir avant toi.

— On ne peut penser à tout à la fois.

— Tu aurais pu la laisser ici, dit Tante Augusta.

— Mon idée était que cela ferait bien au milieu des dahlias, m'entêtai-je car j'avais passé toute la soirée de la veille à dessiner un socle sobre et sans prétention.

— A chacun son goût, répliqua ma tante en français, avec un accent dont la pureté me surprit (jamais ma famille ne m'était apparue sous un jour très cosmopolite).

— Eh bien, Tante Augusta, dis-je devant les grilles du crématorium, m'apprêtant à filer car mon jardin me réclamait, cela fait bien des années que nous ne nous étions vus... j'espère que... »

J'avais laissé ma tondeuse à gazon dehors, en plein air, et il y avait une menace de pluie suspendue dans les nuages gris qui couraient dans le ciel.

« Vous me feriez très plaisir en venant prendre une tasse de thé chez moi, à Southwood, un de ces jours, repris-je.

— Pour l'instant j'aimerais mieux quelque chose de plus fort et de plus tranquillisant. Ce n'est pas tous les jours que l'on voit sa sœur livrée aux flammes. Comme la Pucelle.

— J'avoue ne pas...

— Jeanne d'Arc.

— J'ai bien un peu de xérès à la maison, mais c'est assez loin d'ici en voiture et peut-être...

— N'importe comment mon appartement est au nord de la rivière, décréta fermement Tante Augusta, et j'ai tout ce qu'il nous faut. »

Sans demander mon avis elle héla un taxi. Ce fut le premier et peut-être, quand j'y pense aujourd'hui, le plus mémorable des trajets que nous devions faire ensemble.

CHAPITRE II

MES prévisions météorologiques se vérifièrent exactement. Les nuages gris se muèrent en pluie et je me retrouvai en proie à mes inquiétudes personnelles. Tout le long des rues luisantes, les gens ouvraient des parapluies ou s'abritaient à l'entrée d'une succursale des vêtements Burton, des Laiteries réunies, des poissonneries Mac ou des boulangeries ABC. Pour une raison mystérieuse la pluie de banlieue a quelque chose de dominical à mes yeux.

« A quoi penses-tu ? s'enquit Tante Augusta.

— C'est complètement idiot de ma part. J'ai laissé ma tondeuse à gazon dehors, sur la pelouse, sans housse. »

Sans une ombre de compassion ma tante dit :

« Laisse ta tondeuse tranquille. C'est curieux mais on croirait que nous sommes destinés à ne nous rencontrer que pour des cérémonies religieuses. La dernière fois que je t'ai vu c'était pour ton baptême. On avait beau ne pas m'avoir conviée, je suis venue. (Elle eut un rire enroué.) Comme la méchante fée Carabosse.

— Pourquoi n'étiez-vous pas invitée ?

— J'en savais trop long. Sur le couple. Je me rappelle que tu as été beaucoup trop sage. Tu n'as même pas crié, ce qui est le moyen de recracher le diable. Je me demande s'il est encore en toi ? »

Puis au chauffeur, haussant la voix :

« Ne confondez pas la place avec le square, ni le rond-point avec les jardins. Moi, c'est la place.

— Je n'étais pas au courant de la moindre brouille entre vous. D'ailleurs votre photographie figurait dans l'album de famille.

— Il fallait bien sauver les apparences. »

Le léger soupir qu'elle exhala m'enveloppa d'un parfum de poudre au passage.

« Ta mère était une très sainte femme. Elle aurait dû avoir droit au blanc pour ses obsèques. La Pucelle ! répéta ma tante.

— Je ne saisis pas très bien... La Pucelle, cela signifie... enfin quoi, pour parler brutalement, et moi ? J'existe, Tante Augusta.

— Oui. Mais tu es le fils de ton père. Pas de ta mère. »

Le matin j'avais éprouvé de la surexcitation, même de l'allégresse à la pensée des obsèques. Franchement, s'il ne s'était agi de celles de ma mère, elles me fussent apparues comme un intermède très séduisant dans la routine quotidienne de ma retraite. Cela me rappelait délicieusement le bon vieux temps à la banque où j'allais rendre un dernier devoir à tant d'admirables clients. Mais avec la nouvelle que venait de me sortir tranquillement ma tante, l'intermède prenait un tour que je n'avais jamais prévu. Sur le coup d'une émotion soudaine le hoquet, dit-on, peut tout également passer ou naître. Je hoquetai une question incohérente.

« Je te répète que ta mère en titre était une sainte. Vois-tu, la jeune fille refusa d'épouser ton père, qui était impatient... si l'on peut employer un terme aussi dynamique en parlant de lui... de régulariser la situation. Ma sœur couvrit alors le tout et ce fut elle qui l'épousa. (Il n'avait pas beaucoup de volonté.) Ensuite, des mois durant, elle se rembourra de coussins en proportion. Tout le monde n'y vit jamais que du feu. Elle portait ses coussins même au lit, et la seule fois où ton père essaya de lui faire l'amour — après leur mariage, mais avant ta naissance — elle en fut si profondément scandalisée que, même après que l'on t'eut mis au monde sans accident, elle lui refusa ses droits, pour parler comme l'Eglise. Cela dit, il ne fut jamais homme à se cramponner à ses droits. »

Je rencognais mon hoquet dans l'angle du taxi. L'eussé-je voulu, que je n'aurais pu prononcer un mot. Je me rappelais les folles poursuites au sommet des échafaudages. Fallait-il en voir la cause, alors, dans la jalousie de ma mère ou dans sa crainte de se retrouver peut-être contrainte à passer encore des mois et des mois rembourrée de coussins de toutes les tailles ?

« Non, dit ma tante au chauffeur de taxi, ici ce sont les jardins. Je vous répète que moi c'est la place.

— Alors c'est à gauche, m'dame ?

— Non. A droite. A gauche c'est le rond-point. »

Elle reprit :

« Il n'y a vraiment pas de quoi être bouleversé, Henry. Ma sœur... ta belle-mère (peut-être devrions-nous convenir de l'appeler ainsi)... était une personne d'une très grande noblesse d'âme, c'est un fait.

— Et mon... hic !... père ?

— Il était un rien canaille, mais comme presque tous les hommes. C'est peut-être leur plus grande qualité. Au fond de toi aussi, Henry, j'espère qu'il y a une graine de canaille.

— Je... hoc !... j'en doute.

— Nous verrons bien, le moment venu. Tu es vraiment le fils de ton père. Le meilleur moyen de guérir ton espèce de hoquet c'est de boire du mauvais côté d'un verre. Tu n'as qu'à faire comme si ta main était un verre. L'élément liquide n'est pas indispensable à la cure. »

J'aspirai sans accroc une longue bouffée d'air et demandai :

« Qui était ma mère, Tante Augusta ? »

Mais elle était déjà à cent lieues du sujet et parlait au chauffeur :

« Mais non, mais non, mon brave. Ici c'est le rond-point.

— Vous avez dit à droite, madame.

— Toutes mes excuses alors. C'est ma faute. Je ne sais jamais très bien où sont la droite et la gauche. Bâbord, cela oui, je me le rappelle toujours, à cause des feux qui sont rouges de ce côté... couleur de la gauche. Vous auriez dû prendre à bâbord, pas à tribord.

— Bondieu, j'suis pas Christophe Colomb, ma bonne dame.

— N'importe. Allez-y, faites le tour et recommencez. Tous les torts sont pour moi. »

Nous nous arrêtâmes devant un bar. Le chauffeur dit :

« Si seulement vous m'aviez expliqué qu'on allait à La Couronne et l'Ancre, ma bonne dame...

— Henry, dit ma tante, tu ne pourrais pas essayer une seconde de ne plus penser à ton hoquet.

— Hoc ? fis-je d'un ton interrogateur.

— Ça fait six shillings six au compteur, dit le chauffeur.

— Alors nous laisserons courir jusqu'à sept shillings, répliqua ma tante. Henry, je crois que je ferais probablement mieux de te prévenir, avant d'entrer, que le blanc eût été parfaitement déplacé à mes obsèques à moi.

— Maisvousnavezjamaisétémariée, protestai-je d'une traite pour battre de vitesse le hoquet.

— Au cours de ces soixante et quelque dernières années, j'ai toujours eu, ou presque, dit Tante Augusta, un ami. L'âge, Henry, ajouta-t-elle (peut-être à cause de ma mine incrédule), peut modifier légèrement les émotions... il ne les supprime pas. »

Même ces dernières paroles se révélèrent une préparation

insuffisante à ce que je découvris par la suite. Ma vie dans la banque m'avait appris, certes, à ne m'étonner de rien, y compris des demandes de crédit les plus effarantes, et je m'étais toujours fait un point d'honneur de ne provoquer non plus que d'écouter la moindre explication. J'accordais ou je refusais le dépassement demandé sur la simple foi de la solvabilité antérieure du client. Si le lecteur me trouve de nature un peu passive en apparence, qu'il veuille bien apprécier à sa juste valeur le long conditionnement de ma carrière jusqu'à ma retraite. Rien, absolument rien, je devais m'en apercevoir plus tard, n'avait jamais conditionné ma tante, et elle n'avait pas la moindre intention de fournir plus d'explications qu'elle n'en avait déjà donné.

CHAPITRE III

LE café La Couronne et l'Ancre faisait penser par son architecture à une banque de style georgien. A travers les vitres, je pouvais distinguer des hommes aux moustaches hyperboliques et en veste de tweed cavalièrement fendue derrière ; ils étaient rassemblés autour d'une jeune fille en jodhpurs. Ce n'était pas le genre d'individus à qui j'eusse consenti beaucoup de crédit et je doutais fort qu'aucun d'entre eux, hormis la jeune fille, eût jamais monté à cheval. Ils buvaient tous du bitter et j'avais l'impression que le moindre sou qu'ils auraient pu économiser filait chez le tailleur ou le coiffeur plutôt qu'en heures d'équitation. Une longue expérience du client m'a toujours fait préférer un buveur de whisky miteux à un buveur de bière bien habillé.

Nous entrâmes par une porte de côté. L'appartement de ma tante était au second étage. Sur le palier du premier, il y avait un petit sofa que, je l'appris plus tard, ma tante avait acheté pour pouvoir se reposer un peu en montant. C'était caractéristique de sa générosité d'acheter un sofa tenant à peine dans cet étroit espace, au lieu d'un siège à une seule place.

« Je souffle toujours un peu à ce stade. Viens donc t'asseoir aussi, Henry. L'escalier est raide, même si tu ne t'en aperçois pas à ton âge. »

Elle me jeta un coup d'œil critique :

« Il n'y a pas de doute, tu as beaucoup changé depuis notre dernière rencontre, bien que tu n'aies guère plus de cheveux qu'alors.

— J'en avais, mais je les ai perdus, expliquai-je.

— Moi, j'ai gardé les miens. Je peux encore m'asseoir dessus. »

Et elle ajouta de façon déroutante :

« Rapunzel, Rapunzel, laisse crouler ta chevelure... Non que les miens auraient jamais touché le sol du haut d'un second étage...

— Le bruit de ce bistrot ne vous gêne pas ?

— Absolument pas. Et rien de plus commode quand je suis à court. Je dis à Wordsworth de descendre.

— Wordsworth ? Qui est-ce ?

— Je l'appelle Wordsworth faute de pouvoir me faire à l'idée de l'appeler Zacharie. Depuis des générations dans sa famille les fils aînés s'appellent Zacharie. A cause de Zacharie Macaulay, ce gouverneur de la Sierra Leone qui fit tant, plus tard, pour les pauvres Noirs, à Clapham Common. Quant au surnom, Wordsworth, je l'ai choisi en pensant, non pas au poète, mais à son évêque de neveu.

— C'est votre domestique ?

— Disons qu'il répond à mes besoins. Il est très gentil, très doux, très viril. Mais ne te laisse pas avoir s'il te réclame un CTC. Je lui donne bien assez.

— Qu'est-ce que c'est, un CTC ?

— C'est ainsi que l'on appelait un pourboire ou un cadeau en Sierra Leone quand il était encore gamin, pendant la guerre. Il s'agit des initiales d'une marque de cigarettes, les Cape To Cairo, que tous les marins distribuaient à qui mieux mieux. »

La conversation de ma tante suivait un rythme beaucoup trop rapide pour me permettre de la comprendre, en sorte que je me trouvai assez mal préparé à l'espèce d'hercule noir, d'une quarantaine d'années et vêtu d'un tablier rayé de boucher, qui ouvrit au coup de sonnette qu'elle donna.

« Eh bien, Wordsworth ! s'écria-t-elle avec un rien de coquetterie. Tu as fait la vaisselle du petit déjeuner sans m'attendre ! »

Il restait planté là, à me regarder d'un air furieux, et je me demandai s'il n'attendait pas un CTC pour me laisser passer.

« C'est mon neveu, Wordsworth.

— Ti dis bien toute la vérité, femme ?

— Naturellement ! Oh ! Wordsworth, Wordsworth !... » ajouta-t-elle d'un ton tendre et taquin.

Il nous laissa entrer. Les lumières brûlaient dans le salon, car le soir était tombé ; un instant je fus ébloui par le scintillement des bibelots de verre, qui lançaient des feux de tous les coins libres de la pièce. Il y avait sur le buffet des anges en tunique à raies, pareils à des berlingots à la menthe, et dans une alcôve une Madone en robe bleue, au visage doré et auréolé d'or. Sur une desserte un socle, doré aussi, soutenait une coupe bleu marine, assez vaste pour le contenu de quatre bouteilles de vin au moins, et sur les flancs de laquelle courait un treillis d'or festonné de roses roses et de lierre très vert. Des cigognes mauves trônaient sur les rayons de livres, avec des cygnes rouges et des poissons bleus. De jeunes négresses en robe écarlate tenaient des flambeaux de cire verte. Surplombant le tout, un lustre rutilait, qu'on aurait pu croire fait en sucre filé, avec des guirlandes de fleurs bleues, roses et jaunes.

« Venise m'a été très chère, autrefois », déclara ma tante assez gratuitement.

Sans prétendre être orfèvre en la matière, je trouvai l'effet outré et d'un goût assez douteux.

« Quels merveilleux artisans ! reprit ma tante. Wordsworth, sois un ange et apporte-nous deux whiskies. Augusta se sent un tout petit peu triste, après cette triste, triste cérémonie. »

. Elle s'adressait à lui comme à un enfant — ou à un amant, mais je répugnais à admettre ce genre de rapports.

« Tout y a été oké ? s'enquit Wordsworth. T'y as pas eu à avaler mauvaise pilule ?

— Pas le moindre contretemps, répondit ma tante. Mon Dieu, Henry, j'espère que tu n'as pas oublié ton paquet ?

— Non, non, je l'ai.

— Peut-être vaudrait-il mieux que Wordsworth le mît dans le réfrigérateur, tu ne crois pas ?

— A quoi bon, Tante Augusta. Des cendres ne s'abîment pas.

— Non, tu as probablement raison. Que je suis bête ! Mais si tu le permets, Wordsworth les emportera tout de même à la cuisine. Inutile de nous remettre tout le temps en tête ma pauvre sœur. Viens donc voir ma chambre. Elle est pleine aussi de trésors vénitiens. »

Et c'était vrai. Sa coiffeuse en scintillait : miroirs à main, boîtes à poudre, cendriers et coupelles à épingles de sûreté.

« Ça éclaire les jours les plus sombres », dit-elle.

Il y avait un immense lit à deux places, aussi ornementé que les verreries.

« Si j'ai tant d'attachement pour Venise, expliqua-t-elle, c'est que Venise a vu le début de ma vraie carrière, et de mes voyages. J'ai toujours adoré voyager. Mon grand chagrin aujourd'hui est que j'en suis réduite à de simples trajets.

— L'âge frappe avant qu'on ait le temps de s'en apercevoir, dis-je.

— L'âge ? Il est bien question d'âge ! J'espère ne pas

avoir l'air si décrépit, Henry, mais j'aime la compagnie et Wordsworth est très occupé actuellement : il prépare les examens d'entrée à l'Ecole des sciences économiques de Londres. Et voici l'antre de Wordsworth », reprit-elle en ouvrant la porte d'une pièce voisine.

La petite chambre était encombrée de figurines de personnages de Disney en verre, et pis encore : tous les rictus possibles, souris, chats, lièvres, familiers des dessins animés américains de second ordre, soufflés avec autant de soin que le lustre.

« Toujours Venise, dit ma tante. Ingénieux, mais beaucoup moins joli. N'importe, j'ai pensé que cela allait assez bien à une chambre d'homme.

— Il aime ça ?

— Il se tient très peu dans cette pièce, répondit ma tante. Tu sais, entre ses études et le reste...

— Je détesterais me réveiller au milieu de ça, dis-je.

— Cela lui arrive rarement. »

Nous revînmes au salon où Wordsworth avait disposé trois verres bordés d'or, de Venise aussi, et un pot à eau veiné de couleurs diverses comme un marbre. La bouteille de Black Label semblait insolite dans sa banalité, un peu comme l'unique invité en smoking à une soirée costumée — la comparaison me vint aussitôt à l'esprit, du fait que je m'étais trouvé à plusieurs reprises dans cette situation gênante, à cause d'une aversion enracinée pour le déguisement.

Wordsworth dit :

« Li tiliphone y en a jasé tout li bondié d'temps que t'y es pas là. J'y dis tout l'monde t'y as fouti camp à bel enterrement, très chic.

— C'est si commode de pouvoir dire la vérité, commenta ma tante. Personne n'a laissé de message ?

— Pauv' 'ieux Wordsworth y a pas compris bondié d'mot. J'y dis tout l'monde : ti peux pas parler anglais ? Y foutent camp aussi sec. »

Ma tante versa le whisky ; je n'étais pas habitué aux rations de cette taille.

« Un peu plus d'eau s'il vous plaît, Tante Augusta.

— Maintenant je peux bien vous le dire à tous les deux ; vous n'imaginez pas quel soulagement c'est pour moi que tout ait marché sans anicroche. Je me souviens de ces obsèques à grand tralala où j'ai eu l'occasion d'aller, une fois... Celles de la femme d'un homme de lettres célèbre et loin d'avoir été un mari modèle. C'était peu après la fin de la Grande Guerre, la première, et je vivais alors à Brighton. J'étais passionnée à l'époque par le socialisme des Fabiens ; ton père m'en avait beaucoup parlé quand j'étais encore jeune et fille. J'étais arrivée en avance, par curiosité pure, et j'étais penchée sur la balustrade de la Communion... si l'on peut dire, pour la chapelle d'un crématorium... en m'efforçant de déchiffrer les noms sur les couronnes mortuaires. J'étais la première, seule avec les fleurs et le cercueil. Je demande pardon à Wordsworth d'entrer dans tous ces détails : il a déjà entendu cette histoire. Donne-moi ton verre que je le remplisse.

— Non, merci, Tante Augusta. J'en ai bien assez.

— Donc, sans doute à force de tripoter un peu trop de choses ai-je touché par hasard un bouton. Toujours est-il que le cercueil se met à glisser, les portes à s'ouvrir, je sens le souffle chaud du four, j'entends le bruit d'aile des flammes, le cercueil s'engouffre, les portes se referment, et à cet instant même tout l'illustre cortège s'avance : M. et Mme Bernard Shaw, M. H.G. Wells, Mlle E. Nesbit (pour l'appeler par son nom de jeune fille), le docteur Havelock Ellis, M. Ramsay MacDonald et le veuf, pendant que le pasteur (anonyme naturellement) pénètre à son tour par une porte de l'autre côté de la grille de l'autel. Quelqu'un a commencé à jouer un cantique humaniste d'Edward Carpenter : « Cosmos, ô Cosmos, Cosmos est-il Ton nom ? » Mais il n'y avait plus de cercueil.

— Et que diable avez-vous fait, Tante Augusta ?

— Je me suis enfoui le visage dans mon mouchoir en feignant un chagrin extrême ; mais vois-tu, je ne crois pas que personne, sauf sans doute le pasteur (et il n'en a pas soufflé mot) ait remarqué l'absence de cercueil. Surtout pas le veuf... depuis tant d'années qu'il ne faisait plus attention à sa femme. Le docteur Havelock Ellis prononça une allocution très émouvante (du moins à ce qu'il me sembla, à l'époque : je n'avais pas encore fait le plongeon définitif dans le catholicisme, tout en étant sur le bord). Il parla de la dignité d'un service funèbre célébré sans faux-semblant ni vaine rhétorique. Honnêtement, il aurait dû dire également sans cadavre. Tout le monde était très content. Maintenant tu comprends pourquoi je me suis tellement gardée ce matin de rien toucher. »

Je la regardai à la dérobée par-dessus mon whisky, ne sachant que dire. « Quelle tristesse ! » eût été hors de mise. Je me demandais si ces obsèques avaient bien eu lieu. Pourtant, dans les mois qui suivirent, je devais me rendre compte que les histoires de ma tante avaient toujours un fondement de vérité — seul, tel ou tel détail mineur pouvait parfois s'ajouter, pour la composition du tableau. Ce fut Wordsworth qui trouva les mots justes à ma place :

« Y a jamais jamais faire assez attention, aux enterrements », dit-il.

Et il ajouta :

« Au Mendeland... ma première femme il était une Mendé... y a li gens ouvrir défunt dans l' dos pour y sortir la rate, et si la rate il est trop grosse, défunt était sorcier, et tout l'monde y rigole di la famille et après y fout camp aussi sec. Li papa di ma femme il est comme ça. Y meurt di malaria, mais cit'bande d'ignorants y sait pas malaria donner grosse rate. Alors ma femme et sa maman y partent Mendeland et viennent Freetown. Y veulent pas li voisins rigoler d'elles.

— Le Mendeland doit être assez riche en sorciers et sorcières, dit ma tante.

— Oh ! pour sûr qu'oui. Même trop. Beaucoup trop.

— Je crois vraiment qu'il faut que je m'en aille, Tante Augusta, dis-je. Je ne peux m'empêcher d'être inquiet pour ma tondeuse. Elle va se rouiller affreusement sous la pluie.

— Est-ce que ta mère te manquera, Henry ?

— Mais... oui », répondis-je.

Je n'y avais pas réellement pensé, tant les dispositions à prendre pour les obsèques m'avaient occupé, sans compter les visites au notaire, au directeur de la banque de ma mère et à l'agent immobilier que j'avais chargé de vendre sa petite villa dans le Nord de Londres. Et puis un célibataire ne sait jamais très bien que faire de toutes les babioles accumulées par une femme. Va pour les meubles : la salle des ventes est là. Mais ces sous-vêtements démodés de vieille dame ? « Et ces crèmes désuètes, dans leurs pots à demi-vides ? demandai-je à ma tante.

— Ta mère et moi, nous avions des goûts très différents en matière de mode et même de cold cream, j'en ai peur. A ta place, j'en ferais cadeau à sa femme de ménage, à condition qu'elle emporte tout, absolument tout.

— C'était un très grand bonheur de vous revoir, Tante Augusta. Je n'ai plus d'autre proche parente que vous.

— Que tu saches, du moins, dit-elle. Ton père avait parfois de ces fièvres d'activité...

— Même s'il ne s'agissait que de ma belle-mère, la pauvre... elle restera comme ma seule mère dans mon souvenir.

— Tant mieux.

— Quand il construisait un nouvel ensemble, mon père veillait régulièrement à meubler avec soin l'appartement témoin. Souvent j'ai songé qu'il lui arrivait d'y aller faire la sieste, l'après-midi. Qui sait si ce n'est pas dans un de ces appartements que j'ai été... »

Par déférence pour ma tante, je retins le mot « conçu ».

« Mieux vaut se garder des hypothèses, dit-elle.

— J'espère que vous viendrez voir un jour mes dahlias ? Ils sont en pleine floraison.

— Certainement, Henry. Maintenant que je t'ai retrouvé, je ne suis pas près de te laisser filer. Aimes-tu les voyages ?

— Je n'ai jamais eu beaucoup l'occasion de le vérifier.

— Peut-être aurons-nous la chance de faire un ou deux sauts quelque part, ensemble. Wordsworth est si occupé !

— Avec joie, Tante Augusta. »

Pas une seconde il ne me vint à l'esprit qu'elle entendît aller plus loin que le bord de la mer.

« Je te téléphonerai », dit ma tante.

Wordsworth m'accompagna jusqu'à la porte. Dehors seulement, devant La Couronne et l'Ancre, je me souvins que j'avais oublié mon petit paquet. Je n'y aurais pas pensé du tout, si la jeune fille en jodhpurs ne s'était écriée d'une voix furieuse, juste comme je passais devant la fenêtre ouverte du café : « La course à pied ! John n'a que ça à la bouche ! Je n'ai entendu que ça tout l'été ! Lui et ses saloperies de cendrées ! »

J'ai horreur de ce genre de mot sur les lèvres d'une charmante jeune fille. Néanmoins ces paroles réveillèrent en moi le souvenir aigu des derniers restes de ma mère que j'avais laissés dans la cuisine de ma tante Augusta. Je revins jusqu'à la petite porte d'entrée. Il y avait une rangée de boutons, surmontés chacun d'une sorte de microphone. Je pressai le bon et j'entendis la voix de Wordsworth :

« Qui c'est-y ?

— C'est moi, Henry Pulling, dis-je.

— J'y connais pas personne di ci nom.

— Je viens de vous quitter. C'est moi ... le neveu de Tante Augusta.

— Ah ! ci type-là ! dit la voix.

— Je vous ai laissé un paquet, dans la cuisine.

— Ti li veux ?

— Si cela ne vous dérange pas trop, oui, merci. »

La communication entre humains, me semble-t-il parfois, entraîne un gaspillage exagéré de temps. Etrange, à quel point, à la scène ou sur l'écran, les dialogues sont toujours des modèles de concision et de précision, alors que dans la réalité on trébuche de phrase en phrase en se répétant sans fin.

« C'est-y paquet papier brun ? s'enquit la voix de Wordsworth.

— C'est cela.

— Ti veux j'y li discends toute suite ?

— Oui, si ce n'est pas trop d'ennui.

— Pour d' l'ennui y en a bondié plein, dit la voix. Ti bouges pas. »

J'étais résolu à lui marquer une extrême froideur lorsqu'il paraîtrait avec le paquet. Mais la porte s'ouvrit et je vis un large sourire amical.

« Merci, dis-je aussi froidement que possible, excusez-moi pour tout ce dérangement. »

Puis je remarquai que le paquet n'était plus scellé :

« Il me semble qu'on l'ait ouvert ?

— J'y veux seulement voir y a quoi didans.

— Vous auriez pu me demander la permission ?

— T'y es pas vexé contre Wordsworth, tout d' même, dis, mon 'ieux ?

— Je n'ai guère apprécié votre ton il y a un instant.

— C'est rien, mon 'ieux. Seulement ci pitit micro, là. J'y veux li faire dire tas de choses pas polies. Moi j'y suis là-haut, et ici en bas y a ma voix qu'il fait poff ! poff ! dans la rue où personne y peut savoir qui c'est seulement li 'ieux Wordsworth. C'y est comme espèce de pouvoir, mon 'ieux. Pareil qui li buisson ardent qui parle au 'ieux Moïse. Une fois y a li pasteur y vient di Saint-Georges sur la place là-bas. Et y dit, avec voix genre sucré mes-très-chers-frères : « Mlle Bertram, si serait-y possible j'y monte vous « entritinir un pitit instant di notre pitite fête di charité ? « — D'accord, mon 'ieux, j'y dis. T'y as-ti mis ton collier « d'chien ? — Mais, oui, naturellement, y dit. Qui êtes-« vous ? — Mon 'ieux, j'y dis, ti fais bien mettre aussi « muselière avant monter. »

— Et qu'a-t-il répondu ?

— Fouti camp aussi sec et jamais revenu. Ta tante il a ri comme pitite folle quand j'y raconte. Mais moi j'y voulais rien di mal à ci type. Y a seulement ci 'ieux pitit micro qu'il a tenté 'ieux Wordsworth.

— Cette histoire d'examens d'entrée à l'Ecole des hautes études économiques de Londres, c'est vrai ? demandai-je.

— Ci bonne blague ta tante. J'y vais ti dire. Moi j'y travaille au Grenada Palace. J'y ai bel uniforme. Beau comme un giniral. Elle y aime beaucoup ça, alors elle s'arrête et m'y dit : « Ci vous li Négus ? — Non, m'dame, j'y « dis. Moi seulement 'ieux Wordsworth. » Et après elle dit : « O bienheureux enfant, fils chéri di la joie, entoure-« moi de tes cris, qui j'entende très haut ta voix, ô jeune « gardien di troupeaux di la joie ! — Ti copies ça et ti m'y li « donnes, j'y dis. Ci très joli entendre. J'y aime bien. » J'y répète ça beaucoup souvent dipuis, et maintenant j'y sais par cœur comme un cantique. »

Il me noyait un peu sous sa loquacité. Je dis :

« Enfin, Wordsworth, merci pour toute la peine que vous avez prise. J'espère vous revoir un jour.

— Ci paquet toi, il est vachement important ?

— Mon Dieu, oui, j'imagine.

— Alors j'y trouve ti dois pitit quiqu'chose à bon 'ieux Wordsworth.

— Un petit quoi ?

— CTC. »

Me souvenant de l'avertissement de ma tante, je me hâtai de filer.

Tout comme je m'y attendais, ma belle tondeuse à gazon neuve était trempée. Mon premier soin fut de l'essuyer à fond et de bien huiler les couteaux. Puis je me préparai deux œufs à la coque et une tasse de thé pour déjeuner. Je ne manquais pas de matière à réflexion. Que penser des histoires de ma tante ? Si j'y faisais foi, alors qui était ma mère ? J'essayais de me rappeler les amies qu'elle avait eues, du même âge qu'elle. Mais à quoi bon ? Fatalement, ces amitiés avaient dû se rompre avant ma naissance. Si vraiment je n'avais eu en elle qu'une belle-mère, à quoi rimait encore l'envie d'installer ses cendres au milieu de mes dahlias ? Tout en lavant la vaisselle de mon déjeuner, j'étais amèrement tenté de vider aussi l'urne dans l'évier. Récurée, elle me rendrait merveilleusement service pour les confitures que je me promettais de faire moi-même l'année suivante — le seul moyen pour un retraité de ne pas veillir trop vite est de se trouver des violons d'Ingres — et elle aurait très bonne allure sur ma table à thé. La couleur était un peu foncée, mais un récipient sombre convient parfaitement à la gelée de prune de Damas ou à la confiture de cassis et pomme mélangés. La tentation était grande. Néanmoins je me souvins des bontés de ma belle-mère, sous sa sévérité, pour l'enfant que j'avais été, et d'ailleurs comment savoir si ma tante disait vrai ? Je sortis donc pour choisir dans le jardin l'endroit, au milieu des dahlias, où ériger un socle.

CHAPITRE IV

J'ÉTAIS occupé à désherber mes dahlias — Polar Beauty, Golden Leader et Requiem — quand le téléphone se mit à sonner. Peu accoutumé à ce vacarme qui fracassait la paix de mon petit jardin, je pensai que c'était un faux numéro. J'avais très peu d'amis, même si, avant la retraite, je pouvais compter nombre de relations. Certains clients, qui m'avaient gardé leur fidélité pendant vingt ans après m'avoir connu comme gratte-papier, caissier, puis directeur, dans la même succursale, étaient cependant restés de simples connaissances. Il est rare qu'un directeur sorte du rang, dans la succursale où il aura à exercer l'autorité ; mais mon cas présentait des circonstances très particulières. Toute une année j'avais fait fonction de directeur, par suite de la maladie de mon prédécesseur, et l'un de mes clients, gros déposant, s'était entiché de moi. Il avait menacé de retirer sa clientèle si je ne gardais pas la place. Il s'appelait Sir Alfred Keene ; il était baronnet, après fortune faite dans les ciments ; la qualité d'entrepreneur de mon père créait entre nous un centre d'intérêt commun. Il avait coutume de m'inviter à dîner au moins trois fois par an et me consultait régulièrement sur ses placements, sans jamais suivre mes avis. Cela l'aidait à se décider, disait-il. Il avait une fille, célibataire, du nom de Barbara, avec un goût prononcé pour les ouvrages de frivolité, dont elle faisait sans doute offrande, ensuite, aux fêtes de charité de la paroisse. Elle me montrait de constantes bontés, et ma mère avait suggéré que je lui témoignasse en retour des attentions, en prévision du jour où elle hériterait certainement de la fortune de Sir Alfred ; mais je jugeais le mobile malhonnête ; de plus, personnellement, les femmes ne m'ont jamais beaucoup attiré. A l'époque, la banque était ma seule passion ; depuis, les dahlias l'avaient remplacée.

Par malheur, Sir Alfred était mort peu avant ma retraite, et Mlle Keene était allée vivre en Afrique du Sud. Naturellement, j'étais intimement mêlé à ses problèmes de devises, qui étaient nombreux : c'était moi qui écrivais à la Banque d'Angleterre pour obtenir tel ou tel permis ou rappeler constamment que mes lettres du 9 écoulé étaient restées sans réponse. Pour sa dernière soirée dans notre pays, avant de s'embarquer à Southampton, elle m'avait prié à dîner. Assez triste repas en vérité, en l'absence de Sir Alfred dont l'extrême jovialité le poussait à rire immodérément, même de ses propres plaisanteries. Mlle Keene m'avait demandé de veiller aux boissons ; j'avais choisi un amontillado et, pour accompagner le dîner, un Chambertin, vin favori de Sir Alfred. La maison était l'une de ces énormes demeures de Southwood entourées de buissons de rhododendrons qui, ce soir-là, dégouttaient d'une pluie de novembre, lente et régulière. Au mur, derrière la place qu'occupait naguère à table Sir Alfred, il y avait une huile représentant un bateau de pêche dans la tempête, d'après Van de Velde, et j'avais formulé l'espoir que Mlle Keene aurait une traversée moins turbulente.

« J'ai vendu la maison telle quelle, avec tout le mobilier,

m'avait-elle déclaré. J'habiterai chez des cousins issus de germain.

— Vous les connaissez bien ? avais-je demandé.

— Je ne les ai jamais vus. C'est une parenté au second degré. Nous nous écrivions seulement. Les timbres sont ceux d'un pays étranger. Sans la tête de la reine, jamais.

— Il y aura le soleil, avais-je fait remarquer pour la réconforter.

— Vous connaissez l'Afrique du Sud ?

— Je n'ai guère quitté l'Angleterre, avais-je répondu. Une fois, dans ma jeunesse, je suis allé en Espagne avec un camarade d'études. Mais les calamars m'ont dérangé l'estomac, à moins que ce ne fût l'huile.

— Mon père écrasait tout de sa personnalité. Je n'ai jamais eu d'amis... sauf vous, je veux dire, M. Pulling. »

Je reste étonné quand je pense à quel point je fus près de lui offrir le mariage ce soir-là, et comme j'en refrénai pourtant l'envie. Nous n'avions pas les mêmes goûts, c'est vrai : la frivolité et les dahlias n'ont rien de commun, si ce n'est que la passion qu'ils inspirent va, dans les deux cas, avec une certaine solitude. Les bruits de la grande fusion bancaire étaient déjà parvenus jusqu'à moi ; avec l'imminence de ma retraite, je me doutais bien que les amitiés que j'avais nouées avec mes autres clients n'y résisteraient guère. Si j'avais parlé, m'eût-elle agréé ? — c'est très possible. Nos âges s'accordaient : elle approchait de la quarantaine et j'étais presque à mi-chemin de la soixantaine. En outre, ma mère, j'en étais sûr, eût approuvé. Quel changement peut-être, si je m'étais décidé à parler ! Jamais ces troublantes histoires sur ma naissance n'eussent frappé mes oreilles, car Mlle Keene m'eût accompagné aux obsèques et ma tante n'eût pas élevé la voix devant elle, pas plus qu'elle ne m'eût entraîné dans ses voyages. Cela m'eût épargné bien des choses. Cela dit, j'en eusse raté bien d'autres, probablement.

« Ma vie se passera non loin de Koffiefontein, avait dit Mlle Keene.

— Où est-ce ?

— Vraiment je l'ignore. Vous entendez ? Il tombe des cordes ! »

Nous levant de table, nous passâmes au salon pour le café. Au mur pendait une scène vénitienne, copiée du Canaletto. Tous les tableaux de la maison semblaient représenter des contrées étrangères, et Mlle Keene s'en allait vivre à Koffiefontein. Jamais je ne voyagerais si loin, pensais-je à l'époque, en souhaitant qu'elle ne bougeât pas de Southwood.

« Cela m'a tout l'air d'être au diable, avais-je fait observer.

— Si encore il y avait un motif qui me retienne ici... Un seul sucre, ou deux ?

— Sans sucre, merci. »

Etait-ce une façon de m'inviter à parler ? La question n'a cessé de me hanter, depuis. Je ne l'aimais pas plus que, sûrement, elle ne m'aimait. Mais peut-être aurions-nous pu mener une sorte de vie commune. Un an plus tard, je reçus de ses nouvelles : « Cher M. Pulling, disait la lettre, je me demande comment se porte Southwood et s'il pleut. Ici, nous avons un bel hiver ensoleillé. Mes cousins ont un petit (!) domaine de quatre mille hectares et peu leur importe de faire mille ou douze cents kilomètres en voiture pour aller acheter un bélier. J'ai encore du mal à me faire aux choses et je pense souvent à Southwood. Comment vont les dahlias ? J'ai renoncé à la frivolité. Nous vivons beaucoup au grand air. »

Je répondis en lui donnant autant de nouvelles que possible, mais j'avais pris ma retraite entre-temps et n'étais plus au cœur de la vie de Southwood. Je lui parlai de la santé déclinante de ma mère et du comportement de mes dahlias. Il y avait notamment une variété, dans les tons de pourpre royale, appelée Deuil du Roy Albert et assez sinistre, qui s'était soldée plutôt par un échec. Je n'en tirais aucun regret. Pour une fleur, le nom était bizarre. Mais mes Ben Hur étaient florissants.

J'avais négligé la sonnerie du téléphone, convaincu qu'il s'agissait d'un faux numéro. Pourtant, devant sa persistance, je rentrai, laissant là mes dahlias.

L'appareil était posé sur le classeur où je serre mes comptes et toute la correspondance que m'a value le décès de ma mère. Jamais je n'avais reçu tant de lettres depuis mon départ de la banque : missives du notaire, lettres des pompes funèbres et de l'Inspecteur des contributions, facture du crématorium, honoraires du médecin, formulaires de la Sécurité sociale, voire quelques lettres de condoléances. A croire que j'étais revenu dans les affaires, ou presque.

« Tu en mets du temps à répondre ! dit la voix de ma tante.

— J'étais occupé au jardin.

— A propos, dans quel état était la tondeuse ?

— Très mouillée, mais rien d'irréparable.

— J'ai une histoire invraisemblable à te raconter, reprit-elle. J'ai eu droit à un raid de la police.

— Un *raid*... de la police ?

— Oui. Et je te prie de m'écouter soigneusement, car tu peux fort bien, toi aussi, recevoir sa visite.

— Moi ? Et pourquoi diable ?

— Tu as toujours les cendres de ta mère ?

— Naturellement !

— Eh bien, la police a très envie de les voir. Et même peut-être de les faire analyser.

— Mais enfin, Tante Augusta... j'aimerais bien savoir exactement ce qui s'est passé.

— C'est ce que j'essaie de t'expliquer, mais cesse de m'interrompre constamment de tes exclamations inutiles. Il était minuit, et Wordsworth et moi nous venions de nous coucher. Heureusement j'avais mis ma plus belle chemise de nuit. Voilà qu'on sonne en bas et ces messieurs s'annoncent dans le microphone : « Police ! » en ajoutant qu'ils ont un mandat de perquisition. « Pour quel motif ? » ai-je demandé. Sais-tu qu'un instant j'ai pensé que c'était peut-être encore une de ces histoires de racisme. Il y a tant de ceci et de cela pour et contre les races, aujourd'hui, qu'on finit par en perdre la tête.

— Vous êtes certaine qu'il s'agissait bien de la police ?

— Tu penses bien que j'ai demandé à voir leur fameux mandat, mais serais-tu capable de me dire à quoi ça ressemble, un mandat, toi ? Pour autant que je sache, on aurait pu tout aussi bien le prendre pour un billet d'entrée dans un musée. Je leur ai ouvert tout de même... ils étaient polis et l'un d'eux, celui qui était en uniforme, était un grand beau gaillard. Ils ont été assez surpris à la vue de Wordsworth... à moins que ce n'ait été à cause de la couleur de son pyjama. Ils m'ont demandé : « C'est votre mari, madame ? » J'ai répondu : « Non, c'est Wordsworth. » Le nom a paru éveiller un écho chez l'un d'eux... le jeune en uniforme... qui s'est mis à lui jeter sans arrêt des regards en coin, comme s'il s'efforçait de se rappeler quelque chose.

— Mais que cherchaient-ils ?

— Ils déclaraient savoir de source sûre qu'il y avait de la drogue cachée quelque part.

— Oh ! Tante Augusta ! Vous ne pensez tout de même pas que Wordsworth...

— Bien sûr que non. Ils ont recueilli tous les brins de bourre dans les coutures de ses poches, puis la vérité a fini par sortir. Ils lui ont demandé ce que contenait le paquet enveloppé de papier brun qu'on l'avait vu remettre à un individu rôdant dans la rue. Le pauvre Wordsworth a répondu qu'il n'en savait rien, sur quoi je m'en suis mêlée pour dire que c'étaient les cendres de ma sœur. J'ignore la raison, mais du coup ils se sont mis à me suspecter. Le plus âgé des deux, qui était en civil, m'a dit : « Epargnez-nous « vos plaisanteries, je vous prie, madame. Ce n'est pas ça « qui nous avancera. » J'ai répondu : « Dans le cadre de ma « conception personnelle de l'humour, je ne vois pas en « quoi les cendres de ma sœur sont une plaisanterie. — Un « genre de poudre, madame ? » a dit l'agent, le jeune... le plus intelligent des deux aussi, celui qui croyait reconnaître le nom de Wordsworth. « Appelez ça comme vous voudrez, « lui ai-je dit. De la poudre grise, de la poudre humaine », et ils ont pris un air comme s'ils avaient marqué un point. « Et qui était l'homme à qui on a remis cette poudre ? » a demandé l'autre, en civil. J'ai répondu : « Mon neveu. Le « fils de ma sœur. » Je ne voyais pas de motif de remuer devant des membres de la police municipale les vieilles histoires que je t'ai racontées hier. Mais ils ont voulu savoir ton adresse et je la leur ai donnée. Et le plus fûté, le jeune, a dit : « La poudre était-elle destinée à son person- « nel ? — Il veut la mettre au milieu de ses dahlias », ai-je répliqué. Ils ont tout fouillé, à fond, surtout la chambre de Wordsworth, et ils ont prélevé des spécimens de toutes les cigarettes sur lesquelles ils ont pu mettre la main, ainsi que des comprimés d'aspirine que j'avais laissés traîner dans une boîte de cachets. Puis ils sont partis, après m'avoir dit très poliment : « Bonsoir, madame. » Wordsworth a dû descendre leur ouvrir la porte, et, juste avant de sortir, le jeune agent astucieux s'est retourné pour lui demander : « Quel est votre prénom ? » Wordsworth a répondu : « Zacharie », et l'autre s'en est allé, l'air tout perplexe.

— Tout de même, quelle très étrange affaire, dis-je.

— Ils ont même lu des lettres et demandé qui était Abdul.

— Et qui est-ce ?

— Quelqu'un que j'ai connu il y a bien longtemps.

Encore une chance que j'aie gardé l'enveloppe et qu'elle soit marquée Tunis, février 1924. Sinon Dieu sait ce qu'ils auraient déduit de leur lecture, relativement au présent.

— Je suis navré, Tante Augusta. Quelle aventure terrifiante cela a dû être.

— C'était assez drôle en un sens. N'empêche, c'est un fait que cela m'a remplie d'un sentiment de culpabilité... »

Il y eut un coup de sonnette à la porte d'entrée et je dis :

« Une seconde, Tante Augusta, ne quittez pas. »

Je jetai un regard à travers la fenêtre de la salle à manger et vis le casque d'un agent de police. Je revins et repris :

« Vos amis sont ici.

— Déjà ?

— Je rappellerai après leur départ. »

C'était la première fois de ma vie que je recevais la visite de la police. Ils étaient deux : un homme d'âge mûr, en chapeau mou, le visage rude et plein de bonté, le nez cassé, et le grand beau jeune gaillard en uniforme.

« M. Pulling ? s'enquit le premier.

— En personne.

— Pouvez-vous nous recevoir quelques instants ?

— Vous avez un mandat ?

— Oh ! non, non, l'affaire n'en est pas là. Nous désirons seulement bavarder un peu avec vous. »

La langue me démangeait de leur dire deux mots de la Gestapo, mais je jugeai plus sage de m'abstenir. Je les fis entrer au salon, sans les prier de s'asseoir. Celui qui était en civil me montra une carte d'identité où je lus : Inspecteur Sparrow, John.

« Connaissez-vous un certain Wordsworth, monsieur Pulling ?

— Oui. C'est un ami de ma tante.

— Vous a-t-il remis un paquet dans la rue, hier ?

— Certainement, oui.

— Verriez-vous une objection à ce que nous examinions ce paquet, monsieur Pulling ?

— Une objection catégorique.

— Vous savez, monsieur, nous aurions parfaitement pu obtenir un mandat de perquisition, mais nous avons préféré prendre des gants. Il y a longtemps que vous connaissez ce Wordsworth ?

— Je l'ai rencontré hier pour la première fois.

— Serait-il possible, monsieur, qu'il vous ait prié de lui rendre le service de remettre ce paquet, et que vous-même, n'y voyant aucun mal et le sachant employé par votre tante...

— J'ignore de quoi vous parlez. Ce paquet m'appartient. Je l'avais oublié par hasard à la cuisine.

— Le paquet vous appartient ? Vous reconnaissez le fait ?

— Vous savez parfaitement ce qu'il renferme. Ma tante vous l'a dit. Il s'agit de l'urne qui contient les cendres de ma mère.

— Votre tante a communiqué avec vous, donc ?

— Naturellement. Cela vous étonne ? Venir réveiller une vieille dame en pleine nuit !

— Il était tout juste minuit passé, monsieur. Mais pour en revenir aux cendres... Ce sont celles de Mme Pulling ?

— Elles sont là. Vous avez tout loisir de les voir. Sur la bibliothèque. »

J'avais installé l'urne, en attendant d'être prêt à la caser dans le jardin, au-dessus des œuvres complètes de Sir Walter Scott, héritage de mon père, lequel, à sa manière paresseuse, lisait beaucoup — sans s'écarter des chemins battus pour autant. Il avait ses quelques auteurs favoris, dont il lui suffisait de posséder les livres. Le temps de faire le tour complet de Walter Scott, il avait oublié les premiers romans et était tout heureux de recommencer par *Guy Mannering.* Il avait aussi les œuvres complètes de Marion

Crawford et je tiens de lui une passion pour les poètes du dix-neuvième siècle : Tennyson, Wordsworth, Browning, ainsi que pour le *Livre d'or* de Palgrave.

« Cela vous serait égal si je jetais un coup d'œil ? » demanda l'inspecteur.

Mais bien entendu l'urne résista.

« Le truc est scellé, dit-il. Avec du Scotch.

— Cela va de soi. Même la moindre boîte de biscuits...

— J'aimerais pourtant en prélever une pincée pour l'analyse. »

J'en étais au point où la moutarde commençait à me monter au nez et je dis :

« Si vous croyez que je vous laisserai faire joujou avec ma pauvre mère dans un laboratoire de la police !...

— Je comprends parfaitement vos sentiments, monsieur, répondit-il. Mais nous sommes en possession d'indices assez graves au départ. Nous avons prélevé de la bourre, des poches de ce Wordsworth, et l'analyse a révélé des traces de Marie.

— Pardon ?

— De marijuana, si vous voulez, monsieur. Autrement dit de cannabis.

— Je ne vois pas ce qu'un peu de bourre extraite de Wordsworth a à voir avec ma mère.

— Nous pourrions obtenir un mandat, monsieur, sans grande difficulté, mais vu la manière dont vous vous êtes peut-être laissé innocemment duper, avec votre permission je préférerais emporter cette urne et la garder quelque temps. Cela ferait bien meilleure impression devant les tribunaux.

— Menez votre enquête auprès du crématorium. La cérémonie a eu lieu pas plus tard qu'hier.

— L'enquête est déjà faite, monsieur, seulement voyez-vous il est très possible... n'allez surtout pas croire que je prétende vous suggérer un argument pour votre défense... il est très possible, dis-je, que ce Wordsworth ait vidé l'urne de ses cendres pour leur substituer de la Marie. Possible qu'il se soit su l'objet d'une surveillance. Auquel cas ne vaudrait-il pas beaucoup mieux à tous égards, monsieur, s'assurer que ce sont bien là les cendres de votre mère ? Votre tante a déclaré que vous projetiez de les garder dans votre jardin... aimeriez-vous regarder chaque jour cette urne en vous demandant : sont-ce vraiment là les cendres de ma chère défunte ou bien une provision illicite de marijuana ? »

Il avait une façon sympathique de s'y prendre et je commençais pour de bon à comprendre son point de vue. Il poursuivit :

« Nous nous contenterions d'une toute petite pincée, monsieur, à peine le contenu d'une cuiller à thé. Le reste serait traité avec le respect dû aux convenances.

— Très bien, dis-je, prenez votre pincée. Vous ne faites que votre devoir, je pense. »

Le jeune agent n'avait pas cessé de couvrir de notes son calepin. L'inspecteur lui dit :

« Notez que M. Pulling s'est montré très coopératif et a consenti de son plein gré à livrer l'urne. Cela fera très bien devant les tribunaux, monsieur, dans le pire des cas.

— Quand me rendra-t-on l'urne ?

— Demain au plus tard... si tout est comme il faut. »

Il me serra cordialement la main, avec l'air de croire en mon innocence. Mais cela participait peut-être simplement du comportement professionnel.

Naturellement je me hâtai de téléphoner à ma tante :

« Ils ont emporté l'urne. Ils pensent que les cendres de ma mère sont de la marijuana. Où est Wordsworth ?

— Il est sorti après le petit déjeuner, je ne l'ai pas revu depuis.

— Ils ont trouvé de la poussière de marijuana dans la bourre de ses poches.

— Pauvre garçon, mon Dieu faut-il qu'il soit imprudent ! De fait il avait l'air un peu ému. Et il m'a demandé un CTC avant de sortir.

— Vous le lui avez donné ?

— Mon Dieu, tu sais, j'ai vraiment un grand faible pour lui, et il disait que c'était son anniversaire. Comme il n'avait pas eu le plus petit anniversaire l'an dernier, je lui ai donné vingt livres.

— Vingt livres ! Jamais je ne garde une telle somme à la maison.

— Cela le mènera jusqu'à Paris. Il est parti à temps pour la Flèche d'Or, maintenant que j'y pense, et il garde toujours sur lui son passeport pour prouver qu'il n'a rien d'un immigrant en fraude. Veux-tu que je te dise, Henry ? De mon côté, j'ai une folle envie de respirer un peu d'air marin.

— Paris n'est pas très indiqué pour cela.

— Je ne songeais pas à Paris. C'est à Istanboul que je pensais.

— Istanboul n'est pas sur la mer.

— En es-tu bien sûr ? Et cette espèce de chose que l'on appelle la mer de Marmara ?

— Mais pourquoi Istanboul ?

— Le nom m'est revenu avec la lettre d'Abdul trouvée par la police. Curieuse coïncidence. D'abord cette lettre, puis ce matin même une autre dans le courrier... la première depuis une éternité.

— D'Abdul ?

— Oui. »

Ce fut une marque de faiblesse de ma part, mais j'étais loin encore de mesurer exactement comme la passion de ma tante pour les voyages était profonde ; sinon j'eusse hésité avant de formuler cette offre — mon premier pas fatal :

« Je n'ai rien de particulier à faire aujourd'hui. Si cela vous plaît d'aller à Brighton... »

CHAPITRE V

CETTE visite à Brighton fut le premier vrai voyage que j'entrepris en compagnie de ma tante. Il devait me donner un avant-goût bizarre d'une grande partie des événements qui suivraient.

Nous arrivâmes tôt dans la soirée, ayant décidé de passer la nuit. Ma tante me surprit par la minceur de son bagage, uniquement composé d'une petite mallette pour produits de beauté, en cuir blanc, qu'elle appelait son *baise-en-ville.* Pour ma part, j'ai du mal à partir pour une nuit sans une valise assez chargée : pour me sentir à l'aise, j'ai besoin au moins d'un costume de rechange et de la deuxième paire de chaussures que cela entraîne. Changer de chemise, de sous-vêtements et de chaussettes est pour moi presque vital et, considérant les aberrations du climat anglais, j'aime à emporter quelques lainages, en cas. A la vue de ma valise, ma tante haussa les sourcils :

« Il va falloir prendre un taxi. J'espérais que nous irions à pied. »

J'avais retenu deux chambres au Royal Albion, ma tante désirant être à proximité du Palace Pier et de l'Old Steine qui, me dit-elle (faussement, je le crains), tire son nom de celui de la perverse marquise de *La Foire aux vanités.*

« J'adore me sentir au cœur de toute la diablerie, me dit-elle, avec ces bus et ces cars qui partent pour tant de lieux étranges. »

A l'entendre on eût cru qu'ils avaient pour destinations Sodome et Gomorrhe au lieu de Lewes et de Patcham, de Littlehampton et de Shoreham. Apparemment, sa première visite à Brighton datait de l'époque où, toute jeune femme encore, elle était pleine d'espérances qui, je le crains, s'étaient vues partiellement remplies.

Je m'étais mis en tête de prendre un bain, puis un verre de xérès suivi d'un dîner tranquille au grill et d'une rapide retraite au lit, afin de nous ménager le repos nécessaire à une épuisante matinée au bord de l'eau et dans les fameuses Allées. Mais ce n'était pas l'avis de ma tante :

« Nous n'avons pas besoin de dîner avant deux bonnes heures encore, décida-t-elle. J'aimerais d'abord que tu fasses la connaissance de Hatty... si elle est encore en vie.

— Hatty ? Qui est-ce ?

— Nous avons travaillé ensemble autrefois avec un certain monsieur du nom de Curran.

— Il y a longtemps de cela ?

— Une quarantaine d'années au moins.

— Dans ce cas il semble peu probable...

— Je suis bien ici, moi, déclara-t-elle fermement. D'ailleurs elle m'a envoyé une carte de Noël il y a deux ans. »

C'était une soirée d'un gris de plomb et le vent d'Est nous souffletait le dos, venant de Kemp Town. La marée montait ; les galets tournoyaient et grinçaient comme des grains de café dans le moulin des vagues quand elles se retiraient. Dans la vitrine de la Galerie des Cires, l'ex-président N'Krumah, en costume gris à col Mao, nous regarda passer. Ma tante s'arrêta pour le contempler, non sans tristesse me parut-il.

« Je me demande où peut bien être Wordsworth à cette heure-ci, dit-elle.

— Vous aurez bientôt de ses nouvelles, je pense.

— J'en doute fort. Mon cher Henry, reprit-elle, à mon âge on ne s'attend plus à des rapports humains de longue durée. Songe aux complications de mon existence si j'étais restée en relation avec tous les hommes que j'ai connus intimement. Certains sont morts ; j'en ai quitté d'autres ; d'autres encore, plus rarement, m'ont quittée. S'ils se trouvaient tous avec nous ce soir, il aurait fallu envahir une aile entière du Royal Albion. J'ai eu un grand faible pour Wordsworth le temps qu'il a duré, mais avec l'âge le sentiment finit par s'émousser un peu. Son absence ne m'est pas intolérable, bien qu'il soit fort possible que je le regrette un instant cette nuit. Il avait de superbes roustons. »

Le vent emporta mon chapeau et le précipita contre un réverbère. Je ne pus le rattraper tant j'étais stupéfait de la vulgarité de l'expression, et ma tante éclata d'un rire de jeune femme. Quand je revins brossant le feutre, elle musait encore devant les effigies de cire.

« C'est une immortalité comme une autre, dit-elle.

— Quoi ?

— Pas cette galerie de Brighton, non, c'est plutôt de la camelote. Mais ceux qu'on voit chez Mme Tussaud à Londres. Landru, tu sais, et la Reine.

— J'aimerais mieux me voir en peinture.

— Sauf que sur un tableau on ne te voit pas de tous les côtés. Et puis, chez Mme Tussaud, on se sert de vêtements à toi pour t'habiller, du moins à ce que j'ai lu. J'ai une robe bleue dont je leur ferais volontiers cadeau... Bah ! soupira-t-elle, il y a peu de chance que j'arrive à cette célébrité. A quoi bon rêver... »

Elle se remit en marche, un tantinet moins gaie me sembla-t-il, puis poursuivit :

« Il n'y en a que pour le crime, la royauté et la politique. L'amour n'est pas très bien vu, à part Nell Gwynn et ces Mariées de la Baignoire qu'un certain Smith épousa pour les noyer. »

Devant les portes de saloon de l'Etoile et la Jarretière elle me proposa de prendre un verre. Les murs étaient couverts d'inscriptions d'ordre philosophique : « La vie est un sens unique sans espoir de retour », « Le Mariage est une Institution grandiose pour qui aime les Institutions », « Jamais on ne persuadera une souris qu'un chat noir porte chance ». Il y avait aussi de vieilles affiches et des photographies jaunies. Je commandai un xérès et ma tante déclara qu'elle aimerait un porto-cognac. Au bar, me retournant, je la surpris à examiner une très vieille photographie. On y voyait un éléphant et deux chiens savants rangés devant le Palace Pier et derrière un bonhomme corpulent — habit à queue, haut de forme et chaîne de montre — avec une jeune personne en collants, fort bien faite, debout à côté de lui, un long fouet de cocher à la main.

« Ça c'est Curan, dit ma tante. C'est ainsi que tout a commencé. »

Et montrant du doigt la jeune personne :

« Et ça c'est Hatty. C'était la belle époque.

— Vous n'allez pas me faire croire que vous avez travaillé dans un cirque, Tante Augusta ?

— Non, pas du tout. Mais le hasard a fait que j'étais là, le jour où l'éléphant a écrasé un doigt de pied de Curran, et de ce jour nous sommes devenus des amis très intimes. Le pauvre, il a dû entrer à l'hôpital, et quand il en est sorti le cirque était parti pour Weymouth, sans lui. Hatty également, bien qu'elle nous ait rejoints plus tard, après que nous nous sommes établis.

— Etablis ? Dans quelle occupation ?

— Un jour je te le raconterai. Pour l'instant l'important est de retrouver Hatty. »

Elle vida longuement son porto-cognac, puis nous sortîmes, dans la froide violence du vent. Juste en face, une librairie-papeterie vendait des cartes postales dessinées. Ma tante s'y arrêta pour se renseigner. Les présentoirs en métal luttaient en grinçant contre le vent et tournaient comme des moulins. Une carte retint mon regard : elle représentait une bouteille de Guinness et une grosse femme flottant en surface, avec un masque de plongée. La légende disait : « Cul sec ! » J'en regardais une autre montrant un patient sur un lit d'hôpital, qui déclarait au chirurgien : « Pourtant, docteur, j'avais bien dit circoncision ! » quand ma tante ressortit.

« C'est juste à côté. Je savais bien que je ne me trompais pas de beaucoup. »

De fait, derrière une vitre de la maison qui suivait immédiatement, une pancarte posée devant les rideaux en filet annonçait : « Chez Hatty. A la Bonne Théière. Sur rendez-vous uniquement. » Au mur, près de la porte, des photographies de Marilyn Monroe, de Frank Sinatra et du duc d'Edimbourg, apparemment autographiées par ces personnalités — si improbable que ce fût dans le cas du dernier, semblait-il.

Une vieille dame répondit à notre sonnerie. Elle était vêtue d'une robe du soir, noire, et des tas de choses en jais se heurtaient à chacun de ses mouvements.

« Trop tard, dit-elle sèchement.

— Hatty, dit ma tante.

— Je ferme à six heures trente exactement, sauf sur rendez-vous spécial.

— Hatty, c'est moi, Augusta.

— Augusta !

— Hatty ! Tu n'as absolument pas changé. »

Quant à moi, me souvenant de la jeune fille aux collants et au fouet et au visage tourné vers Curran, je trouvai que ma tante sous-estimait grandement les changements survenus.

« Hatty, je te présente Henry, mon neveu. Tu te rappelles ? Eh bien, c'est lui. »

Elles échangèrent un regard que je trouvai gênant. Pourquoi diable eussé-je alimenté les conversations en des temps si reculés ? Ma tante avait-elle mis Hatty dans le secret de ma naissance ?

« Venez, venez, entrez tous les deux. J'allais justement prendre une tasse de thé... une tasse de thé désintéressée, ajouta-t-elle avec un gloussement de rire.

— Par ici ? s'enquit ma tante en ouvrant une porte.

— Non mon chou, c'est le salon d'attente. »

J'eus tout juste le temps d'apercevoir une gravure de Sir Alma Tadema représentant une foule de dames très grandes et très nues dans des bains romains.

« Nous y voilà, c'est mon antre », dit Hatty, ouvrant une autre porte.

C'était une petite pièce encombrée au possible, et où tout semblait recouvert de châles mauves à franges — table, dossiers de chaise, dessus de cheminée. Il y en avait même un accroché à la photographie d'art d'un personnage corpulent, en qui je reconnus M. Curran.

« Le Révéré, dit Tante Augusta, les yeux levés vers ce portrait.

— Oui, le Révéré », répéta Hatty.

Sur quoi toutes deux rirent, comme d'une plaisanterie connue d'elles seules.

« Ou en abrégé le Rev., reprit Tante Augusta. Mais pure coïncidence, bien entendu. Tu te rappelles le genre d'explications qu'on avait donné à la police ? Sais-tu, Hatty, qu'il a encore sa photo collée au mur de l'Etoile et la Jarretière ?

— Cela fait des années que je n'y ai mis les pieds, dit Hatty. Je ne touche plus à l'alcool.

— Tu es dessus, et l'éléphant aussi, dit Tante Augusta. Tu es capable de te rappeler le nom de l'éléphant ? »

Hatty sortait deux autres tasses d'un cabinet à porcelaine également surmonté d'un châle à franges. Elle dit :

« C'était un nom peu banal. Pas du genre Babar, non. Quelque chose de classique. C'est terrible comme on perd la mémoire à nos âges, Augusta.

— Ce n'était pas César ?

— Non, pas César. Sucre, monsieur ?...

— Appelle-le Henry, Hatty.

— Un seul, dis-je.

— Mon Dieu, mon Dieu, dire que j'avais si bonne mémoire dans le temps !

— L'eau bout, mon chou. »

La bouilloire était posée sur un réchaud à alcool, tout à côté d'une grosse théière marron. Hatty commença à servir.

« Zut, dit-elle, j'ai complètement oublié la passoire.

— Cela ne fait rien, Hatty.

— C'est à cause des clients. Je ne passe jamais le leur, alors j'oublie quand je suis seule. »

Il y avait une assiette de biscuits au gingembre et j'en pris un par pure convenance.

« Ça vient de l'Old Steine, m'expliqua Tante Augusta. Aux Bonnes Friandises d'Antan. Des biscuits au gingembre comme ceux-ci, on n'en trouve nulle part au monde.

— Et penser que c'est un bureau de pari mutuel, à ce jour ! dit Hatty. Pluton, mon chou. Ce n'était pas Pluton ?

— Non, je suis sûre que non. Cela commençait par un T, je crois.

— Un T ? Je ne vois rien de classique commençant par un T.

— C'était un nom qui rimait à quelque chose.

— Ça je n'en doute pas.

— Quelque chose d'historique.

— Oui.

— Et les chiens, tu t'en souviens, mon chou ? Eux aussi sont sur la photo.

— Ce sont eux qui ont donné l'idée à Curran.

— Le Révéré », répéta de nouveau Tante Augusta.

Et à leur souvenir secret elles eurent le même rire complice. Je pris un autre biscuit au gingembre, tant je me sentais à l'écart.

« Voyez-vous le petit gourmand, fit observer Hatty.

— Dire que cette petite boutique de l'Old Steine a survécu à deux grandes guerres.

— Tout comme nous, répliqua Hatty, sauf qu'on n'est pas près de nous changer en bureaux à parier.

— Oh ! nous, dit Tante Augusta, il faudra au moins une bombe atomique pour nous démolir. »

J'estimai le moment venu de placer un mot. Je dis :

« La situation au Moyen-Orient n'est pas drôle, à en croire le *Guardian* d'aujourd'hui.

— Est-ce qu'on peut jamais dire », rétorqua Hatty.

Un moment, toutes deux se perdirent dans leurs pensées. Puis ma tante saisit entre deux doigts une feuille de thé, la posa sur le dos d'une main et l'aplatit d'une gifle de l'autre main. La feuille resta obstinément collée à une veine entourée d'« irréparables outrages », comme ma mère avait coutume d'appeler ces tavelures de l'âge.

« Impossible de se débarrasser de cet individu, dit Tante Augusta. Espérons que c'est un grand bel homme.

— Il ne s'agit pas d'un inconnu, rectifia Hatty. Tu penses à un absent et c'est cette pensée que tu ne peux pas t'ôter de l'esprit.

— Un mort ou un vivant ?

— Les deux sont possibles. Question de raideur. Quelle sensation ça te fait ?

— Si c'est un vivant, il y a une chance que ce soit ce pauvre Wordsworth.

— Wordsworth ? dit Hatty. Il est mort, mon chou, il y a belle lurette.

— Pas le mien. C'est raide comme du bois. Si c'est un mort, je me demande bien qui.

— Peut-être ce pauvre Curran.

— Je pense beaucoup à lui depuis notre arrivée à Brighton.

— Tu n'aimerais pas que je te fasse une vraie tasse, dans les règles, pour toi et ton ami ?

— Mon neveu, rectifia à son tour Tante Augusta. Pourquoi pas, mon chou, ce serait drôle.

— Je vais refaire du thé. Il faut que les feuilles soient fraîches et je me sers de Lapsang Souchong quand j'exerce, bien que je boive du Ceylan. Le Lapsang donne de grosses feuilles et de bons résultats. »

Elle revint après avoir lavé la théière et nos tasses, et ma tante lui dit :

« Il est entendu que nous paierons.

— Il n'en est pas question, mon chou, après tout ce que nous avons vécu ensemble.

— Et avec le Révéré. »

Encore leur petit rire.

Hatty versa l'eau bouillante et dit :

« Je ne laisse jamais tirer. Les feuilles sont plus expressives quand elles sont fraîches. »

Elle emplit nos tasses, puis :

« Et maintenant, mon chou, jette le thé dans cette bassine.

— Ça y est, dit ma tante, Annibal.

— C'est qui, Annibal ?

— L'éléphant qui avait marché sur l'orteil de Curran.

— Je crois bien que c'est toi qui as raison, mon chou.

— Je regardais le thé et ça m'est revenu dans un éclair.

— Ce n'est pas la première fois que je remarque ça avec les feuilles de thé. Les choses vous reviennent. On regarde les feuilles et les choses reviennent.

— Annibal doit être mort aussi, je pense.

— Est-ce qu'on peut jamais dire avec les éléphants, mon chou. »

Elle prit la tasse de ma tante et l'examina attentivement. « Intéressant, dit-elle. Très intéressant.

— En bien ou en mal ?

— Un peu des deux.

— Dis-moi seulement le bon.

— Tu es sur le point de faire des tas de voyages. Avec quelqu'un d'autre. Tu traverseras l'océan. Tu auras de nombreuses aventures.

— Avec des hommes ?

— Ça, mon chou, les feuilles ne le disent pas. Mais telle que je te connais, cela ne me surprendrait guère. Ta vie et ta liberté seront en danger en plus d'une occasion.

— Mais je m'en tirerai ?

— Je vois un couteau.... à moins que ce ne soit une seringue.

— Ou autre chose, Hatty... tu sais ce que je veux dire ?

— Il y a un mystère dans ta vie.

— Ce n'est pas la première fois.

— Je vois beaucoup de confusion... ça galope de tous les côtés. Désolée, Augusta, mais pas le moindre signe de tranquillité dans l'immédiat. Et là, une croix. Peut-être trouveras-tu la foi. A moins que tu ne croises la félonie sur ton chemin.

— La religion n'a jamais cessé de m'intéresser, dit ma tante, depuis Curran.

— Evidemment ça pourrait être aussi un oiseau... un vautour, qui sait ? Evite les déserts. »

Hatty eut un soupir :

« Ça me vient moins facilement qu'autrefois. Tous ces inconnus m'épuisent.

— Jette tout de même un coup d'œil sur la tasse d'Henry, tu veux bien, mon chou ? Rien qu'un petit coup d'œil. »

Elle vida mon thé et regarda dans la tasse.

« C'est difficile avec les hommes, dit-elle. Ils ont tellement d'occupations qui dépassent l'entendement féminin... ça gêne dans l'interprétation. Je me souviens d'un client qui se disait biseautier, pour ce que ça veut dire. Vous ne seriez pas entrepreneur de pompes funèbres, par hasard ?

— Non.

— Il y a là quelque chose qui ressemble à une urne. Là, vous voyez ? A gauche de l'anse. C'est le passé récent.

— Ce n'est pas impossible, dis-je, penché sur la tasse.

— Vous voyagerez énormément.

— C'est peu vraisemblable. J'ai toujours été plutôt casanier. Venir jusqu'à Brighton est pour moi une véritable aventure.

— C'est à l'avenir que vous allez voyager. De l'autre côté de l'océan. Avec une dame de vos amies.

— Peut-être va-t-il m'accompagner, dit Tante Augusta.

— Possible. Les feuilles ne mentent pas. Je vois un objet rond, pareil à une cible. Il y a du mystère aussi dans votre vie.

— Première nouvelle, dis-je.

— Pour vous également je vois beaucoup de confusion et de galopades. Tout comme dans la tasse d'Augusta.

— Rien n'est plus improbable, dis-je. Je mène la vie la plus régulière du monde. Une fois par semaine, un bridge au Club conservateur. Et à part cela, bien entendu, mon jardin. Mes dahlias.

— La cible pourrait bien être une fleur, reconnut Hatty. Excusez-moi. La fatigue... La séance était assez ratée, j'en ai peur.

— Nullement, c'était passionnant, dis-je par pure politesse. Seulement, bien sûr, je n'y crois pas.

— Encore un biscuit au gingembre ? » suggéra-t-elle.

CHAPITRE VI

NOUS dînâmes ce soir-là dans un bistrot, Aux Joueurs de Cricket, situé presque en face de la devanture d'un bouquiniste, où j'aperçus une édition des œuvres complètes de Thackeray en vente à un prix très raisonnable. La série, pensai-je, eût fait très bien sur mes rayons, en dessous du Walter Scott complet de mon père. Je me dis que je reviendrais peut-être l'acheter le lendemain. Cette idée m'emplit d'une soudaine chaleur à l'égard de mon père, comme au sentiment d'un lien. Moi aussi je commencerais par le tome I et j'irais jusqu'au bout, et quand enfin j'en serais à la dernière page du dernier tome, il serait temps de recommencer. A trop de livres et trop d'auteurs on se perd, comme à trop de chemises et de costumes. J'aime à changer aussi peu que possible de vêtements. Certains, j'imagine, ne manqueraient pas de dire qu'il en va de même pour mes idées, mais la banque m'a appris à me méfier des sautes de l'esprit : que de fois elles tournent à la banqueroute.

J'écris que nous dînâmes Aux Joueurs de Cricket ; il serait plus exact de dire que nous fîmes un solide repas sur le pouce. Il y avait sur le comptoir des paniers de saucisses chaudes, desquelles nous nous servîmes, faisant passer le tout avec de la Guinness à la pression. La quantité de verres que pouvait vider ma tante m'étonna, au point de m'inquiéter vaguement pour sa tension.

Après son second « sérieux », elle me dit :

« Curieuse histoire, cette croix. Dans les feuilles de thé je veux dire. C'est vrai que la religion n'a jamais cessé de m'intéresser... depuis ma première rencontre avec Curran.

— A quelle Eglise appartenez-vous ? lui demandai-je. Je croyais que vous m'aviez dit être catholique ?

— J'ai choisi cette appellation par commodité, répondit-elle. Cela date de ma période française, et italienne aussi. Après que j'eus quitté Curran. Sans doute m'avait-il influencée ; d'ailleurs je ne connaissais que des jeunes filles catholiques et je n'aimais pas à me donner des airs supérieurs. J'imagine que tu n'en reviendrais pas si je te disais que nous avons dirigé notre propre Eglise, Curran et moi, ici même, à Brighton.

— « Dirigé » ? Je ne comprends pas.

— L'idée nous a été donnée par les chiens savants. Deux d'entre eux étaient venus voir Curran à l'hôpital avant le départ du cirque. C'était jour de visite et il y avait tout un tas de femmes au chevet des maris. D'abord on a refusé l'accès de la salle aux chiens. Cela a fait toute une histoire. Mais Curran a réussi à amadouer l'infirmière en chef, à force de lui raconter qu'il ne s'agissait pas de chiens ordinaires, que c'étaient des chiens humains. Il lui a dit qu'on les baignait dans le désinfectant, tous sans exception, avant de leur permettre de faire leur numéro. Mensonge évidemment, mais il avait tant de conviction. Les chiens se sont approchés du lit, avec leur chapeau pointu et leur collerette de Pierrot, et ils ont donné chacun la patte à Curran et lui ont frotté la figure avec leur museau, comme des Esquimaux. Après quoi on s'est dépêché de les emmener au cas où le docteur serait survenu. Tu aurais dû entendre les bonnes femmes : « Quels choux ! Quels

« amours de petits chienchiens ! » Encore une chance que l'un d'eux n'ait pas levé la patte. « Jamais on ne croirait que « ce sont des bêtes ! » Et l'une des femmes a même dit : « Après ça, qu'on ose raconter que les chiens n'ont pas « d'âme ! » Une autre a demandé : « Est-ce que ce sont des « messieurs chienchiens ou des dadames ? » comme si elle avait été trop bien élevée pour y regarder. Curran a répondu : « Un de chaque », et il a ajouté par pure malice : « Mari et femme, de fait. » Et l'autre de s'écrier : « Oh ! « mais c'est adorable ! Les petits mamours ! Et est-ce qu'il y « a déjà eu des petits chienchiens ? » Curran a dit : « Non, « pas encore. Vous savez, cela fait tout juste un mois qu'on « les a mariés. A l'église pour les chiens, de Potters Bar ». Tu imagines les cris de ravissement : « Mariés à l'église ? » J'ai cru que la pilule était un peu grosse, mais tu aurais dû voir comme elles l'ont avalée ! Elles étaient toutes agglutinées autour du lit de Curran et se souciaient peu des maris, qui d'ailleurs le leur rendaient bien. Les hommes ont horreur des jours de visite : cela leur rappelle trop la maison. »

Elle prit une autre saucisse et commanda encore une Guinness.

« Elles voulaient toutes en savoir plus long sur cette église de Potters Bar. « Quand je pense que nous, dit l'une d'elles, « nous devons laisser nos chienchiens à la maison pour « aller à l'office à Sainte-Ethelburga. Mon chien est aussi « bon chrétien que le pasteur avec ses gaufres et ses thés où « on doit se battre pour avoir une tasse. » Sur quoi Curran a dit : « Une fois par an, on fait la collecte des biscuits de « chien. Pour les pauvres bêtes perdues. » Quand enfin ces dames retournèrent auprès des maris, me laissant seule avec lui, je lui fis remarquer : « C'est parti », et il me répondit : « Pourquoi pas ? »

Ma tante posa son verre et demanda à la femme qui se tenait derrière le bar :

« L'église des chiens, cela ne vous dit rien ?

— Je crois bien me souvenir d'en avoir entendu parler, mais c'est vieux comme l'âne de Mathusalem, non ? Bien avant mon temps. Quelque part à Hove, non ?

— Non, ma chère. Pas même à cent mètres de l'endroit où vous êtes en ce moment. Après le service nous venions régulièrement ici, Aux Joueurs de Cricket, le Rev. Curran et moi.

— Est-ce que la police ne s'en est pas mêlée, ou quelque chose comme ça ?

— Elle a essayé d'inventer qu'il n'avait pas droit à ce titre de Rev. Mais nous avons souligné que dans notre Eglise à nous Rev. était l'abréviation de Révéré et non de Révérend, et que nous n'appartenions pas à l'Eglise Etablie. Impossible de nous toucher, nous étions des dissidents comme Wesley, et nous avions derrière nous tous les gens à chien de Brighton et de Hove... il en venait même d'aussi loin que Hastings. Une fois, la police a voulu nous coincer au nom de la loi sur le blasphème, mais impossible à quiconque de découvrir rien de blasphématoire dans nos offices. Ils étaient d'une solennité à toute épreuve. Curran était prêt à se lancer dans la célébration des relevailles pour les chiennes, après la naissance de petits, mais je déclarai que c'était aller trop loin... même l'Eglise d'Angleterre y avait renoncé pour les humains. Plus tard s'est posée la question du mariage des divorcés : dans ma pensée cela devait tripler nos revenus. Mais cette fois ce fut Curran qui ne voulut rien savoir. « Nous ne reconnaissons pas le « divorce », me déclara-t-il, et il n'avait pas tort... cela eût gâché le sentiment.

— C'est la police qui a gagné à la fin ? demandai-je.

— Comme toujours. Elle a arnaqué Curran pour avoir tenu des discours à des jeunes filles sur la plage, et le procès a donné lieu à toute sorte de propos incongrus. J'étais jeune, furieuse et peu compréhensive, et j'ai refusé de continuer à l'assister. Rien d'étonnant à ce qu'il m'ait plantée là pour courir à la recherche d'Annibal. Personne ne peut supporter de ne pas être pardonné. C'est le privilège exclusif de Dieu. »

Nous sortîmes du bistrot. Ma tante tourna par-ci, tourna par-là jusqu'au moment où nous débouchâmes devant une espèce de halle aux volets clos, où une pancarte disait : « Texte de la Semaine : Si la course avec des piétons t'épuise, comment lutteras-tu avec des chevaux ? Jérémie. 12. » Je ne saurais prétendre que je compris le sens de ce texte, à moins qu'on ne dût y voir un avertissement contre les courses de Brighton ; mais peut-être tout le charme était-il dans son ambiguïté. La secte, remarquai-je, s'appelait : « Les Enfants de Jérémie. »

« C'est ici que se tenaient nos offices, me dit Tante Augusta. Parfois, c'était à peine si l'on parvenait à distinguer les mots au milieu des aboiements des chiens. Mais Curran disait : « C'est leur façon de prier. Que chacun prie « à sa manière. » D'autres fois ils restaient parfaitement tranquilles, à se lécher les parties. Et Curran disait : « Heureux qui se purifie, il a droit à la Maison de Dieu. » C'est un peu attristant de voir que c'est habité maintenant par des inconnus. Et je ne peux pas dire que le prophète Jérémie m'ait jamais emballée.

— Je connais mal son histoire.

— On l'a noyé sous la boue, dit Tante Augusta. Dieu sait si j'ai étudié la Bible à l'époque, mais il n'y a pas grand-chose en faveur des chiens dans l'Ancien Testament. Tobie emmena bien le sien au cours de son trajet avec l'ange, mais la pauvre bête compte pour du beurre dans l'histoire, même quand le poisson voulut dévorer Tobie. Les chiens, c'est vrai, étaient des créatures impures en ce temps-là. Leur personnalité n'a été reconnue qu'avec le christianisme. Les chrétiens sont les premiers à avoir sculpté des chiens dans la pierre des cathédrales. Alors même qu'ils se demandaient encore si la femme a une âme ils commençaient à croire que les chiens en ont peut-être une — tout en ne pouvant obtenir du pape qu'il se prononçât dans un sens ou dans l'autre, ni même de l'archevêque de Canterbury. Il a fallu Curran.

— Lourde responsabilité, dis-je sans parvenir à deviner si elle était sérieuse ou non à propos de Curran.

— C'est à cause de lui que je me suis mise à la théologie, reprit-elle. Il voulait des références sur les chiens. Ce n'était pas commode à trouver... même dans saint François de Sales. J'ai découvert beaucoup de choses sur la puce, le papillon, le cerf, l'éléphant, l'araignée, le crocodile, le tout dans saint François ; mais le chien y est l'objet d'une étrange omission. Une fois j'ai eu un choc épouvantable. J'ai dit à Curran : « Ce n'est pas la peine. On ne peut plus « continuer. Regarde sur quoi je viens de tomber dans « l'Apocalypse. Jésus parle de ceux qui pourront entrer « dans la cité de Dieu. Ecoute bien ça — « Dehors les « chiens, les sorciers, les impurs, les assassins, les idolâtres, « et tous ceux qui se plaisent à faire le mal... » Tu vois en « quelle compagnie sont censés être les chiens ? » Et Curran m'a répondu : « Cela confirme notre thèse. Assassins et « impurs et le reste... tous tant qu'ils sont ils ont une âme, « non ? Il leur suffit de se repentir, et de même pour les « chiens. Ceux qui suivent nos offices se sont repentis. Ils « ne fraient plus avec les proxénètes ni avec les sorciers. Ils « vivent chez des gens respectables, à Brunswick Square ou « à Royal Crescent. » Veux-tu que je te dise, l'Apocalypse a eu si peu d'effet sur lui qu'il est allé jusqu'à choisir ce même texte pour thème d'un sermon. Il a raconté aux gens qu'il leur appartenait de veiller à ce que leurs chiens ne retombent pas dans le péché. Il leur a dit : « Laisse qui « mollit fait chien pourri. Il n'y a que trop d'assassins à « Brighton, et trop d'impurs au Métropole tout prêts à se « saisir de ce que vous lâchez par négligence. Et quant aux

« sorciers et sorcières... » Heureusement pour Hatty, qui nous avait rejoints à l'époque, elle ne disait pas encore la bonne aventure. Sinon cela lui eût gâché l'image.

— Il prêchait bien ?

— C'était un enchantement musical », dit-elle, toute au bonheur du regret.

Nous revînmes sur nos pas vers la plage. De très loin on entendait le brassement des galets.

« Il avait l'esprit large, poursuivit ma tante. Pour lui les chiens se comparaient à la Maison d'Israël, mais il étendait son apostolat même aux Gentils... et les Gentils, pour Curran, englobaient aussi bien les moineaux que les perroquets et les souris blanches... mais pas les chats, non, il les a toujours tenus pour des Pharisiens. Bien sûr, aucun chat n'eût osé pénétrer dans l'église, avec tant de chiens alentour ; pourtant il y en avait un qui trônait presque régulièrement à la fenêtre d'une maison d'en face et qui ricanait à la sortie de la congrégation. Curran mettait aussi à part les poissons... c'eût été un scandale de manger quelque chose qui a une âme, disait-il. Il avait énormément de sympathie pour les éléphants, ce qui prouve une certaine générosité quand on pense qu'Annibal lui avait marché sur un orteil. Asseyons-nous ici, Henry. La Guinness finit toujours par me fatiguer un peu. »

Nous nous assîmes à l'abri. Les lumières couraient loin sur la mer, le long du Palace Pier, et le bord de l'eau luisait de phosphorescences laiteuses. Les vagues étaient constamment tirées sur l'étendue de la plage, puis retirées, comme un lit qu'on ferait sans parvenir à étaler convenablement les draps. Des brins de musique pop s'échappaient du dancing dont la silhouette se dressait à une centaine de mètres au large, comme celle d'un navire échoué pour bloquer la grève. Ce petit voyage était toute une aventure, pensais-je, loin de me douter comme ce sentiment s'amenuiserait avec le recul du temps.

« Une fois, j'ai trouvé dans saint François de Sales un morceau adorable sur les éléphants, dit Tante Augusta. Curran s'en inspira pour son dernier sermon... j'étais assez bouleversée à ce moment-là, à cause de la fameuse affaire avec les jeunes filles. Je crois que c'était vraiment pour lui une façon de me dire qu'il m'aimait, mais j'avais la dureté de la jeunesse à l'époque et j'ai fait la sourde oreille. J'ai toujours conservé ce passage de saint François dans mon sac, depuis. Et chaque fois que je le relis aujourd'hui, ce n'est pas l'éléphant que je vois, mais Curran. C'était un type bien, et grand et fort... un peu moins que Wordsworth, mais beaucoup plus sensible. »

Elle fouilla dans son sac et en tira une petite bourse.

« Sois gentil, lis-moi cela à voix haute. J'y vois très mal dans cette lumière. »

C'était un bout de papier jauni et marqué de plis. Je l'inclinai de façon à capter le reflet d'un réverbère de la promenade. A cause des plis, j'avais de la peine à lire, bien que les lettres fussent tracées d'une main jeune et hardie :

— « L'éléphant n'est qu'une grosse bête, mais la plus « digne qui vive sur la terre et qui a le plus de sens. Je vous « veux dire un trait de son honnêteté : il... »

L'écriture courait dans un pli qui la rendait illisible, et ce fut ma tante qui enchaîna, d'une petite voix douce :

— « Il ne change jamais de femelle et aime tendrement « celle qu'il a choisie »... Continue, mon chou.

— « ... avec laquelle néanmoins, poursuivis-je, il ne « parie que de trois ans en trois ans et si secrètement que « jamais il n'est vu en cet acte. »

— Aujourd'hui j'en suis sûre, dit ma tante, il cherchait à m'expliquer que, s'il me négligeait un peu dans ses attentions, c'était uniquement à cause des jeunes filles... et qu'il ne m'en aimait pas moins.

— « Mais il est bien vu le sixième jour, auquel, avant « toutes choses, il va droit à quelque rivière, en laquelle il

« se lave entièrement tout le corps, sans vouloir aucune-
« ment retourner au troupeau, qu'il ne se soit auparavant
« purifié. »

— Curran était d'une constante propreté, dit ma tante. Merci, mon chou, c'était très bien lu.

— C'est un texte qui ne me paraît guère s'appliquer au chien, fis-je remarquer.

— Il a tourné cela si merveilleusement que personne n'y a rien vu. Et en fait c'était à moi qu'il s'adressait. Je me souviens qu'à la porte de l'église, ce dimanche-là, on vendait un shampooing spécial pour chiens, béni à l'autel et qui était son invention.

— Qu'est devenu Curran ?

— Je n'en ai pas la moindre idée, répondit-elle. Il a dû déserter son église : sans moi il ne pouvait pas continuer. Il faut un je ne sais quoi pour faire une bonne diaconesse, et cela manquait à Hatty. Je rêve parfois de lui... mais il aurait dans les quatre-vingt-dix ans maintenant, et j'ai du mal à me le représenter en vieillard. Allons, Henry, je crois qu'il est temps d'aller dormir. »

Il n'empêche que j'eus beaucoup de peine à trouver le sommeil, malgré tout le confort de mon lit d'hôtel. Les lumières du Palace Pier dansaient au plafond et, dans ma tête, tournait sans fin une sarabande où se mêlaient les images de Wordsworth et de Curran, l'éléphant et les chiens de Hove, le mystère de ma naissance, les cendres de ma mère qui n'était pas la vraie, et mon père assoupi dans la baignoire. J'étais loin de la simplicité de vie que j'avais connue à la banque, où je pouvais juger la nature d'un client à la balance de son compte. J'éprouvais un sentiment de peur et de folle exaltation à la fois, tandis que les rythmes du Palace Pier martelaient la nuit et que la phosphorescence des rouleaux escaladait la plage.

CHAPITRE VII

L'AFFAIRE des cendres de ma mère se régla moins facilement que je ne l'avais prévu je continue à l'appeler ma mère à ce stade, parce que je n'avais pas encore la preuve, alors, que ma tante disait vrai). Pas trace d'urne à la maison, à mon retour de Brighton. Je téléphonai à Scotland Yard et demandai l'inspecteur Sparrow. On me brancha sans délai sur une voix qui n'était nettement pas la sienne. Elle ressemblait presque à s'y méprendre à celle d'un contre-amiral que j'avais compté naguère parmi mes clients. (Et j'avais été ravi le jour où il avait transféré son compte à la National Provincial Bank, tant il traitait mes employés comme de simples matelots et moi-même comme un petit lieutenant traduit en conseil de guerre pour mauvaise tenue des livres de comptes du mess.)

« Pourrais-je parler à l'inspecteur Sparrow ? demandai-je.

— A quel propos ? répondit sèchement la personne quelle qu'elle fût.

— Je n'ai pas reçu les cendres de ma mère, dis-je.

— Ici Scotland Yard, bureau du directeur adjoint. Nous ne sommes pas un crématorium », répliqua-t-on avant de raccrocher.

Je mis longtemps, à cause de l'encombrement des lignes, à obtenir la même voix de rogome au bout du fil.

« Je désirerais parler à l'inspecteur Sparrow, répétai-je.

— A quel propos ? »

Cette fois j'étais prêt, décidé à me montrer encore plus impoli que la voix.

« A propos d'une affaire regardant la police, naturellement, ripostai-je. Je ne sache pas que vous vous occupiez d'autre chose. »

Ma tante n'eût sans doute pas parlé autrement.

« L'inspecteur Sparrow est absent. Le mieux serait de laisser un message.

— Priez-le d'appeler M. Pulling. M. Henry Pulling.

— Adresse ? Téléphone ? s'enquit la voix coupante et soupçonneuse, comme si j'eusse été une sorte d'indicateur nauséabond.

— Il les a et je n'ai aucune intention de les répéter inutilement. Il m'avait fait une promesse solennelle, il ne l'a pas tenue, veuillez lui en exprimer ma déception. »

Je raccrochai sans lui laisser le temps de placer un autre mot. Puis, tout en allant voir mes dahlias, je m'offris le luxe rare d'un sourire de contentement : jamais je n'avais parlé sur ce ton au contre-amiral.

Mes nouveaux dahlias cactus prospéraient. Après ma petite visite à Brighton, leurs noms évoquaient un peu l'écho agréable de voyages lointains : Rotterdam, d'un rouge sang à faire pâlir un avertisseur d'incendie, et Dentelle de Venise aux pétales dardés telles de minces langues de gel. Je songeai que l'année suivante je planterai des Orgueil de Berlin pour faire un trio de villes. Le téléphone troubla ces bienheureuses méditations. C'était Sparrow.

Je lui dis fermement :

« J'espère que vous avez une bonne excuse pour avoir failli à me renvoyer ces cendres.

— Plutôt, oui, monsieur. Il y a plus de cannabis que de cendres dans votre urne.

— Je me refuse à vous croire. Comment voulez-vous que ma mère ?...

— Je ne vois guère comment nous pourrions suspecter votre mère, monsieur, il me semble. Ainsi que je vous l'ai dit, à mon avis c'est ce Wordsworth qui a profité de votre visite. Vous avez de la chance que, pour confirmer vos dires, l'urne contienne un peu de cendres humaines, bien que Wordsworth ait probablement vidé le plus gros dans l'évier pour faire de la place. Vous souvenez-vous d'avoir entendu des bruits d'eau ?

— Nous avons pris un whisky. Il a sûrement rempli un pot à eau.

— C'est sans doute le moment qu'il a choisi, monsieur.

— De toute façon j'aimerais bien récupérer les cendres qui restent.

— Ce n'est pas commode, monsieur. Les cendres humaines offrent une sorte d'adhérence, monsieur. Elles collent littéralement à n'importe quelle substance étrangère... à la Marie dans le cas présent. Je vous renvoie l'urne en recommandé. Si je puis me permettre une suggestion, monsieur : installez-la à l'endroit même que vous aviez envisagé et oubliez ce fâcheux incident.

— Mais elle sera vide.

— Bon nombre de monuments funéraires n'ont à voir que de très loin avec les défunts, monsieur. Pensez aux monuments aux morts des guerres.

— Bon, dis-je, je ne vois pas très bien ce qu'on peut faire. Mais l'impression ne sera pas du tout la même. J'espère que vous ne soupçonnez pas ma tante d'avoir trempé le moins du monde dans cette affaire ?

— Une vieille dame comme elle ? Oh ! non, monsieur. Il est évident qu'elle a été dupe de son domestique.

— De quel domestique ?

— Mais de Wordsworth, monsieur... qui d'autre ? »

J'estimai préférable de ne pas l'éclairer sur leurs rapports.

« A en croire ma tante, il n'est pas impossible que Wordsworth soit à Paris.

— Rien de plus probable, monsieur.

— Et que comptez-vous faire à ce propos ?

— Nous n'y pouvons rien, absolument rien. Il n'a commis aucun délit justifiant l'extradition. Evidemment, s'il s'avisait de revenir... Il a un passeport britannique. »

Il y avait tant de malignité et de regret dans la voix de l'inspecteur Sparrow que, au fond de moi-même, je sentis la balance pencher un instant en faveur de Wordsworth. Je dis :

« J'espère sincèrement qu'il n'en fera rien.

— Votre attitude me surprend et me déçoit, monsieur.

— Pourquoi cela ?

— Parce que je vous croyais différent.

— Différent de quoi ?

— De ceux qui racontent qu'il n'y a pas de mal à la Marie.

— Est-ce qu'il y en a vraiment ?

— L'expérience nous enseigne, monsieur, que dans presque tous les cas les mordus de la drogue ont commencé par la Marie.

— Eh bien, moi, Sparrow, l'expérience m'a appris que tous les alcooliques de ma connaissance, ou presque, ont commencé par un petit whisky ou un verre de vin. J'avais même un client qui avait commencé par être un mordu, comme vous dites, du Fernet-Branca. Il a fini par entrer si souvent en clinique qu'il a dû signer une procuration à sa femme. »

Je raccrochai. Non sans plaisir l'idée me traversa que j'avais semé une graine de trouble dans l'esprit de l'inspecteur principal Sparrow — de trouble à propos non pas tant du cannabis que de ma nature, la nature d'un directeur de banque à la retraite. Pour la première fois je découvrais en moi une fibre d'anarchie. Conséquence, peut-être, de ma visite à Brighton ? ou peut-être aussi influence de ma tante (bien que je ne fusse pas homme à subir aisément les influences) ? à moins qu'il ne s'agît d'un virus dans le sang des Pulling ? Je me découvrais pour mon père un fonds de vieille tendresse longtemps enseveli. Sa grande somnolence se doublait d'une extrême patience, et pourtant il y avait quelque chose d'inexplicable dans cette patience : elle pouvait tout aussi bien signifier une extrême distraction — ou une indifférence, pourquoi pas ? Peut-être était-il tout le temps, à notre insu, ailleurs ? Je me rappelais les reproches ambigus que ma mère lui lançait à la tête. Ils semblaient confirmer les histoires de ma tante, dans la mesure où ma mère avait tout l'air de le tisonner comme font les femmes insatisfaites. Prisonnière d'ambitions qu'elle n'avait jamais assouvies, elle avait toujours ignoré la liberté. La liberté, pensais-je, ne vient qu'avec la réussite, et mon père avait réussi dans son métier. Quand ses manières et ses devis déplaisaient à un client, celui-ci n'avait qu'à aller se faire voir ailleurs. Rien n'était plus égal à mon père. Peut-être est-ce la liberté, de parole et de conduite, qu'envient vraiment les ratés — plutôt que l'argent, ou même que la puissance.

C'est la tête pleine de cette confusion d'idées inaccoutumées que j'attendis l'arrivée de ma tante pour dîner. Nous avions fixé ce rendez-vous à la gare Victoria, la veille, avant de descendre du Brighton Belle. A peine eut-elle franchi la porte que je lui parlai de l'inspecteur Sparrow. Elle accueillit mon récit avec un manque d'intérêt qui me surprit, se contentant de déclarer que Wordsworth aurait dû être « plus prudent ». Puis je l'entraînai au jardin pour lui montrer les dahlias.

« Ma préférence va depuis toujours aux fleurs coupées », dit-elle.

Et soudain j'eus la vision d'étranges messieurs du Continent lui offrant des bouquets de roses et de capillaire, enveloppés dans du papier de soie.

Je lui indiquai l'emplacement où j'avais envisagé d'installer l'urne en mémoire de ma mère.

« Pauvre Angélica, dit-elle. Elle n'a jamais rien compris aux hommes. »

Ce fut tout. J'aurais pu croire qu'elle avait lu dans mes pensées et que c'en était le commentaire.

Je n'avais eu qu'à composer POULETS sur le cadran du téléphone : le repas arriva à l'heure dite ; il suffisait de réchauffer au four le plat de résistance pendant quelques minutes — le temps de manger le saumon fumé. Vivant en célibataire, j'avais régulièrement recouru à ce système, chaque fois que je devais régaler un client ou ma mère pour sa visite hebdomadaire. Mais cela faisait des mois que j'avais négligé Poulets, dès lors que je n'avais plus eu de clients et que la maladie de ma mère était devenue trop grave pour lui permettre le déplacement de Golders Green à chez moi.

Nous accompagnâmes le saumon fumé de xérès. Pour rendre à ma tante un peu des générosités qu'elle avait eues pour moi à Brighton j'avais acheté une bouteille de Bourgogne, un Chambertin 1959, le cru préféré de Sir Arthur Keene, destiné à aller avec le Poulet à la Royale. Et lorsque le doux éclat de ce vin nous eut réchauffé les esprits ma tante revint à ma conversation avec l'inspecteur Sparrow.

« Il a décidé une fois pour toutes que c'est Wordsworth le coupable, dit-elle. Pourtant ce pourrait être aussi bien n'importe lequel d'entre nous. Non que l'inspecteur soit raciste, je ne pense pas ; non, c'est sa conscience de classe qui joue, et bien que les barrières sociales ne comptent pas dans l'usage de la Marie il aime mieux penser le contraire et rejeter le blâme sur le pauvre Wordsworth.

— Vous et moi nous pouvons prétendre au même alibi,

dis-je, et c'est un fait que Wordsworth a pris la fuite.

— Rien n'empêche qu'il y ait eu collusion entre nous deux et que Wordsworth soit en vacances pour son congé annuel. Non, poursuivit-elle, l'esprit policier a ses ornières, dans lesquelles il s'entête. Je me souviens, j'étais en Tunisie en ce temps-là ; je m'y trouvais avec une compagnie itinérante qui jouait *Hamlet* en arabe. Quelqu'un s'est arrangé pour que le roi de comédie, celui de l'Interlude, soit tué pour de bon... enfin, pas tué tout à fait, mais sérieusement abîmé de l'oreille droite, avec du plomb fondu. Et qui la police suspecta-t-elle aussitôt, crois-tu ? Pas l'homme qui avait versé le plomb, bien qu'il ait dû se rendre compte que la louche n'était pas vide et lui brûlait les doigts. Penses-tu ! Les policiers connaissaient trop bien Shakespeare, du coup ils ont arrêté l'oncle d'Hamlet...

— C'est fou ce que vous avez dû voyager en votre temps, Tante Augusta.

— Je suis encore loin du crépuscule de la vie, dit-elle. Si demain je trouvais un compagnon je repartirais sur-le-champ. Je n'ai plus la force de traîner une grosse valise et le manque de porteurs se fait lamentablement sentir aujourd'hui. Tu as pu t'en apercevoir à Victoria.

— Rien ne nous empêche de reprendre un de ces jours nos petites balades au bord de la mer, dis-je. Je me rappelle être allé à Weymouth il y a bien des années. On voyait sur la promenade une statue de Georges III, d'un vert très agréable.

— J'ai retenu deux couchettes sur l'Orient-Express, nous partons dans huit jours exactement. »

Je la regardai, stupéfait, et demandai :

« Pour où ?

— Istanboul, naturellement.

— Mais cela prend des jours...

— Trois nuits, pour être précis.

— Si vous tenez à aller à Istanboul, sûrement l'avion serait plus commode et bien moins coûteux ?

— Je ne prends l'avion que faute d'autre moyen de transport, répondit-elle.

— Je vous assure que c'est d'une parfaite sécurité.

— Question de préférence, les nerfs n'ont rien à y voir, dit Tante Augusta. Crois-moi, j'ai très bien connu Wilbur Wright à une certaine époque. Il m'a emmenée plusieurs fois avec lui. Je me suis toujours sentie en sécurité à bord de ses petits engins. Mais rien n'est insupportable comme ces haut-parleurs qui t'interpellent tout le temps pour ne rien dire. On ne te harcèle pas sans cesse dans les gares. Les aéroports me font toujours penser à un camp de vacances trop bien organisé.

— Si vous comptez sur moi pour compagnon...

— Mais bien entendu, Henry.

— Désolé, Tante Augusta, mais les banques ne sont pas généreuses pour leurs retraités.

— Il va de soi que tous les frais seront pour moi. Verse-moi encore un peu de ce vin, Henry. Il est excellent.

— Je ne suis guère habitué à voyager à l'étranger. Vous me trouveriez...

— Tu t'y feras très vite en ma compagnie. Les Pulling ont toujours été de grands voyageurs. Je crois bien que c'est ton père qui m'a donné le virus.

— Mon père ? Sûrement pas... Ses voyages ne l'ont jamais conduit plus loin que le centre de Londres.

— Toute sa vie, Henry, il s'est transporté d'une femme à l'autre. Cela revient à peu près au même. On change de paysage, de coutumes aussi. On accumule les souvenirs. La vie ne se mesure pas au nombre des années. Un homme sans souvenirs peut très bien atteindre la centaine et avoir l'impression d'avoir à peine vécu. Un jour ton père m'a dit : « La première fille avec laquelle j'ai couché s'appelait « Rose. Assez curieusement elle travaillait chez un fleu-

« riste. Il me semble qu'il y a un siècle de ça. » Et quant à ton oncle...

— Je ne savais pas que j'avais un oncle.

— Il avait quinze ans de plus que ton père et tu étais encore tout petit quand il est mort.

— C'était un grand voyageur ?

— D'une façon assez bizarre, oui, sur la fin », dit ma tante.

Je regrette de ne pouvoir rendre plus clairement le ton de sa voix. Elle adorait parler, adorait raconter une histoire. Elle mettait un soin extrême à former ses phrases, comme un écrivain qui s'applique lentement à prévoir très à l'avance les prochains mots et à guider sa plume vers eux. Les ruptures d'expression, les solutions de continuité lui étaient totalement étrangères. Il y avait dans sa diction une précision classique en quelque sorte, ou peut-être vieux jeu serait-il un terme plus exact. La bizarrerie de la formule, comme son scandale à l'occasion, il faut le reconnaître, gagnaient encore en éclat à ce cadre vieillot. Plus j'appris à la connaître, plus j'en vins à penser que c'était l'éclat du bronze plutôt que de l'audace — d'un bronze lissé et poli par le temps, tel le genou de ce cheval, dans le grand salon de l'hôtel de Paris à Monte-Carlo, qu'elle devait me décrire un jour, et que des générations de joueurs ont caressé de leur main.

« Ton oncle était bookmaker et connu sous le nom de Jo, me dit-elle. Il était obèse. J'ignore ce qui me prend de dire cela, mais depuis toujours j'aime bien les hommes gras. Ils ont renoncé à tout effort inutile, parce qu'ils ont eu le bon sens de comprendre que les femmes, à la différence des hommes, ne tombent pas amoureuses d'un corps. Curran était plutôt fort, ton père aussi. On se sent tellement plus à l'aise avec un homme gras. En voyageant avec moi, peut-être finiras-tu par engraisser un peu à ton tour. Manque de chance, tu as choisi un métier qui vous met sur les nerfs.

— Je n'ai jamais cherché à maigrir pour l'amour d'une femme, c'est sûr, plaisantai-je.

— Il faudra que tu me parles de tes femmes un de ces jours. L'Orient-Express nous laissera tout loisir de bavarder. Pour l'instant il est question de ton oncle Jo. C'était un cas très curieux. Comme bookmaker il avait fait une assez belle fortune, pourtant plus cela allait, plus son vrai désir était de voyager. Peut-être toutes ces hordes de chevaux qui lui galopaient sans arrêt sous le nez, alors qu'il devait rester planté sur sa petite estrade sous la pancarte avec l'inscription Jo Pulling C'est l'Honnêteté Même, lui avaient-ils donné la bougeotte. Il disait souvent qu'une course se confondait dans l'autre et que la vie passait aussi vite qu'un yearling fils d'Indian Queen. Il rêvait de ralentir l'existence et sentait d'instinct, très justement, que les voyages agiraient comme un frein sur la fuite des jours. C'est un phénomène que tu as probablement remarqué toi-même, en vacances. Si tu restes au même endroit, tes vacances filent comme l'éclair, tandis que si tu changes trois fois de lieu tu as l'impression d'avoir pris au moins le triple de congé.

— Est-ce la raison pour laquelle vous avez tant voyagé, Tante Augusta ?

— D'abord c'était pour gagner ma vie, répondit-elle. En Italie. Après Paris, après Brighton. Je suis partie de la maison avant ta naissance. Ton père et ta mère avaient envie d'être seuls, et de toute façon je ne me suis jamais entendue très bien avec Angélica. On nous appelait les deux A. Souvent les gens disaient que mon nom m'allait comme un gant parce que j'avais l'allure fière d'une jeune fille, mais personne n'a jamais dit que le nom de ma sœur lui allait. Peut-être était-elle une sainte, mais quelle sévérité dans la sainteté ! Elle n'avait certainement rien d'angélique. »

Si l'âge marquait très peu ma tante, je reconnaissais

cependant sa griffe dans une propension à sauter d'une anecdote à l'autre sans attendre la fin. Sa conversation faisait assez penser à ces magazines américains où, pour trouver la suite de l'histoire, l'on doit courir de la page vingt à la page quatre-vingt-dix-huit en feuilletant toutes sortes de sujets entre les deux : délinquance juvénile, dernières recettes de cocktails, vie amoureuse d'une star de cinéma, voire autre récit ou roman qui n'a rien à voir avec celui dont le fil a été brutalement interrompu.

« Cette question de noms, dit ma tante, est très intéressante. Le tien par exemple est une garantie de sécurité par son manque de couleur. Mieux vaut cela que d'avoir reçu un nom comme Ernest, qui exige que l'on vive à sa hauteur. J'ai connu autrefois une fille qui s'appelait Consolation... quelle triste existence fut la sienne ! Rien qu'à cause de son nom les hommes malheureux étaient attirés commes des mouches, quand en réalité c'était elle, tout ce temps, le pauvre chou, qui avait besoin d'être consolée par eux. La malchance voulut qu'elle s'éprît d'un homme du nom de Hardy et qui avait une peur incurable des souris ; mais au bout du compte elle épousa un M. Pène et se suicida. Dans un de ces lieux qui offrent la consolation de leur commodité aux exigences naturelles du corps humain. Si je n'avais connu la fille, j'aurais trouvé l'histoire drôle.

— Vous me parliez de mon oncle Jo, dis-je.

— Je sais. Je te racontais qu'il avait envie de faire durer la vie. Il résolut donc d'entreprendre le tour du monde (il n'y avait pas de restrictions sur les devises en ce temps-là) et, détail assez curieux, il commença par ce même Simplon-Orient que nous prendrons la semaine prochaine. De Turquie, ses projets passaient par la Perse, la Russie, l'Inde, la Malaisie, Hong-kong, la Chine, le Japon, les îles Hawaï, Tahiti, les Etats-Unis, l'Amérique du Sud, l'Australie, la Nouvelle-Zélande peut-être, avec l'intention d'embarquer quelque part pour rentrer. Malheureusement, on dut le descendre du train, à peine parti, à Venise, sur une civière, à la suite d'une attaque.

— Quelle tristesse.

— Cela ne changea rien du tout à son désir de prolonger sa vie. Je gagnais la mienne en travaillant à Venise à l'époque, et j'allai le voir. Il avait décidé que, son corps se dérobant, il voyagerait mentalement. Il me pria de bien vouloir lui trouver une demeure de trois cent soixante-cinq pièces, de façon à pouvoir passer un jour et une nuit dans chacune d'elles. De la sorte il calculait qu'il aurait l'impression de n'en plus finir de vivre. Le fait qu'il n'en eut plus pour longtemps ne faisait que renforcer son désir passionné de prolonger au maximum l'ultime répit. Je lui expliquai que, à part le Palais Royal de Naples, je doutais fort qu'il existât semblable demeure. Même celui de Rome comptait probablement moins de pièces.

— Il eût suffi de changer plus souvent de chambre dans une maison plus modeste.

— Oui mais alors il s'y fût retrouvé, prétendait-il. Il n'aurait pas vu de différence avec ses vieilles habitudes, au temps où il n'aviguait entre Newmarket, Epsom, Goodwood et Brighton. Il voulait avoir le loisir d'oublier la chambre qu'il avait quittée, avant d'y retourner, sans compter l'occasion de changer quelques traits essentiels du décor. Tu sais, il y avait un bordel à Paris, rue de Provence, entre les deux guerres... ah ! je finis par oublier, tant de guerres ont passé, n'est-ce pas, depuis, sans pourtant avoir l'air d'être nôtres comme ces deux-là. Et ce bordel avait des chambres décorées dans divers styles... Far-West, Chine, Inde, tu vois le genre. L'oncle avait à peu près la même idée pour sa maison.

— Vous n'allez pas me faire croire qu'il a trouvé son rêve, m'exclamai-je.

— A la fin il a dû se résigner à un compromis. A un moment j'ai eu peur qu'il ne dût se contenter au mieux de douze chambres... une par mois. Mais peu après, grâce à un de mes clients de Milan...

— Je croyais que c'était à Venise que vous travailliez, l'interrompis-je, pris de soupçon.

— Mes affaires faisaient un peu de moi une péripatéticienne, dit-elle. Nous bougions beaucoup... une saison d'une quinzaine à Venise, même chose à Milan, Florence et Rome, puis retour à Venise. *La quindicina,* comme on appelait cela.

— Vous faisiez partie d'une compagnie de théâtre ? demandai-je.

— Je retiendrai cette définition à l'avenir, répondit-elle avec cette sorte d'ambiguïté qui revenait souvent. N'oublie pas que j'étais très jeune alors.

— Il n'y a pas de raison de s'excuser d'être actrice.

— Je ne m'excusais pas, dit-elle vivement. J'expliquais. C'est une profession où l'âge constitue un handicap. J'ai eu la chance de la quitter au bon moment. Grâce à M. Visconti.

— Qui était ce M. Visconti ?

— Nous parlions de ton oncle Jo. J'ai fini par dénicher dans la campagne une vieille maison... un ancien *palazzo* ou *castello* en son temps, ou quelque chose d'approchant. Presque en ruine et avec des bohémiens qui campaient dans des pièces du bas et à la cave... une énorme cave qui courait sous tout le rez-de-chaussée. Elle avait servi pour le vin, et il y avait encore une immense cuve abandonnée parce qu'elle s'était fendue avec l'âge. La maison avait été bâtie jadis au milieu des vignes, puis on avait construit une autostrade qui coupait droit à travers le domaine, à moins de cent mètres de la demeure, ce qui faisait un défilé continuel de voitures tout le jour entre Rome et Milan, et la nuit c'étaient de gros camions. Il ne restait plus que quelques vieux ceps rabougris et noueux. Il n'y avait qu'une salle de bains pour tout le bâtiment (l'eau manquait depuis belle lurette à cause de la pompe électrique qui était cassée), et qu'un seul lieu d'aisance, au dernier étage d'une tour, sans eau non plus naturellement. Comme tu peux l'imaginer, ce n'était pas le genre de maison qui trouve facilement preneur... elle était à vendre depuis une vingtaine d'années et le propriétaire était un orphelin mongolien vivant dans un asile. Les notaires se gargarisaient de sa valeur historique, mais M. Visconti savait à quoi s'en tenir sur le sujet, comme son nom te l'aura indiqué. Tu penses bien qu'il n'était pas du tout partisan d'acheter ; seulement, vu le peu de chance qu'avait le pauvre Jo de durer, pourquoi ne pas faire son bonheur après tout ? J'avais compté et recompté les pièces : en coupant la cave en quatre par des cloisons, et y compris les cabinets, la salle de bain et la cuisine, on pouvait arriver à un total de cinquante-deux. Quand je l'annonçai à Jo il se déclara ravi. Une chambre par semaine dans l'année, me dit-il. Je dus lui installer un lit dans chaque pièce, même dans la salle de bain et la cuisine. Il n'y avait pas de place dans les cabinets, mais j'achetai un fauteuil extrêmement confortable avec un tabouret pour les pieds, tout en songeant qu'on pouvait toujours garder cette pièce pour la fin... à mon avis Jo ne vivrait pas assez longtemps pour parvenir jusque-là. Il avait une infirmière qui devait lui succéder de chambre en chambre, en retard d'une semaine de sommeil sur lui, pour ainsi dire. Je craignais qu'il ne tînt à changer d'infirmière à chaque arrêt, mais il trouva celle-ci assez à son goût pour la garder comme compagne de voyage.

— Quel extraordinaire arrangement !

— Tout a très bien marché. Jo en était à sa quinzième chambre ; ma tournée venait de me ramener cette semaine-là à Milan et j'avais profité de mon jour de liberté pour venir le voir avec M. Visconti ; il me déclara à l'occasion de cette visite qu'il avait vraiment l'impression d'être là depuis une année au moins. Il devait emménager le lendemain dans la seizième pièce, à l'étage au-dessus, d'où la vue était différente ; ses valises étaient prêtes et fermées (il insistait pour faire tous ses déménagements avec des valises, et je lui en avais acheté une d'occasion, déjà ornée d'étiquettes de toutes sortes d'hôtels célèbres — le George V de Paris, le Quisisana de Capri, l'Excelsior de Rome, le Raffles de Singapour, le Shepheard du Caire, le Péra Palace d'Istanboul).

« Pauvre Jo ! J'ai rarement vu quelqu'un de plus heureux. Il était sûr que la mort ne le surprendrait pas avant qu'il eût atteint sa cinquante-deuxième chambre, et du moment que les quinze premières lui avaient donné l'illusion d'un an complet de vie, cela lui laissait donc encore plusieurs années de voyages devant lui. L'infirmière me raconta que, vers la quatrième journée de résidence dans une pièce, sa bougeotte commençait à le reprendre et à l'agiter, et que le premier jour où il changeait il passait plus de temps que d'habitude à dormir, à cause de la fatigue du voyage. Après avoir commencé par la cave, il monta peu à peu jusqu'au moment où il finit par arriver au dernier étage et où il parlait déjà de revenir sur les lieux de ses anciens séjours. « Nous suivrons un ordre entièrement différent cette fois, « disait-il, en prenant pour point de départ une tout autre « direction. » Il s'accommodait très bien de garder les cabinets pour la fin. « Après toutes ces chambres luxueu- « ses, disait-il aussi, ce serait amusant de vivre un peu à la « dure. Rien de tel pour rester jeune. Je n'ai pas envie de « ressembler à ces vieilles bourriques de passagers de « première classe sur les paquebots de la Cunard, qui se « plaignent du caviar. » Et ce fut alors que, dans sa cinquante-et-unième chambre, il eut sa seconde attaque. Il en sortit paralysé d'un côté, et ayant de la peine à parler. Je me trouvais justement à Venise, mais j'obtins la permission de m'absenter de la tournée pour un ou deux jours et M. Visconti me conduisit en voiture jusqu'au *palazzo* de Jo.

Il causait bien des ennuis à ses gens. Il y avait sept jours qu'il occupait la cinquante-et-unième chambre quand l'attaque l'avait terrassé, mais le médecin insistait pour qu'il gardât le même lit sans bouger pour une dizaine de jours encore au moins. « N'importe qui d'autre, me confia le « docteur, serait bien content de rester tranquille un bout « de temps. » Je lui répliquai : « Son idée est de vivre aussi « longtemps que possible. » A quoi il rétorqua : « Dans ce « cas il devrait rester où il est, jusqu'au bout. Avec un peu « de chance il en a encore pour deux ou trois ans. » Je répétai ces paroles du médecin à Jo. Ses lèvres remuèrent et je crus y lire sa réponse : « Suffit pas. » Il se tint calme cette nuit-là et toute la matinée du lendemain. L'infirmière était convaincue qu'il s'était résigné à ne pas bouger. Il dormait quand elle sortit de la chambre pour venir prendre une tasse de thé dans la mienne, en bas. M. Visconti avait acheté des gâteaux à la crème à Milan, dans l'excellente pâtisserie proche de la cathédrale. Soudain, des étages supérieurs nous parvint un bruit étrange, comme un raclement. L'infirmière s'écria : « *Mama mia,* qu'est-ce qui se passe ? » On eût dit qu'on déplaçait des meubles. Nous montâmes en courant et que crois-tu ? Jo Pulling était sorti de son lit. Il avait noué une vieille cravate aux couleurs d'un de ses clubs, les Faiseurs de Bulles, le Moutarde Club ou je ne sais quoi, à la poignée de sa valise, parce qu'il n'avait plus de force dans les jambes, et il rampait dans le couloir menant à la tour d'aisance, en traînant le tout derrière lui. Je lui criai de s'arrêter, mais il fit la sourde oreille. C'était affreux de voir la lenteur de ses mouvements et l'effort terrible qu'il lui en coûtait. Le couloir était carrelé et la traversée de chaque carreau l'épuisait un peu plus. Il s'affala sur le sol avant que nous ayons pu arriver jusqu'à lui et resta là pantelant. Et, ce qui me parut le plus triste de tout, il fit une petite mare de pipi sur le carrelage. Nous avions peur de le remuer avant l'arrivée du médecin. Nous avons apporté un oreiller pour le lui mettre sous la tête et l'infirmière lui a donné une de ses pilules, tout en lui disant : « *Cattivo* », ce qui signifie en italien : « Oh ! le vilain vieux monsieur », et il nous a adressé un grand sourire à toutes les deux en s'arrachant les derniers mots qu'il devait prononcer, un peu déformés mais que je n'eus aucun mal à comprendre : « M'a paru durer toute une vie. » Et il est mort sans laisser au médecin le temps d'arriver. A sa façon il avait cent fois raison de s'embarquer dans ce dernier trajet, malgré la défense du médecin. L'autre ne lui avait promis que quelques années de plus.

— Il est mort dans ce couloir ? demandai-je.

— Il est mort en plein voyage, dit ma tante sur un ton de reproche. Il n'en désirait pas plus.

— « Il repose en ce lieu tant souhaité », citai-je pour faire plaisir à ma tante, tout en me souvenant malgré moi que l'Oncle Jo n'avait pas réussi à atteindre la porte des cabinets.

— « Cî est en sa demeure le chasseur de retour des mers. « Tout comme le marin de retour des collines », enchaîna ma tante, achevant la citation à sa manière.

Nous restâmes silencieux un long moment après cela, en terminant le Poulet à la Royale. Cela ressemblait un peu à la minute de silence de l'anniversaire de l'Armistice. Je me rappelais que, enfant, je me demandais souvent s'il y avait réellement un cadavre enterré sous le Cénotaphe : les gouvernements ont coutume d'être économes en matière de sentiment et s'emploient de leur mieux à le susciter au plus bas prix possible. Un brillant slogan publicitaire n'a que faire d'un corps — une boîte pleine de terre aurait le même effet, et j'en venais soudain à m'interroger aussi sur l'oncle Jo. Ma tante avait-elle un peu trop d'imagination ? Peut-être ses histoires sur Jo comme sur mon père et ma mère contenaient-elles seulement une part de vérité ?

Sans rompre le silence je bus en toute révérence un verre de Chambertin à la mémoire de l'oncle Jo, qu'il eût existé ou non. Le vin insolite chantait un hymne irrésistible dans ma tête. Qu'importait la vérité ? Tout personnage une fois mort, s'il continue le moins du monde à vivre dans notre mémoire, tend à se changer en fiction. Hamlet n'est pas moins réel aujourd'hui que Winston Churchill, Jo Pulling pas moins historique que Don Quichotte. Je me trahis par un hoquet tout en changeant les assiettes, et avec le fromage bleu je retrouvai le sens des questions matérielles.

« L'oncle Jo, dis-je, a eu de la chance de ne pas connaître les restrictions sur les devises. Il n'aurait pas pu s'offrir le luxe de ce genre de mort avec l'allocation qu'on accorde aux touristes.

— C'était la belle époque, dit Tante Augusta.

— Et nous, comment allons-nous faire ? demandai-je. Ce ne sont pas nos cinquante livres chacun qui nous permettront de rester bien longtemps à Istanboul.

— Les restrictions sur les devises ne m'ont jamais sérieusement tracassée, répondit-elle. Les moyens et les façons ne manquent pas.

— J'espère que vous ne pensez pas à des moyens illégaux.

— De ma vie je n'ai pensé à rien d'illégal, dit Tante Augusta. Comment voudrais-tu que je puisse penser à quoi que ce soit de tel quand je n'ai jamais lu la moindre de nos lois, ni eu la moindre idée de leur contenu ? »

CHAPITRE VIII

CE fut ma tante elle-même qui suggéra que nous prenions l'avion jusqu'à Paris. Cela ne laissa pas que de me surprendre un peu, juste après ce qu'elle venait de me dire, car il existait sûrement dans le cas présent d'autres moyens de transport. Je fis remarquer l'inconséquence de la chose.

« J'ai mes raisons, répondit Tante Augusta. Et elles sont probantes. Je connais les ficelles à Heathrow. »

L'insistance qu'elle mit sur la nécessité d'aller prendre le car pour l'aéroport au terminus de Kensington m'intrigua également.

« Rien ne m'est plus facile, dis-je, que de passer vous prendre en voiture et de vous conduire à Heathrow. Vous trouveriez cela beaucoup moins fatigant. Tante Augusta.

— Tu devrais payer des sommes folles pour le parking », répliqua-t-elle.

Ce sens soudain de l'économie me parut peu convaincant de sa part.

Le lendemain, je pris mes dispositions pour que mon voisin, un certain major Charge, homme brusque, veillât à arroser mes dahlias. Il avait vu l'inspecteur Sparrow sonner chez moi en compagnie de l'agent en uniforme, et la curiosité le mordait. Je lui racontai une histoire de contravention attrapée au volant de ma voiture, ce qui me gagna aussitôt sa sympathie.

« Quand on pense qu'il ne se passe pas une semaine sans un assassinat d'enfant, dit-il, et que tout ce que trouve la police c'est de persécuter les automobilistes. »

Je n'aime pas le mensonge et je sentis qu'il m'appartenait en conscience de prendre la défense de l'inspecteur Sparrow : il avait tenu parole et m'avait renvoyé l'urne par la poste, en expres recommandé.

« L'inspecteur Sparrow ne s'occupe pas des homicides, répliquai-je, et chaque année il y a plus de gens tués par des automobilistes que par des assassins.

— Un tas de propres à rien toujours en balade, dit le major Charge. De la chair à canon. »

Toutefois, il accepta d'arroser les dahlias.

Je passai prendre ma tante au bar de la Couronne et l'Ancre où elle buvait le coup de l'étrier et nous partîmes en taxi pour le terminus des cars à Kensington. Je remarquai qu'elle emportait deux valises dont une très grande, bien que, à ma question sur la durée de notre séjour à Istanboul, elle eût répondu :

« Vingt-quatre heures.

— Cela paraît bien court pour un si long voyage.

— Le piquant est dans l'expédition, avait-elle répliqué. Mon plaisir est de voyager, pas de rester dans un fauteuil. »

Même l'oncle Jo, avais-je objecté, était capable de supporter toute une semaine la même chambre, dans sa maison.

« Jo était un grand malade, avait-elle dit. Moi, je me porte comme un charme. »

Elle avait pris des premières classes (autre luxe inutile entre Londres et Paris, me semblait-il), nous n'avions donc pas d'excédent de bagages, bien que la plus grande de ses valises se révélât exceptionnellement lourde. Dans le car je fis observer à ma tante que le coût du parking pour ma voiture eût été sans doute moins élevé que la différence entre des premières et la classe touriste.

« La différence, dit-elle, est largement compensée ou presque par le caviar et le saumon fumé, et je serais très étonnée si à nous deux nous ne pouvions pas vider une demi-bouteille de vodka. Sans parler du champagne et du cognac. En tout cas j'ai mes raisons pour prendre le car, et c'est l'important. »

Comme nous approchions de Heathrow elle se pencha pour me chuchoter à l'oreille :

« Les bagages sont dans une remorque, derrière.

— Je sais.

— De mes deux valises l'une est verte, l'autre rouge. Tiens, prends les tickets. »

J'obéis sans comprendre.

« A l'arrêt du car sois gentil : dépêche-toi de descendre et regarde bien si l'on a détaché la remorque ou non. Si ce n'est pas déjà fait, viens tout de suite me prévenir et je te donnerai d'autres instructions. »

Quelque chose dans ses manières m'inquiéta et je répondis :

« On ne l'aura pas encore détachée, c'est sûr.

— J'espère bien que si, sincèrement, dit-elle. Autrement nous ne partirons pas aujourd'hui.

Je sautai à bas du car dès l'arrivée et le fait était que la remorque avait déjà disparu.

« Que dois-je faire à présent ? demandai-je à ma tante.

— Absolument rien. Tout est parfaitement en ordre. Rends-moi les tickets et respire un bon coup. »

Nous étions assis devant deux gin et tonic dans la salle d'attente lorsque les haut-parleurs annoncèrent : « Les passagers pour Nice vol 378 sont priés de se présenter à la douane pour le contrôle de leurs bagages. »

Nous étions seuls à notre table et ma tante ne se donna

pas la peine de baisser la voix, dans le vacarme des passagers, des tintements de verre et des haut-parleurs.

« C'est exactement ce que je voulais éviter, me dit-elle. On en est maintenant à contrôler par-ci par-là les voyageurs qui sortent de ce pays. A force de les rogner une à une, il ne restera plus rien de nos libertés. Dans ma jeunesse on pouvait aller n'importe où, sauf en Russie, sans passeport et en emportant autant d'argent qu'on voulait. Récemment encore on se contentait de te *prier* de déclarer ton argent, ou au pis de montrer ton portefeuille. S'il est une chose que je déteste chez n'importe quel être humain, c'est bien la méfiance.

— A vous entendre, plaisantai-je, je soupçonne que nous avons de la chance que ce ne soient pas nos bagages que l'on fouille. »

J'imaginais parfaitement ma tante fourrant une douzaine de billets de cinq livres tout au bout de sa paire de pantoufles. Il est possible que le fait d'avoir dirigé une banque m'ait bourré d'un excès de scrupules ; néanmoins je dois avouer que j'avais serré dans la poche où je gardais mes titres de voyage un billet supplémentaire de cinq livres étroitement plié — cela pouvait passer pour une honnête distraction.

« Je ne fais jamais entrer la chance dans mes calculs, dit ma tante. Il n'y a que les imbéciles pour se fier à elle, et je parierais qu'en ce moment même l'un d'eux, sur le vol de Nice, est en train de regretter son idiotie. Chaque fois que l'on applique de nouvelles restrictions, je me livre à une étude approfondie des dispositions d'exécution. »

Elle poussa un petit soupir et reprit :

« Dans le cas de Heathrow je dois beaucoup à Wordsworth. Il y est resté quelque temps au chargement des bagages. Il a quitté l'emploi à la suite d'ennuis avec un transfert d'or. On n'a jamais relevé de preuves contre lui, mais toute l'affaire avait un tel caractère d'improvisation qu'il en a été écœuré. Il me l'a racontée. Un des bagagistes avait escamoté un très gros lingot, et l'on découvrit la disparition trop tôt, avant la fin de la journée de travail. De ce fait les hommes étaient sans illusion : la police les fouillerait à la sortie, les taxis n'y échapperaient pas non plus — que faire de l'objet ? Personne n'en avait la moindre idée, jusqu'au moment où Wordsworth proposa de le rouler dans du goudron et de s'en servir pour caler une porte du hangar de la douane. Il demeura là des mois. Chaque fois que les malheureux venaient décharger des caisses dans le hangar, ils pouvaient voir leur lingot calant la porte ouverte. Wordsworth m'a dit que ce spectacle le rendait tellement fou à la fin qu'il a rendu son tablier. C'est alors qu'il est devenu portier au Grenada Palace.

— Et le lingot ?

— Je suppose que les autorités s'en sont désintéressées, du jour où les vols de diamants ont commencé. Les diamants c'est du beurre, Henry. Vois-tu, pour tout ce qui est précieux on utilise des sacs plombés spéciaux que l'on glisse dans des sacs ordinaires, l'idée étant que la main-d'œuvre ne pourra pas les repérer. L'esprit fonctionnaire est d'une rare innocence. Au bout d'une semaine ou deux de chargements, au palper on devient capable de distinguer les sacs qui en renferment un autre. Et il ne reste plus alors qu'à pratiquer une fente dans les deux au petit bonheur la chance. Un peu comme les enfants qui vont à la pêche au cadeau de Noël dans un baquet de son. Personne ne découvrira la fente avant l'arrivée de l'avion à destination le diable sait où. Wordsworth connaissait un homme qui avait eu la main heureuse dès le premier coup : il avait pêché une boîte qui contenait cinquante pierres précieuses.

— Tout de même, il y a bien un surveillant ?

— Personne que les autres employés au chargement, et on partage. Evidemment il y a des coups de malchance. Une fois, un des amis de Wordsworth a ramené une grosse liasse de billets de banque, mais vérification faite c'était de l'argent pakistanais. Il y en avait pour un millier de livres si tu vivais à Karachi, mais qui allait les changer ici ? Le pauvre homme passait son temps à rôder sur la piste, à chaque avion qui décollait pour Karachi, mais il n'a jamais pu trouver un client de confiance. Wordsworth prétend qu'il avait fini par en concevoir une grande amertume.

— J'étais loin de me douter qu'il se passait tant de choses à Heathrow.

— Mon cher Henry, dit Tante Augusta, si tu étais jeune je te conseillerais d'entrer au chargement des avions. C'est une existence aventureuse qui offre infiniment plus de chances de faire fortune que tu n'en as jamais eu dans une succursale de banque. Je ne vois pas ce qu'on peut rêver de mieux pour un jeune homme ambitieux, sauf peut-être l'extraction illicite du diamant. C'est en Sierra Leone, d'où vient Wordsworth, qu'on la pratique le mieux. La surveillance des gardiens y est moins astucieuse et brutale qu'en Afrique du Sud.

— En vous écoutant, il y a des moments où je suis un peu scandalisé, Tante Augusta, dis-je bien que cette affirmation eût déjà perdu toute vérité, ou peu s'en fallait. Jamais on n'a rien volé dans ma valise et je ne la ferme même pas à clef.

— C'est probablement ce qui te sauve. Qui donc se soucierait d'une valise qui n'est pas fermée à clef ? Wordsworth a connu un bagagiste qui avait des clefs capables d'ouvrir n'importe quelle valise. Il n'y a pas tant de variétés. Si... une fois, une valise russe lui a posé des problèmes. »

Les haut-parleurs annoncèrent notre vol et nous recommandèrent de nous rendre à la Porte 14 pour embarquement immédiat.

« Pour quelqu'un qui n'aime pas les aéroports, dis-je, c'est fou comme vous avez l'air renseigné sur Heathrow.

— La nature humaine m'a toujours passionnée, répondit-elle. Surtout dans ce qu'elle a d'imaginatif. »

A peine étions-nous installés dans l'avion qu'elle commanda deux autres gin et tonic.

« Et voilà, dit-elle, dix shillings à l'avantage du trajet en première classe. Un jour un de mes amis a calculé que sur un long vol pour Tahiti... il fallait compter plus de soixante-quatre heures en ce temps-là... il a récupéré près de vingt livres. Il faut reconnaître qu'il buvait sec. »

Une fois de plus j'avais l'impression de tourner les pages d'un magazine américain, en quête d'un article dont j'eusse perdu momentanément la trace.

« Je continue à ne rien comprendre, dis-je, à votre histoire de remorque et de valises. Pourquoi une telle impatience de savoir si la remorque n'était plus là ?

— Il me semble, dit ma tante, que tu te laisses un tantinet scandaliser par de menues illégalités. Parvenu à mon âge tu auras plus d'indulgence. Il y a des années Paris passait pour le centre mondial du vice, comme Buenos Aires avant cela, mais Mme de Gaulle y a mis bon ordre. Rome, Milan, Venise, Naples ont résisté encore une dizaine d'années, après quoi il n'est plus resté comme grandes villes que Macao et La Havane. La Chambre de Commerce chinoise a nettoyé Macao, et Fidel Castro La Havane. Pour l'instant Heathrow est La Havane de l'Occident. Pas pour longtemps, bien sûr, mais il faut avouer qu'en ce moment l'Aéroport de Londres bénéficie d'un lustre qui place sans aucun doute la Grande-Bretagne au premier rang. Auriez-vous un peu de vodka avec le caviar ? demanda-t-elle à l'hôtesse qui apportait nos plateaux. Je préfère cela au champagne.

— Mais, Tante Augusta, vous ne m'avez toujours pas expliqué l'histoire de la remorque.

— C'est la simplicité même, dit-elle. Si l'on charge immédiatement les bagages à bord, la remorque est détachée à l'extérieur du bâtiment qui porte le nom de la reine Elisabeth... la circulation est constamment bloquée à cet endroit et les passagers ne remarquent rien. Mais si, quand le car s'arrête à l'entrée de la B.E.A. ou d'Air France, tu t'aperçois que la remorque est encore là, cela signifie que les bagages vont être acheminés vers la douane. Personnellement, j'ai une répugnance invétérée pour les mains inconnues qui, après avoir tripoté toutes sortes d'effets d'une propreté parfois douteuse, dans les valises les plus bizarres, se mettent à fourrager dans les miennes.

— Et que faites-vous en pareil cas ?

— Je retire mes bagages, en déclarant que réflexion faite je n'en ai pas besoin pour cette fois et que je désire les laisser à la consigne. Ou bien j'annule mon départ et j'essaie un autre jour. »

Elle termina le saumon fumé et passa au caviar.

« Le système est loin d'être aussi commode à Douvres, reprit-elle, sinon je préférerais le bateau.

— Tante Augusta, dis-je, qu'y a-t-il dans vos valises ?

— Une seule d'entre elles court un petit danger : la rouge. Je la réserve toujours à cet usage. Rouge égale danger, ajouta-t-elle en souriant.

— Et qu'emportez-vous dans la rouge ?

— Pas grand-chose, répondit-elle. Rien qu'un peu de renfort. Vraiment, je ne peux plus supporter l'absurdité de ces allocations de voyage. Allocations ! Pour des adultes ! Enfant, j'avais droit à un shilling d'argent de poche par semaine. Quand on considère ce que vaut la livre aujourd'hui, cela représentait un peu plus que ce que l'on nous alloue chaque année pour voyager. Tu n'as pas mangé ta ration de foie gras.

— Le foie gras ne me réussit pas, dis-je.

— Bien, je la mangerai pour toi. Steward, un autre verre de champagne et une autre vodka.

— Nous venons d'amorcer la descente, madame.

— Raison de plus pour faire vite, jeune homme.»

Elle attacha sa ceinture.

«Je suis bien contente que Wordsworth ait quitté Heathrow avant que j'aie eu l'occasion de le connaître. La corruption le guettait. Oh, ce n'est pas à ces histoires de vol que je pense. Voler un tout petit peu, en toute honnêteté, n'a jamais fait de mal à personne, surtout si c'est de l'or. C'est un métal qui a besoin de circuler librement. L'Empire d'Espagne eût décliné beaucoup plus rapidement si Sir Francis Drake n'avait pas maintenu en circulation une partie de l'or espagnol. Mais il n'y a pas que l'or. J'ai déjà fait allusion à La Havane, et ne va pas me prendre pour une guindée du corset. Je suis cent pour cent pour l'amour dans les règles de l'art. Tu as sans doute lu des choses sur les activités de Superman. Et je suis certaine qu'à sa vue beaucoup de frigidités ont été guéries. Merci, steward.»

Elle vida d'un trait son verre de vodka.

«Nous ne nous en tirons pas si mal. Je dirais que nous avons presque couvert la différence entre premières et classe touriste, si tu tiens compte du léger excédent de poids de ma valise rouge. Donc, il y avait à La Havane un bordel où trois charmantes filles s'acquittaient à la perfection de la Couronne Impériale. Cette sorte d'établissement sauve plus d'un mariage de l'ennui. Et je ne te parle pas du Théâtre de Sanghaï dans le quartier chinois de La Havane... on y passait trois films roses pendant les entractes d'une revue nue, le tout pour un dollar, et avec une librairie pornographique installée dans le foyer par-dessus le marché. J'y suis allée une fois en compagnie d'un M. Fernandez qui avait un élevage de bétail à Camaguey. (Je l'avais rencontré à Rome après une éclipse momentanée de M. Visconti et il m'avait invitée à passer un mois de vacances à Cuba.) Cela dit, l'endroit était déjà gâché bien avant la révolution. On m'a raconté que pour faire concurrence à la télévision on y avait monté un grand écran.

Naturellement, les films originaux étaient des seize millimètres ; une fois qu'ils étaient grossis aux dimensions du cinérama ou presque, il fallait vraiment avoir la foi pour arriver à déceler la moindre trace de corps humain. »

L'avion virait sur l'aile au-dessus du Bourget.

« Tout cela était très innocent, continua ma tante, et une foule de gens en vivait. Mais ce qui se passe autour de Heathrow... »

Le steward apporta encore une vodka que ma tante vida aussi d'un trait. Elle avait la tête solide — ce n'était pas la première fois que je le remarquais — mais sous l'influence de l'alcool son esprit vagabondait.

« Nous parlions de Heathrow, lui rappelai-je car elle avait éveillé ma curiosité et, avec elle, j'avais l'étrange impression d'ignorer tout de mon propre pays.

— Il y a un certain nombre de grosses entreprises autour de Heathrow, dit ma tante. Electronique, industries mécaniques, fabriques de pellicule de cinéma. Glaxo, cela ne te surprendra pas, échappe entièrement à l'influence de Heathrow. Après les heures de bureau, certains des techniciens donnent des soirées intimes ; le personnel aéronautique y est toujours le bienvenu, du moment qu'il amène avec lui des hôtesses. Même les bagagistes. Wordsworth était régulièrement invité, à la seule condition de venir avec une fille et d'être prêt à l'échanger contre une autre au cours de la soirée. On commence par montrer des films pornographiques, histoire de se donner du cœur. Wordsworth avait un attachement sincère pour sa petite amie, mais il dut la céder en échange de l'épouse d'un technicien, femme plutôt laide, d'une cinquantaine d'années et nommée Ada. Je trouve que le système du bon vieux bordel était infiniment plus sérieux et salubre que l'outrance de ces distractions d'amateur. Mais les amateurs vont trop loin, c'est la règle. Jamais ils ne sont maîtres de leur art comme il le faudrait. Le bordel d'autrefois avait sa discipline. A bien des égards la patronne y tenait un rôle analogue à celui de la directrice du collège de jeunes filles bien de Roedean. Après tout le bordel est une sorte d'école... d'école de bonnes manières, c'est le moins qu'on puisse dire. J'ai connu plusieurs patronnes vraiment très distinguées, elles se seraient senties tout à fait chez elles à Roedean et auraient prêté leur distinction à n'importe quelle école.

— Comment diable avez-vous pu connaître ces femmes ? » demandai-je.

Mais l'avion cahotait sur les bosses du terrain du Bourget et ma tante commençait à s'inquiéter de ses bagages.

« Le mieux à mon avis, dit-elle, serait que nous ne passions pas ensemble à la douane et aux services de l'immigration. Ma valise rouge est assez lourde et tu me ferais plaisir en la prenant avec toi. Sers-toi d'un porteur. On a toujours moins de mal à obtenir un taxi avec l'aide d'un porteur. Et montre par ton attitude qu'il aura un bon pourboire, avant même l'arrivée à la douane. Il n'est pas rare que porteurs et douaniers s'entendent entre eux. Je te retrouverai dehors. Tiens, voici le ticket de la valise rouge. »

CHAPITRE IX

JE ne voyais pas très clairement où ma tante voulait en venir avec ses dédales de précautions. Il n'y avait manifestement pas grand-chose à redouter du douanier qui, de la main, me fit signe de passer, avec cette indifférence courtoise qui me paraît tant manquer aux jeunes hommes hautains de chez nous. Ma tante avait réservé des chambres au Saint-James et d'Albany, hôtel démodé et double, donnant pour une moitié, l'Albany, sur la rue de Rivoli, et pour l'autre, le Saint-James, sur la rue Saint-Honoré. Entre les deux s'étend l'enclave commune d'un petit jardin, sur le fronton duquel, côté Saint-James, je remarquai une plaque annonçant au visiteur qu'ici La Fayette signa je ne sais quel traité ou célébra son retour des Amériques et de leur révolution, j'oublie lequel des deux.

Nos chambres à l'Albany regardaient les Tuileries. Ma tante avait pris un appartement entier, chose qui semblait assez peu s'imposer puisque nous n'avions que la nuit à passer avant de monter dans l'Orient-Express. Pourtant, quand je me permis d'y faire allusion, je m'attirai une sévère rebuffade :

« C'est la seconde fois de la journée que tu me parles d'économiser. Même à la retraite tu gardes l'esprit banquier. Mets-toi dans la tête une fois pour toutes que je me moque d'économiser. J'ai soixante-quinze ans passés, il y a donc peu de chance qu'il me reste beaucoup plus de vingt-cinq années à vivre. Mon argent m'appartient et je n'ai pas l'intention d'épargner pour les beaux yeux d'un héritier. Des économies, j'en ai fait des tas dans ma jeunesse, et sans grande peine car le luxe est le cadet des soucis pour les jeunes. Les jeunes ont d'autres intérêts dans la vie que de dépenser de l'argent, ils peuvent s'aimer à satiété devant un Coca-Cola... et quelle boisson écœurante quand on prend de l'âge ! Ils n'ont qu'une faible idée de ce qu'est en réalité le plaisir : même en amour ils sont portés à la hâte et à l'inachevé. Heureusement le plaisir vient avec la maturité, le plaisir de l'amour, du vin, de la bonne chère. Seul le goût de la poésie flanche un peu, mais je me serais fait une joie de sacrifier à tout moment mon goût pour les sonnets de Wordsworth (je parle du poète, bien sûr), si cela m'avait permis d'avoir un palais plus fin pour le vin. L'amour aussi, en général, procure un plaisir plus prolongé et varié passé quarante-cinq ans. L'Arétin n'est pas un écrivain pour la jeunesse.

— Peut-être ai-je encore le temps de m'y mettre, dis-je par facétie et pour tenter de clore un chapitre qui me gênait un peu dans sa conversation.

— Alors, laisse-toi d'abord aller à l'extravagance, répliqua-t-elle. La pauvreté, quand elle te prend, est aussi foudroyante que la grippe espagnole, il est bon de tenir en réserve quelques souvenirs d'extravagance pour les mauvais jours. En tout cas cet appartement n'a rien d'une folie. J'aurai à voir en privé certains visiteurs, tu ne voudrais tout de même pas que je les reçoive dans ma chambre ? A propos il y a entre autres un directeur de banque. Est-ce que toi, tu allais voir tes clientes dans leur chambre ?

— Certainement pas. Ni même dans leur salon. Toutes mes affaires se passaient à la banque.

— Peut-être n'avais-tu pas une clientèle très distinguée, à Southwood.

— Vous vous trompez complètement », dis-je.

Et je mentionnai mon insupportable contre-amiral et mon ami, Sir Alfred Keene.

« Ou alors tu ne traitais pas d'affaires vraiment confidentielles.

— Rien assurément dont on ne pût discuter dans mon bureau à la banque.

— Je suppose qu'il n'y a pas de micro en banlieue. »

L'homme qui vint la voir n'offrait rien de commun avec mon idéal du banquier. Il était grand, élégant, orné de courts favoris noirs, et il eût été parfait en costume de matador. Ma tante me pria d'apporter la valise rouge, après quoi je les laissai seuls ; mais tournant la tête sur le seuil, je vis que le couvercle était déjà ouvert et que la valise semblait bourrée de billets de dix livres.

Dans ma chambre, je m'assis et pris un numéro de *Punch* pour me rassurer. La vue de tant d'argent passé en fraude m'avait porté un coup ; d'autant qu'il s'agissait d'une de ces valises en fibre aussi fragiles qu'un carton. Il est vrai qu'aucun bagagiste expérimenté de Heathrow ne se fût attendu à la voir contenir une petite fortune ; toutefois c'était assurément le comble de la témérité que de se fier à un bluff dont le succès dépendait de l'expérience d'un voleur. Ma tante eût très bien pu tomber sur un novice.

Manifestement elle avait passé tant d'années à l'étranger que son caractère s'en était trouvé altéré comme sa moralité. J'avais du mal à la juger vraiment comme je l'aurais fait pour une Anglaise ordinaire, et je me consolais, tout en lisant *Punch* avec la pensée que le caractère britannique est immuable. *Punch,* il est vrai, était passé à un moment, par une période navrante, où même Winston Churchill était la cible de railleries ; mais le bon sens de ses propriétaires et de ses annonceurs l'avait ramené dans la bonne voie des sentiers battus. Même mon amiral s'était réabonné, et le rédacteur en chef s'était vu, très justement à mon avis, relégué à la télévision, qui est au mieux un véhicule de vulgarité. Si les billets de dix livres, pensai-je, étaient réunis en liasses de vingt, la valise pouvait contenir facilement au moins trois mille livres, sinon même six, car sûrement des liasses de quarante n'eussent pas été trop grosses... Puis je me souvins que la valise était de la marque « Révélation ». Un total de douze mille livres n'avait rien d'impossible. Je me sentis vaguement réconforté à cette idée. La fraude à une telle échelle relevait plus du joli coup en affaires que du délit.

Le téléphone sonna. C'était ma tante.

« Que conseillerais-tu ? demanda-t-elle. Union Carbide, Genesco, Deutsche Texaco ? Ou à la rigueur General Electric ?

— J'aimerais mieux ne rien conseiller du tout, dis-je. Je n'ai aucune compétence. Mes clients ne se sont jamais intéressés aux valeurs américaines. La prime du dollar est trop élevée.

— La prime du dollar n'existe pas en France, répliqua impatiemment Tante Augusta. Tes clients devaient manquer singulièrement d'imagination. »

Elle raccrocha net. Croyait-elle l'amiral capable de passer des billets en fraude ?

Je sortis en proie à une vive agitation et traversai le petit jardin où un couple américain (du Saint-James ou de l'Albany) prenait le thé. Le mari ou la femme, j'ai oublié, venait justement de pêcher dans sa tasse, au bout d'un fil, un petit sac qui me fit penser à un animal noyé. A ce spectacle désolant, je me sentis terriblement loin de l'Angleterre, et non sans un pincement de cœur je compris combien j'allais probablement regretter Southwood et mes dahlias, en compagnie de Tante Augusta. Je remontai à pied jusqu'à la place Vendôme, puis, par la rue Daunou, vers le boulevard des Capucines. A l'angle, devant un bar, deux femmes m'adressèrent la parole, et tout à coup je vis fondre sur moi un homme, le visage ouvert par un grand sourire de bienvenue, que je reconnus non sans appréhension.

« Monsieur Pullen ! s'exclama-t-il. Loué soit notre Père dans les Cieux !

— Wordsworth !

— Et dans toutes ses œuvres admirables. Ti veux ci deux filles ?

— Je faisais juste un petit tour, répondis-je.

— Ci femmes-là, y t'entubent, dit Wordsworth. C'est des va-vite. Y font zig-zig, un, deux, trois, et fouti camp. Si ti veux fille, ti viens avec Wordsworth.

— Mais je ne veux pas de fille, Wordsworth. Je suis ici avec ma tante. Je prenais l'air tout seul, parce qu'elle a une affaire à régler.

— Ta tante elle est ici ?

— Oui.

— Où t'y habites ? »

Je n'avais aucune envie de donner notre adresse sans l'autorisation de ma tante. Je voyais déjà Wordsworth s'installer dans la chambre voisine. Et la simple pensée qu'il pût se mettre à fumer la marijuana au Saint-James et d'Albany... J'ignorais tout de la législation française en la matière.

« Nous sommes descendus chez des amis, dis-je vaguement.

— Ci t'un homme ? » demanda Wordsworth avec une brusque férocité.

Il semblait incroyable qu'on pût être jaloux d'une femme de soixante-quinze ans, pourtant, jaloux, Worsdworth l'était incontestablement, et soudain le banquier aux favoris m'apparaissait sous un jour différent.

« Mon cher Wordsworth, dis-je, vous vous faites des idées. »

Et je me permis un pieux mensonge :

« Nous demeurons chez un vieux couple marié. »

Je ne trouvais guère convenable de parler ainsi de ma tante à un coin de rue, et je me remis en marche vers le boulevard, mais Wordsworth me rattrapa et me demanda :

« T'y as CTC pour moi ? Ji ti trouve jolie fille, institutrice.

— Je vous ai dit que je ne veux pas de fille, Wordsworth, répétai-je, tout en lui donnant un billet de dix francs pour le faire taire.

— Alors ti bois juste un coup avec 'ieux Wordsworth. Ji connais un coin numéro un première, tout près. »

J'acceptai le verre et il entra devant moi dans ce qui semblait être le hall d'un théâtre, la Comédie des Capucines. Un gramophone beuglait en bas tandis que nous descendions sous le théâtre.

« J'aimerais mieux un endroit plus tranquille, dis-je.

— Ti attends un peu. Ici, racket numéro un première. »

Il faisait horriblement chaud dans cette cave. Un certain nombre de jeunes femmes seules étaient installées au bar, et me tournant vers la musique, j'en aperçus une autre, presque nue, qui circulait entre les tables où des hommes, qui avaient tous l'air en uniforme avec leurs vieux imperméables, étaient assis devant des boissons intactes.

« Wordsworth, dis-je exaspéré, si c'est cela que vous appelez zig-zig, je n'en veux pas.

— Pas zig-zig ici, répondit-il. Si ti veux zig-zig, ti l'emmènes à l'hôtel.

— J'emmène qui ?

— Ci filles... T'en veux une ? »

Deux filles du bar vinrent s'asseoir en m'encadrant. Je me sentais prisonnier. Wordsworth, remarquai-je, avait déjà commandé quatre whiskies auxquels le billet de dix francs que je lui avais donné ne pouvait évidemment suffire.

« Zach mon gros chéri, dit l'une des filles, présente-nous ton ami, veux-tu ?

— Monsieur Pullen, ji ti présente Rita. Jolie fille. Institutrice.

— Où enseigne-t-elle ? »

Wordsworth rit. Je me rendis compte que je m'étais rendu ridicule, et consterné je regardai Wordsworth engager ce qui me paraissait être une longue tractation avec les filles.

« Wordsworth, dis-je, que faites-vous ?

— Y veulent deux cents francs. J'y dis non. J'y dis nous avons passeport anglais.

— Que diable cela a-t-il à voir ?

— Y savent Anglais très pauvres et peuvent pas s'offrir bons coups. »

Il se remit à leur parler dans une sorte de français que j'étais totalement incapable de suivre, mais qu'elles semblaient comprendre assez bien.

« Quelle langue parlez-vous là, Wordsworth ?

— Li français.

— Je ne comprends pas un mot.

— Bon français de la Côte là-bas. La dame y connaît bien Dakar. Ji dis j'y travaille à Conakry autrefois. Y disent cent cinquante francs.

— Remerciez-les infiniment de ma part, Wordsworth, mais expliquez-leur que cela ne m'intéresse pas. Il faut que j'aille rejoindre ma tante. »

L'une des femmes rit. Sans doute avait-elle reconnu le mot « tante », mais du diable si je pouvais voir ce qu'un rendez-vous avec une tante pouvait avoir de plus comique qu'un rendez-vous avec un cousin, un oncle, voire une mère. La fille répéta « tante » et éclata de rire avec l'autre.

« Dimain ? demanda Wordsworth.

— Je vais à Versailles avec ma tante et dans la soirée nous prenons l'Orient-Express pour Istanboul.

— Istanboul ! s'exclama Wordsworth. Qu'est-ce qu'y va faire là-bas ? Qui c'est qu'y va voir ?

— J'imagine que nous visiterons la Mosquée Bleue, Sainte-Sophie, la Corne d'Or, le musée Topkapi.

— Ti fais gaffe, Monsieur Pullen.

— Je vous prie de m'appeler par mon vrai nom, Pulling. »

Essayant d'adoucir la rebuffade avec un peu d'humour, j'ajoutai :

« Vous n'aimeriez pas que je m'obstine à vous appeler Coleridge ?

— Coleridge ?

— C'était un poète ami de Wordsworth.

— J'y ai jamais rencontré cit homme. Si dit li contraire, y te blague. »

Je dis fermement :

« Cette fois, il faut vraiment que je m'en aille, Wordsworth. Demandez l'addition, sinon je vous laisse payer.

— Ti laisses perdre bon White Horse ?

— Vous n'avez qu'à le boire vous-même ou le partager avec ces dames. »

Je payai. L'addition me parut exorbitante ; mais sans doute les attractions y étaient-elles comptées. Une fille noire et nue dansait avec un boa de plume blanche. Je me demandais comment tous ces hommes dans la salle gagnaient leur vie. Il semblait incroyable que l'on pût contempler ce genre de scène aux heures d'ouverture des banques.

Wordsworth dit :

« Ti donnes trois cents francs à ci dames et t'y as spectacle pour toi tout seul.

— Le prix a l'air de monter constamment.

— Pit-être j'y arrive qu'y disent deux cents. T'y laisses faire Wordsworth. Oké ? »

Il était vain d'en appeler au sens moral de Wordsworth. Je dis :

« Puisque vous avez un passeport britannique, vous devriez savoir qu'un Anglais n'a pas le droit de sortir plus de quinze livres en liquide : deux cents francs épuiseraient toutes mes ressources. »

C'était le genre de raison que Wordsworth pouvait comprendre. Il me contempla de toute sa hauteur avec mélancolie et commisération :

« Gouverniments tous mêmes pas bons, dit-il.

— Il faut bien faire des sacrifices. La Défense nationale et la Sécurité sociale coûtent très cher.

— Chèques voyage ? suggéra vivement Wordsworth.

— On ne peut les changer que dans les banques, les bureaux de change officiels, ou les hôtels agréés. De toute façon, j'en aurai besoin à Istanboul.

— Ta tante y a tout ce qui faut.

— Elle n'a que son allocation de devises elle aussi », répliquai-je.

J'avais conscience de la faiblesse de ce dernier argument, car Wordsworth n'avait sûrement pas eu besoin de vivre très longtemps avec ma tante pour apprendre qu'elle recourait à toutes sortes de tours de passe-passe. Changeant mon fusil d'épaule, je l'attaquai :

« Que diable aviez-vous en tête, Wordsworth en me laissant partir avec du cannabis dans l'urne funéraire de ma mère ? »

Il avait l'esprit ailleurs ; peut-être songeait-il sombrement aux allocations de devises.

« Y a pas cannibales en Angleterre, dit-il. Pas cannibales en Sierra Leone.

— Je parle des cendres.

— Cannibales au Libéria, pas en Sierra Leone.

— Je n'ai pas dit cannibales.

— Y a Secte Léopard en Sierra Leone. Y tuent beaucoup gens, mais pas coupe morceaux.

— La Marie, Wordsworth, la Marie. »

Je détestais la vulgarité du terme qui me rappelait mon enfance.

« Vous avez mis de la Marie dans les cendres de ma mère. »

Enfin j'avais réussi à l'embarrasser. Il vida rapidement le verre de whisky, puis dit :

« Ti viens avec moi. Ji ti montre foutu endroit beaucoup meilleur. Rue di Douai. »

Je le tançai jusqu'en haut de l'escalier :

« Vous n'aviez pas de raison de faire une chose pareille, Wordsworth. La police est venue prendre l'urne.

— Y ti l'a pas rendue ?

— Si, l'urne seulement. Les cendres étaient irrémédiablement mêlées à la Marie.

— 'ieux Wordsworth ti voulait pas di mal, mon 'ieux, dit-il s'arrêtant sur le trottoir. Ci foutus flics ! »

Je fus ravi de voir qu'il y avait une file de taxis tout près. J'avais peur qu'il ne vînt à me suivre et à découvrir les cantonnements de ma tante.

« Au Mendeland, dit-il, t'y enterres la bouffe avec ta maman. T'y enterres Marie. Kif-kif pareil.

— Ma mère ne fumait même pas la cigarette.

— Avec ton Papa, t'y enterres plus belle hache.

— Pourquoi pas de nourriture avec lui aussi ?

— Y va chasser bouffe avec hachette. Y tue poulet de brousse. »

Je montai en taxi et filai. A travers la lunette arrière, je l'aperçus encore, debout au bord du trottoir, avec l'air un peu perdu d'un homme qui attend le bac sur la rive d'un fleuve. Il esquissa un geste de sa main levée, comme incertain de ma réaction, se demandant si je l'avais quitté en ami ou furieux, cependant que le flot des voitures nous séparait. Je regrettai alors de ne pas lui avoir donné un plus gros CTC. Après tout, il ne me voulait pas de mal. Malgré ses airs de colosse, il n'était qu'innocence maladroite.

CHAPITRE X

JE trouvai Tante Augusta assise seule au centre du grand salon usé, encombré de sièges de velours vert et de cheminées de marbre. Elle n'avait pas pris la peine de ranger la valise, qui gisait ouverte et vide sur le parquet. Il y avait des traces de larmes dans ses yeux. J'allumai le lustre faible et poussiéreux et ma tante m'adressa un sourire hésitant.

« Que s'est-il passé, Tante Augusta ? » demandai-je.

L'idée me vint que l'homme aux favoris l'avait peut-être volée et je regrettai de l'avoir laissée seule avec une telle somme d'argent.

« Rien, Henry, répondit-elle d'une voix étonnamment douce et incertaine. Finalement j'ai décidé d'ouvrir un compte à Berne. A quelles banalités nous conduit-on avec toutes ces lois et règlements. »

En cet instant, il y avait dans ses manières toute la lassitude à laquelle on peut s'attendre de la part d'une vieille dame de soixante-quinze ans.

« Vous êtes bouleversée.

— Uniquement par des souvenirs, dit-elle. Cet hôtel en regorge pour moi, et ils sont très anciens qui plus est. Tu n'étais sans doute encore qu'un petit garçon... »

Soudain j'éprouvai une réelle affection pour ma tante. Peut-être un rien de faiblesse est-il nécessaire pour éveiller notre tendresse, et je me souvins des doigts de Mlle Keene hésitant sur son ouvrage tandis qu'elle parlait de l'Afrique du Sud inconnue : jamais je n'avais été si près de la demander en mariage.

« Des souvenirs de quoi ? Tante Augusta.

— D'une histoire d'amour, Henry. Et qui fut très heureuse le temps qu'elle dura.

— Racontez. »

J'étais ému, comme il m'était arrivé de l'être au théâtre, au spectacle d'une vieillesse qui se souvient. Le luxe fané de la pièce faisait penser à un décor du Haymarket Theatre. Il évoquait à mon esprit des photographies de Doris Keene dans *Romance*, et de qui donc dans *Milestones ?* N'ayant que très peu de souvenirs personnels où m'attarder, je goûte d'autant plus le sentiment chez les autres.

Elle se tamponna les yeux :

« Cela t'assommerait, Henry. Ce serait trop comme une bouteille de champagne entamée et éventée qu'on retrouve dans une vieille armoire... »

La banalité de l'image était digne d'un auteur du Haymarket Theatre.

J'approchai une chaise et pris sa petite main dans la mienne : on y touchait le délicat velours des crèmes et je fus tout remué par une menue tache brune de vieillesse qu'elle avait oublié de masquer sous la poudre.

« Racontez », répétai-je.

Nous restâmes tous deux silencieux, agitant chacun des pensées très différentes. J'avais l'impression d'appartenir à une troupe d'acteurs qui eût ressuscité *La Seconde Mrs. Tanqueray.* Ma tante avait mené une vie très mêlée — de cela j'étais certain — mais elle avait été profondément amoureuse en son temps, à l'hôtel Saint-James et d'Albany, et qui aurait su dire quelles excuses son passé pouvait fournir à ses rapports avec le pauvre Wordsworth ? Ce salon d'hôtel me rappelait l'autre Albany, celui de Londres, où vivait le capitaine Tanqueray.

« Ma chère Tante Augusta, dis-je lui entourant les épaules de mon bras, cela fait parfois du bien de parler à quelqu'un d'autre. Je sais, je n'appartiens pas à la même génération que vous... La mienne est peut-être plus conventionnelle...

— C'est une histoire peu reluisante », dit ma tante, baissant les yeux sur ses genoux avec une sorte de pudeur que je ne lui avais encore jamais vue.

Je me retrouvai durement agenouillé à côté d'elle, un genou dans la valise vide, et lui tenant la main.

« Faites-moi confiance, dis-je.

— C'est à ton sens de l'humour, Henry, que je ne fais pas entièrement confiance. Je crains que nous n'ayons pas la même idée de la drôlerie des choses.

— Je m'attendais à une histoire triste, dis-je plutôt sèchement en m'extirpant de la valise.

— Mais c'est vrai qu'elle l'est en un sens, dit ma tante. Et assez drôle en même temps. »

J'avais lâché sa main et elle la tournait et retournait comme on fait avec un gant dans une boutique d'occasions.

« Il faut vraiment que je demande la manucure demain », dit-elle.

La rapidité de ce changement d'humeur m'irrita quelque peu. L'émotion que j'avais éprouvée n'était pas un sentiment naturel pour moi et je me sentais trahi. Je dis, pensant l'embarrasser :

« J'ai vu Wordsworth il y a un instant.

— Quoi ? Ici ? s'exclama-t-elle.

— Non, quel que soit mon regret de vous décevoir. Pas ici à l'hôtel. Dans la rue.

— Où demeure-t-il ?

— Je ne le lui ai pas demandé. Pas plus que je ne lui ai

donné votre adresse. J'étais loin de soupçonner que vous auriez un tel désir de le revoir.

— Tu es dur, Henry.

— Non, Tante Augusta. Prudent.

— Je voudrais bien savoir de qui tu tiens ta prudence, dans la famille. Ton père était paresseux ; mais prudent, non, jamais.

— Et ma mère ? dis-je dans l'espoir de la prendre au piège.

— Si elle l'avait été tu ne serais pas ici aujourd'hui. »

Elle alla à la fenêtre et son regard erra sur les jardins des Tuileries, de l'autre côté de la rue de Rivoli.

« Que de nurses et de voitures d'enfants », soupira-t-elle.

Contre la cruelle lumière d'après-midi elle paraissait vieille et vulnérable.

« Auriez-vous aimé avoir un enfant, Tante Augusta ?

— C'eût été mal commode la plupart du temps, dit-elle. Je doute que Curran eût fait un bon père, et quand enfin j'ai connu M. Visconti il était déjà bien tard... non pas trop tard, c'est vrai, mais les enfants appartiennent à l'aube de la vie, et du temps de M. Visconti l'on avait déjà passé les grands feux de midi. D'ailleurs j'eusse fait une mère très décevante. Dieu sait où j'eusse traîné le pauvre enfant, et imagine qu'il soit devenu respectable !...

— Comme moi, dis-je.

— Je ne désespère pas de toi, dit ma tante. Tu as fait preuve d'une certaine dose de bonté pour Wordsworth. Et tu as eu entièrement raison de ne pas lui donner mon adresse. Je le vois mal au Saint-James et d'Albany. Hélas nous ne sommes plus au temps de l'esclavage, car alors j'aurais pu prétendre qu'il servait à quelque fin utilitaire. Peut-être aurais-je trouvé à le loger au Saint-James, de l'autre côté du jardin. »

Elle sourit à un souvenir.

« Vraiment il faut que je te parle de M. Dambreuse, je

crois. J'étais très amoureuse de lui. Si nous n'avons pas eu d'enfant ensemble, c'est uniquement parce qu'il s'agissait d'un amour tardif. Je ne prenais pas de précautions, pas la moindre.

— C'est à lui que vous pensiez quand je suis entré ?

— Oui. Je lui dois les six mois parmi les plus heureux de ma vie, et nous les avons entièrement passés ici, à l'Albany. Je l'ai rencontré pour la première fois un lundi soir à la terrasse du Fouquet's. Il m'a invitée à prendre un café, et dès le jeudi nous étions installés ici, en vrai couple en bons termes avec le concierge et la femme de chambre. Il avait beau être marié cela m'était complètement égal, car je suis la moins jalouse des femmes, et puis j'avais la plus grosse part du gâteau... du moins je le croyais. Il me racontait qu'il avait une maison à la campagne où sa femme vivait avec leurs six enfants, heureuse, occupée et ne réclamant que très peu d'attention, quelque part près de Toulouse. Il me quittait le samedi matin après le petit déjeuner et rentrait pour se coucher le lundi soir. Peut-être en signe de fidélité, il débordait régulièrement d'amour ces nuits-là, à tel point que le milieu de la semaine s'écoulait souvent dans le plus grand calme. Cela convenait parfaitement à mon tempérament... j'ai toujours préféré une orgie de temps à autre à des nuits routinières. J'aimais réellement M. Dambreuse... peut-être avec moins de tendresse que Curran, mais avec plus de libre insouciance que j'en avais jamais connu avec M. Visconti. L'amour le plus profond n'est pas le moins inquiet. Ah ! nous avons bien ri, souvent, M. Dambreuse et moi. Evidemment, je l'ai compris par la suite, il avait de bonnes raisons de rire. »

Pourquoi faut-il que le souvenir de Mlle Keene soit venu me hanter à ce moment précis ?

« Vous n'êtes jamais allée à Koffiefontein ? demandai-je.

— Non, dit ma tante. Pourquoi ? Où est-ce ?

— Très très loin, répondis-je.

— Ce que j'ai découvert de vraiment affreux, dit ma tante, c'est que M. Dambreuse, lui, n'allait jamais très loin. Même pas jusqu'à Toulouse. C'était en fait un vrai Parisien. La vérité, quand elle est apparue, était qu'il avait bien une femme, mais *quatre* enfants (dont l'un déjà employé aux P.T.T.), et ce pas plus loin que rue de Miromesnil... à dix minutes à pied quand on sort par-derrière de l'hôtel Saint-James, rue Saint-Honoré. Et il avait aussi une autre maîtresse installée au Saint-James, au premier étage comme nous et dans un appartement absolument identique (il avait un sens parfait de la justice). Ses week-ends il les passait avec sa femme, en famille, rue de Miromesnil, et le mardi, mercredi, jeudi et vendredi après-midi, quand je le croyais au travail, il était avec cette fille, une nommée Louise Dupont, au Saint-James, avec juste le jardin à traverser. Je dois dire que c'était un exploit pour un homme qui avait la cinquantaine bien sonnée et qui avait renoncé en partie à un poste à plein temps (à la tête d'une société de métallurgie) pour raisons de santé.

— Il était plus âgé que moi ? laissai-je échapper avant de me rendre compte de ce que je disais.

— Certes oui. Il avait raconté à cette autre femme exactement la même histoire qu'à moi. Elle savait qu'il existait une épouse légitime à Toulouse, mais une autre maîtresse plus ou moins dans le même hôtel, cela non, pas du tout. C'était un homme plein de fantaisie et qui aimait bien les femmes d'un certain âge. Jours heureux entre tous quand j'y pense. Il me rappelait parfois un peu ton père... à cause des périodes de léthargie ponctuées d'explosions de folle activité. Plus tard, quand le pot aux roses était déjà découvert, il m'a raconté qu'il n'avait jamais cessé de voir en moi la dame de ses nuits. J'étais faite à ravir, disait-il, pour les grands éclairages. L'autre était à ses yeux la fille des après-midi... bien qu'elle n'eût qu'un ou deux ans de moins que moi. C'était un grand gaillard d'homme, fort peu à sa place, à mon humble avis, dans la métallurgie.

— Comment avez-vous découvert la chose ?

— Il comptait trop sur sa chance. Tout avait trop bien marché pendant six mois. Pour faire mes courses je sortais régulièrement par la rue de Rivoli. Quand j'en avais assez des boutiques j'allais prendre le thé à la librairie Smith. Bien entendu, Louise avait d'ordinaire ses après-midi pris. Elle faisait ses courses le matin, aux heures où moi j'étais occupée, car M. Dambreuse ne se levait jamais avant onze heures, et elle sortait toujours de l'hôtel par la rue Saint-Honoré. Mais un jour le démon le saisit. C'était le week-end et il avait conduit sa femme et deux de leurs enfants les plus jeunes au Louvre, pour y admirer les Poussin. Après quoi la famille eut envie d'une tasse de thé et l'épouse suggéra le Ritz. « C'est trop bruyant, lui dit-il, plein de « douairières, pis qu'une volière de perroquets. Mais je « connais un petit jardin bien tranquille où il n'y a jamais « personne... » L'ennui fut que, cet après-midi-là, nous y étions toutes les deux... Louise et moi.

« Jamais je n'avais pris le thé dans le jardin qui sépare le Saint-James de l'Albany. Louise non plus. Mais je ne sais quelle impulsion (j'ai beau être catholique, parfois je crois en l'existence d'un Pouvoir supérieur) nous guida cet après-midi-là jusqu'au jardin. Nous étions les seules, et tu n'ignores pas à quel point la Française est sociable. Un petit salut de la tête, « Bonjour, madame », une phrase d'une table à l'autre sur le temps qu'il fait, quelle merveilleuse journée ! et au bout de cinq minutes nous étions assises ensemble, nous passant le sucre et les sandwiches, sans doute trop heureuses de pouvoir bavarder un peu entre femmes après ces six mois de chambre d'hôtel en compagnie d'un seul homme.

« Nous avons fait connaissance et parlé chacune de notre mari supposé. Et nous avons jugé que la vie présentait de bien curieuses coïncidences, sans plus, quand nous avons découvert que nos époux travaillaient tous deux dans la même société de métallurgie. L'un des traits de M. Dambreuse qui garde un charme singulier dans ma mémoire est que, toujours, il préférait dire la vérité, quand c'était faisable... en réalité il était cent fois plus honnête que la plupart des hommes, qui mentent souvent inutilement par vanité. « Je me demande s'ils se connaissent tous les deux », achevait juste de dire Louise, quand au même instant, qui pénètre dans le jardin ? M. Dambreuse, suivi de son assez corpulente épouse et de deux enfants grandis trop vite, dont l'un du sexe féminin qui louchait un peu et souffrait du rhume des foins. Louise pousse un cri : « Achille ! » et lorsque je pense à la tête qu'il fit en se retournant et nous voyant assises à la même table devant nos tasses de thé, même aujourd'hui je ne peux m'empêcher de sourire. »

Ma tante se tamponna les yeux de son mouchoir.

« Ni de verser une larme en même temps, ajouta-t-elle, car c'était la fin d'une idylle. Un homme que l'on ridiculise ignore le pardon. »

Non sans indignation je protestai :

« Mais enfin c'était à vous de pardonner ?

— Oh ! non, mon chou, j'étais toute prête à continuer en l'état. Louise aussi eût été d'accord pour le partage, et je ne crois pas que Mme Dambreuse se soit jamais rendu entièrement compte de la situation. Il s'appelait bien Achille et il nous a présentées à son épouse comme les femmes de deux collègues en métallurgie, directeurs comme lui dans la même société. Mais il n'a jamais recouvré sa propre estime à ses yeux. Lorsque par la suite il se montrait plutôt tranquille, au creux de la semaine, il savait que j'en connaissais la cause et cela le gênait. Il n'aimait pas à mélanger les choses. Il avait adoré son petit secret. Le pauvre, il se sentait tout nu, exposé au ridicule.

— Tout de même, Tante Augusta, m'exclamai-je, ne me

dites pas que vous pouviez supporter cet homme, après avoir découvert comme il vous trompait depuis des mois ? »

Elle se leva et s'approcha vivement de moi et je crus qu'elle allait me frapper de ses petits poings serrés.

« Tu n'es qu'un jeune idiot, dit-elle comme elle se fût adressée à un simple écolier. M. Dambreuse était vraiment un homme, et mon seul regret est que tu n'aies pas eu la chance de grandir comme lui. »

Puis souriant soudain elle posa sur ma joue la consolation de sa main :

« Pardonne-moi, Henry, tu n'y es pour rien. C'est Angélica qui t'a élevé. J'ai parfois le sentiment atroce d'être l'unique et dernière créature au monde qui trouve encore de la drôlerie à la vie. Voilà pourquoi tu m'as vue pleurer un peu en entrant. J'ai dit à M. Dambreuse : « Achille, je « continue à aimer autant qu'avant ce que nous faisons. « Cela m'est égal de savoir où tu vas l'après-midi. Cela ne « fait rien. » Seulement ce n'était pas vrai pour lui : il n'avait plus de secret. C'était le secret qui l'amusait, et il nous a quittées toutes les deux, à seule fin de pouvoir en trouver un autre ailleurs. L'amour, non. Mais un secret, voilà tout. Il a prononcé devant moi ces paroles, les plus tristes du monde : « Il n'y a qu'un Saint-James et d'Albany « dans tout Paris. » Je lui ai fait remarquer : « Pourquoi « ne pas prendre deux chambres au Ritz à des étages « différents ? » Il m'a répondu : « Le liftier devinerait. Ce « ne serait pas vraiment un secret. »

Je l'avais écoutée dans l'étonnement et non sans trouble. Pour la première fois je mesurais l'étendue des périls qui m'attendaient. Je me sentais comme entraîné sur les talons de ma tante dans une absurde quête de chevalier errant, tel Sancho Pança sur les traces de Don Quichotte, mais pour l'amour de ce qu'elle appelait la drôlerie, et non pour celui de la chevalerie.

« Pourquoi ce voyage à Istanboul, Tante Augusta ? demandai-je.

— Tu le verras le moment venu », répondit-elle.

Une idée un peu folle me passa par la tête :

« Ce n'est pas à la recherche de M. Dambreuse ?

— Non, non, Henry. Tout comme Curran, Achille n'est probablement plus de ce monde... d'ailleurs il approcherait de ses quatre-vingt-dix ans à l'heure actuelle. Et quant à M. Visconti... cette pauvre tête de linotte de M. Visconti. Lui aussi aura fait du chemin... il doit bien avoir quatre-vingt-cinq ans et c'est un âge où l'on a grand besoin de compagnie féminine. On a raconté qu'il était revenu à Venise après la guerre et qu'il avait péri noyé dans le Grand Canal à la suite d'une bagarre avec un gondolier pour une femme ; mais je n'y ai jamais vraiment cru. Ce n'était pas le genre d'homme à se battre pour une femme ; il était capable de trop de tours ; il s'est toujours tiré de tout. Quelle longue vie que la mienne... tout comme pour ton oncle Jo. »

La mélancolie l'avait reprise et, ce qui ne m'était jamais arrivé, je songeai que les dahlias ne constituaient peut-être pas une occupation suffisante pour un retraité.

« Je suis très heureux de vous connaître enfin, Tante Augusta », dis-je impulsivement.

Sa réponse affecta une tournure populaire :

« Oh ! la vieille bique se défend encore assez bien. »

Et son sourire était si plein de rêve, d'insouciance et de jeunesse que la jalousie de Wordsworth cessa de m'étonner.

CHAPITRE XI

L'ORIENT-EXPRESS quitta la gare de Lyon juste après minuit. Ma tante et moi nous avions passé une journée épuisante — à commencer par Versailles que, chose assez curieuse, ma tante visitait pour la première fois (l'endroit lui parut un rien vulgaire).

« Je ne faisais guère de randonnées, me déclara-t-elle à ce propos, du temps de M. Dambreuse. Et avant cela, au cours de mes premiers séjours à Paris, j'étais bien trop occupée. »

Historiquement, ma tante avait fini par m'inspirer une vive curiosité, et je me piquais au jeu de mettre un certain ordre chronologique dans les diverses phases de sa vie.

« Où situeriez-vous dans le temps ces premiers séjours, comme vous les appelez ? Avant que vous fassiez du théâtre ou après ? » lui demandai-je.

Nous étions debout sur la terrasse, contemplant le grand bassin en bas, et je venais de penser comme Hampton Court était infiniment plus joli et simple que Versailles. Mais enfin Henri VIII était aussi un homme plus simple que Louis XIV ; son respect du mariage permet à un Anglais de s'identifier plus aisément à lui qu'au luxueux amant de Mme de Montespan. Je me souvenais du vieil air de music-hall,

C'est moi que j'm'appelle Henri Vuitte :
C'est moi qu'j'ai épousé la veuve d'à côté,
Des Henri, déjà sept qu'elle s'en était payés.
Et maintenant v'là qu'c'est moi le Henri le Vuitième.

Qui aurait pu écrire une chanson de music-hall sur le Roi Soleil ?

« Du théâtre, disais-tu ? demanda ma tante d'un ton plutôt distrait.

— Oui. En Italie. »

Elle avait l'air d'avoir beaucoup de mal à se souvenir, jamais encore son grand âge ne m'avait tant frappé.

« Ah ! dit-elle, oui, oui, maintenant je me rappelle. Tu veux parler de cette troupe ambulante. Cela vient après ma période parisienne. C'est à Paris que M. Visconti m'avait repérée.

— Il était directeur de théâtre ?

— Non, mais très amateur de ce que tu tiens absolument à appeler le théâtre. Nous avons fait connaissance un après-midi rue de Provence, il m'a déclaré que j'avais un très joli talent et persuadée de quitter la troupe à laquelle j'appartenais. Ce qui fait que nous sommes partis ensemble pour Milan, qui a vu le début de ma vraie carrière. Et ce fut une grande chance pour moi ; si j'étais restée en France, jamais je n'aurais pu venir en aide à ton oncle Jo ; et Jo, qui s'était disputé avec ton père, me laissa presque toute sa fortune. Le pauvre cher homme, je le vois encore ramper et se traîner dans ce couloir menant aux cabinets. Si nous rentrions à Paris et si nous allions visiter le Musée Grévin ? Un peu de gaieté me ferait du bien. »

Et certes les cires du musée lui en firent. Je me rappelais comme elle m'avait dit, à Brighton, que son idéal de la renommée était de figurer chez Mme Tussaud, revêtue de l'une de ses robes d'apparat, et je crois vraiment que, à ne pas se voir représentée dans la cire, elle eût préféré la Chambre des Horreurs. Curieuse idée, si l'on pense que rien dans la nature de ma tante ne la poussait au crime, quand bien même certaines de ses activités sortaient de la stricte légalité. Je pense que le principe de morale enfantine « C'est à moi puisque je l'ai trouvé » constituait l'un de ses dix commandements.

Personnellement, j'eusse préféré visiter le Louvre et voir la Vénus de Milo et la Victoire Aptère, mais elle n'en voulut rien savoir.

« Toutes ces femmes nues auxquelles il manque des bouts, dit-elle, c'est morbide. J'ai connu autrefois une jeune fille qui s'est fait débiter de la sorte en morceaux entre la gare du Nord et celle de Calais-Maritime. Elle avait rencontré à l'endroit où je travaillais un homme, un représentant en sous-vêtements de femme... du moins à ce qu'il disait, et l'on ne peut nier qu'il portait une mallette bourrée de soutien-gorge assez fantaisistes, qu'il convainquit cette jeune fille d'essayer. Il y en avait un en forme de deux mains noires à demi refermées qu'elle trouva très amusant. Il l'invita à le suivre en Angleterre, et après avoir rompu son contrat avec notre patronne elle décampa. L'affaire fit grand bruit. L'homme reçut le nom de Monstre des Chemins de fer dans la presse, et on le guillotina ; il mourut en odeur de sainteté, après s'être confessé et avoir reçu les sacrements. Son avocat expliqua que c'était un cas de culte mal placé de la virginité, conséquence d'une éducation chez les jésuites, et que pour cela il s'était mis en tête de faire disparaître toutes les filles de mœurs légères telles que la pauvre Anne-Marie Callot. Les soutien-gorge étaient une sorte de test. Tu étais condamnée si tu choisissais le mauvais, comme ces pauvres diables, tu te rappelles, dans *Le Marchand de Venise.* L'homme n'avait certes rien d'un criminel ordinaire, et une jeune femme qui priait pour son âme dans une petite église de la rue du Bac eut une vision de la Vierge lui disant : « Ce qui est tortueux sera redressé », parole qui lui parut l'annonce du salut pour le criminel. Ce qui n'empêcha pas un dominicain, prédicateur très couru, d'y voir fermement de son côté une allusion critique à l'éducation que le condamné avait reçue des jésuites. Peu importe, mais le fait est que l'on vit naître un véritable culte du « bon meurtrier », comme on l'appela. Va voir ta Vénus si tu veux, mais laisse-moi à mes cires. Notre directeur dut aller identifier le corps et nous raconta qu'il ne restait plus que le torse ; d'où mon aversion pour toutes ces vieilles statues. »

Le soir venu, nous dinâmes tranquillement chez Maxim's, dans la petite salle où Tante Augusta espérait échapper aux touristes. Il s'en trouva cependant une à laquelle nous ne pûmes échapper ; elle était vêtue d'un tailleur, avec une cravate et une voix qui auraient pu appartenir à un homme. Non seulement elle écrasait sa compagne, petite blonde timide et d'âge indécis, mais il n'y en avait que pour elle dans la salle. Comme tant de nos compatriotes en voyage, elle semblait imperméable à la présence d'étrangers alentour et parlait très haut — on l'eût crue seule avec son amie. Il y avait dans sa voix quelque chose de singulier qui tenait du ventriloque ; quand je la remarquai, je crus d'abord que les mots tombaient des lèvres d'un vieux monsieur, rosette de la Légion d'honneur à la boutonnière, assis à la table en face de la nôtre, et à qui l'on avait manifestement appris à mastiquer trente-deux fois chaque bouchée de viande.

« Ma chère, les quadrupèdes me font toujours penser à des tables. Solidité et bon sens. Tellement plus que les bipèdes. Songe que l'on pourrait dormir debout. »

Toutes les personnes qui comprenaient l'anglais tournèrent la tête vers le vieux monsieur. Ses mâchoires se refermèrent d'un coup sec quand il se vit le centre de l'attention générale.

« On pourrait même servir à dîner sur un dos d'homme, s'il était assez large », dit la voix.

Sur quoi la blonde timide gloussa de rire :

« Oh ! Edith », dit-elle, trahissant ainsi l'origine de la voix.

Je suis certain que cette femme ne se doutait pas de ce qu'elle faisait — c'était une ventriloque sans le savoir, et entourée comme elle croyait l'être d'étrangers ignares, peut-être aussi un peu stimulée par un vin inhabituel, elle se laissait vraiment aller.

C'était une voix doctorale, grave et cultivée. Je l'imaginais dissertant sur la littérature anglaise dans l'une de nos vieilles universités, et pour la première fois mon attention se détourna de Tante Augusta.

« Darwin... l'autre Darwin... a écrit un poème sur l'Amour des Plantes. Je concevrais parfaitement un poème sur l'Amour des Tables. Peut-être serait-on un peu à l'étroit, mais quelle volupté tout de même de penser à une table gigogne, et au bonheur ineffable que représente, ma chère, une telle perfection dans l'encastrement.

— Pourquoi tout le monde te regarde-t-il ? » me demanda Tante Augusta.

Moment embarrassant s'il en fut — d'autant plus que la femme venait de s'arrêter net de parler pour se consacrer à son carré d'agneau. L'ennui est que j'ai inconsciemment l'habitude de remuer les lèvres quand je réfléchis, en sorte que, à part mes voisins immédiats, tous les autres avaient l'impression que c'était moi l'auteur de la remarque équivoque.

« Je n'en ai pas la moindre idée, Tante Augusta, répondis-je.

— Tu as sûrement fait quelque chose, Henry, et quelque chose de bizarre.

— Je réfléchissais, tout bêtement. »

Comme j'aimerais vaincre cette habitude ! A l'origine elle a dû s'installer quand j'étais caissier et que je comptais silencieusement les liasses de billets. C'est une manie qui m'a trahi amèrement un jour en présence d'une certaine Mme Blennerhasset, qui était sourde comme un pot et lisait sur les lèvres. Elle était très belle et mariée avec le maire de Southwood. Un jour elle vint me voir dans mon bureau pour une affaire de placement d'argent, et tout en feuilletant son dossier je ne pus empêcher mes pensées de traîner un peu nostalgiquement sur ses formes adorables. La pensée est plus libre que la parole, et relevant la tête je m'aperçus qu'elle était toute rouge. Elle expédia rapidement notre affaire et s'en fut. A ma surprise, peu après elle revint me voir. Elle apporta une légère modification à la décision que nous avions prise, touchant ses Bons de la Défense nationale, puis ajouta :

« Vous pensiez vraiment ce que vous m'avez dit ?

— Bien sûr, répondis-je persuadé qu'elle faisait allusion à mes conseils à propos d'un livret de Caisse d'Epargne. Je le pense en toute honnêteté.

— Merci, dit-elle. Surtout n'allez pas croire que je sois le moins du monde blessée. Quelle femme s'en offenserait ? Vous y mettez tant de poésie ; tout de même, monsieur Pulling, il est bon que vous le sachiez : j'aime vraiment mon mari. »

Evidemment, l'affreux était que la surdité la rendait incapable de faire la différence entre les mouvements de lèvres qu'entraîne la parole et ceux qui modulaient ma pensée secrète. Elle continua à me manifester des bontés après ce jour-là, mais jamais plus elle ne remit les pieds dans mon bureau.

Le soir de notre départ à la gare de Lyon, j'installai ma tante dans son compartiment de wagon-lit et commandai son petit déjeuner à l'employé pour huit heures du matin. Puis j'attendis sur le quai le train de Londres, qui arrivait de la gare du Nord. Il avait cinq minutes de retard ; l'Orient-Express devait patienter à cause de lui.

Comme il entrait lentement en gare, noyant le quai sous la vapeur, je vis Wordsworth s'avancer à grands pas à travers la fumée. Il me reconnut au même instant et s'écria :

« *Hi fellah* (1) »

Sans doute avait-il appris cet américanisme durant la guerre, à l'époque où les convois pour le Moyen-Orient se rassemblaient dans le port de Freetown. A contrecœur j'allai à sa rencontre.

« Que faites-vous ici ? » lui demandai-je.

J'ai toujours détesté l'inattendu, événement ou rencontre, mais je commençais à m'y faire, avec ma tante.

« Monsieur Pullen, monsieur Pullen, dit-il, t'y es brave homme, monsieur Pullen. »

Parvenu à ma hauteur il me saisit fortement la main.

« Moi j'y suis toujours ton ami, monsieur Pullen. »

Il s'adressait à moi comme s'il me connaissait depuis des années et que j'eusse une très vieille dette à son égard.

« Ti me blagues pas, monsieur Pullen ? »

Son regard courait farouchement le long du train.

« Où y est cit fille ?

— Ma tante, dis-je, si c'est d'elle que vous parlez, dort à poings fermés dans sa couchette à l'heure qu'il est.

— Alors ti vas y dire aussi sec que Wordsworth il est ici.

— Je n'ai nullement l'intention d'aller la réveiller. C'est une vieille dame avec un long voyage devant elle. Si c'est de l'argent que vous voulez, tenez, prenez ceci. »

Je lui tendis un billet de cinquante francs.

« Ji veux pas CTC, dit-il en soulignant ce refus d'un geste énergique d'une main tout en raflant le billet de l'autre. J'y veux ma pitite fille. »

L'emploi d'une telle expression se rapportant à Tante

1. Equivalent américain de : « lut mon gars » (n.d.t.).

Augusta me parut une insulte et je me tournai pour me hisser sur le marchepied raide du wagon, mais il me posa la main sur le bras et me retint sur le quai. Il était terriblement fort.

« Ti fais zig-zig avec ma pitite fille, dit-il d'un ton accusateur.

— Vous êtes complètement ridicule, Wordsworth. C'est ma tante. La sœur de ma mère.

— Ti blagues pas ?

— Non je ne blague pas, dis-je, bien que le mot me déplût profondément. Et même si elle n'était pas ma tante, comment ne comprenez-vous pas que c'est une très vieille dame ?

— Personne il est trop vieux pour faire zig-zig, répondit Wordsworth. Ti li dis y revient ici à Paris. Wordsworth l'attend beaucoup longtemps. Ti li parles doux doux. Ti li dis y est toujours ma pitite fille. Wordsworth y a pas bien dormir quand elle est pas là. »

L'employé des wagons-lits me pria de monter, car nous allions partir ; Wordsworth me lâcha à regret. Je restai en haut du marchepied tandis que le train s'ébranlait par petites secousses pour quitter la gare de Lyon et que Wordsworth le suivait sur le quai comme pataugeant à travers la vapeur. Il pleurait, et dans mon esprit passa l'image d'un suicidé entrant tout habillé dans les embruns. Tout à coup, le regard fixé sur la vitre d'un compartiment à l'avant du wagon, il se mit à chanter :

Gros dodo, pitite fille :
Et rigarde-moi pitite minute
Avant ti dors.

Le train prenait son élan, sur une dernière secousse et un ultime effort il eut bientôt laissé Wordsworth derrière lui.

Je me faufilai dans le couloir jusqu'à la couchette de ma

tante, qui portait le numéro 72. Le lit était fait, mais une drôle de jeune fille en mini-jupe y était assise, tandis que ma tante penchée à la portière agitait la main et envoyait des baisers. La jeune fille échangea avec moi un regard embarrassé. Nous ne nous sentions guère le droit de parler et d'interrompre ce rite de séparation. Elle était très jeune, dix-huit ans peut-être, maquillée avec un soin extrême, et elle avait un visage d'une blancheur de craie, des yeux sombres aux paupières ombrées et de longs cheveux auburn tombant sur les épaules. Des traits de crayon lui prolongeaient les cils sur le bord des paupières, en haut et en bas, de sorte que les vrais cils, à cause de leur saillie, donnaient la même impression de faux qu'une photographie vue au stéréoscope. Il manquait deux boutons du haut à son chemisier, comme s'ils avaient sauté sous la pression de ses chairs rebondies de jeune animal, et elle avait des yeux exorbités de pékinois, ce qui ne les empêchait pas d'être fort jolis. Il y avait dans leur regard quelque chose de *sexy*, comme avaient coutume de dire les gens de ma génération, mais ce pouvait être la conséquence d'une myopie ou de la constipation. Son sourire, quand elle se rendit compte que je n'étais pas un inconnu s'imposant dans le compartiment de ma tante, se révéla étrangement timide pour quelqu'un dont l'aspect frisait à ce point le scandale. On eût dit qu'une main étrangère l'avait pomponnée pour qu'elle servît d'appât. On pensait à ces chevreaux que l'on attache à un arbre pour faire sortir le tigre de la jungle.

Ma tante rentra la tête dans le compartiment ; elle avait le visage moucheté de suie et de larmes.

« Le cher homme, dit-elle. J'avais besoin de le voir une dernière fois. A mon âge, sait-on jamais. »

Je dis d'un ton désapprobateur :

« Je croyais ce chapitre clos... Tante Augusta, ajoutai-je au bénéfice de la jeune fille.

— On ne peut jamais jurer de rien, dit ma tante. C'est le 71, reprit-elle en désignant la jeune fille.

— Le 71 ?

— La couchette à côté. Comment vous appelez-vous mon chou ?

— Tooley », répondit la jeune fille.

Ce pouvait être aussi bien un petit nom qu'un patronyme — impossible d'en être sûr.

« Tooley se rend aussi à Istanboul. N'est-ce pas, mon chou ?

— En passant, dit la jeune fille en français, avec un accent américain.

— Elle va à Katmandou, expliqua ma tante.

— Je croyais que cela se trouve au Népal.

— Ça doit être par là, dit la jeune fille. Ou quelque chose d'approchant.

— Nous avons commencé à bavarder ensemble, dit ma tante, parce que ... comment vous appelez-vous déjà, mon chou ?

— Tooley.

— Tooley a pris avec elle un sac de provisions. Sais-tu, Henry, que l'Orient-Express n'a pas de wagon-restaurant ? Comme les temps ont changé. Pas de wagon-restaurant avant d'avoir franchi la frontière turque. Nous avons devant nous deux jours de famine.

— J'ai des tas de chocolat au lait, dit la jeune fille, et un peu de jambon en tranches.

— Et de sécheresse totale, ajouta Tante Augusta.

— J'ai aussi une douzaine de bouteilles de Coca, mais avec la chaleur elles doivent être plutôt tièdes déjà.

— Quand je pense à la petite fête que nous nous sommes offerte dans ce même train avec M. Visconti, dit Tante Augusta, le général Abdul et moi. Caviar et champagne. Nous vivions presque au wagon-restaurant. Un repas se confondait avec l'autre, comme les nuits avec les jours.

— Je vous invite volontiers à partager mon Coca, dit Tooley. Le chocolat aussi. Et le jambon, bien sûr, mais il n'y en a pas des masses.

— L'employé nous a promis du café et des croissants au réveil, dis-je.

— Je dormirai le plus tard possible, dit ma tante, et nous pourrons manger un morceau en gare de Milan. Avec Mario, ajouta-t-elle.

— Qui est Mario ? demandai-je.

— On s'arrête à Lausanne et Saint-Maurice, dit la jeune fille très à la page.

— La Suisse n'est supportable que sous la neige, déclara Tante Augusta, tout comme certaines gens ne le sont qu'entre les draps. Cette fois je vais me coucher. Vous êtes jeunes tous les deux, mais assez vieux pour qu'on vous laisse seuls. »

Tooley me regarda de travers — après tout peut-être étais-je de la race des tigres dévorants ? Puis elle dit :

« Moi aussi je vais aller dormir. J'adore le sommeil. »

Elle jeta un coup d'œil sur l'énorme montre fixée à son poignet par un bracelet large de deux bons centimètres et demi, et avec seulement quatre chiffres peints en rouge vif sur le cadran :

« Il n'est même pas une heure du matin, dit-elle en paraissant hésiter, je ferais mieux de prendre une pilule.

— Vous dormirez », dit ma tante d'un ton qui n'admettait pas de réplique.

CHAPITRE XII

LE train quittait la gare de Lausanne quand je me réveillai. J'eus un aperçu du lac entre deux grands immeubles d'habitation et je notai une savoureuse réclame pour des chocolats, ainsi qu'une autre pour des montres. C'était l'employé des wagons-lits qui m'avait réveillé en m'apportant du café et des brioches (j'avais demandé des croissants).

« La dame du 72 dort-elle encore ? m'enquis-je.

— Elle a exprimé le désir de ne pas être dérangée avant Milan, répondit-il.

— Est-ce vrai qu'il n'y a pas de wagon-restaurant ?

— C'est exact, monsieur.

— Vous servirez au moins le petit déjeuner demain ?

— Non, monsieur. Je descends à Milan. Un autre me remplace.

— Un Italien ?

— Un Yougoslave, monsieur.

— Est-ce qu'il parle l'anglais ou le français ?

— C'est peu probable. »

Je me sentis désespérément à l'étranger. Je bus mon café, puis du couloir je regardai se dérouler doucement les petites villes suisses : le Montreux Palace, de style baroque édouardien, pareil à la résidence d'un roi de Ruritanie, et debout à l'arrière-plan, émergeant d'un banc de brume matinale, les montagnes d'une pâleur de négatif sous-exposé : Aigle, Bex, Visp... Nous nous arrêtions presque à chaque station, mais rares étaient les voyageurs qui montaient ou descendaient. Comme ma tante, les passagers étrangers étaient indifférents à une Suisse sans neige, et pourtant ce fut là que j'eus sérieusement la tentation de m'esquiver. J'avais sur moi cinquante livres en chèques de voyage et je me moquais éperdument de la Turquie. J'entrevoyais ici et là des prairies courant en pente douce vers l'eau, de vieux châteaux sur des collines hérissées de vignes, et des jeunes filles à bicyclette ; tout semblait propre, ordonné, sûr, comme mon existence avant les obsèques de ma mère. Je songeai à mon jardin. Mes dahlias me manquaient, et une petite gare, où un facteur à bicyclette distribuait le courrier, exhibait un parterre de fleurs mauves et rouges. Je crois que j'eusse été capable de quitter le train si la jeune fille du nom de Tooley ne m'avait pas effleuré le bras au même moment. Qu'y avait-il donc de si mal à adorer sa tranquillité, qu'on se sentît réduit à la déserter, entraîné dans le sillage de Tante Augusta ?

« Vous avez bien dormi ? me demanda Tooley.

— Oh ! oui, et vous ?

— Je n'ai guère fermé l'œil. »

Elle leva vers moi son regard fixe de pékinois, comme dans l'attente d'un morceau de nourriture. Je lui offris une brioche. Elle la refusa.

« Oh ! non, merci beaucoup. J'ai mangé une barre de chocolat.

— Pourquoi ne pouviez-vous pas dormir ?

— Je suis un peu inquiète. »

Je me souvins de visages, à l'époque où j'étais caissier, qui se penchaient avec la même timidité que le sien, pour tenter de percer du regard l'obstacle hygiénique où une notice imprimée les invitait à parler dans des trous, eux-mêmes ménagés malaisément bas. Je faillis lui demander si elle avait un dépassement de compte.

« Je ne peux rien pour vous ?

— J'aimerais bien causer, c'est tout », répondit-elle.

Que faire sinon l'inviter à entrer ? Mon lit s'était métamorphosé en sofa pendant que j'étais debout dans le couloir. Nous nous assîmes côte à côte et je lui proposai une cigarette. C'était une banale Senior Service, mais elle la retourna entre ses doigts comme une chose insolite qu'elle n'eût jamais vue.

« C'est de l'anglais ? demanda-t-elle.

— Oui.

— Ça veut dire quoi Senior Service ?

— C'est un terme de la Marine.

— Vous ne m'en voudrez pas, dites, si je fume une des miennes ? »

Elle tira de son sac une boîte en fer-blanc marquée Pastilles à l'Eucalyptine et au Menthol et y prit une cigarette anonyme et, semblait-il, roulée à la main. Après réflexion elle m'en offrit une, et j'estimai qu'un refus de ma part n'eût pas été très gentil. C'était une cigarette presque minuscule et d'aspect plutôt crasseux. Elle avait une saveur bizarre d'herbe, nullement désagréable.

« Je n'avais jamais encore fumé d'américaines, dis-je.

— Je les ai eues à Paris... par un ami.

— Ni de françaises d'ailleurs.

— Un type d'une gentillesse folle. Sensas'.

— Qui cela ?

— Ce type que j'ai connu à Paris. Je lui ai aussi raconté mes ennuis.

— Quelle sorte d'ennuis ?

— Je me suis disputée... avec mon flirt, je veux dire. Il voulait prendre des troisièmes pour Istanboul. Je lui ai dit c'est dingue, on ne pourra pas coucher ensemble en troisième, et j'ai l'argent, non ? Il m'a répondu : « Toi et ta « saloperie de fric. Qu'est-ce que tu attends pour vendre « tout ce que tu as et le donner aux pauvres »... ce n'est pas de lui, il a pris ça quelque part, vous ne croyez pas ? Moi je lui ai dit : « Ça ne servirait à rien. Papa me renflouerait. » Il a répondu : « Il n'a pas besoin de le savoir. — Il a ses « sources de renseignements, je lui ai fait remarquer, haut « placé comme il est, c'est-à-dire à la C.I.A. » Alors il a dit : « Tu peux te le mettre au cul, ton fric »... c'est une expression de chez vous, je crois ? Il est Anglais. On a fait connaissance un jour où on était assis à Trafalgar Square.

— Vous donniez à manger aux pigeons ? » demandai-je.

Une bulle de rire creva sur ses lèvres et elle s'étouffa avec sa fumée.

« Vous ne manquez pas d'ironie, dit-elle. J'aime l'ironie chez les hommes. Mon père aussi en a. Vous avez un petit quelque chose de lui quand j'y pense. L'ironie, ç'est une qualité très précieuse en littérature, n'est-ce pas, comme la passion ?

— Il ne faut pas me parler de littérature, mademoiselle Tooley, dis-je. Je n'y connais rien du tout.

— Ne me dites pas *mademoiselle* Tooley. Tooley c'est le nom que me donnent mes amis. »

A Saint-Maurice une troupe d'écolières défila sur le quai. Charmantes fillettes, me parut-il : pas la moindre mini-jupe ni la plus légère trace de maquillage, et des petits cartables bien propres.

« Comment un si beau pays peut-il être si ennuyeux ? pensa tout haut Tooley.

— Comment cela ennuyeux ?

— Ces gens-là ne décollent pas, dit-elle. Jamais personne d'ici ne décollera. Vous ne voulez pas une autre cigarette ?

— Merci. Elles sont très douces. Et très agréables au goût. Elles n'irritent pas la gorge.

— Vous employez de ces mots... J'aime ! C'est sensas'. »

Je me sentais plus réveillé que d'habitude à cette heure matinale, et je trouvais de l'originalité en un sens à la compagnie de Tooley. J'étais très content que ma tante dormît tard et me donnât ainsi l'occasion de faire plus ample connaissance avec la jeune fille. J'avais envie de la protéger. Je rêvais assez d'avoir une fille bien que je ne fusse jamais parvenu à imaginer Mlle Keene dans le rôle de mère. Une mère ne devrait pas éprouver le besoin d'être protégée elle aussi.

« Cet ami de Paris dont vous parlez, dis-je, est très bon juge en matière de cigarettes.

— Fabuleux, dit-elle. Au poil, je veux dire, absolument.

— Français ?

— Oh ! non, du cœur noir de l'Afrique.

— Nègre ?

— C'est un mot que nous n'employons jamais, dit-elle d'un ton réprobateur. Nous disons de couleur ou Noir... à leur choix. »

L'éclair soudain d'un soupçon me frappa :

« Il ne s'appelle pas Wordsworth ?

— Je le connaissais seulement sous le nom de Zach.

— C'est bien lui. Et c'est vous qu'il est venu accompagner à la gare ?

— Naturellement. Qui d'autre ? Je ne m'attendais pas à le voir, mais il me guettait devant le portillon pour me dire au revoir. Je lui ai pris un billet de quai, bien qu'il eût l'air mort de peur. Il ne voulait pas aller plus loin.

— Il connaît aussi ma tante », dis-je.

Je me gardai de lui avouer que Wordsworth s'était servi du billet à d'autres fins.

« Tout de même, quelle coïncidence, c'est dingue, vous ne trouvez pas ? On croirait un roman de Thomas Hardy.

— Vous m'avez l'air d'être très ferrée en littérature.

— Je me suis spécialisée en littérature anglaise à l'université, dit-elle. Mon père aurait voulu que je m'inscrive aux Sciences sociales parce qu'il avait envie que je serve un bout de temps dans les Volontaires de la Paix, mais nous n'avons sans doute pas les mêmes idées sur ce point comme sur d'autres.

— Il fait quoi, votre père ?

— Je vous l'ai dit... il a un poste ultra-secret à la C.I.A.

— Cela ne doit pas manquer d'intérêt, dis-je.

— Il voyage partout... terrible. Je ne l'ai vu qu'une seule fois depuis que Maman a divorcé, l'automne dernier. Comme je lui explique, il a une vision horizontale du monde, superficielle c'est-à-dire, ce n'est pas votre avis ? Moi c'est une vision verticale que je cherche.

— En profondeur, dis-je assez fier de la rattraper sur le terrain de ses idées.

— Ça aide, ajouta-t-elle montrant du geste sa cigarette. Je me sens déjà un peu partie. C'est votre façon de parler qui fait ça... terrible. D'un sens, j'ai l'impression de vous avoir rencontré dans mon programme de littérature anglaise. Comme personnage. Nous avons étudié Dickens à fond.

— Verticalement », dis-je.

Nous rîmes tous les deux.

« Comment vous appelez-vous ?

— Henry. »

De nouveau elle rit et je l'imitai sans savoir très bien pourquoi.

« On aurait pu au moins vous appeler Harry ?

— Harry est le diminutif d'Henry. Ce n'est pas un nom de baptême. Il n'y a jamais eu de saint Harry.

— C'est ça le droit Canon, comme on dit ?

— Je pense, oui.

— Parce que j'ai connu autrefois un gars terrible qu'on avait baptisé La Renverse.

— Je doute qu'on l'ait vraiment baptisé ainsi.

— Vous êtes catholique ?

— Non, mais ma tante oui, à ce que je crois. Sans pouvoir en jurer cependant.

— Une fois j'ai failli me convertir au catholicisme. A cause des Kennedy. Et puis, quand j'en ai vu deux d'assassinés... je suis superstitieuse, je veux dire. Est-ce que Macbeth était catholique ?

— J'avoue ne m'être jamais posé la question... Je suppose... c'est-à-dire, ma foi je n'en sais vraiment rien. »

J'avais le sentiment d'attraper sa manière de s'exprimer.

« Peut-être vaudrait-il mieux fermer la porte et ouvrir la fenêtre, dit-elle. Dans quel pays sommes-nous en ce moment ?

— Il me semble que nous devons approcher de la frontière italienne.

— Dans ce cas ouvrez la fenêtre, vite. »

Bien que son raisonnement m'échappât, j'obéis. J'avais déjà achevé de fumer ma cigarette, et elle jeta son mégot puis vida le cendrier sur les rails. C'est alors que je me souvins de Wordsworth.

« C'était quoi, ce que nous fumions ? demandai-je.

— De la Marie, bien sûr. Pourquoi ?

— Vous rendez-vous compte qu'on pourrait nous jeter en prison ? J'ignore tout de la législation suisse ou italienne, mais...

— Je suis à l'abri. Je suis mineure.

— Mais moi ?

— Vous pourriez plaider l'innocence », dit-elle en se mettant à rire.

Elle riait encore quand la porte s'ouvrit et que la police italienne passa la tête dans le compartiment.

« Passeports », demandèrent les policiers.

Mais ils ne feuilletèrent même pas nos passeports ; le courant d'air de la fenêtre ouverte emporta la casquette de l'un d'eux, et mon seul espoir fut que l'odeur du cannabis avait été balayée dans le couloir. La douane était sur les talons de la police ; elle se montra d'une égale considération, à cela près que l'un des douaniers fronça le nez. Au bout de quelques minutes tout ce monde en uniforme se retrouva tranquillement sur le quai. Les écriteaux annonçaient Domodossola.

« Nous sommes en Italie, dis-je.

— Une autre cigarette, alors.

— Jamais de la vie, Tooley. J'étais loin de me douter... Pour l'amour du ciel, débarrassez-vous de cela avant la nuit. La Yougoslavie est un Etat communiste, on n'y hésiterait pas à jeter en prison une mineure.

— On m'a toujours appris que les Yougoslaves sont de *bons* communistes. Nous leur vendons du matériel stratégique, non ?

— Mais pas de drogue, dis-je.

— Voilà que vous recommencez avec votre ironie. Je veux dire, j'avais envie de vous raconter mes gros ennuis, mais comment est-ce possible si vous faites de l'ironie.

— Il y a quelques instants vous disiez que l'ironie est une qualité précieuse en littérature.

— Sauf que vous n'avez rien d'un roman », répliqua-t-elle.

Et elle se mit à pleurer tandis que l'Italie défilait encore. Le cannabis avait causé le rire, j'imagine qu'il était maintenant à l'origine des larmes. Je me sentais vaguement malheureux moi aussi en la regardant. La tête me tournait. Je refermai la fenêtre et j'aperçus à travers la vitre un village montagnard entièrement jaune et ocre — pareil à une excroissance spontanée fruit du mariage de la pluie et du sol — et tout près des rails une usine, toute une cité d'habitations rouges, une autostrade, une réclame de Perugina et les entrelacs de fils et de tubulures métalliques qui vont avec une ère d'où sont bannies les fumées.

« Quelle sorte d'ennuis avez-vous, Tooley ?

— J'ai oublié de prendre leur fichue pilule et cela fait six semaines que je n'ai pas eu mes saletés de règles. J'ai été à deux doigts d'en parler à votre mère hier soir...

— A ma tante, rectifiai-je. Vous devriez lui en parler. Je n'y connais pas grand-chose, vraiment.

— Mais c'est à un homme que j'aimerais en parler, dit Tooley. D'un sens les femmes m'intimident, je veux dire. Je mets plus de temps à m'entendre avec elles qu'avec les hommes. Seulement les hommes sont tellement ignorants de nos jours, c'est ça le problème. Autrefois les filles ne savaient que faire, aujourd'hui ce sont les hommes. Julian prétend que c'est ma faute... il me faisait confiance.

— C'est lui le flirt ? demandai-je.

— Il était furieux que j'aie oublié de prendre la pilule. Il voulait faire de l'auto-stop jusqu'à Istanboul. Il disait que ce serait peut-être un bon truc.

— Je croyais qu'il voulait prendre des troisièmes.

— C'était avant qu'il sache. Et avant qu'il ait fait la connaissance d'un type qui allait à Vienne en camion. Alors il m'a lancé un ultimatum. Ça se passait dans cette espèce de café place Saint-Michel, il m'a dit : « C'est tout de suite « qu'on part ou jamais », et j'ai répondu : « Non », alors il a dit : « Eh bien, va te faire foutre et trouve un moyen de ton « côté. »

— Où est-il à présent ?

— Quelque part entre ici et Istanboul.

— Comment comptez-vous le retrouver ?

— Au Gulhane, les gens sauront.

— C'est quoi le Gulhane ?

— C'est près de la Mosquée Bleue. Tout le monde sait où se trouve n'importe qui, au Gulhane. »

Elle entreprit d'effacer soigneusement les traces de larmes. Puis regardant sa grosse montre aux quatre chiffres elle reprit :

« Il est presque l'heure de déjeuner. J'ai une faim de loup.

J'espère que ce n'est pas parce que je dois manger pour deux. Vous voulez un peu de chocolat ?

— J'attendrai jusqu'à Milan, répondis-je.

— Cigarette, alors ?

— Non merci.

— Moi, si. C'est peut-être le bon truc. »

Le sourire commençait à lui revenir.

« Marrant, les idées qui vous viennent ; je veux dire, tout juste si je ne crois pas que n'importe quoi pourrait arranger le coup. A Paris je buvais du cognac avec de la bière de gingembre parce qu'au collège on racontait que le gingembre était un bon truc. Et j'allais aussi au sauna pour des bains. C'est drôle, quand on pense qu'il suffirait d'un simple curetage. Wordsworth disait qu'il me trouverait un médecin, à condition que je lui en laisse le temps ; seulement, après, j'aurais dû garder le lit quelques jours, et dans ce cas, à quoi bon arriver au Gulhane pour apprendre que Julian était reparti ? Et pour où ? je vous le demande ? A Paris j'ai rencontré un jeune type qui prétendait que les gens comme nous on les vide tous de Katmandou et que l'endroit où aller c'est Vientiane maintenant. Sauf pour les Américains bien sûr, à cause du service militaire. »

A certains moments elle me donnait l'impression que le monde entier était en transhumance. Elle poursuivit :

« A Paris j'ai couché avec un gars après que Julian m'a plaquée ; tout compte fait, je me disais, peut-être que ça remuera vaguement quelque chose. Ces saletés de règles, je veux dire, parfois ça se déclenche pile sur le coup d'un orgasme. Mais je n'ai pas eu d'orgasme. Sans doute que je me faisais du mauvais sang à cause de Julian, sinon d'habitude je n'ai guère de problèmes de ce côté-là.

— A mon avis, vous devriez rentrer immédiatement chez vous et tout raconter à vos parents.

— Parlez au singulier, dit-elle. Je compte Maman pour du beurre, et j'ignore où se trouve exactement Papa. Il est perpétuellement en voyage. En mission secrète. Il est peut-être à Vientiane pour ce que j'en sais... on dit que ça grouille de gens de la C.I.A., là-bas.

— Vous n'avez pas un seul endroit au monde où vous puissiez vous sentir chez vous ? demandai-je.

— Julian et moi, ça ressemblait presque à ça, et puis il a piqué sa crise parce que j'avais oublié de prendre la pilule. Il est très soupe au lait. Il m'a dit : « Si je dois passer le « temps à te le rappeler, ça me coupe ma spontanéité, tu ne « comprends pas, non ? » Sa théorie c'est que toutes les femmes aimeraient châtrer leur homme et qu'un moyen comme un autre consiste à lui couper sa spontanéité.

— Et vous vous sentiez chez vous avec lui ?

— On pouvait vraiment discuter de n'importe quoi, dit-elle avec un sourire de bonheur à ce souvenir tandis que la Marie recommençait son œuvre. D'art, de sexualité, de James Joyce, de psychologie...

— Vous ne devriez pas fumer cette saleté, protestai-je.

— Pas fumer de Marie ? Pourquoi ? Ça ne fait pas de mal. Le L.S.D., ça c'est autre chose. Julian voulait que j'essaie, mais j'ai refusé ; je n'ai pas envie de me bousiller les chromosomes, vous savez. »

Il y avait des instants où je ne comprenais pas un mot de ce qu'elle racontait ; portant il me semblait que j'aurais pu l'écouter longtemps sans me lasser.

Il y avait en elle une sorte de gentillesse et de douceur qui me rappelait Mlle Keene. Bien entendu c'était absurde de les comparer ; peut-être était-ce cela que signifiait le mot de « partir », dans sa bouche.

CHAPITRE XIII

LORSQU'UN train s'enfonce au cœur d'une grande ville, je pense chaque fois aux dernières mesures d'une ouverture. Tous les thèmes agrestes et citadins de notre long parcours se trouvaient repris : l'usine à laquelle succédait une prairie, un bout rapporté d'autostrade doublant une petite route, un gazomètre à côté d'une église moderne. Les maisons commençaient à se marcher sur les talons ; les réclames des voitures Fiat serraient de plus en plus les rangs ; l'employé des wagons-lits qui venait de servir le petit déjeuner passait, s'affairant fiévreusement dans le couloir, pour aller tirer du sommeil une importante personnalité ; les derniers champs s'éclipsaient du paysage ; pour finir ce n'étaient plus que maisons, maisons, maisons — et Milan, proclamaient les pancartes en filant, Milan.

Je dis à Tooley :

« Nous y voici. Nous ferions bien de trouver à déjeuner. C'est notre dernière chance de prendre un vrai repas...

— Votre mère...

— Tante Augusta, coupai-je. Elle est ici. »

L'employé l'avait précédée dans le couloir (j'aurais dû deviner l'identité de l'importante personnalité) ; et maintenant, debout sur le seuil de notre compartiment, elle fronçait le nez.

« Qu'avez-vous fabriqué tous les deux ? demanda-t-elle.

— Nous avons bavardé en fumant, dis-je.

— Tu m'as l'air singulièrement gai, Henry. Cela ne te ressemble guère. »

Elle renifla de nouveau l'air.

« C'est à croire que ce pauvre Wordsworth est toujours avec nous, enfin presque.

— Terrible, dit Tooley. Que vous connaissiez Wordsworth, je veux dire. »

L'employé interrompit le dialogue :

« Il y a un monsieur qui vous demande, madame. »

Et par-delà ma tante, entre un chariot à journaux et un autre à rafraîchissements, je vis un homme très grand, très mince, aux cheveux d'une blancheur exquise, et qui gesticulait avec son parapluie.

« Ah ! c'est Mario, dit ma tante sans même se retourner. Je lui ai écrit que nous aurions sûrement besoin de déjeuner. Il aura commandé ce qu'il faut. Venez mon chou, viens Henry, il n'y a pas de temps à perdre. »

Elle descendit devant nous et tomba littéralement dans les bras de l'homme à cheveux blancs qui, avec des muscles d'acier, la tint un instant en l'air, tout en haletant :

« *Madre mia, madre mia.* »

Il lâcha son parapluie pour déposer précautionneusement ma tante sur le quai, comme dans la crainte qu'elle ne vînt à se briser — idée ridicule en soi quand on pensait à Tante Augusta.

« Pourquoi diable vous appelle-t-il ainsi ? » chuchotai-je.

J'ignore si c'était l'effet du cannabis, mais j'avais éprouvé d'emblée une aversion extrême pour ce personnage qui s'employait à présent à baiser la main de Tooley.

« Je le connais depuis sa plus tendre enfance, dit Tante Augusta. C'est le fils de M. Visconti. »

Il était beau à la façon des histrions ; il avait tout de l'acteur vieillissant et je n'aimais pas la manière dont il essayait d'éblouir Tooley avec des morceaux de son répertoire. Après son explosion d'émotion théâtrale devant ma tante, il nous avait devancés avec Tooley et l'entraînait sur le quai vers le restaurant, en tenant son parapluie par l'embout, crosse haute, comme un évêque en procession. Avec ses cheveux blancs et sa tête penchée vers la jeune fille, il avait l'air d'un prélat jouant de son charme magnétique sur une néophyte pour mieux l'instruire en chasteté.

« Que fait-il, Tante Augusta ? Il est acteur ?

— Il écrit des drames en vers.

— Et il arrive à en vivre ?

— M. Visconti lui a fait une petite rente à la veille de la guerre. En francs suisses heureusement. Je le soupçonne aussi de tirer de l'argent des femmes.

— A son âge c'est plutôt dégoûtant, fis-je observer.

— Il a le don de les faire rire. Regarde Tooley comme elle rit en ce moment. Son père était pareil. C'est le meilleur moyen de gagner le cœur des femmes, Henry. Elles ont plus de sagesse que les hommes. Elles pensent à l'entracte inévitable entre un coup et le suivant. Dans ma jeunesse très peu de femmes fumaient la cigarette. Attention au chariot. »

Je sentais le cannabis aiguiser mon cerveau de son astuce :

« Il devait être né à l'époque où vous avez connu M. Visconti... Et sa mère, vous l'avez connue aussi ?

— Pas très bien.

— Elle devait être belle.

— Je suis mauvais juge. Je la détestais et elle me le rendait bien. Mario m'a toujours tenue pour sa vraie mère.

M. Visconti appelait sa femme la génisse blonde. C'était une Allemande. »

Mario Visconti avait commandé des *saltimbocca Romana* pour tout le monde et une bouteille de vin de Frascati. Ma tante se mit à lui parler en italien.

« Excusez-moi, dit-elle, mais Mario ne parle pas un mot d'anglais et cela fait tant et tant d'années que nous ne nous sommes vus.

— Vous parlez l'italien ? demandai-je à Tooley.

— Absolument pas.

— La conversation semblait très animée entre vous.

— Oh ! il était tout ce qu'il y a de plus expressif.

— Et qu'exprimait-il ?

— Il m'aimait bien, d'un sens. *Cuore,* ça veut dire quoi ? »

Je regardai Mario Visconti avec dépit et m'aperçus qu'il avait les larmes aux yeux. Il parlait énormément et se servait des mains pour expliquer ; à un moment il saisit son parapluie et l'éleva au-dessus de sa tête. Dans les brefs intervalles entre deux tirades il enfournait de grosses bouchées de *saltimbocca Romana,* son beau visage penché sur l'assiette, de sorte que la fourchette eût à parcourir le minimum de distance et que les larmes n'eussent pas à choir de bien haut. Par chance le plat était déjà abondamment salé. Ma tante lui prêta un mouchoir de dentelle léger comme un souffle, qu'il commença par s'appliquer sur les yeux pour l'arranger ensuite élégamment dans la pochette de sa veste, en laissant dépasser un coin en plis. Puis le vin, qui me paraissait excellent, lui déplut tout à coup et il appela le garçon pour en changer. Il attendit d'avoir tâté de la nouvelle bouteille pour reprendre le cours de ses larmes. Les garçons, remarquai-je, étaient aussi indifférents à la scène que des ouvreuses de cinéma à un film qui court déjà depuis une semaine.

« Je n'aime pas les hommes qui pleurent, dis-je à Tooley.

— Vous ne pleurez jamais ?

— Non, dis-je. Pas en public », ajoutai-je aussitôt par souci d'exactitude.

Le garçon apporta des glaces pour tout le monde. Elles étaient tricolores et je leur trouvai la mine malsaine. Je ne touchai pas à la mienne, mais celle de Mario disparut en un clin d'œil et je fus frappé par la façon dont les larmes se tarirent, comme gelées dans les canaux par l'effet de la glace. Il adressa à ma tante un sourire d'une timidité presque enfantine qui constratait étrangement avec ses cheveux blancs, et elle lui glissa discrètement sa bourse pour payer.

Sur le marchepied du train j'eus peur qu'il ne recommençât à pleurer en embrassant Tante Augusta. Au lieu de quoi il lui remit un petit paquet de papier brun et s'éloigna en silence, crosse haute pour dissimuler son émotion, ou peut-être son manque d'émotion.

« Et voilà », murmura ma tante du fond d'une froide rêverie.

Tooley avait disparu — dans les toilettes, soupçonnai-je, pour fumer une autre cigarette — et je décidai de parler à Tante Augusta des ennuis de la jeune fille. Mais quand je pris place à son côté je m'aperçus que c'était elle qui avait envie de parler.

« Mario fait plutôt vieux, dit-elle, à moins qu'il n'ait teint ses cheveux ? Je me le demande ? Il peut avoir tout au plus quarante-cinq ans. Peut-être six. Je ne vaux rien pour les dates.

— Il est certain qu'il fait beaucoup plus vieux. C'est peut-être à cause de la poésie.

— Je n'ai jamais eu de passion pour les hommes à parapluie, dit-elle, mais il était charmant, enfant. »

Elle regarda par la portière, j'en fis autant ; un grand ensemble en brique rouge courait à la débandade le long de la voie, et sur la colline à l'arrière-plan un village médiéval s'émiettait derrière ses remparts.

« Pourquoi pleurait-il ? demandai-je.

— Il ne pleurait pas. Il riait, répondit-elle. Une vague histoire concernant M. Visconti. Cela fait au moins trente ans que je n'avais pas revu Mario, poursuivit-elle. A l'époque c'était un enfant adorable... un peu trop pour que cela durât, peut-être. Ensuite il y a eu la guerre. Elle nous a séparés.

— Et son père ? insistai-je.

— Adorable est bien le dernier mot que j'eusse appliqué à M. Visconti. Charmant oui, peut-être. C'était une affreuse vieille ficelle. Il vous bourrait généreusement de gâteaux à la crème, certes ; mais qui est-ce qui vit de gâteaux à la crème ? Peut-être suis-je injuste. On a tendance à l'être envers ceux que l'on a beaucoup aimés. Après tout il s'est montré très bon pour moi, dès le premier jour... il m'a trouvé une situation en Italie.

— Dans le théâtre ?

— Je ne comprends pas pourquoi tu t'obstines à appeler cela le théâtre. « L'univers entier est une scène de théâtre », je veux bien, mais quand la métaphore atteint ce degré de banalité elle n'a plus de sens. Il n'y a qu'un acteur de second rang pour écrire une phrase pareille, dans l'orgueil d'une vocation de seconde zone. Il y a des moments où Shakespeare est vraiment un très mauvais écrivain. Il suffit d'ouvrir un dictionnaire de citations pour en mesurer la fréquence. Les amateurs de citations adorent les généralités qui ne veulent rien dire. »

J'étais un peu scandalisé par cet assaut inattendu contre Shakespeare. Peut-être était-ce parce qu'il avait écrit des drames en vers comme Mario.

« Vous parliez de M. Visconti, lui rappelai-je.

— Je dois reconnaître qu'il se montra plein de bonté pour moi à Paris. J'avais vraiment le cœur brisé, après avoir quitté Curran. Je ne pouvais faire appel à ton père, parce que j'avais promis à Angélica de rester à l'écart, et en partant après notre ultime dispute Curran avait tout emporté, sauf la menue monnaie des troncs de l'église et douze boîtes de sardines. Il avait une passion anormale pour les sardines. Il prétendait que cela lui calmait les nerfs et que cela agissait sur lui comme l'huile sur une mer déchaînée. Il y avait assez d'argent dans les troncs pour payer ma traversée de la Manche et j'eus la chance de dénicher ce fameux emploi rue de Provence. Mais je ne m'y sentais pas vraiment heureuse, et je fus reconnaissante à M. Visconti de m'emmener en Italie. Evidemment, le travail était le même, mais j'aimais bien voyager d'une ville à l'autre. Et toutes les huit semaines, quand je revenais à Milan, j'étais ravie de revoir M. Visconti. Les gâteaux à la crème représentaient un grand progrès sur les sardines. Parfois aussi, il surgissait à l'improviste à Venise. C'était une vieille ficelle, sans aucun doute, mais on rencontre bien pire. »

Elle soupira en contemplant le morne paysage du Pô.

« J'avais fini par avoir un grand faible pour lui. Beaucoup plus que pour n'importe quel autre homme que j'ai connu. Sauf le premier, mais le premier a toujours quelque chose d'un peu exceptionnel.

— Comment se fait-il que vous n'ayez pas continué ? » demandai-je.

Je faillis dire « le théâtre », mais me souvins de son aversion pour ce terme. Je n'avais pas oublié les ennuis de Tooley, mais c'était bien le moins, trouvais-je, de permettre à ma tante d'en finir d'abord avec les souvenirs qu'avait réveillés en elle la personne du fils Visconti.

« Quand ton oncle Jo m'a laissé tout son argent, ça m'a fait un coup. Sans compter la maison... mais quelle utilité ? Elle achève de crouler au bord de l'autostrade. J'en ai fait donation à Mario quand la guerre m'a forcée à quitter l'Italie. Je crois qu'il y va parfois avec une femme, histoire de passer le week-end dans l'ancien *palazzo* de famille. Il l'appelle même le Palazzo Visconti (il est un rien snob : tout le contraire de son père). Un jour viendra où l'on inventera d'ajouter une bretelle à l'autostrade, et ce jour-là l'Etat devra lui payer une indemnité si Mario prouve que la demeure est habitée.

— Pourquoi n'avez-vous pas épousé M. Visconti, Tante Augusta ?

— Le divorce n'existe pas en Italie, et M. Visconti était catholique, même s'il ne pratiquait pas. Il n'a eu de cesse que j'aie embrassé sa religion. C'était sa femme qui avait tout l'argent, ce qui le gênait considérablement, jusqu'au jour où il se débrouilla pour mettre la main sur la quasi totalité de l'héritage de l'oncle Jo. J'étais l'insouciance même en ce temps-là et M. Visconti avait beaucoup de persuasion. Une chance que personne n'ait voulu acheter la maison... J'ai au moins gardé cela un temps. Il avait monté un système pour vendre des légumes frais... en particulier des tomates, naturellement... en Arabie séoudite. Je crois qu'au début il était fermement convaincu que nous allions faire fortune. Sa femme elle-même lui prêta de l'argent. Jamais je n'oublierai les conférences à l'Excelsior de Rome, avec les notables arabes en longue robe, qui arrivaient avec leur douzaine d'épouses et leur officier de bouche. M. Visconti louait un étage entier de l'Excelsior... Tu imagines le trou dans l'argent de Jo. Mais quel romantisme, tant que cela dura ! Je m'amusais bien. On ne s'ennuyait pas une seconde avec M. Visconti. Il persuada même le Vatican de mettre de l'argent dans l'affaire, en sorte que nous eûmes des cardinaux à nos cocktails du Grand Hôtel. C'était un ancien couvent, et je suppose que tous ces prélats s'y sentaient plus chez eux. Ils étaient accueillis à l'entrée par des valets avec de grands cierges, et quel merveilleux spectacle que la rencontre entre Arabes et cardinaux, entre longs vêtements du désert et calottes pourpres, avec force courbettes et embrassades, sans compter les génuflexions de la direction et les baisements d'anneaux et les bénédictions. Naturellement, les Arabes ne buvaient que des jus d'orange, et les officiers de bouche restaient au bar pour goûter chaque carafe et vider à la sauvette un whisky soda. Tout le monde adorait ces réceptions, mais ce genre d'amusette était un luxe que seuls les Arabes pouvaient s'offrir, comme on le vit par la suite.

— M. Visconti s'est ruiné ?

— Il fila à temps avec les dernières bribes de mon argent et de celui de sa femme. Soyons juste : il avait mis une partie du mien au nom de Mario. Evidemment, il s'éclipsa quelque temps, mais pour mieux revenir après que la tempête se fût calmée. Le Vatican, tu te le rappelles, conclut un marché très avantageux avec Mussolini, en sorte que ce qu'il perdit avec M. Visconti n'était vraiment que de la petite bière par comparaison. M. Visconti m'avait laissé de quoi vivre modestement ; mais la modestie n'a jamais été mon fort. La vie devint d'une grande monotonie après son éclipse. J'allai même faire un tour à La Havane, comme je te l'ai raconté, avant de revenir à Paris pour un temps (Mario était à Milan chez les Jésuites)... Et ce fut alors que je rencontrai M. Dambreuse. Mais cette affaire terminée, je revins à Rome. J'espérais toujours que M. Visconti finirait par réapparaître. J'avais un appartement de deux pièces et je travaillais plus ou moins à mi-temps dans un établissement derrière le *Messaggero.* C'était une vie très bourgeoise, après tant d'Arabes et de cardinaux. Curran et M. Visconti m'avaient gâtée. Aucun homme ne m'a jamais autant amusée que ces deux-là. Pauvre Wordsworth ! ajouta-t-elle. Il n'était pas du même bord. »

Elle eut un rire très jeune et posa la main sur mon genou.

« Ensuite... O béni soit le Seigneur au plus haut des cieux, comme aime à dire Wordsworth... alors que je faisais ce brin de mi-temps derrière le *Messaggero*, qui est-ce qui entre un jour au salon ? M. Visconti ! Pure coïncidence. Il ne me cherchait pas. Mais quelle joie pour nous. Oui, quelle joie. Rien que de nous revoir. Les filles n'y ont rien compris en nous voyant nous prendre par la main et nous mettre à danser entre les canapés. Il était une heure du matin. Nous ne sommes pas montés. Nous sommes sortis tout droit dans la ruelle. Il y avait une fontaine publique en forme de tête d'animal et il m'a éclaboussé d'eau la figure avant de m'embrasser.

— C'était quoi cette espèce de travail à mi-temps ? ne pus-je m'empêcher de dire tout à coup. Et qui étaient ces filles ? Et les canapés, à quoi servaient-ils ?

— Quelle importance, aujourd'hui ? dit ma tante. Et même alors, qu'est-ce que cela pouvait bien faire ? Nous nous étions retrouvés et il m'a aspergée, aspergée, et embrassée à n'en plus finir.

— Tout de même, ne me dites pas que vous ne méprisiez pas cet homme, après tout ce qu'il vous avait fait ? »

Nous traversions le long aqueduc qui enjambe les lagunes et mène à Venise-Mestre, mais on ne voyait pas trace de la splendide cité — rien que de grandes cheminées couronnées d'une pâleur de gaz enflammé, à peine visible dans la lumière de fin d'après-midi.

Je ne m'attendais pas à une telle sortie de la part de ma tante. Elle me prit de front dans un véritable accès de fureur, comme elle eût fait avec un enfant qui eût brisé par mégarde un vase, chéri depuis des années pour sa beauté et pour les souvenirs dont il est chargé.

« Je ne méprise personne, dit-elle, personne. Libre à toi de regretter tes actes, s'il te plaît de larmoyer sur ton sort, mais ne te permets jamais, jamais le mépris. Et ne va jamais te figurer que ta morale vaut mieux que celle des autres. Vraiment, qu'imagines-tu que je faisais dans cette maison derrière le *Messaggero ?* je trichais, n'est-ce pas ?

Alors, pourquoi M. Visconti n'aurait-il pas triché avec moi ? Mais toi, je pense, de toute ta petite vie de banquier de province jamais tu n'as triché parce que rien ne te faisait assez envie, pas même l'argent, pas même une femme. Tu veillais sur les sous d'autrui à la façon d'une nounou sur les enfants des autres. Comme si je ne te voyais pas d'ici dans ta cage, à faire des tas de tes petits billets de cinq livres, sans discontinuer, avant de les tendre à travers le guichet à leur vrai propriétaire ! Angélica t'a élevé à son idée, pas de doute ! Ton pauvre père n'a pas eu une chance d'y mettre son grain de sel. Lui aussi était un tricheur, et quel dommage que tu n'en sois pas un ! Peut-être aurions-nous au moins quelque chose de commun. »

J'étais stupéfait. Je ne trouvais rien à répliquer. Je méditai de descendre à Venise, mais, et Tooley ? avec elle j'avais l'impression d'avoir charge d'âme. La gare sordide nous enveloppa de sa crasse et de son vacarme. Je dis :

« Je ferais mieux d'aller chercher Tooley, je crois. »

Et je m'en allai, laissant sur sa banquette la vieille dame courroucée. Seulement, en refermant la porte du compartiment, je crus l'entendre rire.

CHAPITRE XIV

J'ETAIS heureux de ne pas m'être mis en colère, toutefois j'étais assez bouleversé et j'avais besoin d'un moment de réflexion. Je descendis donc sur le quai où j'entrepris de chercher à manger. C'était la dernière chance avant Belgrade et le lendemain matin. A un chariot j'achetai six petits pains au jambon, une bouteille de Chianti et quelques gâteaux — rien de comparable, songeai-je tristement, au genre de repas que m'eût fourni Poulets ; et Dieu que cette gare était lugubre ! Et quel énorme gâchis de temps que les voyages ! C'était l'heure où dans le soir encore jeune le soleil a perdu son ardeur et où les ombres s'allongeaient sur ma petite pelouse, l'heure où je prenais mon arrosoir jaune pour le remplir au robinet du jardin...

« Ça vous serait égal de m'acheter encore un peu de Coca-Cola ? dit la voix de Tooley.

— Il n'y a pas d'endroit où le tenir au frais dans le train.

— Je me moque que ça soit chaud. »

Quelle absurdité que tout cela, avais-je envie de m'exclamer, car à présent c'était l'homme du chariot qui refusait de prendre mon billet d'une livre ; je devais lui donner deux des dollars que je gardais dans mon portefeuille en cas d'urgence, et il refusait de me rendre la monnaie, j'avais beau connaître le taux exact et lui réciter le nombre de lires qu'il fallait.

« Julian a peint un jour un tableau représentant une bouteille de Coca... terrible ! dit Tooley.

— Quel Julian ? demandai-je distraitement.

— Mon flirt, voyons. Je vous l'ai déjà dit. Il avait peint le Coca en jaune vif. Fauve, ajouta-t-elle d'un air de défi.

— Parce qu'il peint, pour de vrai ?

— Oui, et c'est pour ça qu'il pense que l'Orient a tant d'importance pour lui. Vous savez, comme Tahiti pour Gauguin. Il voudrait faire l'expérience de l'Orient avant de se lancer dans son grand projet. Passez-moi ce Coca-Cola. »

Il y avait moins d'une heure d'attente à Venise, mais la nuit tombait quand nous quittâmes la gare et je ne vis rien du tout — j'aurais pu aussi bien prendre le train à Clapham pour Victoria. Assise à côté de moi, Tooley buvait un de ses Coca. Je lui demandai ce qu'était le grand projet de son petit copain.

« Il voudrait peindre une série d'*énormes* tableaux représentant des boîtes de soupe Heinz, dans des couleurs terribles, pour qu'un richard puisse s'en offrir une de chaque sorte dans chaque pièce de son appartement... par exemple soupe de poisson dans la chambre à coucher, de pommes de terre dans la salle à manger, de poireaux dans le salon ; exactement comme les portraits de famille autrefois. Et le tout dans ces couleurs terribles... fauve, absolument. Et les boîtes donneraient une sorte d'unité... vous voyez ce que je veux dire ? D'un sens, ça ferait intime... La même ambiance, d'une pièce à l'autre. Pas comme aujourd'hui, vous savez, où on met un de Staël dans une pièce et un Rouault dans la suivante. »

Le souvenir d'une image aperçue dans le supplément d'un journal du dimanche me revint. Je dis :

« Il n'y a pas quelqu'un qui a déjà peint une boîte de soupe Heinz ? Je jurerais...

— Pas une Heinz, une Campbell, dit Tooley. C'était d'Andy Warhol. J'ai fait la même remarque à Julian la première fois qu'il m'a parlé de son projet. Je lui ai dit : « Ça crève les yeux que les Heinz et les Campbell n'ont « pas du tout la même forme. D'un sens, les Heinz sont « plus trapues et les Campbell plus longues, comme les « boîtes à lettres anglaises. » J'adore vos boîtes à lettres anglaises... terribles ! Mais Julian m'a répondu que là n'était pas la question. Selon lui, il y a des sujets qui appartiennent à telle époque et à telle culture bien définies. Comme l'Annonciation. Botticelli ne s'est pas laissé écœurer sous prétexte que Piero Della Francesca avait peint la même chose. Il n'avait rien d'un *imitateur.* Et pensez seulement à la pagaille de Nativités qu'on a peintes. Et nous, comme dit Julian, d'un sens nous appartenons à l'âge de la soupe... sauf qu'il emploie d'autres mots. Il appelle ça l'Art de la Techno-Structure. D'un sens, voyez-vous, plus il y aura de gens à peindre des boîtes de soupe, mieux ça vaudra. C'est comme ça qu'on *crée* une culture. Une seule Nativité n'aurait servi à rien du tout. On ne l'aurait pas remarquée. »

Je perdais pied avec Tooley sur le terrain de la culture et de l'expérience humaine. Elle était beaucoup plus proche de ma tante : jamais, j'en étais sûr, elle n'eût critiqué M. Visconti ; elle l'eût accepté comme elle acceptait le projet de Julian, le voyage d'Istanboul, ma compagnie, l'enfant dans son sein.

« Où vit votre mère ?

— Je suppose qu'elle est à Bonn pour le moment. Elle a épousé un journaliste de *Time-Life* qui couvre l'Allemagne de l'Ouest et l'Europe orientale, ce qui fait qu'ils se déplacent beaucoup. Comme Papa. Vous ne voulez pas une cigarette ?

— Non, merci. Et vous feriez mieux d'attendre que nous ayons franchi la frontière suivante. »

Il était près de neuf heures et demie du soir quand nous arrivâmes à Sezana. L'homme du contrôle des passeports nous regarda hargneusement, comme des espions impérialistes. De vieilles femmes, lourdement chargées de petits paquets, longeaient la voie sans quai en direction des troisièmes classes. Il en surgissait de partout, une vraie migration, même d'entre les wagons de marchandise, immobiles et dételés partout sur les rails, et paraissant condamnés à rester à jamais désunis. Personne d'autre ne monta ; personne ne descendit. Il n'y avait pas de lumières, pas de salle d'attente en vue, il faisait froid et le chauffage n'était pas mis. Sur la route au-delà — à supposer qu'il y en eût une — pas la moindre voiture. Pas d'hôtel Terminus offrant sa bienvenue.

« J'ai froid, dit Tooley. Je vais me coucher. »

Elle proposa de me laisser une cigarette, mais je refusai. Je n'avais pas envie d'être compromis au passage de cette frontière glaciale. Un autre personnage en uniforme jeta un coup d'œil dans le compartiment et eut un regard de haine pour ma valise neuve dans le filet.

Je me réveillai plusieurs fois pendant la nuit — à Lioubliana, à Zagreb — mais pour ne rien voir que des files de wagons stationnaires, apparemment abandonnés, comme s'il ne restait plus au monde une marchandise à charger, que personne n'eût le courage de faire encore rouler un convoi, et que seul notre train continuât sa course, contraint par un mécanicien stupide se refusant à comprendre que l'univers entier s'était arrêté et que nous n'avions plus de destination où aller.

A Belgrade, je pris un petit déjeuner avec Tooley au buffet de la gare — pain sec, confiture et mauvais café, et nous achetâmes une bouteille de vin blanc doux pour le déjeuner, mais il n'y avait pas de sandwiches. Je laissai dormir ma tante : inutile de la réveiller pour partager un tel repas.

« Pourquoi allez-vous à Istanboul tous les deux ? demanda Tooley en prenant une cuillerée de confiture (elle avait renoncé à essayer d'émietter son pain).

— Ma tante aime les voyages, répondis-je.

— Mais pourquoi Istanboul ?

— Je ne le lui ai pas demandé. »

Dans les champs, des chevaux avançaient lentement, traînant des herses. Nous étions ramenés à l'âge pré-industriel. Tooley était aussi déprimée que moi, et pourtant nous n'avions pas touché le fond ; nous le touchâmes à Sofia, à la tombée du soir, où nous tentâmes d'acheter quelque chose à manger, mais où l'on ne voulait accepter que de l'argent bulgare et encore à un taux exorbitant ; et même quand je m'y fus résigné, il n'y avait que des saucisses tièdes, fabriquées avec je ne sais quelle viande grossière et méconnaissable, du gâteau au chocolat fait avec un ersatz, et un vin rosé mousseux. Je n'avais pas vu ma tante de toute la journée, sauf une fois où elle nous rendit visite et refusa la dernière barre de chocolat de Tooley en nous disant tristement et de façon inattendue :

« Autrefois j'adorais le chocolat. Je vieillis.

— Alors c'est ça, le fameux Orient-Express ? dit Tooley.

— Du moins ce qu'il en reste.

— Istanboul aurait du mal à être pire, non ?

— Je n'y suis jamais allé, mais j'imagine que oui.

— Sans doute allez-vous me dire que je ne dois pas fumer parce que nous allons bientôt arriver à une autre frontière.

— Il y en aura trois, dis-je en regardant l'indicateur, en moins de quatre heures. La bulgare, la gréco-macédonienne et la turque.

— Peut-être est-ce un vrai luxe de voyager ainsi, dit Tooley, quand on n'est pas pressé. Croyez-vous qu'il y ait un médecin-avorteur dans le train ? Encore heureux que je n'en sois pas déjà à neuf mois, dites, sinon je ne saurais même pas si le bébé sera bulgare, turc, ou... comment disiez-vous ?

— Gréco-macédonien.

— Ça sort plutôt de l'ordinaire. C'est ça que je choisirais. Pas bulgare, non. Si c'était un garçon, ça prêterait à des plaisanteries douteuses.

— Mais vous n'auriez pas le choix.

— Je me retiendrais. Quand on me dirait de pousser, je ne pousserais pas. Tant qu'on n'aurait pas franchi la frontière gréco-macédonienne. On reste combien de temps en Gréco-Macédoine ?

— Pas plus de quarante minutes, dis-je.

— Zut ! Quelle complication. Il faudrait faire vite. Ce n'est pas drôle du tout, ajouta-t-elle. J'ai une peur bleue. Que dira Julian quand il saura que ces saletés de règles ne sont pas venues ? Je croyais vraiment que le train ferait l'affaire, qu'avec les secousses ça se décrocherait, je veux dire.

— C'est autant la faute de Julian que la vôtre.

— Non, plus maintenant, plus avec la pilule. Aujourd'hui, c'est uniquement la faute des filles. C'est vrai que j'ai oublié de la prendre. Quand j'avale un somnifère, je me réveille pâteuse et j'oublie. Et ensuite, quand je prends de la méthédrine pour mieux me réveiller, je finis par être si excitée que j'en oublie tous les trucs ennuyeux... comme la pilule et la vaisselle. Mais Julian ne voudra probablement rien savoir, rien comprendre. Il se sentira coincé. Il a souvent cette impression. Il dit que les premiers à le coincer, ç'a été sa famille, et ensuite ça a bien failli lui arriver à Oxford... alors il a filé sans même passer ses examens. Après, il a failli se faire coincer par les Trotskistes, sauf qu'il s'est rendu compte juste à temps. Il flaire les pièges de terriblement loin. Mais moi, Henry, je n'ai aucune envie d'être un piège. Vraiment pas. Je n'arrive pas à vous appeler Henry. Ça n'a pas l'air d'un vrai nom. Est-ce que je peux vous appeler Barbouillot ?

— Pourquoi Barbouillot ?

— J'ai eu un chien de ce nom. J'avais l'habitude de lui tenir de grandes conversations. Quand Papa et Maman ont divorcé, je lui ai tout raconté jusque dans les détails les plus affreux. Les histoires de cruauté mentale, je veux dire. »

Elle se laissa aller contre moi sur la banquette. J'aimais bien l'odeur de ses cheveux. Je suppose que, si j'avais mieux connu les femmes, j'aurais pu identifier le shampooing qu'on avait dû lui faire à Paris. Sa main était posée sur mon genou, et son énorme montre de poignet me regardait fixement avec son grand cadran blanc et vide et ses quatre chiffres écarlates, 12, 3, 6, 9, comme s'ils eussent monopolisé l'importance — comme les heures où l'on doit prendre un médicament. Je me souvenais de la minuscule montre en or au bras de Mlle Keene, pareille à un bijou de poupée. Sir Alfred la lui avait donnée pour ses vingt et un ans. Sur le minuscule cercle étaient gravés les chiffres de toutes les heures, comme s'il n'y en eût pas eu une seule sans importance, ni sans office particulier. La plupart des heures de ma vie étaient absentes de la montre de Tooley. Pas un instant où rester assis paisiblement à regarder une femme penchée sur sa frivolité. J'avais l'impression d'avoir tourné le dos, un soir à Southwood, à toute possibilité d'avoir un foyer, et pour quoi ? pour me retrouver ici, ballotté entre deux tranches de nuit bulgare.

« En quoi consistait cette cruauté mentale ? »

J'étais obligé de lui poser des questions : c'était la seule façon de parvenir à trouver mon chemin dans ce monde nouveau. Pourtant questionner n'était guère dans mes habitudes. Pendant des années, c'étaient les autres qui m'avaient interrogé : « Quelles valeurs recommanderiez-vous ? Pensez-vous que je devrais vendre mes cent *Imperial*

Tobacco avant la publication du prochain rapport sur le cancer ? » Et quand j'eus pris ma retraite, la plupart des questions que j'aurais peut-être volontiers posées avaient leur réponse toute prête dans *Le Manuel du Parfait Amateur de Jardins.*

« La seule cruauté mentale que j'aie pu constater personnellement, répondit Tooley, c'était que mon père la réveillait en lui apportant sa première tasse de thé au lit le matin. J'ai peur que cette atroce saucisse bulgare n'ait pas fait de bien à mon métabolisme. J'ai horriblement mal à l'estomac. Je vais aller m'étendre un peu. Ce n'était pas du cheval, dites ?

— D'après ce que je sais, le cheval a un goût douceâtre.

— Pour l'amour du Ciel, Barbouillot, rétorqua-t-elle, je ne vous demandais pas de répondre à la lettre... pas à ce point, je veux dire. »

Elle m'appliqua un baiser sur la joue et s'en fut.

Je longeai le couloir en proie à une certaine agitation en direction du compartiment de Tante Augusta. Je l'avais à peine vue de toute la journée et j'avais le sentiment que le problème de Tooley était de ceux qu'elle devait partager. Je la trouvai un Baedeker et une carte d'Istanboul ouverts et étalés sur les genoux. Elle ressemblait à un général tirant des plans de campagne.

« Je m'excuse pour hier après-midi, Tante Augusta. Je ne voulais vraiment rien dire de mal sur M. Visconti. Finalement, j'ignore tout des circonstances. Parlez-moi un peu plus de lui.

— C'était un homme parfaitement impossible, répondit-elle, mais je l'aimais et ce qu'il a fait de mon argent est bien la moindre de ses trahisons. Par exemple, il a été ce que l'on appelle un collaborateur. Durant l'occupation allemande, il a servi de conseiller aux autorités occupantes en matière d'Art, et il a dû quitter précipitamment l'Italie après la mort de Mussolini. Goering s'était amassé une énorme collection de tableaux ; cependant, même lui aurait eu du mal à voler des peintures en des lieux comme la Galerie des Offices où tout était soigneusement répertorié ; mais M. Visconti en savait long sur tout ce qui ne figurait pas dans les catalogues... toutes sortes de trésors cachés au fond de *Palazzi* presque aussi croulants que celui de ton oncle Jo. Bien entendu, on a fini par connaître son rôle, et c'était une vraie panique dans les demeures campagnardes quand on apprenait que M. Visconti déjeunait à la *taverna* du coin. L'ennui est qu'il n'était même pas capable de se livrer honnêtement à ses malhonnêtetés, sinon les Allemands l'auraient peut-être aidé à s'enfuir. Il s'est mis à accepter de l'argent de tel ou tel *Marchese* pour ne pas tuyauter les Allemands... ce qui lui valait un peu d'argent liquide ou, de temps à autre, un tableau qui lui faisait envie, mais ce qui ne lui attira guère d'amis et ne tarda pas à éveiller les soupçons des Allemands. Pauvre diable, ajouta-t-elle, il n'avait pas une âme à qui se fier. Mario était encore à l'école chez les jésuites et moi, j'étais retournée en Angleterre au début de la guerre.

— Comment cela s'est-il terminé pour lui ?

— J'ai cru longtemps que les partisans l'avaient liquidé, car je n'ai jamais ajouté foi à la fameuse histoire du gondolier : je le suspecte de l'avoir fait répandre par quelqu'un d'autre. Comme je te l'ai dit, M. Visconti n'était pas homme à se battre à coups de poing ou de couteau. Un homme qui se bat ne survit pas longtemps, et M. Visconti avait l'art de survivre. Ah ! la vieille crapule, dit-elle avec un tendre ravissement, il survit encore aujourd'hui. Il doit avoir dans les quatre-vingt-quatre ans comme rien. Il a écrit à Mario qui m'a écrit à son tour, et c'est pourquoi j'ai pris le train avec toi pour Istanboul. Je ne pouvais pas tout t'expliquer à Londres, c'était trop compliqué, et d'ailleurs je te connaissais à peine. Dieu soit loué pour cette brique en or, c'est tout ce que je peux dire.

— Quelle brique en or ?

— Peu importe. C'est encore toute une histoire.

— A l'aéroport de Londres, vous avez fait allusion à une brique en or, Tante Augusta ; vous n'allez pas me dire ?...

— Bien sûr que non. Ce n'est pas la même. L'autre était toute petite. Ne m'interromps pas constamment. Je te parle pour l'instant de ce pauvre M. Visconti. Apparemment il passe par une période de vaches très maigres.

— Où est-il ? A Istanboul ?

— Mieux vaut que tu n'en saches rien, car il a encore des gens à ses trousses. Mon Dieu, mon Dieu, il s'en est tiré, mais non sans mal. M. Visconti était bon catholique, seulement il était très, très anticlérical ; n'empêche qu'à la fin c'est la prêtrise qui l'a sauvé. A Rome, il s'est rendu dans une boutique de vêtements ecclésiastiques, alors que les alliés étaient presque aux portes de la ville, et il a payé une fortune pour s'équiper en *Monsignor*, chaussettes violettes comprises. Il a raconté qu'un de ses amis lui avait perdu sa garde-robe dans un bombardement et l'on a feint de le croire. Puis, avec sa valise, il est allé droit aux toilettes de l'hôtel Excelsior, celui-là même où nous avions offert tant de cocktails aux cardinaux, et là il s'est changé. Il a évité de se montrer à la réception, mais il a été assez imprudent pour faire une apparition au bar... il savait le barman très vieux, très myope. Seulement voilà, à l'époque une foule de filles avait l'habitude de venir au bar raccoler les officiers allemands. L'une d'elles... sans doute à cause de l'approche des troupes alliées... était justement en proie à une crise de conscience : elle ne voulait pas monter dans la chambre de son ami, elle regrettait sa pureté perdue, jamais plus elle ne commettrait le péché. L'officier avait beau lui faire boire cocktail sur cocktail, à chaque verre elle sentait croître sa piété. C'est à ce moment qu'elle avisa M. Visconti, qui se dépêchait d'avaler un whisky dans un coin sombre. Elle lui cria : « Mon père, entendez-moi en confession ! » Tu imagines sans peine la tension nerveuse à l'intérieur du bar, et le vacarme dehors avec l'évacuation en cours, les enfants qui pleuraient, les gens vidant toutes les bouteilles du bar, les avions alliés dans le ciel...

— Qui vous a raconté cela, Tante Augusta ?

— M. Visconti en a rapporté l'essentiel à Mario à son arrivée à Milan et je me figure aisément le reste. Surtout je vois d'ici ce pauvre M. Visconti en chaussettes violettes disant : « Mon enfant, ce n'est pas un lieu pour se confes- « ser. »

« — Peu importe l'endroit. Qu'est-ce que cela change ? « Bientôt nous serons tous morts et je suis en état de péché « mortel. S'il vous plaît, s'il vous plaît, *Monsignor.* » (Elle avait remarqué les chaussettes entre-temps.) Ce qui inquiétait le plus M. Visconti, c'était l'attention qu'elle attirait sur lui.

« — Mon enfant, lui a-t-il dit, vu le caractère exception- « nel des circonstances, un simple acte de contrition suffira. »

« Mais rien à faire, on ne l'aurait pas avec ce genre de camelote : « Liquidation générale pour cause de ferme- « ture. » Elle s'est jetée à ses genoux en s'écriant :

« — Votre Grâce ! »

« Elle avait l'habitude de renchérir sur le grade des officiers... Peu de capitaines résistent au plaisir de s'entendre donner du commandant.

« — Je ne suis pas un évêque, lui a dit M. Visconti. Je ne « suis qu'un humble *Monsignor.* »

« Mario a questionné à fond son père sur cet épisode et je t'assure que je n'invente rien. Si quelqu'un a ajouté un trait ici ou là, c'est Mario. N'oublie pas qu'il écrit des pièces en vers.

« — Mon père, implorait la fille saisissant la perche « tendue, aidez-moi.

« — Le secret du confessionnal... », plaidait en retour M. Visconti...

« Vois-tu, ils en étaient à se supplier l'un l'autre ; elle lui caressait les genoux pendant qu'il lui tapotait les cheveux d'un geste sacerdotal. Ce furent peut-être tous ces jeux de mains qui poussèrent l'officier allemand à trancher :

« — Pour l'amour du Ciel, si elle a envie de se confesser « laissez-la faire, *Monsignor.* Tenez, voici la clef de ma « chambre ; c'est la dernière au bout du couloir, passé les « toilettes. »

« Et voilà M. Visconti parti avec cette espèce de folle... à la dernière minute il se souvint de poser son verre de whisky. Il n'avait pas le choix, bien que lui-même n'eût pas été à confesse depuis une trentaine d'années et n'eût jamais appris à jouer les curés. Par chance il y avait un climatiseur asthmatique dans la chambre, dont les soupirs étouffèrent ses chuchotements, et la fille était bien trop attentive à son propre rôle pour s'occuper beaucoup du sien. Elle entra dans le vif du sujet ; à peine M. Visconti s'était-il assis sur le lit en écartant un casque d'acier et une bouteille de schnaps, qu'elle entrait déjà dans les détails. Lui, n'avait qu'une idée : en finir le plus vite possible ; mais il a raconté à Mario que, sitôt qu'elle eut commencé, il n'avait pu s'empêcher de s'intéresser vaguement au sujet et de vouloir en savoir un tantinet plus long. Après tout il était novice... en dehors de tout rapport avec le sens ecclésiastique du terme, bien entendu.

« — Combien de fois, mon enfant ? » demanda-t-il.

« C'était le genre de formule dont il se souvenait parfaitement depuis l'adolescence.

« — Quelle question, mon père ! Je ne fais que ça, sans « arrêt, depuis le début de l'occupation. Après tout, ces « gens-là étaient nos alliés, mon père.

« — Bien, bien, mon enfant. »

« Je n'ai pas de mal à imaginer M. Visconti ravi de cette chance de s'instruire un peu, même si sa vie était en danger. M. Visconti était un grand paillard. Il a dit :

« — Toujours de la même façon, mon enfant ? »

« Elle l'a regardé stupéfaite :

« — Bien sûr que non, mon père. Pour qui me prenez-« vous ? »

« Il la contemplait agenouillée devant lui et je suis sûre qu'il mourait d'envie de la pincer. M. Visconti a toujours adoré les pinçons.

« — Rien de contraire aux lois de la nature, mon enfant ? »

« — Que voulez-vous dire par là, mon père ? »

« Il s'expliqua.

« — Sûrement ce n'est pas contraire à la nature, mon « père ? »

« Il s'ensuivit une longue discussion sur ce qui est naturel et ne l'est pas, M. Visconti en venant presque à oublier le danger, dans l'émotion... jusqu'au moment où l'on frappe à la porte et où M. Visconti, ébauchant un signe de croix plus ou moins bancal, marmonne quelque chose qui peut passer pour une absolution dans le vacarme du climatiseur. Au beau milieu de quoi l'officier allemand entre et dit :

« — Dépêchez-vous, *Monsignor.* J'ai quelqu'un de plus « important pour vous. »

« C'était la femme du général qui était descendue prendre au bar un ultime Martini dry avant de s'enfuir vers le Nord, et qui avait appris ce qui se passait. Vidant d'un trait son Martini, elle avait ordonné à l'officier de lui organiser sa confession. Et voilà M. Visconti bien attrapé de nouveau. Via Veneto, les tanks qui évacuaient Rome faisaient un raffut épouvantable. La femme du général devait littéralement hurler pour se faire entendre de M. Visconti. Elle avait une voix d'homme ou presque ; M. Visconti prétend qu'on se serait cru sur un champ de manœuvres. Malgré ses chaussettes violettes, il fut à deux doigts de claquer les talons lorsqu'elle vociféra :

« — Adultère. Trois fois.

« — Etes-vous mariée, ma fille ?

« — Naturellement je suis mariée. Que croyez-vous ?
« Mon nom est Frau General... »

« Suivait je ne sais quel affreux nom germanique, j'ai oublié.

« — Votre mari le sait-il ?

« — Bien sûr que non. Il n'est pas curé.

« — Alors, vous êtes également coupable de mensonge ?

« — Oui, oui, évidemment, sans doute ; dépêchez-vous,
« mon père. On finit de charger notre voiture. Nous
« partons pour Florence dans quelques minutes.

« — Vous n'avez rien d'autre à me dire ?

« — Rien d'important, non.

« — Vous n'avez pas manqué la messe ?

« — Oh ! si, un peu, mon père. C'est la guerre.

« — Pas mangé de viande le vendredi ?

« — Vous oubliez que c'est permis actuellement. Ce
« qu'on entend dans le ciel ce sont les avions ennemis. Nous
« devons partir sans perdre une seconde.

« — Dieu n'admet pas qu'on le bouscule, mon enfant.
« Vous êtes-vous complue à des pensées impures ?

« — Mon père, mettez oui oui en face de tout ce qui vous
« chante, mais donnez-moi l'absolution. Il faut que je
« parte.

« — Et vous voudriez que j'aie le sentiment que vous
« avez procédé à un examen de conscience convenable ?

« — Si vous ne me donnez pas immédiatement l'absolu-
« tion, je vous fais arrêter. Pour sabotage. »

« M. Visconti répliqua :

« — Vous feriez mieux de me céder une place dans votre
« voiture. Nous pourrions terminer la confession ce soir.

« — Il n'y a pas de place dans la voiture, mon père.
« Entre le chauffeur, mon mari, moi-même et mon chien, il
« est simplement impossible de loger un passager de plus.

« — Un chien n'a pas besoin de siège. Vous pouvez le
« prendre sur vos genoux.

« — Il s'agit d'un lévrier irlandais, mon père.

« — Alors ne l'emmenez pas », dit fermement M. Visconti.

« Au même moment une voiture pétarada et la Frau General crut à une explosion.

« — J'ai besoin de la protection de Wolf, mon père. La « guerre est pleine de dangers pour les femmes.

« — Vous serez sous la protection de notre Sainte Mère « l'Eglise, dit M. Visconti, et aussi de votre mari.

« — Je ne peux pas laisser Wolf ici. Je n'ai personne « d'autre au monde à aimer.

« — J'aurais pensé qu'avec trois adultères et un mari...

« — Ils ne comptent pas pour moi.

« — Dans ce cas, dit M. Visconti, je suggère que nous « n'emmenions pas le général. »

« Et c'est ce qu'il advint. Tandis que le général était en train de passer un savon au concierge de l'hôtel à cause d'un étui à lunettes égaré, la Frau General s'installa à côté du chauffeur et M. Visconti derrière, avec Wolf.

« — En route », dit la femme du général.

« Le chauffeur hésita, mais il avait moins peur du général que de sa femme. Le général se précipita dans la rue et se mit à crier en les voyant s'éloigner... un tank s'était arrêté pour laisser la priorité à la voiture d'état-major. Personne ne prêta attention aux hurlements du général, sauf Wolf. Il grimpa sur M. Visconti, lui fourrant sous le nez son postérieur malodorant, faisant tomber son chapeau de monsignor et s'efforçant de sortir en aboyant comme un furieux. Peut-être la Frau General adorait-elle Wolf, mais le chien, lui, adorait le général. Sans doute celui-ci veillait-il à le nourrir et à lui faire prendre de l'exercice. Aveuglé, M. Visconti cherchait à tâtons à ouvrir la vitre. Avant qu'il y eût réussi entièrement, Wolf sauta droit sous les chenilles du tank qui suivait. Le tank l'aplatit comme une crêpe. Jetant un coup d'œil derrière lui, M. Visconti trouva que le chien ressemblait à un de ces pains d'épices de foire qu'on achète aux enfants et auxquels on donne la forme d'animaux.

« Enfin bref, M. Visconti, débarrassé du chien comme du général, fut en mesure de rouler assez confortablement jusqu'à Florence. Il avait l'esprit moins à l'aise : la femme du général était folle de chagrin. Je crois que Curran eût été plus à la hauteur de la situation que M. Visconti. A Brighton il offrait aux chiens agonisants, en guise de derniers sacrements, un os rituel que les pauvres bêtes étaient naturellement incapables de ronger. Les voitures tuaient des quantités de chiens sur la promenade de Brighton, et les maîtres des victimes causaient beaucoup d'ennuis à la police en refusant de laisser enlever les corps tant que l'on n'avait pas appelé Curran pour donner l'absolution. Seulement, M. Visconti, je te l'ai dit, n'était guère religieux, et les consolations qu'il pouvait offrir, je l'entends d'ici, devaient être insuffisantes et manquer de conviction. Peut-être parla-t-il à la Frau General du châtiment de ses péchés (il y avait un rien de sadisme en lui), ainsi que du purgatoire que nous endurons ici-bas. Pauvre M. Visconti, il a dû s'en voir, sur cette route de Florence.

— Et le général ?

— Il tomba aux mains des Alliés, je crois bien, mais j'ignore vraiment s'il fut ou non pendu à Nuremberg.

— M. Visconti doit avoir beaucoup de choses sur la conscience.

— M. Visconti n'a pas de conscience », répondit ma tante ravie.

CHAPITRE XV

POUR Dieu sait quelle raison, passé la frontière turque, on attela à l'express un wagon-restaurant d'une élégance tant soit peu fanée, mais l'opération était trop tardive pour être d'une grande utilité. Ma tante se leva tôt ce jour-là, et je m'attablai avec elle devant un excellent café, des toasts et de la confiture : elle voulut à tout prix que nous buvions en sus un vin rouge et léger, bien que je n'aie guère l'habitude de cette sorte de boisson à une heure si matinale. De l'autre côté de la vitre, un océan de grandes herbes ondoyantes s'étirait jusqu'à l'horizon d'un vert pâle. Il y avait dans l'air la gaieté bavarde des fins de voyage ; le wagon était plein de voyageurs que je voyais pour la première fois : un Vietnamien vêtu de grosse toile bleue bavardait avec une jeune fille en short et tout ébouriffée, et un jeune couple américain se joignit à eux, le garçon avec des cheveux aussi longs que ceux de sa compagne et tous deux se tenant par la main ; ils refusèrent une deuxième tasse de café après avoir compté leur argent.

« Où est Tooley ? demanda ma tante.

— Elle ne se sentait pas bien hier soir. Je me fais du souci pour elle, Tante Augusta. Son jeune homme a décidé d'aller en stop à Istanboul. Il se peut qu'il ne soit pas arrivé. Il se peut même qu'il ait continué sans elle.

— Jusqu'où ?

— Elle n'en sait trop rien. Katmandou ou Vientiane.

— Tout est possible à Istanboul, dit Tante Augusta. Moi-même je ne suis pas sûre de ce qui m'y attend.

— Vous avez bien une idée ?

— J'ai une petite affaire à régler avec mon vieil ami le général Abdul. J'attendais un télégramme au Saint-James et Albany, mais rien. Mon seul espoir est qu'il y ait un message en souffrance pour nous au Péra Palace.

— Qui est ce général ?

— Je l'ai connu à l'époque de M. Visconti, répondit-elle. Il nous était très utile dans nos négociations avec l'Arabie séoudite. Il était ambassadeur de Turquie à Tunis en ce temps-là. Ah ! quand je pense à nos petites fêtes à l'Excelsior... C'était assez différent de la Couronne et l'Ancre et des verres que je prenais avec ce pauvre Wordsworth. »

Le paysage changeait à l'approche d'Istanboul. Nous laissâmes derrière nous les grandes ondulations d'herbe et l'express ralentit, roulant à la vitesse d'un petit train de banlieue. Je n'avais qu'à me pencher à la portière : mon regard plongeait par-dessus un mur dans la cour d'une chaumière ; j'étais à portée de voix d'une jeune fille en jupe rouge, le nez levé vers la grosse chenille rampante du train ; un homme grimpait sur une bicyclette et luttait de vitesse avec nous un moment. Perchés sur un toit de tuile rouge des oiseaux coulaient un regard le long de leur bec interminable et caquetaient entre eux telles des commères de village. Je dis :

« J'ai vraiment très peur que Tooley ne soit enceinte.

— Elle devrait prendre des précautions, Henry ; quoi qu'il en soit, il est beaucoup trop tôt pour t'inquiéter.

— Grands dieux, Tante Augusta, ce n'est pas ce que je voulais dire... Comment pouvez-vous penser ?...

— C'est une conclusion bien naturelle, répondit-elle, vous êtes restés beaucoup ensemble. Et cette fille a un certain charme de jeune chiot.

— Je suis trop vieux pour ce genre de chose.

— Tu es un jeune homme de cinquante ans », répliqua-t-elle.

La porte du wagon-restaurant claqua et Tooley parut, mais c'était une autre Tooley. Peut-être s'était-elle contentée de mettre moins d'ombre sur ses paupières, mais le fait était qu'il y avait dans ses yeux une étincelle que je n'y avais jamais vue.

« 'lut ! » cria-t-elle de l'autre bout du wagon.

Les quatre jeunes gens se retournèrent, la regardèrent et lui rendirent son « 'lut ! » comme s'ils eussent été de vieilles connaissances. Elle répéta « 'lut ! » à leur adresse, et je ressentis une légère pointe de jalousie, tout aussi irrationnelle que la sorte d'agacement qu'on ressent parfois le matin.

« Bonjour, bonjour, nous dit-elle à ma tante et à moi (elle semblait avoir un autre langage à l'intention des vieux). Vous savez, monsieur Pulling, ça y est.

— Qu'est-ce qui y est ?

— Ces saletés de règles. Cette fois je les ai. C'est moi qui avais raison, vous voyez. Les secousses du train, je veux dire... ça a réussi. J'ai atrocement mal au ventre, mais je me sens dans une forme... terrible ! Je meurs d'impatience d'annoncer ça à Julian. Pourvu qu'il soit au Gulhane à mon arrivée.

— Vous allez au Gulhane ? s'enquit le jeune Américain, de l'autre bout du wagon.

— Oui, et vous ?

— Sûr. On pourrait y aller tous ensemble.

— Formid' !

— Venez prendre un café si vous avez de quoi le payer.

— Vous permettez, n'est-ce pas ? dit Tooley à ma tante. Ils vont aussi au Gulhane.

— Mais voyons, bien sûr, Tooley.

— Vous avez été si gentil, monsieur Pulling, dit Tooley. Je ne sais pas ce que j'aurais fait sans vous. C'était un peu pour moi comme la grande nuit de l'âme, d'un sens. »

Je me rendis compte alors que je préférais qu'elle m'appelât Barbouillot.

« Doucement avec les cigarettes, Tooley, lui conseillai-je.

— Oh ! dit-elle, plus besoin d'économiser maintenant. Ce sera facile d'en trouver, au Gulhane je veux dire. On a tout ce qu'on veut au Gulhane. Même du L.S.D. Je vous reverrai tous les deux avant qu'on se quitte, j'espère ? »

Mais elle n'en fit rien. Elle avait désormais rallié le clan des jeunes, et lorsqu'elle nous précéda aux guichets de la douane, mon geste d'adieu ne s'adressa qu'à son dos. Le couple américain marchait toujours main dans la main ; le jeune Vietnamien portait le sac de Tooley et lui avait passé le bras autour de l'épaule pour la protéger de la cohue qui s'écrasait devant la barrière clôturant de la grande salle de la douane. Mes responsabilités s'arrêtaient là, mais Tooley restait dans ma mémoire comme une de ces petites douleurs tenaces et inquiétantes même dans leur insignifiance : une maladie grave telle que le cancer ne commence-t-elle pas exactement de cette façon ?

Je me demandais si Julian l'attendait. Continueraient-ils leur chemin jusqu'à Katmandou ? Se souviendrait-elle chaque fois de prendre sa pilule ? En me rasant de nouveau et de plus près au Péra Palace, je m'aperçus que, dans la pénombre de mon compartiment, une légère trace de rouge à lèvres sur ma joue m'avait échappé. Peut-être était-ce la raison pour laquelle ma tante avait pu se tromper à ce point dans ses conclusions. J'essuyai la trace et me pris à me demander du même coup où était Tooley à cette heure-là. Je me jetai un regard furieux dans la glace, mais ma colère visait en réalité sa mère, à Bonn, son père, en mission Dieu seul savait où pour la C.I.A., sans compter le complexe de castration de Julian et tous ceux qui auraient dû veiller sur elle, mais se moquaient bien de leurs responsabilités.

Je déjeunai avec Tante Augusta dans un restaurant appelé Abdullah's ; après quoi elle m'entraîna dans la visite touristique de rigueur — la Mosquée Bleue, Sainte-Sophie — mais je la sentais soucieuse. Il n'y avait pas eu de message pour elle à l'hôtel.

« Pourquoi ne téléphonez-vous pas au général ? lui demandai-je.

— Même à son ambassade de Tunis, répondit-elle, il se méfiait de son téléphone privé. »

Nous fîmes notre devoir, plantés au centre de Sainte-Sophie — l'architecture, peut-être très belle jadis, disparaissait sous d'horribles graphismes arabes peints en kaki pâle, de telle sorte qu'on se serait cru dans une immense et morne salle d'attente de gare, entre deux heures de pointe. Quelques rares personnes semblaient consulter des heures de trains, et il y avait un homme qui charriait une valise.

« J'avais oublié à quel point c'est hideux, dit ma tante. Rentrons chez nous. »

« Chez nous » était une curieuse façon de désigner le Péra Palace, avec son allure de pavillon oriental bâti pour une exposition internationale. Ma tante commanda deux raki au bar, qui n'était que stuc tarabiscoté et glaces — il n'y avait toujours pas de message du général Abdul, et pour la première fois elle parut désorientée.

« Depuis quand n'avez-vous plus de ses nouvelles ? demandai-je.

— Je t'ai dit que j'en avais reçu à Londres, le lendemain de la fameuse visite de la police. Et il m'a fait tenir un message à Milan par Mario. Tout allait bien, disait-il. S'il y avait eu le moindre changement, Mario l'aurait su.

— Il est presque l'heure de dîner.

— Je n'ai pas faim du tout. Je suis navrée, Henry. Je me

sens un peu tourneboulée. C'est peut-être l'effet des secousses du train. Je vais aller me coucher et je guetterai le téléphone. Je ne peux croire qu'il m'ait laissée tomber. M. Visconti avait la plus absolue confiance dans le général Abdul, et il ne se fiait qu'à très peu de gens. »

Je dînai seul à l'hôtel, dans une vaste salle de restaurant qui me rappela Saint-Sophie — le repas n'était pas fameux. J'avais bu plusieurs raki et je n'étais pas habitué à cela ; peut-être aussi l'absence de ma tante me donnait-elle un léger vertige. Je n'avais pas envie d'aller me coucher et je regrettais la compagnie de Tooley. Je sortis de l'hôtel et le hasard mit là un chauffeur de taxi qui parlait un peu l'anglais. Il me déclara qu'il était grec, mais qu'il connaissait Istanboul comme s'il y était né. « Confiance, répétait-il sans arrêt, pas danger avec moi », et il agitait la main comme pour indiquer que des loups nous guignaient au coin des murs et des ruelles. Je le priai de me montrer la ville. Il roula dans un dédale de rues étroites sans aucune échappée et pratiquement sans lumières, et finit par s'arrêter devant une porte sombre et menaçante sur le seuil de laquelle un gardien de nuit barbu somnolait.

« Ici maison, dit-il, pas danger, et très propre. Pas danger du tout. »

Je me souvins avec gêne d'un détail que j'aurais bien voulu oublier : la maison aux canapés derrière le *Messaggero.*

« Non, non, dis-je, continuez. Ce n'est pas de cela que j'ai envie. »

Je tentai d'expliquer :

« Conduisez-moi dans un endroit paisible. Le genre d'endroit où vous iriez vous-même. Avec des amis. Boire un verre. Avec des amis. »

Nous roulâmes des kilomètres le long de la mer de Marmara, pour nous arrêter enfin devant une bâtisse banale et sans intérêt à l'enseigne de l'hôtel de Berlin-

Ouest. Rien ne pouvait moins appartenir à l'Istanboul de mes rêves. C'était un bâtiment carré de trois étages qui aurait aussi bien pu être construit au milieu des ruines de Berlin par un méchant entrepreneur du coin. Le chauffeur pénétra devant moi dans un hall qui occupait tout le rez-de-chaussée de l'hôtel. Debout près d'un petit piano, une jeune femme chantait ce que je pris pour des romances sentimentales au bénéfice d'une assistance d'hommes mûrs en manches de chemise et buvant de la bière assis à d'énormes tables. La plupart d'entre eux portaient de grosses moustaches grises comme mon chauffeur, et applaudissaient pesamment et pour la forme à la fin des chansons. On posa devant nous des demis de bière, et je trinquai avec le chauffeur. La bière était bonne, je le notai en passant, et en l'avalant par-dessus tout le raki et le vin que j'avais déjà bus, je sentis mon moral remonter. Je découvris une ressemblance entre la jeune chanteuse et Tooley, et dans les gros hommes qui m'entouraient je crus voir...

« Connaissez-vous le général Abdul ? » demandai-je au chauffeur.

Il me fit vivement signe de me taire. Je promenai de nouveau mon regard autour de moi et m'aperçus qu'il n'y avait pas une seule femme dans l'immense salle, à part la jeune chanteuse. Au même moment le piano cessa de jouer et, sur un rapide coup d'œil à la pendule qui marquait minuit, la jeune fille saisit son sac à main et s'esquiva par une porte du fond. Puis, après que l'on eut rempli les verres, le pianiste attaqua un air plus viril, tous les quadragénaires se levèrent et, se tenant par les épaules, se mirent à danser en formant des rondes qui tantôt s'élargissaient, tantôt se défaisaient pour se reformer aussitôt.

Ils avançaient au pas de charge, battaient en retraite, frappaient le sol du pied à l'unisson. Personne ne parlait à son voisin, il n'y avait pas une ombre d'ivresse joviale.

J'étais comme un étranger qui assiste à un rite religieux, incapable d'en interpréter les symboles. Mon chauffeur lui-même m'abandonna pour entourer du bras les épaules d'un danseur et je repris de la bière pour noyer le sentiment d'ostracisme qui me gagnait. J'étais ivre, je le savais, car les larmes de l'ivresse me montaient aux yeux, et j'aurais voulu lancer sur le sol mon verre de bière et me joindre aux danses. Mais j'étais exclu, comme toujours. Tooley avait rejoint ses jeunes amis et Mlle Keene était partie pour Koffiefontein chez ses cousins, laissant ses frivolités sur une chaise, sous le Van de Velde. Toujours je serais protégé, comme quand j'étais caissier, par un écran hygiénique en plastique. Même l'haleine des danseurs ne parvenait pas jusqu'à moi lorsque leur ronde cernait ma table. Ma tante était probablement en train de parler d'affaires importantes pour elle en compagnie du général Abdul. Elle avait accueilli à Milan son fils adoptif avec une liberté qu'elle ne m'avait jamais montrée. Elle avait dit au revoir à Wordsworth, à Paris, les larmes aux yeux et en lui envoyant des baisers. Elle avait un monde bien à elle où je ne serais jamais admis ; j'aurais mieux fait, me disais-je, de rester avec mes dahlias et les cendres de celle qui — à en croire ma tante — n'était pas ma vraie mère. Mais voilà, j'étais assis à l'hôtel de Berlin-Ouest, versant sur moi-même des larmes de bière et enviant ces hommes qui dansaient, le bras posé sur des épaules inconnues. Le chauffeur revint et je lui dis :

« Sortons d'ici. Videz votre verre, et emmenez-moi.

— Ça ne vous plaît pas ? me demanda-t-il tandis que nous gravissions la colline où se dresse le Péra Palace.

— Je suis fatigué, c'est tout. J'ai envie de mon lit. »

Deux voitures de police bloquaient le passage devant l'hôtel. Un homme âgé, une canne accrochée au bras gauche, sortait de l'une d'elles comme nous arrivions, allongeant vers le sol une jambe droite raide.

« C'est le colonel Hakim », me dit le chauffeur d'un ton de respect apeuré.

Le colonel était habillé à l'anglaise, de flanelle grise à grosses rayures blanches, et il portait une petite moustache grise. Il ressemblait à n'importe quel vieil officier de l'Armée ou de la Marine arrivant en voiture à son club.

« Monsieur très important, me dit le chauffeur. Très juste pour les Grecs. »

Je pénétrai dans l'hôtel avant le colonel. Le chef de la réception était debout dans l'entrée, vraisemblablement pour accueillir le personnage ; je comptais si peu qu'il refusa de s'effacer à mon passage. Je dus le contourner sans qu'il me rendît mon bonsoir. L'ascenseur me conduisit au cinquième étage. Voyant de la lumière sous la porte de ma tante, je frappai et entrai. Elle était assise très droite dans son lit, vêtue d'une liseuse et plongée dans un livre de poche à la couverture sinistrement suggestive.

« J'ai jeté un œil sur Istanboul, lui annonçai-je.

— Moi aussi. »

Les rideaux étaient ouverts et la ville étalait ses lumières en bas. Elle posa son livre. La jaquette représentait une jeune femme nue allongée sur un lit, un couteau planté dans le dos, et que contemplait un homme en fez rouge et au visage cruel. Le titre était : *Délices et loukoums.*

« Je me suis nourrie de couleur locale, dit-elle.

— L'homme au fez est le meurtrier ?

— Non, le policier. Un bonhomme très déplaisant qu'on appelle le colonel Hakim.

— Quelle drôle de chose quand j'y pense...

— Le meurtre a lieu ici même, au Péra Palace, mais il y a des tas d'erreurs de détail, comme on peut s'y attendre de la part d'un romancier. La jeune héroïne est aimée d'un agent secret britannique, un mélange de dur et de sentimental, qui s'appelle Amis. Pour la dernière nuit de la jeune fille ils dînent ensemble à l'Abdullah's... nous y avons déjeuné, tu te rappelles. Il y a aussi une scène d'amour entre eux à Sainte-Sophie, sans compter un attentat contre Amis à la Mosquée Bleue. Tu vois, c'est presque un pèlerinage littéraire que nous avons fait.

— Oh ! littéraire, dis-je, si peu.

— Ah ! tu es bien le fils de ton père. Il a essayé de me faire lire Walter Scott, surtout *Rob Roy*, mais je préfère de beaucoup ce livre. Il y a tellement plus de mouvement et moins de descriptions.

— C'est Amis le meurtrier de la jeune fille ?

— Certainement pas, mais le colonel Hakim, qui a des méthodes d'interrogatoire d'une cruauté inouïe, le soupçonne », répondit ma tante avec ravissement.

Le téléphone sonna. Je décrochai.

« C'est peut-être enfin le général Abdul, dit-elle, bien qu'il soit un peu tard, il me semble, pour appeler.

— Ici la réception. Mlle Bertram est-elle là ?

— Oui. De quoi s'agit-il ?

— Je m'excuse de la déranger, mais le colonel Hakim désirerait la voir.

— A une heure pareille ? Absolument impossible. A quel propos ?

— Il est déjà dans l'ascenseur. »

Et l'on raccrocha.

« Le colonel Hakim monte vous voir, dis-je à ma tante.

— Le colonel Hakim ?

— Le vrai, oui. Il est de la police comme l'autre.

— De la police ? dit Tante Augusta. Encore ? Je commence à me croire revenue au bon vieux temps. Celui de M. Visconti. Henry, sois assez gentil pour ouvrir ma valise. La verte. Tu y trouveras un manteau léger. Fauve, avec un col de fourrure.

— En effet, Tante Augusta, je le vois.

— Sous le manteau, dans la boîte en carton, il y a une bougie... une bougie décorée.

— Oui, la boîte est là.

— Prends la bougie, mais méfie-toi car c'est très lourd. Pose-la sur ma table de chevet et allume-la. La lumière des bougies convient mieux à mon teint. »

C'était extraordinairement lourd et je faillis lâcher l'objet. Il devait y avoir une sorte de masse de plomb au fond, pensai-je, pour la stabilité. Pareille à une grosse brique de cire écarlate, haute de trente ou trente-cinq centimètres, la bougie était décorée sur ses quatre côtés de cartouches et d'armoiries. On avait mis beaucoup d'art à mouler cette cire qui ne fondrait que trop vite. J'allumai la mèche.

« Et maintenant, éteins la lumière », dit ma tante, rajustant sa liseuse et faisant bouffer l'oreiller.

On frappa à la porte. Le colonel Hakim entra. Debout sur le seuil, il s'inclina :

« Mlle Bertram ?

— Oui. Vous êtes le colonel Hakim ?

— Oui. Je m'excuse de me présenter si tard sans m'être fait annoncer. (Il parlait l'anglais avec à peine une ombre d'accent.) Je crois que nous avons une relation commune, le général Abdul. Vous permettez que je m'assoie ?

— Naturellement. Prenez la chaise près de la coiffeuse, c'est la plus confortable. Je vous présente mon neveu, Henry Pulling.

— Bonsoir, monsieur Pulling. J'espère que les danses de l'hôtel de Berlin-Ouest vous ont bien amusé. C'est un endroit sympathique inconnu de la plupart des touristes. Puis-je allumer, mademoiselle Bertram ?

— Je n'aimerais mieux pas. J'ai les yeux faibles, et en règle générale, je préfère lire à la lueur d'une bougie.

— Celle-ci est très belle.

— On les fabrique à Venise. Les armoiries sont celles des quatre doges qui furent les plus grands. Ne me demandez pas leur nom. Comment va le général Abdul ? J'espérais le revoir.

— Je crains que le général ne soit très malade. »

Le colonel Hakim accrocha sa canne au miroir avant de s'asseoir. Il se pencha vers ma tante, la tête légèrement en avant, ce qui lui donnait l'air déférent, mais je remarquai qu'en réalité c'était à cause d'un petit appareil acoustique logé dans son oreille droite.

« Le général était un grand ami de vous-même et de M. Visconti, n'est-ce pas ?

— Quel puits de science vous faites, dit ma tante avec un sourire charmeur.

— Ah ! dit le colonel, le déplaisant de mon métier est de me forcer à être un peu fourre-tout.

— Un peu fureteur, vous voulez dire.

— Mon vocabulaire est un peu rouillé.

— Vous m'avez fait filer jusqu'à l'hôtel de Berlin-Ouest ? demandai-je.

— Oh ! non, j'ai suggéré au chauffeur de vous y conduire, répondit le colonel. Je pensais que l'endroit vous intéresserait et vous retiendrait plus longtemps. Les boîtes de nuit à la mode, ici, sont très banales et cosmopolites. On pourrait aussi bien se croire à Paris ou à Londres, sauf que le spectacle serait meilleur dans ces capitales. Bien entendu j'avais dit au chauffeur de vous mener d'abord ailleurs. On ne sait jamais.

— Parlez-moi du général Abdul, dit ma tante impatiemment. Que lui est-il arrivé ? »

Le colonel Hakim se pencha un peu plus en avant sur son siège et baissa la voix comme pour confier un secret :

« Il a reçu une balle, répondit-il, en essayant de s'évader.

— De s'évader ? s'exclama ma tante. Pour échapper à qui ?

— A moi », dit le colonel Hakim avec la timidité de la modestie, tout en tripotant son appareil acoustique.

Cette réponse fut suivie d'un long silence. Apparemment il n'y avait rien à dire. Ma tante elle-même semblait perplexe. Elle se renversa un peu sur l'oreiller, la bouche légèrement ouverte. Le colonel Hakim prit dans sa poche une boîte en fer blanc qu'il ouvrit.

« Excusez-moi, dit-il, eucalyptine et menthol. J'ai de l'asthme. »

Il glissa entre ses lèvres une pastille qu'il suça. Suivit un autre silence, que ma tante rompit :

« Ces pastilles ne sauraient vous faire grand bien, dit-elle.

— C'est simplement l'idée, je pense. L'asthme est une maladie nerveuse. Apparemment ces pastilles me soulagent... peut-être parce que je crois à leur effet, sans plus. (Il haletait un peu en parlant.) Je suis toujours menacé d'une crise quand j'arrive au point culminant d'une affaire.

— M. Visconti avait aussi de l'asthme, dit Tante Augusta. Il s'est guéri par l'hypnotisme.

— J'aurais horreur de me placer aussi complètement entre les mains d'autrui.

— Evidemment M. Visconti tenait son hypnotiseur.

— Il est certain que cela change tout, reconnut le colonel Hakim. Et où est M. Visconti actuellement ?

— Je n'en ai pas la moindre idée.

— Le colonel Abdul l'ignorait aussi. L'information nous intéresse uniquement pour les archives d'Interpol. L'affaire a plus de trente ans aujourd'hui. Simple question en passant, c'est tout. Personnellement je m'en moque. Ce n'est pas le véritable objet de mon interrogatoire.

— Il s'agit donc d'un interrogatoire, colonel ?

— Oui. En un sens. Un sens agréable, j'espère. Nous avons trouvé une lettre de vous au général Abdul, où il est question d'un placement d'argent sur sa recommandation. Vous lui écriviez qu'il vous paraissait essentiel de faire ce placement pendant que vous étiez en Europe, et anonymement, ce qui présentait certaines difficultés.

— Ne me dites pas que vous travaillez pour la Banque d'Angleterre, colonel.

— Je n'ai pas ce bonheur. Mais le général méditait de fomenter de vagues troubles ici, et il était à court de fonds. Le souvenir de certains amis, avec lesquels il avait spéculé jadis, lui est revenu à l'esprit. Alors il est entré en rapport avec vous (peut-être espérait-il renouer avec Visconti grâce à vous), ainsi qu'avec un Allemand du nom de Weissmann dont vous n'avez probablement pas entendu parler, et qu'un autre individu, un certain Harvey Crowder, fabricant de conserves de viande à Chicago. La C.I.A. avait celui-ci à l'œil depuis longtemps et nous l'a signalé. Il va de soi que si je mentionne cette kyrielle de noms, c'est uniquement parce que tous ces personnages sont actuellement arrêtés et ont parlé.

— S'il faut vraiment tout vous dire, répliqua ma tante, dans la mesure où cela intéresse vos archives, le général Abdul m'avait recommandé d'acheter des actions convertibles de la Deutsche Texaco... chose hors de question en Angleterre à cause de la prime du dollar, et parfaitement illégale à l'étranger pour quelqu'un résidant dans nos îles. D'où la nécessité de l'anonymat pour moi.

— Oui, dit le colonel Hakim, en guise d'alibi, ce n'est pas mal du tout. »

Il se remit à haleter et prit une autre pastille.

« Je n'ai cité ces noms que pour vous prouver l'état de légère sénilité où est tombé le général Abdul. On ne finance pas une opération en Turquie avec de l'argent étranger de cette espèce. Une femme aussi avisée que vous a bien dû se rendre compte que si ladite opération avait eu la moindre chance de succès, le général eût trouvé sans peine de l'aide ici même. Il n'eût pas eu besoin d'offrir à un fabricant de conserves de Chicago vingt-cinq pour cent d'intérêt, plus une part des bénéfices.

— M. Visconti n'eût pas manqué de voir clair en l'occurrence, dit ma tante.

— Mais vous êtes aujourd'hui une dame solitaire. Vous

ne pouvez plus compter sur les conseils de M. Visconti. Il est possible qu'il y ait quelque chose de tentant dans la perspective de profits rapides...

— Et pourquoi ? A qui les laisser, colonel ? Je n'ai pas d'enfant.

— Ou bien l'on peut céder au goût de l'aventure.

— A mon âge ! »

Ma tante rayonnait, enchantée.

On frappa à la porte, un agent de police entra. Il s'adressa au colonel qui traduisit à notre intention.

« On n'a, dit-il, rien trouvé dans les bagages de M. Pulling ; mais si vous n'y voyez pas d'inconvénient... Cet homme est très soigneux, il mettra des gants propres, et je vous assure qu'il ne froissera absolument rien... Vous serait-il égal que j'allume pendant qu'il fait son travail ?

— Cela ne me serait pas du tout égal, répliqua ma tante. J'ai oublié mes verres teintés dans le train. A moins que vous ne désiriez me donner une effroyable migraine...

— Sûrement pas, mademoiselle Bertram. Il se passera de l'électricité. Pardonnez-nous si la perquisition prend un peu plus de temps. »

L'agent de police commença par fouiller le sac à main de ma tante et remit certains papiers au colonel Hakim.

« Quarante livres sterling en chèques de voyage, nota celui-ci.

— Plus dix livres que j'ai déjà touchées, dit ma tante.

— Je vois à votre billet d'avion que vous comptez repartir demain... aujourd'hui, veux-je dire. Séjour des plus brefs. Pourquoi êtes-vous venue par le train, mademoiselle Bertram ?

— Je voulais voir mon beau-fils à Milan. »

Le colonel lui lança un regard intrigué :

« Peut-on se permettre une question ? D'après votre passeport vous n'êtes pas mariée.

— Il s'agit du fils de M. Visconti.

— Ah ! toujours ce M. Visconti. »

L'agent de police s'affairait maintenant avec la valise de ma tante. Il examina l'intérieur du carton qui avait contenu la bougie, secoua la boîte et la flaira.

« C'est la boîte où je range ma bougie, expliqua ma tante. Ainsi que je crois l'avoir dit, on fabrique ces bougies à Venise. Une seule suffit pour tout un long voyage... si j'ai bonne mémoire on leur garantit une durée de vingt-quatre heures d'affilée. Sinon de quarante-huit heures.

— C'est une véritable œuvre que vous êtes en train de brûler.

— Henry, tenez la bougie, l'agent verra plus clair. »

De nouveau le poids de la bougie m'étonna lorsque je la soulevai.

« Ne vous donnez pas la peine, monsieur Pulling, il a fini. »

Je ne fus pas fâché de poser le bloc de cire.

« Allons, dit le colonel Hakim avec un sourire, nous n'avons rien trouvé de compromettant dans vos bagages. (L'agent de police remettait de l'ordre dans la valise.) Voyons maintenant la chambre... pure formalité. Et le lit, mademoiselle Bertram, si vous voulez bien consentir à prendre place dans un fauteuil. »

Il participa lui-même à cette seconde fouille, boitillant d'un meuble à l'autre et parfois tâtant de la canne, sous le lit et au fond d'un tiroir.

« Aux poches de M. Pulling à présent », dit-il.

Non sans irritation je les vidai sur la coiffeuse. Il scruta attentivement les pages de mon calepin et y prit une coupure du *Daily Telegraph* qu'il lut à voix haute, le front plissé de perplexité : « J'ai rêvé, je l'avoue, devant le rouge « rubis du maître Roger, le rouge pâle à pointes blanches « du Cheerio, le sombre cramoisi du Mille et une Nuits « et de l'Eclair Noir, et l'écarlate du Bacchus... »

— Ayez la bonté d'expliquer, monsieur Pulling.

— Cela me semble aller de soi, dis-je d'un ton rogue.

— Alors je vous prie d'excuser mon ignorance.

— C'est le compte rendu d'une exposition de dahlias. A Chelsea. Je m'intéresse vivement aux dahlias.

— Ce sont des fleurs ?

— Evidemment.

— Tous ces noms faisaient tellement penser à ceux de chevaux. Le sombre cramoisi m'intriguait. »

Il posa la coupure et s'approcha de ma tante en boitillant.

« Il me reste à vous souhaiter une bonne nuit, mademoiselle Bertram. Grâce à vous mes fonctions ont été des plus agréables ce soir. Vous n'imaginez pas à quel point les démonstrations d'innocence offensée m'ennuient. Je vous enverrai une voiture de la police pour vous conduire à l'aéroport demain.

— Evitez-vous cette peine, je vous prie. Nous pouvons prendre un taxi.

— Nous serions désolés de vous voir manquer l'avion.

— Je me demande si je ne devrais peut-être pas rester un jour de plus pour voir ce pauvre général Abdul.

— Je crains que toute visite ne soit interdite dans son cas. Quel est donc ce livre que vous lisez ? L'affreux bonhomme, avec ce fez ! C'est lui qui a poignardé la jeune fille ?

— Non. C'est lui le policier. Il s'appelle le colonel Hakim », dit ma tante d'un petit air satisfait.

Quand la porte se fut refermée je me tournai non sans colère vers ma tante :

« Que signifie toute cette histoire, Tante Augusta ?

— Un peu de nervosité politique, disons. Les Turcs prennent la politique beaucoup plus au sérieux que nous. Il n'y a pas si longtemps qu'ils ont exécuté un de leurs Premiers ministres. Nous rêvons, ils agissent. J'avoue que je ne soupçonnais pas les manigances du général Abdul.

Quelle sottise à son âge. Il doit avoir au moins quatre-vingts ans ; il est vrai, je crois, que la Turquie compte plus de centenaires qu'aucun autre pays d'Europe. Il n'empêche que je doute fort que le pauvre Abdul ait une chance de devenir séculaire.

— Vous rendez-vous compte qu'ils nous expulsent ? A mon avis nous devrions alerter l'ambassade.

— Tu exagères, mon chou. On nous prête seulement une voiture de police.

— Et si nous la refusons ?

— Je n'en ai aucunement l'intention. Nos places étaient déjà réservées sur l'avion. Mon placement fait, je n'avais nulle envie de traîner dans ce pays. Je ne comptais pas sur un profit rapide, et à vingt-cinq pour cent on court toujours des risques.

— Mais de quel placement s'agit-il, Tante Augusta ? Vos quarante livres en chèques de voyage ?

— Mais non, mon chou. J'ai acheté un assez gros lingot à Paris. L'homme de la banque, rappelle-toi...

— C'est donc cela qu'on cherchait ? Où diable l'avez-vous caché, Tante Augusta ? »

Je regardai la bougie et me souvins de son poids.

« Eh oui, mon chou, dit ma tante. J'admire ta perspicacité de l'avoir deviné. Le colonel Hakim n'en a pas fait autant. Tu peux la souffler à présent. »

Une fois de plus je soulevai le bloc — il devait bien peser près de dix kilos.

« Qu'allez-vous en faire maintenant ?

— Il va falloir que je le ramène en Angleterre avec moi. Il servira peut-être une autre fois. C'est une chance inouïe, quand on y pense, qu'on ait tiré sur ce pauvre Abdul avant que je lui aie remis la bougie, et non après. Je me demande s'il est vraiment encore en vie. Ces gens-là seraient capables de glisser sur les détails macabres, devant une femme. Je ferai dire une messe pour lui en tout cas... un homme de son âge a peu de chance de survivre longtemps à une balle. Rien que le choc, même si aucun organe vital n'est touché... »

J'interrompis ses réflexions :

« Vous n'allez pas ramener ce lingot en Angleterre ? »

Lingot... Angleterre. J'étais irrité par tous ces sons mouillés qui rendaient un écho de rengaine comique.

« Vous n'avez donc pas le moindre respect de la loi ?

— Tout dépend, mon chou, de quelle loi tu parles. Si c'est des dix commandements, je ne peux pas prendre au sérieux celui qui vise le bœuf et l'âne.

— On se moque moins facilement de la douane anglaise que de la police turque.

— Rien n'est plus convaincant qu'une bougie usagée. Je n'en suis pas à mon premier essai.

— Il suffit de la soulever.

— On s'en gardera, mon chou. Peut-être, si la mèche et la cire étaient intactes, se croirait-on autorisé à me taxer à l'importation. Ou peut-être un fonctionnaire méfiant irait-il croire à une fausse bougie cachant de la drogue. Mais une bougie *usagée.* Non, non je ne pense pas qu'il y ait grand danger. Et il reste toujours mon âge pour me protéger.

— Je refuse de retourner en Angleterre avec ce lingot. »

De nouveau l'irritation des sons mouillés.

« Mais tu n'as pas le choix, mon chou. Le colonel veillera certainement sur nous jusqu'à l'avion et il n'y a pas d'escale avant Londres. L'énorme avantage d'une expulsion est que l'on n'a pas à repasser devant la douane turque.

— Pourquoi avoir fait cela, Tante Augusta ? Un si grand risque...

— M. Visconti a très besoin d'argent.

— Il vous a volé le vôtre.

— Il y a si longtemps. Il ne lui en reste rien aujourd'hui. »

CHAPITRE XVI

D'ABORD j'eus l'impression de baigner de nouveau dans le bonheur d'un autre monde familier : j'étais de retour, en fin d'après-midi, à l'heure où se prosternent et s'allongent les ombres ; un jeune garçon sifflait un air des Beatles et une motocyclette pétaradait au loin, dans le haut de Norman Lane. Quel soulagement, de composer le numéro de Poulets et de commander un potage à la crème d'épinard, des côtes d'agneau et du fromage de Cheddar : bien mieux que tout ce que j'avais mangé à Istanboul. Après quoi je descendis au jardin. Le major Charge avait négligé les dahlias ; ce fut un plaisir de leur dispenser une eau que le sol desséché but comme un assoiffé ; pour un peu j'aurais vu les fleurs réagir en relevant leurs pétales. Le Deuil du Roy Albert était bien trop passé pour en profiter, mais la couleur des Ben Hur y prit un nouveau lustre, comme si l'interminable course de chars de la sécheresse n'était plus soudain qu'un mauvais souvenir. Le major Charge passa la tête par-dessus la haie et me demanda :

« Le voyage a été bon ?

— Intéressant, merci, répondis-je sèchement tout en versant un torrent d'eau à la base des tiges. (J'avais retiré du tuyau la lance absurde qui ne servait à rien.)

— J'ai fait très attention, dit le major Charge, à ne pas les noyer d'eau.

— Le sol a certainement l'air d'avoir très soif.

— Personnellement j'ai des poissons rouges, dit le major. Quand je m'absente, ma fichue femme de ménage leur donne régulièrement trop à manger. A mon retour je trouve la moitié des pauvres petits bougres morts.

— Les fleurs n'ont rien de commun avec les poissons rouges, major. Avec un automne aussi sec que celui-ci elles peuvent s'accommoder de beaucoup d'eau.

— Je déteste l'outrance, dit le major Charge. Tout comme en politique. Je n'ai que faire du communisme ou du fascisme.

— Vous êtes un libéral ?

— Ah ! ça, mon vieux, dit-il, où allez-vous pêcher ce genre d'idée ? »

Et il disparut de mon regard.

Le courrier de l'après-midi arriva ponctuellement à cinq heures : une circulaire de Littlewood's, bien que je ne sois absolument pas joueur, une facture du garage, une brochure des Fidèles de l'Empire britannique que je jetai aussitôt dans la corbeille à papier, et une lettre portant timbre de l'Afrique du Sud. L'adresse était tapée à la machine, si bien que je ne conclus pas tout de suite qu'elle venait de Mlle Keene. La présence d'un paquet d'Omo accoté au décrottoir me troublait. Je ne me souvenais vraiment pas d'avoir commandé le moindre détergent. En y regardant de plus près je vis qu'il s'agissait d'un cadeau réclame. Que d'argent gaspillé par les fabricants en ne recourant pas à la distribution par les boutiquiers du coin. Ceux-ci au moins auraient su que je suis un client fidèle d'Omo. J'emportai le paquet à la cuisine où je constatai avec plaisir que ma réserve était presque épuisée — on m'avait donc économisé la dépense.

Entre-temps la fraîcheur était tombée ; j'allumai le radiateur électrique avant d'ouvrir la lettre. Immédiatement je vis qu'elle provenait bien de Mlle Keene. Elle s'était acheté une machine à écrire, mais il était manifeste qu'elle manquait encore de pratique. Les lignes se succédaient tant bien que mal, les doigts s'étaient souvent égarés sur la mauvaise touche, quand ils n'avaient pas complètement raté la frappe. Elle s'était rendue en voiture, m'écrivait-elle, à Koffiefontein — trois heures de route — à une séance en matinée de *Autant en emporte le cent,* ressuscité par un cinéma local. Elle disait que Clark Cable n'était pas aussi bon qu'elle se le rappelait. Comme c'était bien d'elle, cette gentillesse, voire peut-être ce sentiment de défaite, qui l'avaient poussée à ne pas se soucier de corriger ses fautes. Qui sait si elle n'aurait pas eu l'impression de dissimuler une faille? « Une fois par semaine, racontait-elle, ma cousine va en toiture à la banque. Elle est en excellents termes avec le condé de pouvoirs, mais il n'a rien du véritable ami que vous avez toujours été pour mon père et pour moi-même. L'église Saint-Jean et les sermons du pasteur me manquent beaucoup. Ici, la seule chapelle proche appartient à l'Eglise Hollandaise Déformée, et je ne m'y sens pas du tout à l'aise. » Elle avait corrigé Déformée. Le laisser aurait fort bien pu lui paraître un manque de bonté.

J'hésitais sur la façon de lui répondre. Je savais que la lettre qui avait le plus de chance de lui plaire devait contenir des nouvelles de Southwood : les petits détails quotidiens, y compris la santé de mes dahlias. Que dire de ma bizarre expédition à Istanboul ? N'y faire allusion qu'en passant eût semblé à la fois invraisemblable et prétentieux ; mais décrire l'incident du colonel Hakim et l'histoire de la brique d'or et du général Abdul lui eût donné le sentiment que toute ma vie avait changé de mode, ce qui pouvait lui faire ressentir de façon plus aiguë l'éloignement de sa solitude dans les parages de Koffiefontein. Je finissais par me demander si le mieux n'était pas de m'abstenir de répondre ; mais sur la dernière page — la feuille de papier avait glissé sur le rouleau de la machine et la frappe montait en diagonale pour chevaucher la ligne précédente — elle avait tapé ces mots : « J'attends avec une vive impatience vos lettres, parce qu'elles me rapprochent de Southwood. » Je rangeai le feuillet avec d'autres, d'elle, que je serrais dans un tiroir de mon bureau.

La nuit était là, pourtant je devais compter encore une bonne heure avant la livraison de Poulets. J'allai choisir un livre sur les rayons. Comme mon père il est rare que j'achète un livre récent, à cette différence près que je ne limite pas ma lecture à un seul auteur ou presque. La littérature contemporaine ne m'a jamais attiré ; pour moi la poésie et le roman anglais ont atteint leur apogée à l'ère victorienne. S'il m'avait été donné d'être moi-même écrivain — et dans mes jeunes années, avant que ma mère m'eût trouvé une situation dans la banque, j'ai fait parfois ce rêve — je me serais modelé sur l'un des auteurs mineurs de cet âge (car les géants sont inimitables) : disons R.L. Stevenson, voire Charles Reade. J'ai aussi toute une série de livres de Wilkie Collins, tout en préférant ceux de ses romans qui ne sont pas des policiers (point sur lequel je ne partage pas le goût de ma tante). Si j'avais pu être poète, un rang modeste eût fait mon bonheur : la gloire, si possible, d'un Mahony anglais, qui eût célébré Southwood comme il célébra Shandon (c'est l'un de mes poèmes favoris parmi ceux du *Livre d'or* de Palgrave). Peut-être fut-ce l'allusion de Mlle Keene à l'église Saint-Jean, dont j'entends les cloches le dimanche matin pendant mes travaux de jardinage, qui me fit penser à ce poète et prendre le volume.

Moscou a sa cloche là-haut,
Tandis qu'à Sainte-Sophie ô
Gravissant tour et kiosque

Monte le Turc ;
De sa voix forte dans les airs
Appelant l'homme à la prière
Du haut des minces minarets
Filés comme du verre.

A tant de vide vanité
Peu me chaut qu'on se plaise ;
Car mille fois plus chère
Pour moi chante une antienne,
Celle des cloches de Shandon,
Dont l'écho puise une grandeur
Aux flots charmants pleins de bonheur
De la rivière Lee.

Ces vers sur Sainte-Sophie n'avaient jamais sonné si vrai à mes oreilles ; ce mausolée crasseux ne pouvait se comparer à notre église Saint-Jean et son souvenir se confondrait éternellement pour moi avec celui du colonel Hakim.

Un livre mène à l'autre et je me retrouvai, pour la première fois depuis bien des années, un tome de Walter Scott à la main. Je me rappelais comme mon père se servait souvent de ces volumes pour jouer aux *Sortes Virgilianae* — jeu que ma mère tenait pour assez blasphématoire si l'on ne s'y amusait pas avec la Bible et le plus grand sérieux. Il m'arrivait de soupçonner mon père d'avoir corné certaines pages pour pouvoir tomber sur la citation qu'il fallait et taquiner ainsi ma mère autant que l'étonner. Un jour où il souffrait d'une sévère constipation, il avait ouvert *Rob Roy,* apparemment au hasard, et lu à voix haute ceci : « M. Owen entra. Si bien réglé était ce digne homme dans ses habitudes et les moindres mouvements de son corps... » Je tâtai moi-même des *Sortes* et demeurai stupéfait de l'à-propos du passage qui m'échut : « J'avais besoin de tout le cœur que peut donner un bon dîner, pour résister à l'accablement qui s'insinuait peu à peu dans mon âme. »

Il n'était que trop vrai que l'abattement me gagnait : que ce fût dû à la lettre de Mlle Keene ou au fait que la compagnie de ma tante me manquait au-delà de toute attente, ou même que Tooley avait laissé un vide derrière elle, je n'aurais pu le dire. Maintenant que je n'avais plus de responsabilité qu'envers moi-même, le plaisir de retrouver ma maison et mon jardin s'émoussait rapidement. Dans l'espoir de découvrir une citation plus encourageante, je rouvris *Rob Roy* et tombai cette fois sur une petite photographie entre deux pages : l'image fugace, carrée et jaunissante d'une jolie fille en maillot de bain démodé, prise avec un très vieux Brownie. Légèrement penchée vers l'objectif, la jeune fille, dont la main venait de faire glisser la bretelle du maillot, dénudant l'épaule, riait, comme si on l'avait surprise sur le point de se changer. Il me fallut un bon moment pour reconnaître Tante Augusta et ma première pensée fut de constater comme elle était charmante en ce temps-là. S'agissait-il d'une photographie prise par sa sœur ? Je me le demandais. Mais ce n'était guère le genre de cadeau que ma mère eût fait à mon père. Plus probablement, je devais l'admettre, il avait pris l'instantané lui-même, pour le cacher ensuite dans un volume de Scott que ma mère n'aurait jamais l'idée de lire. Voilà donc à quoi elle ressemblait — à peine pouvait-elle avoir plus de dix-huit ans — aux jours lointains où elle ne connaissait pas encore Curran, ni M. Dambreuse, ni M. Visconti. Elle avait l'air d'être prête à tout. Sur l'une des deux pages entre lesquelles se trouvait la photographie, une phrase se rapportant à Die Vernon frappa mon regard : « Paix et patience, je vous prie, et laissez-moi aller mon chemin ; car lorsque je prends le mors aux dents, il n'est pas de bridon qui puisse m'arrêter. » Mon père avait-il délibérément choisi cette page, avec ce passage en particulier, pour y dissimuler l'image ? Je me sentis envahi de la mélancolie que j'éprouvais parfois à la banque, lorsqu'il m'incombait de rendre de vieux documents déposés dans un coffre, pareils à des actes notariés attestant une passion depuis longtemps éteinte. Je songeai à mon père avec un regain de tendresse — à la baignoire vide, et à l'homme dans sa paresse et dans son pardessus. Je n'avais jamais vu sa tombe, car il était mort au cours du seul voyage qu'il eût jamais fait hors de ce pays, et je ne savais même pas exactement où on l'avait enterré.

Je téléphonai à ma tante :

« Histoire seulement de dire bonsoir et de m'assurer que tout va bien.

— L'appartement, me dit-elle, fait un peu désert sans Wordsworth.

— Je me sens seul aussi... sans vous et sans Tooley.

— Pas de nouvelles qui t'attendaient ?

— Une lettre d'une amie, c'est tout. Elle a l'air de s'ennuyer aussi. »

J'hésitai avant de reprendre :

« Tante Augusta, je me suis pris à penser, sans savoir pourquoi, à mon père. C'est étrange comme on connaît mal sa propre famille. Vous rendez-vous compte que j'ignore même où est sa tombe ?

— Non !

— Et vous ?

— Naturellement je sais où elle est.

— J'aimerais y aller, ne serait-ce qu'une fois.

— Les cimetières participent pour moi d'un goût assez morbide. Ils sentent l'aigre comme la jungle. Sans doute cela vient-il de l'humidité de toutes ces plantes vertes.

— Je crois qu'avec l'âge l'attachement grandit pour les choses de famille... les maisons, les tombes. Cela me fait mal de penser que ma mère ait dû finir dans un laboratoire de la police.

— Ta belle-mère, corrigea ma tante.

— Mais enfin où se trouve mon père ?

— Je suis catholique et demi-croyante, répondit ma tante, et je ne peux donc pas répondre à ta question en toute certitude ; mais son corps, ce qu'il en reste, gît à Boulogne.

— Si près ? Pourquoi ne l'a-t-on pas ramené ?

— Ma sœur avait un côté pratique et peu sentimental. A son insu ton père était parti pour une excursion d'un jour à Boulogne. Il eut un malaise après le dîner et décéda presque aussitôt. Suites d'un empoisonnement alimentaire. C'était avant l'ère des antibiotiques. Il a fallu pratiquer l'autopsie et l'idée de rapatrier un cadavre mutilé déplaisait à ma sœur. Elle l'a donc fait enterrer au cimetière de l'endroit.

— Vous étiez là ?

— J'étais en tournée en Italie. Je n'ai appris tout cela que bien plus tard. Nous ne nous écrivions pas, ma sœur et moi.

— Autrement dit, vous non plus vous n'avez jamais vu cette tombe ?

— Une fois j'ai suggéré à M. Visconti de faire avec moi un saut jusque-là, mais il aimait particulièrement cette citation de la Bible : « Que les morts enterrent leurs morts. »

— Peut-être pourrions-nous y aller un de ces jours.

— Je partage à fond l'opinion de M. Visconti, mais je ne refuse jamais un petit voyage, répliqua ma tante d'un ton allègre et fort peu sentimental.

— Cette fois c'est moi qui vous invite.

— L'anniversaire de cette mort, dit ma tante, tombe le 2 octobre. La date est gravée dans ma tête parce que c'est la fête des Saints Anges Gardiens. Apparemment celui de ton père n'avait pas toute sa tête ce jour-là, à moins, évidemment, qu'il ne lui ait épargné un sort pire encore. Chose parfaitement plausible, car enfin que diable faisait ton père à Boulogne à la morte-saison ? »

CHAPITRE XVII

ASSEZ curieusement je me sentis presque aussitôt chez moi à Boulogne.

Le service direct par bateau de Folkestone étant interrompu, nous prîmes la Flèche d'Or à Victoria. Je remarquai avec soulagement que ma tante n'emportait pas sa valise rouge. La côte anglaise de la Manche baignait dans une lumière dorée d'automne. A partir de Petts Wood les autobus virèrent au vert, et à Orpington les sècheries à houblon commencèrent à se montrer avec leurs abat-vent blancs pareils à des panaches de heaumes du Moyen Age. Le houblon grimpant le long de ses échalas était plus décoratif que la vigne ; j'aurais volontiers donné tout le paysage entre Milan et Venise pour cette trentaine de kilomètres dans la campagne du Kent. Il y avait de bons ciels bien doux et les rivières n'avaient rien de théâtral ; il y avait des étangs avec des roseaux, et des vaches qui dormaient, apparemment très contentes de leur sort. C'était bien là le paysage charmant chanté par William Blake, et je me prenais à regretter de repartir pour l'étranger avec ma tante. Pourquoi mon père n'était-il pas mort à Douvres ou à Folkestone ? L'un comme l'autre eussent aussi bien convenu à une excursion d'une journée.

Pourtant, quand enfin nous arrivâmes à Boulogne, débarquant de l'unique wagon de la Flèche d'Or destiné à ce port depuis Calais, je me sentis chez moi. Le ciel avait tourné au gris, l'air était froid et des grains couraient sur les quais, mais il y avait une photographie de la Reine au-dessus du comptoir de la réception à l'hôtel et sur les vitres d'une brasserie je pus lire : *« Good Cup of Tea. East Kent coach parties Welcome here *. »* Les mouettes d'un lourd gris de plomb, comme accrochées au-dessus des chalutiers dans le soir du même gris, avaient un air d'Est-Anglie. Et une enseigne rouge vif brillait par éclairs sur la Gare Maritime, proclamant : *« Car Ferry »* et *« British Railways »*.

Il était trop tard ce soir-là pour se mettre en quête de la tombe paternelle (d'ailleurs en réalité l'anniversaire était le lendemain). Je partis donc à pied avec ma tante pour la Ville Haute et nous fîmes en flânant le tour des remparts et des petites rues tortueuses qui me rappelaient celles de Rye. Dans la grande crypte de la cathédrale, un roi d'Angleterre avait célébré son mariage ; sur le sol gisaient des boulets tirés par l'artillerie d'Henri VIII ; dans un petit square au pied des murailles se dressait une statue d'Edward Jenner en habit à queue marron et bottes brunes à glands. Un vieux film de *L'Ile au Trésor*, avec Robert Newton, était à l'affiche d'un petit cinéma dans une ruelle, à quelques pas d'un club appelé Le Lucky où l'on pouvait écouter des disques des Hearthmen. Non, mon père n'était pas enterré en sol étranger. Boulogne faisait penser à une ville coloniale fraîchement séparée de l'Empire, et les British Railways persistaient au bout du quai comme par autorisation spéciale en attendant la fin de l'évacuation. Les cabines de bain cadenassées en bas du casino ressemblaient aux

* « Bonne Tasse de Thé. Bienvenue aux voyageurs en groupe de l'East Kent. » (N.d.t.)

derniers vestiges d'une armée d'occupation, et la statue équestre du général San Martin au bord de l'eau aurait pu être celle de Wellington.

Nous dinâmes au restaurant de la Gare Maritime, après avoir foulé des pavés et traversé des rails sans rencontrer âme qui vive alentour. Les piliers de la gare évoquaient ceux d'une cathédrale désolée la nuit venue ; au tableau, l'annonce d'un seul train, en provenance de Lyon, comme une référence à un cantique que personne ne se fût soucié d'effacer. Pas un mouvement, ni porteur ni passager, d'un bout à l'autre des quais à l'infini. Les bureaux des British Railways vides et sombres. Partout une odeur de mazout, d'algues et de mer, avec le souvenir des cargaisons de poisson déchargées le matin. Au restaurant, il se confirma que nous étions les uniques dîneurs ; seuls, deux hommes, debout au bar et se préparant à partir, et un chien. Ma tante commanda des soles à la boulonnaise pour elle et pour moi.

« Peut-être mon père est-il venu ici la veille de sa mort », méditai-je à voix haute.

Depuis que j'avais sorti *Rob Roy* de mes rayons, j'avais souvent pensé à mon père, et le souvenir de la photographie et de l'expression sur le visage de la jeune fille me donnaient à croire que ma tante l'avait sans doute aimé aussi à sa façon. Cependant, si j'étais à la recherche de souvenirs sentimentaux, je m'étais trompé d'adresse et de personnage — pour ce qui était de ma tante, un homme mort l'était bien.

« Je laisse le vin à ton choix, Henry, me dit-elle. Tu as quelque chose de morbide, tu sais. Toute cette expédition en est la preuve... comme aussi cette urne que tu gardes si précieusement. Si ton père était enterré à Highgate jamais je ne t'eusse accompagné. Je ne crois pas aux pèlerinages sur les tombes, s'ils ne servent pas à d'autres fins.

— Et à quoi d'autre sert celui-ci ? demandai-je assez sèchement.

— C'est la première fois que je viens à Boulogne,

turlupinait terriblement l'esprit, d'autant que sa chère épouse était réellement irréprochable. Douce, capable, facile à vivre. Qu'elle manifestât quelques exigences, un autre que lui aurait pu prendre cela pour une vertu. Ton père, qui avait infiniment plus d'imagination que ne le pensaient d'ordinaire la plupart des gens ou que ta mère ne s'en est jamais rendu compte, lui suggéra un plan, étant bien entendu (William insista sur ce point) que, si on a épousé une perle, impossible de l'abandonner... c'est elle qui vous abandonne. Donc, William n'avait qu'à écrire à sa femme des lettres anonymes l'accusant, lui, d'infidélité. Ces lettres serviraient à une quadruple fin. Elles préserveraient sa vanité de mâle, fourniraient une explication raisonnable de ses défaillances, ouvriraient une brèche dans la perfection de sa femme, et pourraient même conduire en fin de compte au divorce, tout en sauvegardant son honneur d'homme (car il était résolu à ne rien nier). Ton père a composé lui-même la première lettre, puis l'a glissée dans une de ces enveloppes jaunes qu'il utilisait pour ses factures (grosse erreur s'il en fut). La lettre disait : « Votre
« mari, madame, n'est qu'un affreux menteur et un ignoble
« satyre. Demandez-lui à quoi il emploie ses soirées pendant
« que vous êtes au Cercle féminin, et quel usage il fait de tout
« l'argent qu'il gaspille. Ce que vous économisez sur le
« ménage passe dans la poche de jupe d'une autre. » Ton père aimait les expressions désuètes... c'était l'influence de Walter Scott.

« Une petite fête était prévue chez les Curlew, le soir où devait arriver la lettre. Mme Curlew mettait la dernière main à tapoter ses coussins ; elle prit l'enveloppe jaune pour une facture et se contenta de la poser sur la table sans l'ouvrir. Tu peux imaginer l'angoisse du pauvre William. Je l'ai bien connu dans ce temps-là, de fait j'assistais à la soirée avec tes parents. Ton père espérait être là pour la curée, mais quand vint le moment de prendre congé, et pas moyen pour lui de traîner plus longtemps, même sous prétexte de parler vaguement d'affaires, la lettre était toujours là, intacte. Il dut se résigner à tenir les détails de la suite, plus tard, de William.

« Mélanie... quel prénom idiot, surtout lié au nom de Curlew... finissait de laver et de ranger les verres quand William retrouva l'enveloppe jaune sous une table volante. Il demanda :

« — C'est à toi, ma chérie ? »

« Elle répondit que ce n'était rien, une vague note de fournisseur.

« — Même une facture s'ouvre comme le reste », dit William en lui tendant l'enveloppe.

« Sur quoi il monta se raser. Elle n'insistait pas vraiment pour qu'il se rasât avant le dîner, mais tout au début de leur mariage elle avait laissé clairement entendre qu'elle aimait mieux ne pas se râper à ses joues la nuit... elle avait la peau très délicate. (Les étrangers s'extasiaient toujours sur son teint typiquement anglais.) La porte de la salle de bain était ouverte et William la vit poser l'enveloppe jaune toujours fermée sur la coiffeuse. Il se coupa à trois endroits à cause de l'énervement de l'attente et dut s'appliquer trois petits tampons de coton pour arrêter le sang.

L'homme au chien passa lourdement devant notre table :

« Tu viens, bougre d'animal ? dit-il en tirant sans conviction sur la laisse.

— Bonjour à ta pucelle du Kent », le blagua son ami resté au bar.

Depuis un moment déjà, j'avais reconnu l'étincelle dans les yeux de ma tante. C'était la même qu'à Brighton, quand elle m'avait raconté l'histoire de l'église des chiens, qu'à Paris quand elle avait évoqué sa liaison avec Dambreuse, et que dans l'Orient-Express quand elle avait décrit l'évasion de M. Visconti... Elle était toute à son récit. Je suis sûr que mon père — cet admirateur de Walter Scott — n'eût pas, et de loin, rapporté l'épisode Curlew aussi dramatiquement ; il y eût mis moins de dialogues et plus de descriptions.

« William, poursuivit ma tante, sortit de la salle de bain et se hissa dans l'énorme lit à deux places que Mélanie s'était acheté chez Maples. Dans son angoisse il avait oublié de prendre un livre avec lui. Il souhaitait désespérément la crise.

« — Je n'en ai pas pour longtemps, mon chéri, dit Mélanie, s'affairant avec son cold cream Pond (elle le préférait à toutes les marques nouvelles, par égard pour son teint de neige d'antan).

« — C'est embêtant, cette facture ? demanda William.

« — Quelle facture ?

« — Celle que tu avais égarée.

« — Oh ! ça ? Je n'ai pas regardé.

« — Fais attention ou tu finiras par l'égarer pour de bon.

« — C'est bien ce qui peut arriver de mieux à une « facture, non ? » dit Mélanie gaiement.

« Mais ces paroles étaient la négation de sa nature — jamais elle ne laissait une note en souffrance ni ne permettait qu'on lui accordât plus d'un mois de crédit dans une boutique. S'essuyant donc les doigts à un Kleenex elle ouvrit l'enveloppe jaune. Elle lut les premiers mots, gauchement tapés à la machine : « Votre mari, madame... »

« — Non, dit-elle, rien d'embêtant. Sans le moindre « intérêt. »

« Mais elle lut la lettre jusqu'au bout, attentivement. C'était signé : « Un voisin qui vous veut du bien. » Puis elle la déchira en menus morceaux qu'elle jeta dans la corbeille à papiers.

« — Une facture, ça ne se déchire pas, dit William.

« — Pour quelques shillings que je devais au marchand « de journaux ! dit-elle. D'ailleurs je les ai payés ce matin. »
« Puis regardant William elle reprit :
« — Tout de même, quand je pense quel bon mari tu es, « William, depuis toujours. »

« Elle s'approcha du lit et l'embrassa. William n'avait pas de mal à deviner ses intentions.

« — C'est fou comme ce genre de soirée me fatigue, dit-il (l'excuse était aussi pauvre que le bâillement qu'il étouffa).

« — Je te comprends, mon chéri, dit Mélanie en s'allon-
« geant à côté de lui sans la moindre récrimination. Fais de
« beaux rêves », ajouta-t-elle.

« Puis remarquant les petits bouts de coton elle s'écria :

« — Mon pauvre chéri, mais tu t'es coupé. Attends,
« Mélanie va te nettoyer ça. »

« Et la voilà aussitôt à son affaire, pour dix bonnes minutes, nettoyant les coupures à l'alcool à quatre-vingt-dix et collant des petits bouts de Tricostéril, comme si de rien n'était.

« — Ça te fait une drôle de tête », dit-elle parfaitement heureuse et gaie.

« Et William raconta ensuite à ton père qu'il n'y avait plus une ombre de danger dans le baiser qu'elle lui planta au bout du nez.

« — Quel drôle de William tu fais, mon chéri. Je te
« pardonnerais n'importe quoi, je crois bien. »

« Ce fut alors que William abandonna tout espoir. Mélanie était la perfection faite épouse, un diamant sans crapaud, et ton père avait coutume de dire que ce mot de « pardonnerais » avait sonné aux oreilles de William comme un glas... comme jadis la cloche de Newgate quand elle annonçait une exécution capitale.

— C'est-à-dire qu'il ne s'en est jamais sorti ? demandai-je.

— Il a rendu l'âme des années et des années plus tard, dans les bras de Mélanie », répondit ma tante.

Sur quoi nous achevâmes notre tarte aux pommes en silence.

CHAPITRE XVIII

LE lendemain matin, qui se révéla tout aussi gris que la veille, j'escaladai en compagnie de Tante Augusta la longue colline où est juché le cimetière. « Deuil en 24 heures », proclamait la réclame d'une boutique ; devant une boucherie un sanglier pendait dégoulinant de sang, et une pancarte piquée dans la hure prévenait : « Retenez vos morceaux pour jeudi » — mais ce « jeudi » ne me disait rien et n'avait guère plus de sens pour Tante Augusta.

« Fête de la Petite Fleur, dit-elle, après avoir cherché la date dans son missel, qu'elle avait emporté en l'honneur de la circonstance. Mais je ne vois guère le rapport avec un sanglier. Fête aussi, apparemment, de saint Thomas de Hereford, mort en exil à Orvieto, bien que je doute que les Anglais eux-mêmes aient entendu parler de lui. »

Devant les portes de la Ville Haute une plaque commémorait la mort d'un « Héros de la Résistance ».

« Les morts d'une armée, commenta ma tante, deviennent automatiquement des héros, comme ceux de l'Eglise, des martyrs. Ce brave saint Thomas quand j'y pense, je me demande... m'est avis que ce devrait être une chance énorme pour lui que d'être mort à Orvieto plutôt qu'à Hereford. Aujourd'hui encore c'est un petit endroit civilisé, avec un bien, bien meilleur climat que Hereford et un excellent restaurant, via Garibaldi.

— Vous êtes vraiment catholique ? demandai-je à ma tante par curiosité.

— Oui, mon chou, répliqua-t-elle vivement et avec gravité. A cela près que je ne crois absolument pas à tout ce tas de trucs auquel croient les autres. »

Trouver la tombe de mon père dans l'immense cimetière gris était à peu près l'équivalent de trouver l'appartement de quelqu'un dans l'énormité d'un grand ensemble où il n'y aurait pas de numéros. D'en bas, le bruit des trains montait, et la fumée de charbon des cheminées de la Ville Haute s'effilochait parmi le dédale des tombes. Surgi d'une petite demeure carrée, semblable aussi à un tombeau, un homme s'offrit à nous guider. J'avais apporté une couronne de fleurs, bien que ma tante eût jugé le geste quelque peu outré.

« On ne verra qu'elle, m'avait-elle dit. La croyance des Français veut que l'on se souvienne des morts une fois l'an, à la Toussaint. C'est net et commode comme la communion de Pâques. »

Et c'était vrai que je distinguais très peu de fleurs, même pas des immortelles, parmi les angelots, les chérubins, le buste d'un chauve avec une tête de professeur de lycée, et l'espèce de mausolée qui renfermait apparemment la famille Flageollet. Sur un monument une inscription en anglais me frappa ; elle disait : « En tendre mémoire de mon fils dévoué Edouard Rhodes Robinson mort à Bombay où il est enterré. » Mais il n'y avait rien d'anglais dans cette pyramide. Mon père eût assurément préféré un cimetière de chez nous, avec ses pierres mangées de lichens, ses inscriptions usées et ses citations de poésie pieuse, à ces dalles sombres et inusables qu'aucun climat, fût-il boulonnais, ne pourrait jamais éroder, toutes avec leur manchette identique, comme des exemplaires d'un même numéro de journal : « A la mémoire », « Ici repose le corps »... A part une petite vieille vêtue de noir, debout, la tête courbée à l'extrémité d'une longue allée, tel le visiteur solitaire dans les salles d'un musée de province, nous semblions être les seuls au milieu de ce désert d'insensibilité.

« Je me suis trompé », dit notre guide en exécutant un brusque demi-tour.

Et il nous ramena vers la tombe près de laquelle la vieille femme paraissait prier.

« Par exemple ! On dirait que quelqu'un d'autre est venu sur cette tombe », fit remarquer Tante Augusta.

Et c'était vrai : sur la dalle de marbre reposait une couronne deux fois plus grosse que la mienne et tressée de fleurs deux fois plus chères, provenant de serres méridionales. Je déposai la mienne à côté. Le gros de l'inscription était caché ; seul un bout du nom paternel ressortait, telle une exclamation : « ... chard Pulling », avec la date, 2 octobre 1923.

La petite vieille nous regarda, très étonnée :

« Qui êtes-vous ? » demanda-t-elle.

La sonorité française n'était pas pure ; ma tante répliqua en anglais avec la même brusquerie :

« Et vous ?

— Mlle Paterson, répondit la vieille avec un rien de défi craintif dans la voix.

— Et qu'est-ce que cette tombe a de commun avec vous ? insista ma tante.

— Voilà plus de quarante ans que je viens ici à cette date, et je ne vous y ai encore jamais vus, ni l'un ni l'autre.

— Et de quel droit y venez-vous ? » s'enquit ma tante.

Je ne sais quoi dans les manières de l'autre l'avait échauffée — peut-être son air d'agressivité timide (ma tante supportait mal la faiblesse, même cachée).

Acculée, la femme montra les dents :

« C'est la première fois que j'entends parler de droits sur une tombe.

— Une tombe, comme une maison, a été payée par quelqu'un.

— Quand une maison est laissée à l'abandon pendant quarante ans, il me semble que même un étranger a bien le droit...

— Qui êtes-vous ? répéta ma tante.

— Je vous l'ai dit. Mlle Paterson.

— Vous connaissiez mon beau-frère ?

— Votre beau-frère ! s'exclama la vieille dame, son regard allant de ma couronne à moi-même puis à ma tante.

— Et voici le fils de Richard Pulling, ma bonne dame. »

La bonne dame murmura d'un ton de détresse :

« La famille », comme elle eût dit : « L'ennemi. »

« Vous le voyez, dit ma tante, nous, en tout cas, nous avons certains droits. »

Je ne parvenais pas à comprendre sa dureté et j'intervins :

« Je trouve très gentil à vous de venir fleurir la tombe de mon père. Peut-être vous semble-t-il étrange que je n'aie jamais mis les pieds ici...

— C'est bien de vous, dit Mlle Paterson, oui, de vous tous tant que vous êtes. Votre mère n'est même pas venue à l'enterrement. Il n'y avait que moi... le concierge de l'hôtel et moi. Un brave homme, ce concierge. Il pleuvait ce jour-là, ajouta-t-elle les larmes aux yeux, et il avait apporté son grand parapluie...

— Si je comprends bien, vous avez connu mon père... Vous étiez ici ?...

— Il a passé dans mes bras, tout doucement, tout doucement », dit Mlle Paterson.

Elle avait une façon de répéter les mots comme quelqu'un qui a l'habitude de lire à haute voix des livres d'enfants.

« Il fait un froid de loup, déclara ma tante. Tu as déposé ta couronne, Henry ; moi, je rentre à l'hôtel. L'endroit ne se prête guère à une conversation prolongée. »

Elle s'éloignait déjà ; cela ressemblait presque à un aveu de défaite, et elle essayait de s'en tirer en jouant le dédain, tel un molosse danois qui tourne le dos à un petit roquet sans défense dans son coin, en le prétendant indigne de ses crocs.

Je dis à Mlle Paterson :

« Il faut que je raccompagne ma tante. Pourquoi ne viendriez-vous pas prendre une tasse de thé avec nous en fin de journée ? Je n'étais qu'un petit garçon à la mort de mon père. Je l'ai à peine connu. J'aurais dû venir ici plus tôt, mais, que voulez-vous, je pensais que personne ne faisait encore attention à ce genre de chose...

— Je sais, je suis vieux jeu, dit Mlle Paterson, oui, terriblement vieux jeu.

— Tout de même vous viendrez prendre le thé avec nous ? Au Meurice ?

— Soit, répondit-elle d'un air de dignité effrayée. Mais dites à votre tante... c'est bien cela ?... qu'elle aurait tort de s'offenser du fait que j'existe. Voilà longtemps qu'il est mort. C'est injuste qu'elle me jalouse sous prétexte que tout cela compte encore beaucoup pour moi, beaucoup, oui. »

Je répétai ce message mot pour mot à ma tante ; elle s'en montra stupéfaite :

« Est-ce qu'elle me croit vraiment jalouse ? La seule fois où je me souvienne de l'avoir été, c'était de Curran, et l'expérience m'a servi de leçon. Tu sais comme je l'étais peu, même de M. Dambreuse.

— Vous n'avez pas besoin de vous défendre devant moi, Tante Augusta.

— Me défendre ? Il ferait beau voir, je suis loin d'être tombée si bas. Je tâche d'expliquer mes sentiments, voilà tout. Cette femme ne me semblait absolument pas à la hauteur de son chagrin. Est-ce qu'on met du vin dans sa tasse de café après le dîner ? Elle m'agaçait. Penser qu'elle se trouvait près de ton père quand il est mort !

— Il y a de fortes chances pour qu'il y ait eu aussi un médecin.

— Il ne serait pas mort si elle n'avait pas été si faible. J'en suis convaincue. Ton père, pour agir, avait besoin qu'on le secoue. Richard avait de l'allure, c'était cela l'ennui. Il était remarquablement beau. Il n'avait pas à se forcer avec les femmes. Et finalement il était bien trop paresseux pour se battre. Si je m'étais trouvée avec lui il serait encore en vie, j'y aurais veillé.

— Encore en vie aujourd'hui ?

— Il ne serait guère plus vieux que M. Visconti.

— Tout de même, soyez gentille pour elle, Tante Augusta.

— Je serai la douceur même », promit ma tante.

Et je pus vérifier cet après-midi-là ses efforts réels pour dissimuler son irritation devant les petites manies de Mlle Paterson, qui étaient nombreuses en plus de son goût pour les répétitions. Par exemple elle avait un tressautement du pied droit (à la première manifestation de ce tic, je crus réellement que Tante Augusta lui avait donné un coup à la cheville) et, quand elle se taisait un petit moment et que son esprit n'était plus à la conversation, elle se mettait à claquer des mâchoires comme si elle avait entrechoqué des dentiers.

Nous prîmes le thé dans la chambre de ma tante, car il n'y avait pas de salon convenable dans notre espèce de gratte-ciel cubique en miniature, posé là entre deux congénères sur le quai.

« Excusez-nous je vous prie, dit ma tante, l'hôtel n'a que du Lipton mélange indien.

— Oh ! mais j'aime bien le Lipton, dit Mlle Paterson, et avec un petit morceau de sucre, rien qu'un.

— Vous êtes venue par Calais ? s'enquit ma tante par pur souci de politesse. C'est par là que nous sommes arrivés hier. Ou bien par le ferry ?

— Non, non, répondit Mlle Paterson. C'est que je vis ici,

voyez-vous. Depuis toujours..., depuis la mort de Richard, c'est-à-dire. »

Elle me lança un coup d'œil apeuré et ajouta :

« De M. Pulling, je voulais dire.

— Vous étiez ici, même durant la guerre ? » demanda ma tante avec un brin de soupçon.

Elle eût été ravie, je crois, de déceler une faille dans l'intégrité de Mlle Paterson — n'eût-ce été qu'une minuscule erreur de fait.

« Il a fallu se priver quelque peu pour un temps, dit Mlle Paterson. Peut-être les bombardements me paraissaient-ils moins terribles parce que je devais penser à mes enfants.

— Vos enfants ? s'exclama ma tante. Vous n'allez pas me faire croire que Richard...

— Oh ! non, non, dit Mlle Paterson, c'est des enfants de ma classe que je parle. J'enseignais l'anglais au lycée.

— Les Allemands ne vous ont pas internée dans un camp ?

— Les gens d'ici ont été très gentils pour moi. On me protégeait. Le maire m'avait procuré une carte d'identité. (Elle eut un tressautement de la jambe.) Après la guerre j'ai même reçu une médaille.

— Pour avoir enseigné l'anglais ? demanda ma tante d'un ton incrédule.

— Entre autres choses », répondit Mlle Paterson.

Elle se renversa un peu sur son siège et se mit à claquer des dents. Ses pensées étaient très loin de nous.

« Parlez-moi de mon père, dis-je. Qu'était-il venu faire à Boulogne ?

— Il voulait que je prenne un peu de vacances, dit Mlle Paterson. Il se faisait du souci pour ma santé. Il prétendait que j'avais besoin de respirer l'air marin. (Ma tante remua bruyamment sa petite cuiller et je redoutai son impatience.) Quitte même à ne faire qu'un simple saut d'une journée. Nous sommes montés sur le bateau à Calais, comme vous... il tenait à me montrer d'où venaient les fameux bourgeois. Et de là nous avons pris le car jusqu'ici, pour voir la colonne Napoléon... il venait justement de lire la biographie de Napoléon par Walter Scott. Et à Boulogne nous avons découvert que nous n'avions plus de bateau pour le retour.

— Quelle surprise pour lui, j'imagine, dit ma tante avec une ironie dont l'évidence pour moi échappa à Mlle Paterson.

— Oh ! oui, dit Mlle Paterson. Il ne savait comment s'excuser pour n'y avoir pas pensé plus tôt. Mais enfin nous avons trouvé deux chambres très propres dans une petite auberge de la Ville Haute, place de la Mairie.

— Des chambres voisines, je suppose », dit ma tante.

Je ne parvenais pas à comprendre tant de sévérité de sa part.

« Oui, dit Mlle Paterson. J'avais très peur, vous savez.

— Et de quoi ?

— Jamais encore je n'avais mis les pieds à l'étranger. M. Pulling non plus. Je faisais l'interprète.

— Vous saviez le français ?

— J'avais suivi des cours à Berlitz.

— Je vous prie d'excuser notre curiosité, mademoiselle Paterson, dis-je. C'est que, voyez-vous, je n'ai jamais eu de détails sur la mort de mon père... ma mère n'y faisait jamais allusion. Chaque fois que je posais des questions elle me disait de me taire, tant et si bien que je me suis toujours figuré qu'il était mort à Wolverhampton. Pourquoi là ? Il se rendait souvent à Wolverhampton.

— Quand avez-vous fait la connaissance de mon beau-frère ? s'enquit Tante Augusta. Puis-je vous verser encore un peu de thé ?

— Oui, merci. Un peu moins fort, si cela ne vous ennuie pas. Sur l'impériale d'un autobus de la ligne 49. »

Ma tante marqua un court silence, sa main en suspens tenant un morceau de sucre.

« De la ligne 49 ? répéta-t-elle.

— Oui. Voyez-vous, je l'avais entendu dire où il allait quand il a pris son ticket, et parvenu à destination il dormait à poings fermés, alors je l'ai réveillé, mais trop tard. C'était un arrêt facultatif. Il m'a beaucoup remerciée et il a fait tout le trajet jusqu'à l'hôtel de ville de Chelsea avec moi. J'habitais une chambre dans un sous-sol d'Oakley Street à l'époque et il m'a accompagnée à pied jusqu'à la maison. Je revois tout si clairement, si clairement, dit Mlle Paterson, comme si cela datait d'hier. Nous nous sommes découvert beaucoup de choses en commun. »

Son pied tressauta de nouveau.

« Vous m'étonnez, dit ma tante.

— C'est incroyable comme nous avons pu bavarder ce jour-là !

— Et de quoi avez-vous parlé ?

— Surtout de Sir Walter Scott, je crois. Je n'avais guère lu que *Marmion*, mais lui, il connaissait l'œuvre entière de Sir Walter. Il était capable de citer... Il avait une mémoire extraordinaire pour la poésie. »

Elle récita dans un souffle, comme pour elle-même :

Y aura-t-il jamais pour le traître un repos,
Lui le fourbe menteur,
Qui de la vierge pure a su gagner le cœur,
Puis ruinée l'a laissée ?
Dans l'ultime combat...

« Et c'est ainsi que tout a commencé, l'interrompit ma tante une pointe d'impatience dans la voix. Et le traître repose à Boulogne. »

Mlle Paterson se lova dans son fauteuil et son pied tressauta violemment.

« Cela n'a pas du tout commencé... de la façon que vous

pensez, dit-elle. Pendant la nuit je l'ai entendu frapper à ma porte et appeler : « Dodo ! »

— Dodo ! répéta ma tante avec dégoût, comme s'il se fût agi d'un mot inavouable.

— Oui. C'est le nom qu'il me donnait. Je m'appelle Dorothée.

— Vous vous étiez enfermée à clef, naturellement.

— Pas du tout. J'avais une absolue confiance en lui. Je lui ai dit d'entrer. J'étais sûre qu'il ne m'eût pas réveillée pour rien.

— Certes. Loin de moi de penser que ce pût être pour rien, dit ma tante. Et ensuite ? »

Mais Mlle Paterson était repartie dans ses rêves et n'en finissait plus de claquer des dents. Son regard se perdait dans un monde où nous ne pouvions la suivre ; des larmes naissaient dans ses yeux. Je lui touchai le bras et je dis :

« Mademoiselle Paterson, oublions ce sujet si cela vous fait de la peine. »

J'en voulais à ma tante : son visage avait la dureté d'une effigie sur une pièce de monnaie.

Mlle Paterson me regarda et je pus observer son retour progressif de ces temps lointains.

« Il est entré, dit-elle, et il a murmuré dans un souffle : « Dodo, ma poupée chérie », puis il s'est affalé sur le sol. Je me suis agenouillée près de lui et j'ai posé sa pauvre tête sur mes genoux. Il n'a plus prononcé un seul mot. Je n'ai jamais su pourquoi il était venu ni ce qu'il avait l'intention de me dire.

— Je n'ai pas de mal à le deviner », dit Tante Augusta.

Mlle Paterson se lova de nouveau sur son siège et riposta, coup pour coup. C'était triste de voir ces deux vieilles dames se montrer les dents à propos d'une histoire si ancienne.

« J'espère que vous avez raison, dit Mlle Paterson. Je sais parfaitement ce que vous pensez et j'espère que vous avez raison. Il aurait pu me demander n'importe quoi, je l'aurais fait sans hésitation, sans regret. Il est le seul homme que j'aie jamais aimé.

— L'aimer, vous n'en avez guère eu le temps, il me semble, dit ma tante.

— Là, vous vous trompez complètement. Peut-être parce que vous ignorez ce qu'est l'amour. Je l'ai aimé dès l'instant où nous sommes descendus de l'autobus devant l'hôtel de ville de Chelsea, et je l'aime encore aujourd'hui. Après sa mort j'ai tout fait pour lui... tout... personne n'était là pour venir en aide à mon pauvre, mon cher... sa femme a refusé de faire le voyage. Il a fallu pratiquer l'autopsie, et elle a écrit aux autorités qu'on l'enterrerait à Boulogne... elle n'a pas voulu de son pauvre corps mutilé. Ce qui fait que le concierge et moi nous avons été les seuls...

— Il est certain que vous avez témoigné d'une constance extrême, dit ma tante sans que sa remarque eût l'air d'un compliment.

— Plus personne ne m'a jamais appelée du nom qu'il me donnait... Dodo, dit Mlle Paterson. Mais pendant la guerre j'ai dû prendre un pseudonyme et j'ai permis aux gens de m'appeler Poupée.

— Pourquoi diable aviez-vous besoin d'un pseudonyme ?

— C'étaient des temps troublés », dit Mlle Paterson.

Et elle chercha ses gants pour les rassembler.

Je ne pardonnais pas à ma tante son attitude à l'égard de Mlle Paterson, et de faibles braises de colère couvaient encore en moi quand nous retournâmes dîner une deuxième et dernière fois dans la gare déserte. Les gais chalutiers usés par les vagues dormaient contre la jetée, chacun avec sa pieuse devise peinte en travers de la passerelle : « Dieu bénit la famille », ou « Dieu a bien fait », et je me demandais quelle sorte de réconfort pouvaient bien apporter ces formules quand la tempête faisait rage sur la Manche. Il y avait la même odeur de mazout et de poisson, le même train de Lyon que personne n'attendait et, au restaurant, le même Anglais maussade avec le même chien et le même compagnon — leur présence rendait encore plus sensible le vide de la salle, comme s'il n'y avait jamais d'autres clients qu'eux. Ma tante dit :

« Tu es bien silencieux, Henry.

— Je ne manque pas de sujets de réflexion, dis-je.

— Cette misérable petite bonne femme t'a bien eu, dit-elle d'un ton accusateur.

— Le fait de rencontrer quelqu'un qui aimait mon père m'a touché.

— Beaucoup d'autres l'ont aimé.

— Je veux dire une femme qui l'a *réellement* aimé.

— Ce petit paquet de sentiment ? Elle ignore tout de l'amour.

— Et vous ? demandai-je, lâchant la bride à ma colère.

— Je crois en avoir un peu plus l'expérience que toi », rétorqua Tante Augusta avec une cruauté tranquille et calculée.

C'était vrai — je n'avais même pas répondu à la dernière lettre de Mlle Keene. En face de moi, ma tante couvait sa sole d'un regard et d'un air de parfait contentement. Elle mangea une à une les crevettes qui accompagnaient la sauce, avant de s'attaquer au poisson ; elle savourait le goût de chaque chose et prenait tout son temps.

Peut-être avait-elle ses raisons de mépriser Mlle Paterson. Je songeais à Curran, à M. Dambreuse, à M. Visconti — ils vivaient dans mon imagination comme des créatures véritablement nées par la volonté de ma tante. Même le pauvre oncle Jo rampant désespérément vers ses toilettes. Elle était de la race des démiurges. Jusqu'à Mlle Paterson, qui avait retrouvé vie sous la piqûre cruelle de ses questions. Qu'elle vînt un jour à parler de moi à quelqu'un d'autre (et je me figurais parfaitement le genre de parti qu'elle pourrait tirer de mes dahlias, de ma sotte tendresse pour Tooley et de la virginité de mon passé), et même à moi, peut-être, elle finirait par donner une espèce de vie, et le personnage qu'elle tracerait alors, je n'en doutais pas, serait infiniment plus vivant que moi dans ma réalité. Il ne servait à rien de se plaindre de sa cruauté. J'avais lu un jour, dans un livre sur Charles Dickens, qu'un auteur ne doit pas s'attacher à ses personnages, il doit les traiter sans merci. L'acte de créer ne va jamais, me semble-t-il, sans un égoïsme effrayant. Ainsi la femme et la maîtresse de Dickens, que ne durent-elles endurer pour lui permettre de faire son œuvre, et fortune. Du moins l'argent d'un directeur de banque n'est-il pas entaché d'un tel égotisme. Ma profession n'avait rien de destructeur. Un directeur de banque ne laisse pas derrière lui une traînée de martyrs. Où était Curran aujourd'hui ? Et Wordsworth, était-il seulement encore en vie ?

« T'ai-je jamais parlé, demanda ma tante, d'un certain Charles Pottifer ? A sa façon, lui aussi s'accrocha à un mort avec la même ferveur que ta chère Mlle Paterson. Sauf que, dans son cas, le mort c'était lui.

— Non, pas ce soir, Tante Augusta, suppliai-je. J'ai mon compte d'histoires pour la journée avec la mort de mon père.

— Et cette femme ne l'a pas trop mal racontée, reconnut ma tante, bien que, à sa place et à chance égale, sans doute en eussé-je tiré beaucoup mieux. Mais je te préviens... un jour tu regretteras amèrement ton refus d'écouter cette autre histoire.

— Laquelle ? demandai-je, songeant à mon père.

— Celle de Charles Pottifer, voyons, dit ma tante.

— Une autre fois, Tante Augusta.

— Tu as tort de croire à ce point qu'il peut y avoir une autre fois », répliqua ma tante.

Et elle réclama si fort l'addition que, du bar, le chien se mit à aboyer furieusement à son intention.

CHAPITRE XIX

MA tante ne rentra pas en Angleterre par le ferry-boat avec moi, contrairement à ce que j'avais cru. Au petit déjeuner elle me déclara qu'elle prenait le train pour Paris.

« J'ai des affaires à régler », me dit-elle.

Et me souvenant de son avertissement de la veille je me demandai — entièrement à tort, la suite le montra — si elle n'avait pas une prémonition de sa mort.

« Vous ne voulez pas que je vous accompagne ? demandai-je.

— Non. A en juger par ta façon de me parler hier soir, j'estime que tu as soupé de ma compagnie pour quelque temps. »

Manifestement je l'avais profondément blessée en refusant d'écouter son histoire sur le dénommé Charles Pottifer.

Je la mis dans le train et j'eus droit, sur la joue, au bécot le plus sec et le plus froid du monde.

« Si je vous ai offensée je ne l'ai pas fait exprès, Tante Augusta, dis-je.

— Tu ressembles à ton père plus qu'à ta vraie mère. Il était convaincu que, sorti des romans de Walter Scott, il n'y avait pas une histoire digne d'intérêt.

— Et ma vraie mère ? » demandai-je vivement.

Peut-être enfin me tendrait-on une clé.

« Elle a vainement essayé de lire *Rob Roy*. Elle adorait vraiment ton père et ne demandait qu'à faire plaisir ; mais *Rob Roy*... non, c'était trop.

— Pourquoi ne l'a-t-elle pas épousé ?

— Elle n'était pas faite pour vivre à Highgate. Voudrais-tu m'acheter *Le Figaro* avant de me quitter ? »

Quand je revins de la bibliothèque de la gare elle me remit les clefs de son appartement.

« Si mon absence se prolonge, me dit-elle, il est possible que je te prie de m'expédier quelque chose ou simplement d'aller voir si tout va bien. J'écrirai au propriétaire pour le prévenir que tu as les clefs. »

Je rentrai donc à Londres par le ferry-boat. Deux jours plus tôt, par la vitre du train, j'avais vu se déployer le long de la voie l'éventail d'une Angleterre dorée ; c'était une toute autre image qui s'offrait à présent : une Angleterre tapie dans le froid et l'humidité, grise comme le cimetière de Boulogne, tandis que le train roulait à une allure d'escargot, de Douvres à Charing Cross, sous la pluie diluvienne. L'une des vitres fermait mal et une petite mare d'eau se formait d'un côté du compartiment ; on n'avait pas mis le chauffage. Dans le coin en face du mien, une femme ne cessait d'éternuer tandis que je m'efforçais de lire le *Daily Telegraph*. Une grève menaçait l'industrie mécanique, et celle de l'automobile était suspendue à un arrêt de travail des équipes de laveurs dans je ne sais quelle entreprise clef qui fabriquait des essuie-glaces. Sur les chaînes de toutes les usines de la B.M.C. les voitures attendaient, faute d'essuie-glaces. Le chiffre des exportations avait baissé, la livre sterling aussi.

Ayant épuisé les Nouvelles de la Cour je parvins enfin à la rubrique Nécrologie, mais la colonne ne présentait guère d'intérêt. Un certain Sir Oswald Newman était mort à l'âge de soixante-douze ans et tenait funèbrement la vedette d'un maigre programme. Il avait servi de super-arbitre dans un conflit du bâtiment dans les années 50, après avoir pris sa retraite de Secrétaire général du ministère des Travaux publics. Il avait épousé Rosa Urquhart en 1928 ; elle lui avait donné trois fils et lui survivait. Le fils aîné était maintenant secrétaire de la Fédération internationale des industries thermiques et décoré de l'Ordre de l'Empire britannique. Je pensai à mon père murmurant : « Dodo, ma poupée chérie », avant d'expirer sur le plancher d'une auberge de la Ville Haute, et avant d'avoir pu rencontrer Sir Oswald Newman à l'occasion de ce fameux conflit du bâtiment, qui l'eût d'ailleurs sans doute laissé complètement froid. Il était toujours en excellents termes avec ses ouvriers — à en croire ma mère. Paresse et bon caractère vont souvent ensemble. Il distribuait régulièrement des primes de Noël et n'était jamais d'humeur à se battre contre une augmentation de salaire d'un ou deux sous l'heure. Ce que je voyais à travers la vitre c'était, non pas l'Angleterre de Sir Oswald Newman, mais la tombe de mon père sous la pluie charbonneuse de Boulogne et Mlle Paterson debout devant la dalle et priant, et j'enviais à mon père ce don inexplicable de s'attirer l'amour des femmes. Rosa Newman avait-elle eu ce même amour pour Sir Oswald et son médaillé de fils ?

Je pénétrai chez moi. Après mes deux nuits d'absence, la maison, telle une femme possessive, se donnait des airs dramatiques de grande délaissée. La poussière tombe vite en automne, même à travers les fenêtres closes. Je connaissais d'avance mon inéluctable routine : coup de téléphone à Poulets, visite aux dahlias si la pluie s'arrêtait. Peut-être le major Charge m'adresserait-il quelques mots par-dessus la haie. « Dodo, ma poupée chérie », murmurait mon père agonisant dans le petit hôtel, et moi pendant ce temps j'étais couché dans la chambre d'enfant de Highgate, une veilleuse au chevet de mon lit pour chasser les peurs qui arrivaient en force après le bref baiser que ma mère — ou bien était-ce ma belle-mère ? — me donnait pour la nuit. J'avais peur des cambrioleurs, des Indiens étrangleurs, des serpents, du feu et de Jack l'Eventreur, quand mes craintes auraient dû aller à la perspective de trente années dans la banque, de l'absorption de cette même banque par d'autres, et d'une retraite prématurée avec, au bout, le Deuil du Roy Albert.

Un mois passa sans la moindre nouvelle de ma tante. Je téléphonai plusieurs fois, mais sans jamais obtenir de réponse. J'essayai de me plonger dans un roman de Thackeray — il y manquait cette présence immédiate que je trouvais dans les histoires de ma tante. Elle l'avait bien prévu : j'allais jusqu'à regretter de l'avoir empêchée de me raconter l'histoire de Charles Pottifer. Allongé sur mon lit d'insomnie ou attendant à la cuisine que l'eau sifflât dans la bouilloire, ou encore laissant les *Newcome* me tomber des mains et se refermer sur mes genoux, je me prenais à vivre avec mes souvenirs de Curran, de M. Dambreuse et de M. Visconti. Ils peuplaient ma solitude. Au bout de six semaines de silence je fus saisi d'angoisse à la pensée que, comme mon père, Tante Augusta fût morte en pays étranger. Je téléphonai même au Saint-James et Albany — depuis mon départ de la banque c'était mon premier coup de téléphone hors d'Angleterre. J'avais peur de mon mauvais français dans le récepteur, comme si le microphone allait amplifier mes fautes. La réception me répondit que ma tante n'était plus là — elle était partie il y avait trois semaines pour Cherbourg.

« Pour Cherbourg ?

— Par le train-paquebot », dit la voix.

Et l'on coupa avant que j'aie pu demander quel paquebot.

Cette fois j'eus peur que ma tante ne m'eût abandonné pour de bon. Elle n'était entrée dans ma vie que pour la troubler. J'avais perdu tout goût pour mes dahlias. Quand la mauvaise herbe les envahit je fus tenté de la laisser pousser. Un jour je consentis même, dans l'espoir de me distraire de mon ennui, à accepter l'invitation du major Charge à assister à une réunion politique : il s'agissait en définitive d'un meeting des Fidèles de l'Empire britannique, et j'en déduisis que c'était probablement le major qui avait fourni mon adresse à cette organisation pour qu'elle m'expédiât ses brochures. Je retrouvai là plusieurs de mes anciens clients, dont l'amiral, et pour la première fois je me réjouis d'être à la retraite. On n'attend pas d'un directeur de banque qu'il ait de vives préférences politiques, surtout si elles portent la marque de l'excentricité — avec quelle rapidité les commérages sur ma présence n'eussent-ils pas fait le tour de Southwood, naguère ! Maintenant, si mes anciens clients me regardaient le moins du monde, c'était d'un air intrigué et comme ne sachant plus très bien quand ils m'avaient rencontré et à quelle occasion. Tel un garçon de café le jour où il est de congé, je passais virtuellement inaperçu. Curieuse sensation pour quelqu'un qui avait été tellement au cœur de la vie de Southwood. En montant me coucher j'avais l'impression d'être un fantôme rentrant au logis, transparent comme verre. Curran était plus vivant que moi. Je fus presque surpris de voir mon image dans la glace.

Peut-être fut-ce pour affirmer la réalité de mon existence que je commençai une lettre à Mlle Keene. J'en fis plusieurs brouillons avant d'être satisfait de ce que j'écrivais, et celui que je recopie ici diffère par bien des petits détails de la version que j'expédiai. « Ma chère Mlle Keene », puis-je lire sur ce brouillon, mais je retranchai le « Ma » dans la lettre définitive, car il me sembla supposer une intimité que ma correspondante n'avait jamais reconnue, pas plus qu'elle ne l'avait jamais revendiquée. « Chère Mlle Keene, je suis vraiment navré que vous ne vous sentiez pas encore installée comme il faut dans votre nouveau foyer de Koffiefontein ; ce qui, malgré tout, n'empêche pas que j'éprouve évidemment quelque joie » (je changeai le « je » en « nous » dans les brouillons suivants) « à l'idée que vos pensées continuent à s'arrêter parfois sur nos jours paisibles à Southwood. Votre père fut pour moi le meilleur des amis, et mon esprit se tourne souvent vers ces charmantes soirées où Sir Alfred, assis sous le Van de Velde, rayonnait l'hospitalité et où, dans votre fauteuil, vous cousiez tandis que je finissais avec lui la bouteille de vin. » (J'ôtai cette phrase de la version suivante — elle contenait trop d'émotion à peine dissimulée.) « J'ai mené une existence assez insolite le mois dernier, pour la plus grande part en compagnie de ma tante dont je vous ai parlé dans une lettre. Nous nous sommes même égarés ensemble jusqu'à Istanboul où la fameuse basilique de Sainte-Sophie m'a fortement déçu. A vous je puis dire — ce que je n'aurais jamais pu faire avec ma tante — que je préfère de beaucoup notre église Saint-Jean pour l'atmosphère religieuse, et que je suis bien heureux que notre pasteur n'éprouve pas le besoin d'appeler les fidèles à la prière à l'aide d'un disque de gramophone au sommet d'un minaret. Au début d'octobre nous nous sommes rendus tous les deux sur la tombe de mon père. Je ne crois pas vous avoir jamais dit (de fait moi-même je ne l'ai appris que tout récemment) qu'il est mort et enterré à Boulogne, par un étrange concours de circonstances, dont le récit serait trop long pour cette lettre. Comme je regrette que vous ne soyez pas à Southwood pour pouvoir vous le raconter. » (Je jugeai prudent d'éliminer cette phrase.) « Je lis en ce moment les *Newcome*, mais j'avais plus de plaisir à *Esmond*. Peut-être est-ce la faute de mon romantisme. De temps à autre j'ouvre mon Palgrave pour relire mes vieux poètes préférés. » Je poursuivais, conscient d'une certaine hypocrisie : « Mes livres constituent un bon antidote contre les voyages à l'étranger et renforcent mon sentiment de l'Angleterre que j'aime, bien que je me demande parfois si cette Angleterre existe encore, passé la haie de mon jardin ou Church Road. Et puis je pense combien vous devez trouver plus dur, à Koffiefontein de garder le goût du passé. Pour moi, ici, l'avenir est absolument insipide : à peu près comme les mets d'un menu qui ne servent qu'à couper l'appétit. Si jamais vous revenez en Angleterre... » Mais c'est là une phrase que je n'achevai pas et je suis aujourd'hui incapable de me rappeler ce que j'avais l'intention d'y mettre.

Noël approcha, toujours sans aucune nouvelle de ma tante,

pas même sous la forme d'une carte de vœux. Des cartes, naturellement il en arriva une de Koffiefontein — assez invraisemblable, représentant une vieille église au bout d'un hectare de neige — et une autre, drôle, du major Charge, où l'on voyait un bocal avec des poissons rouges que nourrissait un Père Noël ; le major la déposa lui-même pour économiser le timbre. Le bazar local m'envoya une éphéméride décorée pour chaque mois d'un trésor d'art britannique différent, et chargé de couleurs criardes à en hurler, comme lavées à l'Omo ; enfin, le 23 décembre, le facteur me remit une grande enveloppe qui, lorsque je l'ouvris en prenant mon petit déjeuner, répandit dans mon assiette une avalanche de paillettes argentées, en sorte que je ne pus finir ma confiture d'orange. Les paillettes provenaient d'une tour Eiffel qu'escaladait un Père Noël, sac au dos. Sous les mots imprimés *Meilleurs Vœux* figurait seulement un nom, écrit en grosses capitales : « Wordsworth. » Il avait dû voir ma tante à Paris, sinon comment aurait-il pu se procurer mon adresse ? A la banque, j'avais toujours utilisé les cartes de Noël officielles pour mes meilleurs clients ; elles affichaient l'écusson armorié de l'établissement sur la page de couverture et, à l'intérieur, soit une reproduction du siège de Cheapside, soit une photo du conseil d'administration. Maintenant que j'étais à la retraite, rares étaient ceux à qui j'envoyais des cartes : Mlle Keene, bien sûr, le major Charge, par force. J'en expédiai également une à mon médecin, à mon dentiste, au pasteur de Saint-Jean et à mon ancien chef caissier qui dirigeait maintenant une agence de la banque à Nottingham.

L'année d'avant, ma mère était venue chez moi pour le réveillon de Noël, et sans l'aide de Poulets j'avais fait cuire une dinde, parfaitement réussie grâce aux directives maternelles, puis nous étions restés assis à table, tels deux étrangers au wagon-restaurant, avec la sensation d'avoir trop mangé, jusqu'à son départ sur le coup de dix heures. Après, j'avais, à mon habitude, assisté au culte traditionnel à Saint-Jean avec chants de Noël. Cette fois, comme je n'avais aucune envie de cuisiner un repas pour moi tout seul, je retins une table au restaurant de l'Abbaye près de Latimer Road. C'était une erreur à ce qu'il apparut. Je ne m'étais pas rendu compte que ces gens avaient concocté un menu spécial avec dinde et plum-pudding pour attirer tous les solitaires et les nostalgiques de Southwood. Avant de quitter la maison, j'avais composé le numéro de téléphone de ma tante dans le vague espoir qu'elle serait peut-être rentrée juste à temps pour Noël, mais la sonnerie résonna interminablement dans l'appartement vide, et je n'eus pas de mal à imaginer toutes les verreries de Venise réveillées par le bruit et tintinnabulant.

La première personne que je vis en pénétrant dans le restaurant, qui était tout petit, avec de lourdes poutres, des vitraux aux fenêtres et un bout de gui accroché à l'endroit le moins dangereux, au-dessus de la porte des toilettes, fut l'amiral assis seul à une table. Il avait manifestement dîné tôt et avait sur la tête une couronne de papier rouge — une papillote à pétard gisait sur son assiette parmi des restes de plum-pudding. Je le saluai et il me dit d'un air furieux :

« Qui êtes-vous ? »

A une table un peu plus loin, je reconnus aussi le major Charge, les sourcils froncés sur ce qui me parut être une brochure politique.

« Henry Pulling, répondis-je à l'amiral.

— Pulling ?

— Autrefois à la banque. »

Un flot de sang empourpra le visage sous le chapeau de papier rouge ; il y avait une bouteille de chianti vide sur la table. Je repris :

« Joyeux Noël, amiral.

— Bon Dieu, dit-il, vous n'avez donc pas lu les nouvelles, mon vieux ? »

Je me débrouillai pour me faufiler, dans le maigre espace

entre les tables et découvris à ma consternation qu'on m'avait réservé une place tout à côté du major Charge.

« Bonsoir, major, dis-je, commençant à me demander si je n'étais pas le seul civil de l'endroit.

— J'ai un service à vous demander, dit le major Charge.

— Bien sûr... dans toute la mesure du possible... J'ai bien peur de n'avoir pas suivi la Bourse...

— La Bourse ? Il est bien question de cela ! Est-ce que j'ai une tête à me livrer à des tractations avec la Cité ? Le pays entier est vendu et fout le camp. C'est de mes poissons que je parle. »

Mlle Truman nous interrompit pour prendre ma commande. Sans doute afin d'encourager la clientèle, elle arborait un chapeau en papier, de forme vaguement militaire, mais de couleur jaune. C'était une grosse femme tapageuse qui aimait qu'on l'appelât Peter ; le petit restaurant m'avait toujours paru trop étroit pour la contenir en même temps que son associée — une femme du nom de Nancy, timide et effacée et qui, peut-être à cause de cela, ne se montrait que rarement, encadrée dans l'ouverture du passe-plat.

Incapable de regarder ailleurs, je fis une allusion flatteuse à sa coiffure.

« Comme au bon vieux temps », dit-elle, l'air ravi.

Je me souvins alors qu'elle avait été officier dans les auxiliaires féminines de la Marine.

Que de confusion dans mes sentiments. Je mesurai à cet instant toute la profondeur du trouble où ma tante m'avait plongé. Je baignais dans mon univers familier — le petit monde local de personnages vieillissants que Mlle Keene rêvait de retrouver, où l'on n'entend parler de danger que dans les journaux et où les seules perspectives de bouleversements possibles ne dépassent pas un changement de gouvernement ou l'éclatement d'un énorme scandale — je me souvenais encore d'un employé de banque taré qui avait perdu trop d'argent aux courses de lévriers d'Earl's Court. C'était ma vraie patrie, plus même que l'Angleterre ne le serait jamais (je ne connaissais pas plus l'enfer des zones industrielles que la désolation des landes du Nord) et, à ma façon, j'avais trouvé le bonheur ici. Pourtant, je regardais Peter (Mlle Truman) d'un œil ironique, comme si j'eusse emprunté à ma tante sa façon de voir et regardé avec ses yeux. Par-delà Latimer Road s'ouvrait un autre monde — celui de Wordsworth, de Curran, de M. Dambreuse, du colonel Hakim et de ce mystérieux M. Visconti qui s'était déguisé en *Monsignor* pour échapper aux armées alliées — celui aussi, oui, de mon père murmurant « Dodo, ma poupée chérie » à Mlle Paterson, dans son dernier soupir sur le parquet d'une auberge, et se ménageant du même coup une dévotion à vie grâce à sa mort dans les bras de cette femme. A qui m'adresser maintenant si je voulais obtenir un visa pour cet autre pays, en l'absence de ma tante ?

« Et pour vous ce sera le menu, monsieur Pulling ?

— Je ne crois pas que je pourrais avaler le plum-pudding.

— Nancy a fait des *mince pies*, je ne vous dis que ça !

— Alors donnez-m'en un, peut-être, répondis-je, parce que c'est Noël. »

Mlle Truman s'éloigna en tanguant d'un pas de cheftaine et je me tournai vers le major Charge :

« Vous disiez ?

— Je pars pour le Nouvel An. Pour un séminaire à Chesham. Il faut que je mette mes poissons en pension. Peux pas les confier à la femme de ménage. Bien pensé à Peter... mais c'est encore une femme, d'une façon. Il n'y a qu'à voir comment elle nous nourrit. Toutes les excuses lui sont bonnes pour gaver son monde. Elle en ferait probablement autant avec mes petits bougres.

— Vous voudriez que je m'occupe d'eux ?

— J'ai bien surveillé vos dahlias. »

En les assoiffant, pensai-je, mais que dire d'autre que :

« Oui, certainement, volontiers.

— Je vous apporterai la nourriture. Pas plus d'une cuiller à café une fois par jour. Ne faites pas attention s'ils viennent bâiller contre la paroi du bocal. Ils ne savent pas ce qu'il leur faut.

— Je me durcirai le cœur », dis-je.

Je refusai de la main le consommé de tortue — par trop familier. Je n'en avais que trop souvent ouvert une bouteille quand je manquais d'appétit même pour les œufs. Je m'enquis :

« Quelle sorte de séminaire ?

— Sur les problèmes de l'Empire, répliqua le major en me foudroyant de ses yeux arrondis et furieux, comme si j'eusse déjà commis Dieu sait quelle réponse stupide ou peu compatissante.

— Je croyais que c'était du passé, tout ça.

— Simple défaillance passagère », aboya-t-il en embrochant sa dinde.

Je l'eusse certainement préféré à Curran comme client. Il ne m'eût jamais tracassé avec des histoires de compte en rouge : il vivait prudemment dans les limites de sa pension ; c'était un honnête homme même si j'avais de l'aversion pour ses idées. Et puis je pensai à M. Visconti, dansant avec ma tante dans le salon de réception du bordel derrière le *Messaggero*, après avoir escroqué le Vatican et le roi d'Arabie Séoudite et laissé un vaste sillage de catastrophes derrière lui dans les banques italiennes. Le secret de la jeunesse impérissable était-il l'apanage des esprits criminels ?

« Un homme vous a demandé », dit le major Charge après un long silence.

L'amiral se leva de table et se dirigea d'un pas chancelant vers la porte. Il avait gardé sa couronne de papier, mais, les doigts déjà sur le bec-de-cane, il s'en aperçut, la froissa et la réduisit en boule.

« Quel genre d'homme ?

— Vous étiez allé à la poste... du moins je l'imagine. En

tout cas, vous avez pris à droite et non à gauche en bas de Southwood Road.

— Que voulait-il ?

— Il ne me l'a pas dit. Il a sonné, cogné, resonné, recogné, en faisant un tapage de tous les diables. Même mes poissons ont eu peur, les pauvres petits bougres. Ils étaient deux. J'ai cru de mon devoir de leur parler avant qu'ils mettent la rue entière en ébullition. »

Je ne sais pourquoi, mais je songeai sur le moment à Wordsworth, à un message possible de ma tante...

« Est-ce qu'il était noir ? demandai-je.

— Noir ? Quelle question extraordinaire. Evidemment non.

— Il n'a pas laissé de message ?

— Absolument rien, ni lui ni son compagnon. Il a demandé où il aurait une chance de vous trouver, mais j'étais loin de soupçonner que vous aviez l'intention de venir ici. Vous n'y étiez pas l'année dernière, pas plus que celle d'avant. Je crois bien que c'est la première fois que je vous y vois. Tout ce que j'ai pu lui dire c'est que vous allez à l'office chanté de Saint-Jean, parce que je le sais.

— Qui diable cela peut-il bien être ? » dis-je.

J'avais la conviction profonde d'être de nouveau au bord du monde de Tante Augusta, et un sentiment instinctif de plaisir faisait battre mon pouls. Lorsque Mlle Truman m'apporta deux *mince pies* au lieu d'un, je les pris sans protester comme par besoin de me sustenter en prévision d'un long voyage. Je me servis généreusement de beurre au cognac.

« J'y mets du vrai Rémy-Martin, me dit Mlle Truman. Vous n'avez pas fait partir votre papillote.

— Tirez dessus avec moi, Peter », lui dis-je hardiment.

Elle avait une solide et forte poigne, mais je l'emportai, et un petit objet en plastique roula sur le sol. A ma satisfaction ce n'était pas un chapeau. Le major Charge se leva d'un bond pour le rattraper et poussa un hennissement de rire aussi terrifiant que le bruit de trompette que font certaines gens en se mouchant. Il porta l'objet à ses lèvres et souffla vigoureusement ; le résultat fut un son semblable à un pet. Je vis alors qu'il s'agissait d'une sorte de minuscule pot de chambre avec un sifflet dans l'anse.

« Vieille blague de matelots, expliqua gentiment Mlle Truman.

— C'est la saison des fêtes », dit le major Charge.

Il souffla un autre pet.

« Oyez ! Oyez le chant des anges annonciateurs ! reprit-il avec une sauvagerie donnant à croire qu'il cherchait à se venger de Noël et de tout son fatras de Saintes Familles, de crèches et de vieux sages — à se venger de l'amour et d'une secrète et profonde déception. »

J'arrivai à l'église Saint-Jean vers onze heures et quart. L'office commençait toujours à la demie, pour se distinguer de la messe de minuit catholique. J'avais pris l'habitude d'y assister au début de mon installation comme directeur de la banque : de paraître à l'office me donnait un air « rangé des familles » et, bien que, à la différence de Tante Augusta, je n'aie pas de convictions religieuses, je pouvais m'y rendre sans hypocrisie, ayant toujours beaucoup aimé les aspects les plus poétiques du christianisme. Noël, me semble-t-il, est un festival nécessaire ; l'on a besoin d'une saison où regretter les imperfections des rapports humains : c'est la fête des ratages, triste mais consolatrice.

Cela faisait des années que je prenais place régulièrement sur le même banc, sous un vitrail dédié en 1887 à la mémoire du conseiller Trumbull. On y voit le Christ entouré d'enfants et assis à l'ombre d'un arbre très vert — le texte est évidemment : « Laissez venir à moi les petits enfants. » C'est au conseiller Trumbull que l'on doit la construction de l'énorme cube de brique rouge, aux fenêtres à barreaux, de Cranmer Road, qui, d'orphelinat, est devenu centre de détention pour jeunes délinquants.

L'office chanté débuta par « Oyez ! Oyez le chant des anges annonciateurs », dans une version plus aimable que celle du major Charge. Puis l'on passa à cette vieille antienne qu'est « Le Bon Roi Wenceslas ».

« Quand la neige partout étendait son tapis, De haute lice et très doux et uni » chantaient les voix hautes de femmes dans la tribune — ces vers m'avaient toujours paru très beaux, entraînant avec eux l'image d'une petite Angleterre paysanne, sans foules ni voitures pour souiller la neige, en un temps où le palais royal se dressait parmi le silence et la virginité des champs.

« Pas de tapis blanc de Noël cette année, monsieur », me chuchota à l'oreille une voix, du banc derrière le mien.

Me retournant je vis l'inspecteur Sparrow.

« Que diable faites-vous ici ?

— Puis-je vous demander de m'accorder un instant après l'office, monsieur ? » répliqua-t-il.

Et élevant son livre de prières, il se mit à chanter d'une très jolie voix de baryton :

Cruel était pourtant le gel,
Lorsqu'on vit poindre au loin un pauvrë hère,

(peut-être l'inspecteur Sparrow avait-il servi dans la Marine comme Mlle Truman, à quelque mât de vigie)

Ramassant sa provision de bois pour l'hiver.

Je tournai la tête pour jeter un coup d'œil sur le compagnon de l'inspecteur. Elégamment vêtu, il avait le visage marqué par les maigreurs de la Loi. Il portait un pardessus gris sombre et un parapluie accroché par sécurité au bras — je me demandai ce qu'il ferait de ce parapluie, comme du pli tranchant de son pantalon, le moment venu de s'agenouiller. Il semblait beaucoup moins à son aise en ce lieu que l'inspecteur Sparrow. Il ne chantait pas et, même aujourd'hui, je ne suis pas sûr qu'il ait prié.

Observe bien mes pas, mon bon page,

chantait vigoureusement l'inspecteur,

Et marche hardiment sur ma trace

tandis que dans la tribune les voix relevaient ardemment ce surprenant défi qu'on leur jetait d'en bas.

A la fin on entama le véritable office, et je fus bien content quand on arriva sans histoire au bout du symbole de saint Athanase, que l'on ne manque jamais de vous infliger à Noël. « Et tout de même que ce ne sont pas trois incréés, ni trois immenses ; mais un seul incréé, et un seul immense... » (L'inspecteur Sparrow toussa plusieurs fois durant ce temps).

Mon intention — je m'en suis fait une règle à Noël — était de communier. L'Eglise anglicane se garde des exclusives : la communion est un service commémoratif, et j'ai autant de titre à commémorer une belle légende que n'importe quel croyant sincère. Tandis que l'assistance bourdonnait confusément pour masquer son oubli des mots exacts, le pasteur récitait d'une voix claire : « Nous confessons et déplorons les péchés et le mal, sous leurs multiples formes, que nous avons pu commettre... » Je remarquai que l'inspecteur, peut-être par prudence professionnelle, ne se joignait pas à cet aveu de culpabilité. « Ardemment nous nous repentons, regrettant du fond du cœur tous ces méfaits qui sont les nôtres... » Jamais encore je n'avais remarqué à quel point cette prière ressemblait à la supplique d'un vieux récidiviste implorant le pardon de la Cour. La présence de l'inspecteur Sparrow semblait fausser complètement le ton de l'office. Lorsque je m'engageai dans la nef pour m'avancer vers l'autel, j'entendis éclater, sur le banc derrière moi, une dispute en sourdine d'où se détachèrent les mots : « Vous, oui, vous, Sparrow » lancés avec force, si bien que je ne fus nullement surpris de découvrir, agenouillé à côté de moi devant la grille de la communion, l'inspecteur Sparrow. Peut-être son compagnon et lui avaient-ils craint que la communion ne me permît de filer par une petite porte.

Quand vint le tour de l'inspecteur de porter à ses lèvres le calice il but très longuement, et je fus frappé de constater ensuite que l'on devait aller chercher du vin avant la fin de la communion. Je regagnai ma place, Sparrow m'emboîtant pesamment le pas, et sur le banc derrière moi, les chuchotements reprirent de plus belle : « J'ai une râpe dans le gosier », chuchota l'inspecteur, sans doute pour excuser son recours immodéré au calice.

A la fin de l'office les deux hommes se levèrent pour aller m'attendre à la sortie de la chapelle, et l'inspecteur Sparrow me présenta son compagnon :

« L'inspecteur divisionnaire Woodrow, dit-il. M. Pulling. L'inspecteur Woodrow appartient à la Brigade spéciale », ajouta-t-il baissant la voix avec un respect quasi religieux.

Après un brin d'hésitation je distribuai deux poignées de main.

« Nous nous demandions, monsieur, s'il vous serait égal de nous donner encore un petit coup de main, dit l'inspecteur Sparrow. J'ai expliqué à l'inspecteur Woodrow toute l'aide que vous aviez bien voulu nous accorder déjà, pour ce qui était du pot contenant de la Marie.

— Vous faites allusion à l'urne de ma mère », répondis-je avec toute la froideur que je pouvais rassembler par ce matin de Noël.

Le flot des paroissiens fourchait autour de notre groupe. Je vis passer l'amiral. De la pochette de son veston débordait une tache écarlate — probablement le chapeau de papier qui lui servait de mouchoir.

« Les gens de La Couronne et l'Ancre prétendent que vous avez les clefs de votre tante, me dit l'inspecteur Woodrow, d'un ton raide et peu amical.

— Nous aimons bien procéder en douceur, commenta l'inspecteur Sparrow. Avec le libre accord de toutes les parties intéressées. Ça fait tellement mieux devant un tribunal.

— Que désirez-vous exactement ? demandai-je.

— Joyeux Noël, monsieur Pulling, dit le pasteur en me posant la main sur l'épaule. Si ces messieurs sont de nouveaux paroissiens, j'ai plaisir à faire leur connaissance.

— M. Sparrow, M. Woodrow, notre pasteur, dis-je.

— J'espère que vous avez aimé notre office chanté.

— Pour ça oui, dit cordialement l'inspecteur Sparrow. Il n'y a rien que j'aime tant que la bonne musique avec des paroles que je comprends.

— Une petite minute, je vais chercher des numéros de notre bulletin paroissial. Notre Spécial Noël... fameux ! vous verrez ça. »

Le pasteur s'engouffra dans l'ombre de la chapelle, tel un fantôme en surplis.

« Comprenez bien, monsieur, reprit l'inspecteur Sparrow, nous n'aurions pas eu de mal à obtenir un mandat de perquisition et à forcer l'entrée, mais outre que cela aurait bousillé le verrou, qui est de première... c'est un *Chubb*, félicitations à Mlle Bertram pour sa prudence... ça fait très mauvais effet quand nous sommes appelés à témoigner, vous suivez ma pensée ? Mauvais pour la bonne dame, je veux dire, à supposer qu'on nous cite jamais à la barre. Ce qui ne sera pas le cas, nous l'espérons bien.

— Mais enfin que cherchez-vous ? Encore de la Marie ? Tout de même pas ! »

L'inspecteur Woodrow dit, avec la solennité d'un bourreau :

« Nous menons une enquête, à la demande d'Interpol. »

Le pasteur revenait en courant et en brandissant les numéros de son bulletin paroissial.

« Messieurs, si vous avez la bonté de regarder à la dernière page, vous trouverez une formule d'abonnement pour l'an prochain ; vous n'avez qu'à arracher la feuille. M. Pulling s'est déjà abonné.

— Merci, merci. Certainement, dit l'inspecteur Sparrow. Je n'ai pas de quoi écrire aujourd'hui, mais faites-moi confiance. Très joli, ce dessin, très original... tout ce houx, avec les oiseaux et les tombes. »

L'inspecteur Woodrow montra une certaine répugnance à prendre le numéro qui lui était destiné. Il le tint devant lui comme un témoin tient la Bible devant un tribunal, ne sachant pas très bien qu'en faire.

« C'est un numéro fumant, dit le pasteur. Oh ! je vous demande pardon. La pauvre dame. Je reviens dans une seconde. »

Il s'élanca à la poursuite d'une dame âgée, sur le chemin qui descend vers Latimer Road, en appelant : « Madame Brewster, madame Brewster ! »

« Je crois, dit l'inspecteur Woodrow, que nous ferions mieux d'aller discuter ailleurs sans attendre son retour. »

L'inspecteur Sparrow avait déjà ouvert son exemplaire du bulletin et était plongé dans la lecture.

« Allons chez moi, si vous voulez, proposai-je.

— Je préférerais me rendre chez Mlle Bertram sans plus tarder. Nous aurons le temps de vous expliquer de quoi il retourne, en voiture.

— Quel besoin avez-vous de visiter l'appartement de ma tante ?

— Je vous le répète : il y a une demande d'enquête d'Interpol. Nous n'avons pas envie de déranger un magistrat le soir de Noël. Vous êtes le plus proche parent. En vous laissant ses clefs votre tante vous a confié le soin de son appartement...

— Il lui est arrivé quelque chose ?

— Ce n'est pas impossible. »

Il n'était content que s'il pouvait dire les choses en quatre mots au lieu d'un. Il reprit vivement :

« Voilà le pasteur qui revient... Bon Dieu, vous ne pourriez pas écouter, Sparrow.

— Allons, j'espère que vous n'oublierez pas de vous abonner, messieurs, dit le pasteur. Vous servirez une bonne cause. Nous voudrions finir d'aménager un Coin des Enfants avant Pâques. J'aurais préféré appeler cela carrément une chapelle, mais il y a encore parmi nos bons protestants de Southwood des vieilles barbes prêtes à partir en guerre. Je vais vous confier un très grand secret. Même mon comité n'est pas au courant. L'autre jour, aux Puces de Portobello Road, j'ai déniché un dessin original, un vrai, de Mabel Lucy Atwell. Nous dévoilerons solennellement la chose à Pâques, et je me demande si nous ne pourrions pas persuader la famille royale d'envoyer le petit prince Andrew...

— Je crains fort que nous ne devions vous quitter, monsieur le pasteur, dit l'inspecteur Woodrow. Mais tous mes vœux de succès pour votre petit coin. »

Il commençait à pleuvoir. Il regarda son parapluie, sans l'ouvrir cependant. Peut-être hésitait-il à la pensée que, le refermant, jamais il n'arriverait à obtenir les mêmes plis impeccables.

« A très bientôt, dit le pasteur. Je passerai vous voir dès que j'aurai votre adresse sur la formule d'abonnement.

— Sparrow ! »

La voix de l'inspecteur Woodrow claqua comme un fouet. Sparrow plia à regret le bulletin paroissial et s'élança sur nos traces, au pas de course comme nous, car il pleuvait. Tout en prenant place derrière le volant à côté de Woodrow, il expliqua, en guise d'excuse :

« Il y a là-dedans une histoire intitulée *Où est le coupable ?* Je pensais que c'était peut-être une histoire de crime... Les bonnes histoires policières, moi, j'aime ça ; mais ce truc parle seulement d'une vieille dame pas très gentille pour un chanteur pop. Leurs titres, ça ne signifie plus rien aujourd'hui.

— Bon, dit l'inspecteur Woodrow. Monsieur Pulling, quand avez-vous vu votre tante pour la dernière fois ? »

Les mots avaient un écho vaguement familier à mon oreille.

« Cela fait quelques semaines... quelques mois. A Boulogne. Pourquoi ?

— Vous voyagez énormément avec elle, n'est-il pas vrai ?

— Ma foi...

— Et de ses nouvelles, quand en avez-vous eu pour la dernière fois ?

— Je vous l'ai dit... à Boulogne. Suis-je forcé de répondre à ces questions ?

— La Constitution vous garantit certains droits, dit à son tour l'inspecteur Sparrow, comme à tout citoyen. Elle vous impose aussi des devoirs, cela va de soi. Une déclaration de plein gré fait toujours meilleur effet devant les tribunaux. Ils tiennent compte de...

— Tenez votre langue, bon Dieu, Sparrow, trancha l'inspecteur Woodrow. Monsieur Pulling, cela ne vous surprend pas d'être sans la moindre nouvelle de votre tante, depuis Boulogne ?

— Rien de ce qui touche à ma tante ne m'étonne.

— Vous n'êtes pas inquiet... à la pensée que quelque chose ait pu lui arriver ?

— Ai-je une raison de m'inquiéter ?

— Elle a entretenu des liens avec des gens fort étranges. Avez-vous jamais entendu parler d'un certain M. Visconti ?

— Le nom, dis-je, ne m'est pas totalement inconnu.

— C'est celui d'un criminel de guerre, plaça étourdiment l'inspecteur Sparrow.

— Sparrow, je vous en prie, occupez-vous de conduire, dit Woodrow. Et le général Abdul... cela ne vous dit rien, le général Abdul ? Si, j'imagine.

— ...Peut-être bien, oui, il me semble connaître ce nom.

— Vous vous trouviez avec votre tante à Istanboul il y a quelque temps. Vous êtes arrivés tous les deux par le train et l'on vous a expulsés au bout de quelques heures. Vous avez vu le colonel Hakim.

— J'ai vu je ne sais quel officier de police, c'est vrai. Il s'agissait d'une erreur absurde.

— Le général Abdul a fait une déclaration avant de mourir.

— Il est mort ? Pauvre diable. Je l'ignorais. Je ne vois pas en quoi cette déclaration peut avoir un rapport avec moi.

— Ni avec votre tante ?

— Je n'ai pas la garde de ma tante.

— La déclaration avait trait à M. Visconti. Interpol en a communiqué partout le contenu. Jusqu'alors nous avions toujours tenu M. Visconti pour mort. Nous l'avions rayé de nos contrôles.

— A propos, dis-je, avant de continuer, autant vous dire que je n'ai pas sur moi les clefs de ma tante.

— C'est plutôt le contraire qui m'eût surpris. Je voulais seulement vous demander l'autorisation d'entrer. Je vous promets que nous ne ferons pas de dégâts.

— Je crains de devoir refuser. On m'a confié l'appartement.

— L'effet serait tellement plus favorable si ça devait jamais venir devant un jury, monsieur Pulling », tenta de dire l'inspecteur Sparrow.

Mais Woodrow l'interrompit :

« Sparrow ! Prenez le prochain tournant à gauche. Nous déposerons M. Pulling chez lui.

— Passez me voir après Noël, si vous voulez, dis-je. J'entends : si vous avez un mandat de perquisition. »

CHAPITRE XX

J'EUS beau m'attendre à la visite des deux inspecteurs, ils ne téléphonèrent même pas. Une carte postale en couleur de Tooley me tomba du ciel. On y voyait un temple de Katmandou, assez laid, et on y lisait : « Je fais un merveilleux voyage. Affectueusement. Tooley. » Je ne me souvenais plus du tout de lui avoir donné mon adresse. Pas la moindre allusion à Noël (au Népal, je suppose, la saison passait complètement inaperçue) ; je fus d'autant plus fier de ce petit signe spontané.

Le surlendemain de Noël je pris ma voiture et me rendis à La Couronne et l'Ancre peu avant la fermeture de l'après-midi. Je voulais jeter un coup d'œil sur l'appartement au cas où l'inspecteur Woodrow viendrait à se présenter avec un mandat de perquisition. S'il traînait encore quelque part des traces compromettantes de Wordsworth, je tenais à les effacer : j'emportai à cette fin une petite valise de week-end. Durant toute ma vie de travail j'avais réservé strictement ma loyauté à une seule institution, la banque, et voici que je la sentais attirée dans une tout autre direction. Etre loyal envers quelqu'un entraîne inévitablement qu'on le soit envers toutes les imperfections de la nature humaine, y compris l'esprit de chicane et d'immoralité dont ma tante n'était pas totalement exempte. Je finissais par me demander s'il ne lui était jamais arrivé de forger une signature sur un chèque ou de dévaliser une banque, et à cette pensée mes lèvres ébauchèrent un sourire de tendresse — le même qu'y eût probablement fait naître autrefois le spectacle d'un brin d'excentricité.

Arrivé devant La Couronne et l'Ancre je regardai prudemment à l'intérieur par la fenêtre du bar. Pourquoi cette précaution ? J'avais parfaitement le droit d'être là — ce n'était pas encore l'heure légale de la fermeture. Il y avait une menace de neige dans le jour gris et les clients se pressaient autour du comptoir pour faire le plein une dernière fois avant le coup de trois heures. J'apercevais de dos la jeune fille, toujours en jodhpurs, et sur ce dos une grosse patte velue. « Un autre demi », « Et pour moi un sérieux, de l'extra », « Un double rose ». L'horloge marquait trois heures moins deux. On les eût dits tous en train de cravacher, dans la dernière ligne droite avant le poteau de l'arrivée, et il en résultait une bousculade pêle-mêle quasi générale. Je trouvai la bonne clef pour ouvrir la petite porte et grimpai les étages. Parvenu au second palier, je m'assis un instant, sur le canapé de ma tante. Je me sentais en pleine illégalité, comme un cambrioleur et je guettais les bruits de pas. Non, rien que le murmure bourdonnant du bar, naturellement.

J'ouvris la porte de l'appartement. Tout baignait dans une obscurité totale. J'envoyai valser une table dans le vestibule et je ne sais quoi de vénitien éparpilla un son cristallin sur le sol. J'écartai les rideaux : les verres de Venise n'offraient pas le moindre reflet — ils étaient morts, telles des perles au rancart. Il y avait un pâle semis de courrier sur le parquet parmi les débris de verre, mais il s'agissait surtout d'imprimés et je ne me souciai pas de les examiner pour le moment. Je pénétrai dans la chambre de ma tante, non sans remords — mais après tout ne m'avait-elle pas prié de veiller à ce que tout fût en ordre ? Je me souvins de la façon méticuleuse dont le colonel Hakim avait exploré la chambre d'hôtel et de la facilité avec laquelle il avait été joué. Cependant, pas la plus petite trace de bougie, sauf à la cuisine un paquet de ce genre d'article mais de dimensions et de poids ordinaires ; précaution normale, sans doute, contre les pannes d'électricité.

Dans la chambre de Wordsworth, on avait entièrement défait le lit et rangé dans les tiroirs les horribles figurines de Disney. Pour toute décoration il ne restait qu'une photographie encadrée du port de Freetown, montrant des femmes habillées de couleurs éclatantes qui se rendaient au marché, panier sur la tête, et descendaient un vieil escalier menant à un quai. Je n'avais pas remarqué cette photographie la première fois ; peut-être ma tante l'avait-elle accrochée là en mémoire de Wordsworth.

Je revins au salon et me mis à trier le courrier. Peut-être un jour ma tante m'enverrait-elle une adresse où le faire suivre — de toute façon je tenais à soustraire à la curiosité de Woodrow et de Sparrow, si jamais ils venaient, toute correspondance plus ou moins personnelle. Il y avait un message d'une vieille connaissance, Omo, ainsi que diverses notes : d'une blanchisserie, d'un négociant en vins, d'un épicier. Pas de relevé de banque, à ma surprise ; mais je n'avais pas oublié la brique d'or ni la valise bourrée de billets, et j'en conclus que ma tante préférait sans doute garder ses réserves en liquide. Auquel cas il me parut sage d'examiner un peu plus attentivement les robes qu'elle n'avait pas emportées ; laisser traîner de l'argent dans cet appartement vide eût été dangereux.

Et soudain, au milieu des factures, je tombai sur quelque chose qui éveilla mon intérêt — une carte postale en couleur de Panama représentant un paquebot français sur une mer très bleue. La carte était écrite en français, en caractères minuscules et bien détachés, parcimonieusement calculés pour ne pas perdre de place. L'expéditeur avait signé de deux initiales, « A.D. » et, pour autant que je pus le deviner, il parlait du « concours de circonstances miraculeux » qui l'avait fait rencontrer ma tante à bord, après tant d'années de « triste séparation », et de la calamité que c'était qu'elle eût dû quitter le bateau avant la fin de la croisière et en abrégeant leur chance de revivre plus longtemps leurs souvenirs communs. Après son départ le lumbago d'A.D. avait empiré et sa goutte s'était réveillée dans l'orteil droit.

Se pouvait-il, pensai-je, qu'il s'agît de M. Dambreuse, le vaillant amant qui entretenait deux maîtresses dans le même hôtel ? S'il était encore en vie, pourquoi pas Curran aussi ? Tout se passait comme si le monde tordu de ma tante eût été destiné à une sorte d'immortalité — seul, mon pauvre père gisait bien mort parmi les fumées et la pluie boulonnaises. J'avoue que la jalousie me mordit le cœur à la pensée que je n'avais pas accompagné ma tante au cours de ce nouveau voyage. C'était pour d'autres qu'elle égrenait maintenant ses histoires.

« Excusez-nous d'être entrés sans sonner, monsieur Pulling », dit l'inspecteur Sparrow.

Il s'effaça pour laisser l'inspecteur Woodrow pénétrer devant lui dans le salon, protocolairement. Woodrow portait son parapluie, qu'il n'avait pas l'air d'avoir ouvert depuis notre dernière rencontre.

« Bonjour, dit d'un ton rogue Woodrow. Autant vous trouver ici, pendant que nous y sommes.

— La porte étant ouverte..., dit l'inspecteur Sparrow.

— J'ai un mandat de perquisition, me déclara Woodrow avant que j'aie pu poser la question et en me mettant sous le nez le document. Nous préférons tout de même qu'un membre de la famille assiste à la fouille.

— Dans le désir de ne pas ameuter le quartier, dit l'inspecteur Sparrow, ce qui serait déplaisant pour tout le monde, nous attendions en voiture, en face, que le patron ferme son bar. Mais en vous voyant entrer nous avons pensé qu'il serait possible de procéder en douceur en passant inaperçu même du patron. Tout à l'avantage de votre tante, vu qu'on aurait comméré ferme au bar ce soir, vous pouvez m'en croire. Trouvez-moi un barman qui ne bavarde pas avec les gens du coin. C'est comme mari et femme. »

Pendant qu'il parlait, Woodrow promenait activement son regard sur la pièce.

« On regardait le courrier, hein ? » dit Sparrow.

Se saisissant de la carte postale que je tenais à la main il reprit :

« Panama. Signé A.D. A propos, vous n'auriez pas une idée de qui est A.D. ?

— Non.

— C'est peut-être un faux nom, voyez-vous. On n'est guère coopératif avec Interpol au Panama, exception faite de la zone américaine.

— N'importe, mettez de côté cette carte, Sparrow, dit l'inspecteur divisionnaire Woodrow.

— Qu'avez-vous contre ma tante ?

— Vous savez, nous péchons plutôt par bonté, monsieur, dit l'inspecteur Sparrow. Nous aurions pu l'inculper dans cette histoire de cannabis ; mais vu son grand âge et la façon dont l'autre oiseau de couleur s'était envolé vers Paris, nous avons fermé les yeux. D'ailleurs le cas n'eût pas très bien tenu en justice. Il faut dire que nous ignorions tout alors des liens de votre tante avec cet indésirable.

— De qui parlez-vous ? »

Je me demandais s'ils ne s'étaient pas distribué d'avance les rôles : l'inspecteur ayant ordre de m'occuper pendant que le « divisionnaire », comme en ce moment, fouillait l'appartement.

« De ce type, ce Visconti, monsieur. Italien, plus que probable, avec un nom pareil. Une vraie vipère.

— Que de verre ! dit Woodrow. Très curieux. On se croirait dans un musée.

— C'est du verre de Venise. Ma tante a travaillé pour vivre, là-bas, autrefois. Je suppose qu'il s'agit en majeure partie de cadeaux de... ses clients.

— De grand prix ? Pièces de collection ?

— Cela m'étonnerait.

— Œuvres d'art ?

— Affaire de goût, dis-je.

— Mlle Bertram était une grande connaisseuse, m'est avis. Pas de tableaux ?

— Je ne crois pas. Rien qu'une photo de Freetown, dans la chambre d'ami.

— Pourquoi de Freetown ?

— C'est de là que venait Wordsworth.

— C'est qui, Wordsworth ?

— Le domestique noir, dit l'inspecteur Sparrow. Celui qui a filé en France quand on a trouvé la Marie. »

Ils allèrent lentement de pièce en pièce, moi les suivant. Woodrow me paraissait moins minutieux dans sa fouille que le colonel Hakim. J'avais l'impression qu'il n'en attendait rien et n'avait qu'un désir : pouvoir rédiger un rapport pour la forme déclarant à Interpol qu'on avait fait le maximum. De temps en temps il me lançait une question sans même tourner la tête.

« Votre tante vous a-t-elle jamais parlé de cette espèce de Visconti ?

— Oh ! oui, très souvent.

— Il vit encore, vous croyez ?

— Je l'ignore.

— Vous n'avez pas idée s'ils sont toujours en rapport ?

— Cela me surprendrait.

— La vieille vipère aurait plus de quatre-vingts ans à

l'heure qu'il est, dit l'inspecteur Sparrow. Pas loin de quatre-vingt-dix, à mon sens.

— Un peu tard pour lui donner la chasse, même s'il est encore vraiment en vie, ce me semble », dis-je.

Nous avions quitté les pièces de ma tante et nous trouvions dans celle de Wordsworth.

« C'est ça l'ennui dans le cas d'Interpol, dit l'inspecteur Sparrow. Trop de dossiers. Rien à voir avec le vrai boulot comme on le fait dans la police. Pas un seul de ces gars n'a jamais travaillé sur le tas. Ronds-de-cuir et compagnie. Même genre que les types du ministère.

— Ils font leur devoir, Sparrow », dit Woodrow.

Il décrocha la photo du port de Freetown, la retourna, puis la raccrocha.

« Le cadre est de bonne qualité, dit-il. Vaut plus cher que la photo.

— Italien aussi, apparemment, dis-je, comme les verres.

— Cadeau du fameux Visconti peut-être ? demanda l'inspecteur Sparrow.

— Pas d'indication au dos, dit Woodrow. J'espérais trouver un autographe. Interpol n'a même pas un spécimen de l'écriture de ce type... et quant à des empreintes digitales !... »

Il consulta un bout de papier.

« Avez-vous jamais entendu votre tante prononcer un de ces noms : Tiberio Titi ?...

— Non.

— Stradano ? Passerati ? Cossa ?

— Elle ne m'a jamais beaucoup parlé de ses amis italiens.

— Ce n'étaient pas des amis, dit l'inspecteur Woodrow.

— Leonardo da Vinci ?

— Non. »

Il refit le tour de toutes les pièces, mais uniquement, c'était visible, par acquit de conscience. Sur le seuil de l'appartement il me donna un numéro de téléphone : « Si vous avez des nouvelles de votre tante... si jamais vous en avez... téléphonez-nous aussitôt, je vous prie.

— Je ne vous promets rien.

— Nous aimerions seulement lui poser quelques questions, dit l'inspecteur Sparrow. Il n'y a aucune charge contre elle.

— Je suis heureux de vous l'entendre dire.

— Il est même possible, dit l'inspecteur Woodrow, qu'elle soit personnellement en danger grave. Du fait de ses relations malencontreuses.

— Et surtout de cette espèce de vipère de Visconti, renchérit l'inspecteur Sparrow.

— Pourquoi tenez-vous tant à le traiter de vipère ?

— C'est la seule description qu'Interpol nous ait fournie de lui, dit l'inspecteur Sparrow. Ils n'ont rien, pas même une photo de passeport. Mais c'est ainsi que l'a décrit le chef de la police romaine en 1945. Il ne reste plus trace des archives de la guerre, le chef de la police est mort, et on ignore aujourd'hui si ce terme de vipère avait un rapport avec le physique de l'individu ou s'il s'agit de ce que l'on pourrait appeler un jugement moral.

— En tout cas, dit Woodrow, nous avons une carte postale de Panama.

— C'est toujours ça pour leurs dossiers », m'expliqua l'inspecteur Sparrow.

Sortant derrière eux après avoir fermé la porte à double tour, je restai sur la triste impression que ma tante était peut-être morte et que c'en était peut-être aussi fini de la partie la plus intéressante de mon existence. J'avais attendu longtemps ce changement dans ma vie, et il avait passé comme l'éclair.

DEUXIÈME PARTIE

CHAPITRE PREMIER

TANDIS que le remorqueur arrachait le navire à la barre jaune du mascaret et que les gratte-ciel malpropres et la douane aux allures de forteresse s'éloignaient par à-coups, comme si c'eût été ce décor plutôt que le navire qui se fût trouvé au bout du câble, je songeais à ce jour de tristesse maintenant lointain et constatais à quel point mes craintes s'étaient révélées vaines. Il était huit heures du matin, en juillet ; les oiseaux de mer poussaient les mêmes cris plaintifs que les chats de Latimer Road et les nuages étaient lourds d'une menace de pluie. Il y avait au-dessus de La Plata une éclaircie qui traçait sur le fleuve morne une unique coulée d'argent, mais la tache la plus vive, sur toute cette sombre étendue de terre et d'eau, provenait des forages de gaz dont les flammes battaient comme des drapeaux sur le ciel noir. J'avais devant moi quatre journées, avec la remontée du Rio de La Plata, du Parana et du Paraguay, avant de rejoindre ma tante. Quittant l'hiver de l'Argentine, je me réfugiai dans ma cabine surchauffée, où je commençai à pendre mes costumes et à ranger mes livres et mes papiers, pour me donner l'impression d'être un peu chez moi.

Plus de six mois avaient passé entre ma rencontre avec

les policiers et les premières nouvelles de ma tante. Entre-temps, j'avais fini par la croire vraiment morte. Une nuit, en rêve, j'avais été terrifié par la vision d'une créature qui rampait vers moi, ses jambes brisées balayant mollement le sol comme une queue de serpent. Elle allait me tirer à terre à portée de ses dents, et j'étais paralysé d'effroi tel un oiseau par un reptile. Je me réveillai et me souvins de M. Visconti, bien qu'il me semble que ce soit le cobra et non la vipère qui, dit-on, fascine les oiseaux.

Durant ce laps de temps vide, je reçus une seule autre lettre de Mlle Keene. Elle était de sa main : un serviteur maladroit avait brisé le clavier de sa machine. « J'étais sur le point de vous écrire, disait-elle, combien ces Noirs peuvent être stupides et balourds, lorsque je me suis souvenue de la discussion que vous aviez eue un soir avec mon père, à dîner, et j'ai eu le sentiment de trahir ou presque notre vieille maison de Southwood et notre bonne amitié de ce temps-là. Il m'arrive d'avoir peur d'être au bord de l'assimilation. Vu de Koffiefontein, le Premier ministre n'a plus cet air de monstre que nous lui trouvions chez nous : de fait, ici, on le critique parfois pour son libéralisme démodé. Si je rencontre un touriste venu d'Angleterre, je me surprends à lui expliquer l'apartheid avec une folle conviction. Je ne voudrais pas me laisser assimiler, et pourtant si je dois faire ma vie ici... » Il y avait cette phrase brisée comme un appel que sa timidité excessive l'eût empêchée de formuler clairement. Suivaient les menus potins de la ferme : un dîner en l'honneur de voisins vivant à près de deux cents kilomètres de là, et puis un paragraphe qui ne laissa pas que de me troubler un peu : « J'ai fait la connaissance d'un certain M. Hughes, ingénieur-géographe, qui désirerait m'épouser (je vous en prie, ne riez pas). C'est un brave homme, la bonne cinquantaine, veuf avec une fille adolescente que j'aime assez. Je ne sais que faire. Ce serait l'assimilation sans retour, ne trouvez-vous pas ?

J'ai toujours sottement rêvé de revenir un jour à Southwood pour retrouver notre vieille maison vide (comme la sombre allée de rhododendrons me manque !) et recommencer ma vie du tout au tout. Je redoute de parler de M. Hughes à quiconque ici — tout le monde ne m'encouragerait que trop. Je regrette que vous soyez si loin, car je sais que vos conseils seraient avisés. »

Avais-je tort de voir un autre appel dans cette dernière phrase : un appel désespéré sous le calme apparent des mots — l'appel à un télégramme décisif : « Revenez à Southwood et marions-nous. » Qui sait si je n'eusse pas été capable, dans ma solitude, d'envoyer ce télégramme, sans la lettre qui arriva et qui chassa aussitôt de mon esprit la pauvre Mlle Keene ?

Cette autre lettre était de ma tante, écrite sur une feuille détachée, roide et aristocratique, simplement ornée d'une rose écarlate et d'un nom : Lancaster, sans adresse, tel un titre nobiliaire. Ce ne fut qu'après l'avoir lue en partie que je me rendis compte que Lancaster était un nom d'hôtel. Ma tante ne lançait pas d'appel ; elle se contentait d'exprimer un ordre sans la plus petite explication sur son long silence. « J'ai décidé, écrivait-elle, de ne pas rentrer en Europe et d'abandonner mon appartement au-dessus de La Couronne et l'Ancre à l'expiration du prochain trimestre. Je te serais reconnaissante de bien vouloir empaqueter les vêtements qui peuvent y être encore et de disposer de tout le mobilier. Réflexion faite, cependant, mets de côté pour moi la photographie du port de Freetown, en souvenir du cher Wordsworth et apporte-la-moi. (A ce point de la lettre, elle ne m'avait pas encore dit où aller, ni demandé si je pouvais venir.) Laisse-la dans son cadre, qui a pour moi une grande valeur sentimentale, parce que c'est un cadeau de M. V... Ci-joint un chèque sur mon compte au Crédit Suisse, à Berne, qui suffira pour un billet de première classe jusqu'à Buenos Aires. Viens le plus vite possible, car je ne rajeunis pas. Je ne souffre pas de la goutte comme le vieil ami que j'ai rencontré l'autre jour à bord d'un paquebot, mais je n'en ai pas moins une certaine sensation de raideur dans les articulations. J'ai très envie d'avoir près de moi quelqu'un de ma famille, à qui je puisse me fier, dans ce pays plutôt bizarre, non moins bizarre du fait qu'il y a une boutique à l'enseigne de Harrods juste au coin de l'hôtel, encore qu'elle soit moins bien fournie, je le crains, que le Harrods de Brompton Road. »

Je télégraphiai à Mlle Keene : « Rejoins sous peu ma tante à Buenos Aires. Lettre suivra », et j'entrepris de vendre le mobilier. Le verre de Venise, j'en ai peur, partit pour une bouchée de pain. Après que tout fut vendu à la salle des ventes de Harrods (j'eus à me battre quelque peu avec le propriétaire de La Couronne et l'Ancre à propos du canapé du palier), je me retrouvai avec assez d'argent pour un billet de retour, sans compter cinquante livres en chèques de voyage. En conséquence je ne touchai pas le chèque de ma tante sur la banque suisse, et je versai à mon propre compte le peu qui restait, estimant préférable qu'elle ne gardât pas d'actif en Angleterre, si elle projetait de ne plus y revenir.

Mais pour ce qui était de rejoindre ma tante à Buenos Aires, j'avais été trop optimiste dans mes prévisions. Personne ne m'attendait à l'aéroport et, à mon arrivée à l'hôtel Lancaster, je trouvai seulement une chambre réservée à mon nom et un mot : « Désolée de ne pas être là pour t'accueillir, mais j'ai dû partir d'urgence pour le Paraguay où l'un de mes vieux amis est quelque peu dans l'embarras. Je te laisse un billet pour le bateau fluvial. Pour des raisons trop difficiles à t'expliquer ici, je préfère que tu ne prennes pas l'avion pour Asuncion. Je ne peux pas te donner d'adresse, mais je veillerai à ce qu'on t'accueille. »

L'arrangement était extrêmement peu satisfaisant, mais qu'y faire ? Mes fonds étaient trop bas pour me permettre de rester à Buenos Aires en attendant d'autres nouvelles, et je jugeais impossible de repartir pour l'Angleterre, après être venu si loin avec l'argent de ma tante. Cependant, je pris la précaution d'échanger son aller simple pour Asuncion contre un aller et retour.

J'installai la photographie du port de Freetown dans son précieux cadre sur ma table de toilette, contre le mur, et la calai avec des livres sur les côtés. Outre des œuvres plus éphémères, j'avais emporté le *Livre d'or* de Palgrave, les œuvres poétiques complètes de Tennyson et de Browning, à quoi j'avais ajouté *Rob Roy* à la dernière minute, peut-être parce que ses pages recelaient l'unique photographie que j'eusse de ma tante. Cette fois, quand je pris le livre, il s'ouvrit sans effort de part et d'autre de la photographie, et j'en vins à songer une fois de plus que le sourire de bonheur, les jeunes seins et les courbes du corps sous le costume de bain démodé paraissaient suggérer l'ébauche d'une maternité. Le souvenir du fils Visconti saisissant ma tante dans ses bras, sur le quai de la gare de Milan, m'élança. Pour échapper à ces pensées, je me penchai vers le hublot pour regarder la lumière hivernale, et je vis la haute silhouette d'un homme maigre, gris et triste qui me retournait fixement mon regard. Le hublot donnait sur l'avant du navire et l'homme tourna vivement la tête vers l'arrière pour contempler le sillage, gêné d'avoir été surpris. Je finis de défaire mes bagages et descendis au bar.

Partout sur le navire régnait la nervosité des départs. Le déjeuner, m'apprit-on, serait, bizarrement, servi à onze heures trente. En attendant, les passagers se montraient tout aussi incapables de tenir en place que ceux d'un bateau assurant la traversée de la Manche. Ils montaient et descendaient les escaliers, venaient inspecter le bar et scruter les bouteilles, puis repartaient sans commander à boire. Ils défilaient dans la salle à manger pour en ressortir aussitôt, s'asseyaient un instant à une table du salon pour se relever et aller jeter un coup d'œil par un hublot sur le paysage monotone du fleuve qui ne nous quitterait pas durant les quatre jours à venir. J'étais l'unique consommateur. Faute de xérès je pris un gin et tonique, mais c'était du gin argentin sous un nom anglais ; la saveur en était étrangère. La rive basse et boisée du fleuve (je le baptisai l'Uruguay) se déroulait sous une fine vapeur de pluie qui commençait à vider les ponts. L'eau était couleur de café au lait trop pâle.

Un vieillard, octogénaire très avancé à ce qu'il me parut, finit par se décider à s'asseoir près de moi. Il m'adressa en espagnol une question incompréhensible.

« *No hablo Español, señor* », dis-je.

Mais prenant pour un encouragement ce brin de langage que je tenais d'un lexique, il entreprit sur-le-champ de me faire toute une petite conférence et tira de sa poche une énorme loupe qu'il posa entre nous. J'essayai de lui échapper en payant ma consommation, mais il m'arracha le ticket, le glissa sous son verre et ordonna en même temps au barman de me servir un autre gin tonique. Prendre deux verres avant un repas n'a jamais été dans mes habitudes, et je n'aimais pas du tout le goût de ce gin. Cependant, faute de parler l'espagnol, je dus me résigner.

Il insistait pour me demander quelque chose, mais impossible de deviner quoi. Les mots *el favor* revinrent plusieurs fois. Voyant que je ne comprenais pas, il étendit la main en guise de démonstration et se mit à l'examiner à travers sa loupe. Une voix dit :

« Puis-je vous être utile ? »

Je me retournai. C'était l'individu triste et maigre qui m'avait regardé un peu plus tôt à travers mon hublot. Je dis :

« Je ne comprends rien à ce que veut ce monsieur.

— Il a la manie de lire dans les mains. Il dit qu'il n'a jamais eu l'occasion de lire dans celles d'un Américain.

— Expliquez-lui que je suis Anglais.

— Il prétend que c'est du pareil au même. Je crains qu'il n'y voie guère de différence. Vous n'êtes qu'un Anglo-Saxon comme moi. »

Je ne pus que m'exécuter et tendre la main. Le vieillard la scruta très attentivement à travers sa loupe.

« Il me prie de traduire, mais peut-être préférez-vous que je n'en fasse rien. C'est assez personnel, ça concerne l'avenir.

— Cela m'est égal », dis-je.

Je songeai à Hatty, à ses feuilles de thé et à la façon dont elle avait prédit mes voyages dans son meilleur Lapsang Souchong.

« Il dit que vous venez de très, très loin.

— C'est plutôt évident, non ?

— Mais que vous touchez au bout de vos tribulations.

— Cela paraît peu vraisemblable. Il faudra bien que je rentre.

— Il vous voit réuni avec quelqu'un qui vous est très proche. Votre femme peut-être.

— Je ne suis pas marié.

— Selon lui il s'agit peut-être de votre mère.

— Elle est morte. Du moins...

— On vous a confié de grosses sommes d'argent. Mais c'est fini.

— Là, en tout cas, il a touché juste. J'étais dans la banque.

— Il voit une mort... mais très loin de vos lignes de cœur et de vie. Ce n'est pas une mort qui compte beaucoup. Peut-être celle d'un inconnu.

— Vous croyez à ces balivernes ? demandai-je à l'Américain.

— Non, sans doute pas, mais je m'efforce de garder l'esprit ouvert. Mon nom est O'Toole. James O'Toole.

— Et le mien, Pulling... Henry. »

A l'arrière-plan, le vieillard continuait son discours en espagnol. Il avait l'air de se moquer qu'on le traduisît ou non. Il avait tiré de sa poche un calepin et prenait des notes.

« Vous êtes Londonien ?

— Oui.

— Moi je suis de Philadelphie. Il tient à ce que je vous dise que votre main est la neuf cent soixante-douzième qu'il étudie. Non pardon, la neuf cent soixante-quinzième. »

Le vieillard referma son calepin d'un air satisfait. Puis il me serra la main, me remercia, régla les boissons, s'inclina brièvement et s'en fut. La loupe faisait une bosse dans sa poche comme un pistolet.

« Cela vous est égal si je m'assois à votre table ? » demanda l'Américain.

Il portait une veste de tweed anglais et un vieux pantalon de flanelle grise : maigre et mélancolique, il avait l'air aussi anglais que moi ; la morsure des soucis lui avait tracé de petites rides autour des yeux et de la bouche ; tel un homme qui a perdu son chemin, il avait la manie de regarder anxieusement de droite et de gauche. Il n'avait rien de commun avec les Américains que j'avais rencontrés en Angleterre : bruyants, sûrs de soi, avec des visages jeunes et lisses d'enfants turbulents et vociférants, vautrés sur le sol de la nursery.

« Vous aussi, vous allez à Asuncion ? demanda-t-il.

— Oui.

— C'est le seul endroit qui mérite d'être visité sur le parcours. Corrientes n'est pas trop mal... à condition de ne pas y passer la nuit. Formosa... ça c'est un trou. Il n'y a que les contrebandiers qui s'y arrêtent, bien que la pêche y soit excellente, à ce qu'on raconte. Vous n'êtes pas contrebandier, par hasard ?

— Non. Vous m'avez l'air de connaître très bien la région.

— Trop bien, dit-il. Z'êtes en vacances ?

— En quelque sorte, oui.

— Z'allez voir les chutes de l'Iguaçu ? Des tas de gens y vont. Si c'est votre cas, feriez mieux de rester sur la rive brésilienne. Seul bon hôtel.

— Cela vaut le coup d'œil ?

— Possible. Si on aime ça. Que d'eau que d'eau, si vous voyez ce que je veux dire. »

Manifestement l'Américain était bien connu du barman, car celui-ci lui avait préparé automatiquement un Martini dry que mon interlocuteur buvait maintenant, d'un air morose et sans plaisir.

« Rien à voir avec du Gordon », dit-il.

Il m'observa lentement, comme pour se graver mes traits dans la mémoire, ou presque.

« Je vous avais pris pour un homme d'affaires, Henry, dit-il. Vacances solitaires ? Pas très drôle. Curieux pays. Sans compter que vous ne parlez pas la langue. Non que l'espagnol serve à grand-chose, sorti des villes. Dans les campagnes tout le monde parle le guarani.

— Vous aussi ?

— Vaguement. »

Je remarquai qu'il posait des questions plutôt qu'il ne répondait aux miennes ; les renseignements qu'il lui arrivait de me donner, n'importe quel guide touristique me les aurait fournis.

« Ruines, dit-il. Pittoresques. Datent de l'établissement des jésuites. Z'êtes sensible à ça, Henry ? »

J'avais le sentiment qu'il ne serait content que lorsqu'il m'aurait encore tiré les vers du nez. Que faisais-je de mal ? Je n'avais avec moi ni brique d'or ni valise bourrée de billets. Lui-même en convenait : je n'étais pas un contrebandier.

« Je viens voir une de mes vieilles parentes, dis-je. James, ajoutai-je (visiblement, il avait aussi envie de cette familiarité).

— Mes amis m'appellent Tooley », dit-il automatiquement.

Il fallut un bon moment avant que le déclic se fît dans ma tête.

« Vous êtes en affaires ici ? dis-je.

— Pas à proprement parler, répondit-il. Je fais de la recherche. Enquêtes sociologiques. Vous voyez le genre, Henry. Coût de la vie. Sous-alimentation. Taux d'analphabétisme. Prenez un verre ?

— Deux c'est mon maximum, Tooley », dis-je.

Ce fut seulement la répétition du nom qui réveilla en moi le souvenir — le souvenir de Tooley. Il poussa son verre sur la table pour demander un autre Martini dry.

« Est-ce que vous avez la partie facile au Paraguay ? J'ai lu dans les journaux que vous autres Américains vous avez des tas d'ennuis en Amérique du Sud.

— Pas au Paraguay, dit-il. Nous sommes *comme ça* avec le général. »

Il montra comment, du pouce et de l'index, avant de les rabattre autour de son verre plein.

« C'est un sacré dictateur, à ce qu'on m'a dit.

— Le pays a besoin de ça, Henry. Besoin d'une poigne. Mais ne vous y trompez pas : je me tiens en dehors de toute politique. Recherche pure. C'est mon rayon.

— Vous avez déjà publié ?

— Oh ! répliqua-t-il vaguement, des rapports. Techniques. Rien qui puisse vous intéresser, Henry. »

Quand la cloche sonna le déjeuner, nous prîmes forcément ensemble le chemin de la salle à manger. Nous partagions une table avec deux autres hommes. L'un, visage gris, costume de ville bleu, suivait un régime (le steward, qui le connaissait bien, lui servit un plat spécial de légumes à l'eau qu'il examina soigneusement avant de les manger, en fronçant le bout du nez et la lèvre supérieure comme un lapin). L'autre, un vieux prêtre obèse aux yeux coquins, ressemblait assez à Winston Churchill. Je m'amusai à regarder O'Toole entreprendre de les travailler tous les deux. Nous n'avions pas fini le mauvais pâté de foie, que déjà il avait découvert que le prêtre était à la tête d'une paroisse villageoise dans les environs de Corrientes, du côté argentin de la frontière, et nous en étions encore à la pasta, mauvaise également, qu'il avait, déjà aussi, entamé la taciturnité de l'homme au nez de lapin. Il s'agissait apparemment d'un homme d'affaires rentrant à Formosa. En l'entendant prononcer ce nom, O'Toole m'adressa un regard et un petit signe de tête à l'appui : Il avait situé son homme.

« Voyons un peu, je parierais que vous êtes pharmacien », dit-il poursuivant le jeu.

Malgré sa maigre connaissance de l'anglais, l'autre comprit. Il jeta un coup d'œil à O'Toole et remua le nez. Je crus qu'il ne répondrait pas, toutefois les mots sortirent, dans toute l'ambiguïté de leur internationalisme :

« Import-export. »

Pour je ne sais quelle raison le prêtre se mit à parler de soucoupes volantes. Le ciel d'Argentine en grouillait, semblait-il — avec un peu de chance et des nuits claires, peut-être pourrions-nous en voir une, du bateau.

« Vous y croyez vraiment ? » demandai-je.

Le vieux prêtre, dans son émotion, oublia le peu d'anglais qu'il savait.

« Il dit, m'expliqua O'Toole, que vous avez dû lire la *Nacion* d'hier. Douze voitures sont tombées en panne en même temps dans la nuit de lundi, entre Mar del Plata et Buenos Aires. Chaque fois qu'une soucoupe volante passe dans le ciel, les moteurs s'arrêtent. Le révérend est convaincu qu'elles sont d'origine divine. (Il traduisait presque aussi vite que l'autre parlait.) Récemment, un couple qui se rendait en voiture à Mar del Plata pour le week-end, a été pris dans un nuage. La voiture a stoppé net et quand le nuage s'est dissipé le couple s'est retrouvé au Mexique, près d'Acapulco.

— Et il avale même une fable pareille ?

— Bien sûr. Ils en sont tous là. Une fois par semaine, à la radio de Buenos Aires, il y a un programme entièrement consacré aux soucoupes volantes. A ceux qui en ont vu dans la semaine, et à quel endroit. Notre ami ici présent assure que c'est peut-être l'explication de la maison volante de Loretto. Après avoir été enlevée dans les airs en Palestine, exactement comme le couple sur la route de Mar del Plata, elle a été parachutée en Italie. »

On nous servit un steak dur puis des oranges. Le prêtre retomba dans son silence et mastiqua, les sourcils légèrement froncés. Peut-être se sentait-il en présence d'incrédules. L'homme d'affaires repoussa son assiette de légumes à l'eau et s'excusa. Je posai à mon voisin la question qui me tracassait depuis le début du repas :

« Vous êtes marié, Tooley ?

— Ouais. D'un sens.

— Vous avez une fille ?

— Plutôt, oui. Pourquoi cela ? Elle fait ses études à Londres.

— Elle est à Katmandou, dis-je.

— Katmandou ? Mais c'est au Népal. »

Les rides inquiètes se creusèrent.

« Dites donc, vous en avez de rudes, vous ! Pourquoi dites-vous ça ? »

Je lui racontai l'histoire de l'Orient-Express, tout en évitant de faire allusion au jeune homme. Je lui expliquai que sa fille se trouvait avec un groupe d'étudiants, ce qui était vrai au moment où je l'avais quittée.

« Qu'est-ce que je peux faire, Henry ? J'ai mon boulot. Je ne peux pas galoper autour du monde. Lucinda n'a pas idée du souci qu'elle me donne.

— Lucinda ?

— C'est sa mère qui a choisi ce nom, dit-il amèrement.

— Actuellement elle se fait appeler Tooley, comme vous.

— Vraiment ? Voilà qui est nouveau.

— Elle m'a paru pleine d'admiration pour vous.

— Je l'ai laissée partir pour l'Angleterre, dit-il. Je pensais qu'elle y serait en sûreté. Mais Katmandou ! »

Il repoussa l'orange qu'il avait minutieusement découpée.

« Où vit-elle ? Je doute fort qu'il existe un bon hôtel dans le coin. Quand il y a un Hilton, au moins on sait où on en est. Que faire, Henry ?

— Elle s'en tirera très bien, dis-je sans conviction.

— Je pourrais expédier un câble à l'ambassade... il doit bien y en avoir une. »

Se levant brusquement, il ajouta :

« Faut que j'aille lâcher un fil. »

Je sortis derrière lui de la salle à manger et le suivis dans la coursive jusqu'aux toilettes, où nous restâmes piqués en silence, l'un à côté de l'autre. Je remarquai que ses lèvres remuaient — peut-être, pensai-je, tenait-il un dialogue imaginaire avec sa fille. Nous ressortîmes ensemble et, sans un mot, il s'assit sur un banc, côté bâbord du pont. Il ne pleuvait plus, mais il faisait gris et froid. On ne voyait rien, que de rares petits arbres poussant au bord du fleuve sale, une cabane de temps en temps et, à travers les arbres, une étendue de broussailles brunes s'étirant jusqu'à l'horizon sans la moindre colline en vue.

« C'est l'Argentine ? demandai-je pour rompre le silence.

— Tout ça, oui, répondit-il, jusqu'à ce qu'on atteigne le fleuve Paraguay, le dernier jour. »

Il sortit un calepin et prit des notes. On eût dit des chiffres. Cela fait, il reprit :

« Excusez-moi. Ça fait partie d'une série d'observations.

— Pour vos recherches ?

— Oui, une sorte d'étude, d'un sens.

— Votre fille m'a dit que vous appartenez à la C.I.A. ! »

Il tourna vers moi la tristesse inquiète de ses yeux :

« C'est une romantique, dit-il. Elle s'imagine des tas de trucs.

— La C.I.A., c'est aussi du romantisme ?

— De la part d'une gamine, oui. Elle a dû voir un de mes rapports « ultra-secrets ». Tout ce qui est destiné à n'importe quel ministère est secret. Même les histoires de sous-alimentation à Asuncion. »

Je ne savais pas très bien lequel des deux croire.

Il me demanda d'un air désemparé :

« Que feriez-vous à ma place, Henry ? »

Je répondis :

« Si vous êtes vraiment de la C.I.A., vous devez bien avoir un moyen de savoir comment elle va, par l'un de vos hommes là-bas. Vous n'avez personne à Katmandou ? Cela m'étonnerait.

— Si j'étais vraiment de la C.I.A., dit-il, je n'aurais sûrement pas envie de la mêler à ma vie privée. Vous n'avez pas d'enfant, Henry ?

— Non.

— Vous avez de la chance. On parle de l'âge de raison. Ça n'existe pas. Avoir un enfant, c'est être condamné à rester père à vie. Les gosses, eux, vous laissent tomber. Mais vous, pas question que vous laissiez tomber, jamais.

— Je manque d'expérience. »

Il rumina un moment ses pensées, laissant errer son regard sur la monotonie des broussailles. Le bateau luttait lentement contre la force du courant qui filait vers la mer. Il reprit :

« Mon père était violemment contre le divorce... à cause de la petite. Mais il y a des limites à ce qu'un homme peut encaisser... elle avait pris l'habitude de ramener ses petits amis à la maison. A ce train, elle finissait par dépraver Lucinda. »

Je dis :

« Elle n'y a pas réussi. »

CHAPITRE II

LE lendemain matin, je ne vis pas O'Toole : il ne se montra pas au petit déjeuner, et je le cherchai en vain sur le pont. Une lourde brume pesait sur la rivière, que le soleil mit longtemps à disperser. Privé de mon seul contact humain, je me sentais un peu seul. Tous les autres s'installaient dans leurs relations de bord ; quelques flirts s'ébauchaient même. Deux vieillards arpentaient farouchement le pont, pour faire parade de leur forme physique. Leur marche rapide et régulière avait pour moi quelque chose d'obscène — ils avaient l'air de signaler à toutes les femmes qu'ils croisaient qu'ils étaient encore en pleine possession de leurs moyens. Ils portaient des vestes fendues dans le dos à l'anglaise — sans doute les avaient-ils achetées chez Harrods — et me rappelaient le major Charge.

Nous avions fait escale durant la nuit dans une ville qui s'appelle Rosario (les voix, les cris, le grincement des chaînes avaient pénétré dans mes rêves pour les transformer en cauchemars de violence, peu avant mon réveil). Maintenant que le brouillard se levait, le fleuve changeait de caractère. L'eau était semée d'îles, et il y avait des falaises et des bancs de sable, avec d'étranges oiseaux pépiant et bruissant tout près de nous. J'avais beaucoup plus la sensation du voyage qu'en franchissant avec l'Orient-Express tant de frontières à la file. Les eaux étaient basses, et le bruit courait que nous ne pourrions peut-être pas remonter au-delà des Corrientes parce que les pluies d'hiver habituelles n'étaient pas tombées. Du haut de la passerelle, un marin lançait et remontait constamment la sonde. Nous étions à moins d'un demi-mètre de la limite de tirant du navire, m'annonça le prêtre, après quoi il s'en fut colporter plus loin le pessimisme.

Pour une fois, j'entamai sérieusement la lecture de *Rob Roy*, mais la mobilité du paysage me distrayait. Je commençais une page alors que la rive était à cinq ou six cents mètres et, quand je relevais les yeux au bout de quelques paragraphes, elle s'était rapprochée à moins d'un jet de pierre — ou bien était-ce une île ? Au début de la page suivante, je levais de nouveau les yeux, et le fleuve s'étalait maintenant sur près de quinze cents mètres de large. Un Tchèque vint s'asseoir à côté de moi. Il parlait l'anglais et je fus heureux de refermer *Rob Roy* pour l'écouter. C'était un homme qui, après avoir connu naguère la prison, savourait pleinement la liberté. Sa mère était morte au temps des nazis, son père au temps du communisme ; il s'était évadé jusqu'en Autriche et avait épousé une Autrichienne. Il était de formation scientifique et, ayant résolu de s'installer en Argentine, il avait emprunté de l'argent pour monter une usine de matières plastiques.

« J'ai d'abord regardé autour de moi au Brésil, en Uruguay et au Venezuela, me raconta-t-il. Et une chose m'a frappé : partout, sauf en Argentine, on se servait de pailles pour les boissons glacées. Oui, sauf en Argentine. J'ai bien cru faire fortune. J'ai fabriqué deux millions de pailles en plastique sans pouvoir en vendre plus de cent. Vous en voulez une ? Je vous en offre deux millions pour rien. Elles s'entassent par monceaux dans mon usine, actuellement.

Les Argentins sont si conservateurs qu'ils refusent de boire avec une paille. J'ai été à deux doigts de la faillite, je vous jure, dit-il joyeusement.

— Et à présent qu'est-ce que vous faites ? »

Il sourit gaiement de toutes ses dents. Il avait l'air de l'un des hommes les plus heureux que j'aie jamais rencontrés. Il avait rejeté derrière lui tout son passé de peurs, d'échecs et de souffrances, plus complètement que la plupart d'entre nous n'en sont capables. Il me déclara :

« Je produis des matières plastiques, et tant pis pour les pauvres crétins qui risquent la ruine pour fabriquer Dieu sait quoi avec. »

L'homme au nez de lapin passa en frétillant de la narine, gris comme le matin gris.

« Il débarque à Formosa, dis-je.

— Ah ! bon », dit le Tchèque, un contrebandier.

Et il rit et reprit sa promenade.

Je me remis à la lecture de *Rob Roy* tandis que l'homme de sonde criait les profondeurs. « Sans doute te souviens-tu bien de mon père ; le tien appartenant alors à la grande famille, tu as donc connu le mien dès ta petite enfance. Pourtant tu ne l'as guère vu à sa plus belle époque, avant que l'âge et l'infirmité éteignent son ardent esprit d'entreprise et de spéculation. » Je revis mon père couché tout habillé dans la baignoire, exactement comme, plus tard, on l'avait allongé dans son cercueil à Boulogne ; je l'entendais me donner ses ordres irréalisables, et je me demandais pourquoi j'éprouvais de l'affection pour lui, alors que je n'en ressentais absolument pas pour mon irréprochable mère, qui m'avait élevé avec un rigoureux amour et m'avait trouvé ma première situation dans la banque. Jamais je n'avais dressé le socle au milieu des dahlias et, avant de quitter la maison, j'avais jeté l'urne vide. Soudain le souvenir d'une voix irritée me revint. Je m'étais réveillé, en sursaut comme il m'arrivait parfois, dans la peur que la maison ne fût en feu et qu'on ne m'eût abandonné. Je m'étais hissé hors du lit à barreaux et assis au sommet de l'escalier, rassuré par le son de la voix en bas. Peu importait, que ce fût une voix de colère ; elle était là : je n'étais pas seul et il n'y avait pas d'odeur de brûlé. « Va-t'en, criait-elle, si cela te chante, mais je garderai l'enfant. » Une autre voix, basse et raisonnable, que j'avais reconnue pour celle de mon père, avait dit : « De toute façon je suis son père », et la femme que j'appelais ma mère avait répliqué à la volée, comme on claque une porte : « Et qui donc irait prétendre que je ne suis pas sa mère ? »

« Bonjour, dit O'Toole en prenant place à côté de moi. Vous avez bien dormi ?

— Oui. Et vous ? »

Il secoua la tête :

« Je n'ai pas cessé de penser à Lucinda », dit-il.

Il sortit son calepin et recommença à y inscrire quelque chose dans ses mystérieuses colonnes de chiffres.

« Toujours vos recherches ? demandai-je.

— Oh ! dit-il, rien d'officiel.

— Un pari sur la vitesse du bateau ?

— Non, non, je ne suis pas joueur. »

Il me lança un de ses regards habituels, plein de tristesse inquiète.

« Il s'agit d'une chose dont je n'ai jamais parlé à personne, Henry, dit-il. J'imagine que cela ferait rire la plupart des gens, d'un sens. Le fait est que je compte pendant que je pisse, et ensuite je note combien de temps ça m'a pris et l'heure qu'il est. Vous rendez-vous compte qu'on passe plus d'un jour plein par an à pisser ?

— Grands dieux, dis-je.

— La preuve est là, Henry. Voyez vous-même. »

Il ouvrit son calepin et me montra une page. Il avait noté à peu près ce qui suit :

28 juillet

7 h 15	0,17"	
10 h 45	0,37"	
12 h 30	0,50"	
13 h 15	0,32"	
13 h 40	0,50"	
14 h 05	0,20"	
15 h 45	0,37"	
18 h 40	0,28"	
10 h 30		oublié de chronométrer
	4 mn 31 s.	

« Il suffit de multiplier par sept. Ça fait une demi-heure par semaine. Vingt-six heures par an. Bien entendu, la vie à bord d'un bateau ne correspond pas exactement à la normale. On boit plus entre les repas. Et la bière aidant, ça n'en finit plus. Tenez, regardez ce temps... 1 minute 55 secondes. Ça dépasse la moyenne ; seulement voilà : en face j'avais marqué deux gins. Et il y a aussi des tas de variations dont je n'ai pas tenu compte ; dorénavant je noterai également la température. Voyez par exemple : 25 juillet... 6 minutes 9 secondes. inc... c'est-à-dire incomplet. Je suis allé dîner en ville à Buenos Aires et j'ai oublié mon calepin à la maison. Et prenez le 27 juillet... pas plus de 3 minutes 12 secondes en tout, mais rappelez-vous : il y avait une bise glaciale qui soufflait le 25 juillet, je dînais dehors et je n'avais pas pris de pardessus.

— Et vous tirez de cela des conclusions ? demandai-je.

— Ce n'est pas mon boulot, répondit-il. Je ne suis pas un expert. Je me contente de consigner les faits et le genre de données, par exemple le nombre de gin et le temps qu'il fait, susceptibles de prêter à conséquence. Aux autres de tirer les conclusions.

— Quels autres ?

— Ma foi, je me suis dit qu'au bout de six mois complets de recherche j'entrerais en rapport avec un spécialiste des voies urinaires. Allez savoir ce qu'il ne serait pas fichu de lire dans ces chiffres. Les types de cette espèce passent leur vie à soigner des malades. Il serait capital pour eux de savoir comment ça se présente dans le cas d'un bonhomme comme les autres.

— Et le bonhomme comme les autres c'est vous ?

— Mais oui, Henry. Je suis un type cent pour cent bien portant, moi. Je me dois à mon travail. C'est un boulot où on se charge de faire suer le burnous.

— La C.I.A. ? demandai-je.

— Vous fichez pas de moi, Henry. Vous n'allez tout de même pas croire cette petite piquée ? »

A la pensée de sa fille, il tomba dans une tristesse silencieuse et se pencha en avant, le menton dans la main. Une île ressemblant à un alligator géant passa au fil du courant, allongeant le groin à la surface de l'eau. Des bateaux de pêche d'un vert pâle se laissaient porter et descendaient le fleuve plus vite que nous ne le remontions avec nos machines qui peinaient — ils filaient sous nos yeux comme de petits bolides de course. Chaque pêcheur était entouré de blocs de bois flottant auxquels ses lignes étaient attachées. Des rivières, partant comme des branches du grand tronc du fleuve, s'enfonçaient vers l'intérieur brumeux et gris ; plus larges que la Tamise à Westminster, elles n'allaient nulle part.

« Alors c'est vrai qu'elle se faisait appeler Tooley ? demanda-t-il.

— Tooley, oui.

— Il doit bien lui arriver de penser parfois à moi, j'imagine ? » dit-il avec une sorte d'espoir interrogateur.

CHAPITRE III

DEUX jours plus tard, nous arrivâmes à Formosa, par une journée ni plus ni moins humide que toutes les précédentes. Sur les joues, la chaleur crevait comme de petites bulles d'eau. La veille nous avions quitté le grand fleuve Parana non loin de Corrientes, pour tourner dans le Paraguay où nous voguions à présent. De l'autre côté de l'eau, à une cinquantaine de mètres de Formosa l'Argentine, l'autre pays s'étendait, détrempé et désert. L'homme de l'import-export descendit à terre, vêtu de son costume de ville sombre et portant une valise neuve. Il disparut d'un pas rapide, en consultant sa montre comme le lapin d'*Alice au pays des merveilles.* Tout indiquait une ville certainement idéale pour la contrebande — juste une rivière à traverser. La rive paraguayenne n'offrait à ma vue qu'une cabane croulante, un porc et une petite fille.

J'en avais assez de me promener sur le pont. Je descendis donc aussi à terre. C'était dimanche et toute une foule s'était assemblée pour assister à l'accostage. L'air était imprégné d'une odeur de pétales d'orange, mais c'était l'unique charme de Formosa, comme était unique la longue avenue bordée d'orangers et d'arbres lourds de fleurs couleur de rose, des *lapachos* à ce que j'appris plus tard. Les rues transversales s'arrêtaient court au bout de quelques mètres pour se perdre dans la parcimonie d'une nature sauvage, faite de broussailles et de boue. Tout ce qui avait à voir avec le gouvernement, les affaires, la justice ou le divertissement s'alignait dans l'unique avenue : un hôtel pour touristes (lesquels ?) dressant sa masse inachevée de ciment gris au bord de l'eau ; de petites boutiques vendant du Coca-Cola ; un cinéma annonçant un western italien ; deux coiffeurs ; un garage avec une épave de voiture ; une *cantina.* L'hôtel était le seul immeuble de plus d'un étage, et le seul bâtiment ancien et présentant quelque beauté dans la longue perspective était, je le découvris en m'approchant, la prison. Il y avait des fontaines tout le long des trottoirs mais sans jeux d'eau.

Cette avenue devait bien mener quelque part, pensai-je. Erreur. Je passai devant le buste d'un barbu nommé Urquiza et qui, à en juger par l'inscription gravée dans la pierre, avait apparemment à voir avec une Libération (mais libération de quoi ?), et je voyais déjà se dresser plus loin, au-dessus des orangers et des *lapachos,* un homme de marbre sur un cheval de marbre, qui ne pouvait être que le général San Martin — Buenos Aires m'avait familiarisé avec ses traits et je l'avais également vu à Boulogne sur le front de mer. La statue fermait l'avenue comme l'Arc de Triomphe ferme les Champs-Elysées ; je m'attendais que l'avenue continuât de l'autre côté, mais parvenu à la statue je m'aperçus que le héros chevauchait sa monture au milieu d'un désert de boue, à la limite extrême de la ville. Pas un promeneur ne s'aventurait si loin ; la route non plus. Seul, un chien affamé, pareil à un squelette d'un musée d'Histoire naturelle, cherchait craintivement où poser les pattes parmi la boue et les flaques de pluie, en venant à ma rencontre et à celle de San Martin. Je tournai les talons et rebroussai chemin.

Si je donne de cette horrible petite ville une description si détaillée, c'est qu'elle fut le théâtre d'un interminable dialogue que j'engageai avec moi-même et qui ne fut interrompu que par un épisode inattendu. En passant devant la première boutique de coiffeur, je m'étais pris à penser à Mlle Keene et au timide appel de sa lettre qui méritait certainement mieux que ma brève réponse par télégramme ; et puis, dans ce trou humide, où la seule occupation comme la seule distraction sérieuses étaient assurément le crime, et où même la banque d'Etat avait besoin d'être défendue, un dimanche après-midi, par un garde muni d'une arme automatique, je songeai soudain à ma maison de Southwood, à mon jardin, à la voix claironnante du major Charge par-dessus la haie et au doux timbre des cloches de la Church Road. Mais le souvenir de Southwood se teintait maintenant d'une sorte d'indulgence affectueuse de ma part — comme l'image des lieux que Mlle Keene n'eût jamais dû quitter, des lieux où Mlle Keene avait été heureuse et auxquels ne me retenait plus aucun lien. C'était comme si je m'étais évadé d'une prison ouverte, à la faveur d'un enlèvement où l'on m'eût fourni une échelle de corde avec une voiture prête à m'emporter, pour plonger ensuite dans le monde de ma tante, un monde de personnages surprenants et d'événements imprévus. Là, le contrebandier à museau de lapin se sentait chez lui, et aussi le Tchèque aux deux millions de pailles en plastique, et le pauvre O'Toole très occupé à aligner ses statistiques urinaires.

Passé l'extrémité d'une rue — la Rua Dean Furnes — qui se perdait brusquement comme les autres dans un no man's land, je fis halte un instant devant la demeure du gouverneur, badigeonnée de rose. Il y avait deux chaises longues vides sur la galerie, et les fenêtres larges ouvertes laissaient voir une pièce déserte avec, au mur, un portrait de militaire, sans doute le Président, et en dessous une rangée de chaises inoccupées qui faisaient penser à un peloton d'exécution. La sentinelle bougea légèrement son arme automatique et je poursuivis mon chemin jusqu'à la Banque d'Etat, où une autre sentinelle me fit le même geste de semonce lorsque je m'arrêtai.

Ce matin-là, couché dans ma cabine, j'avais lu la magnifique Ode de Wordsworth dans le *Livre d'or* de Palgrave. Comme Walter Scott, Palgrave portait les marques de lecture de mon père — en l'espèce, des pages cornées — et faute de mieux connaître celui-ci j'avais, à force de ne négliger aucun indice, appris à goûter les mêmes choses que lui autrefois. C'est ainsi que, à mes débuts dans la banque comme petit employé, j'avais vu dans cet établissement « une geôle », selon les termes de Wordsworth — mais qu'était-ce donc qui avait évoqué pour mon père une prison, pour qu'il eût souligné de deux traits le passage ? Notre foyer peut-être, avec ma belle-mère et moi pour geôliers.

Les livres, me dis-je parfois, font plus pour former l'existence que les êtres humains : c'est dans les livres que l'on apprend à connaître de seconde main l'amour et la souffrance. Même si l'on a la chance et le bonheur de tomber amoureux, c'est parce que l'on a été conditionné par ses lectures, et si pour ma part je n'ai jamais connu du tout l'amour, peut-être est-ce parce que la bibliothèque de mon père ne contenait pas les livres qu'il eût fallu. (Je ne pense pas que l'on trouve beaucoup d'amour passion dans Marion Crawford, et Walter Scott n'en offre qu'un soupçon.)

Je ne garde qu'un faible souvenir de l'image antérieure à celle de la geôle : elle a dû s'évaporer très tôt « dans la lumière du jour ouvrable » ; mais l'idée me vint, en posant le Palgrave à côté de ma couchette et en songeant à ma tante, qu'elle, du moins, n'avait jamais laissé s'évaporer l'image. Peut-être un certain sens moral constitue-t-il la triste compensation que nous apprenons finalement à savourer comme une remise de peine pour bonne conduite. Toute morale est absente de l'image en question. Ma naissance était le fait de ce que ma belle-mère eût appelé un acte immoral, un acte des puissances des ténèbres. Une liberté immorale avait présidé à mes débuts. Quelle raison alors de me sentir prisonnier d'une geôle ? Ma vraie mère ne s'était sûrement jamais sentie prisonnière nulle part.

Trop tard à présent, dis-je à Mlle Keene, qui me lançait ses S.O.S. de Koffiefontein, je ne suis plus là où vous me croyez encore. Peut-être y a-t-il eu un temps où nous eussions pu nous tenir chaud au cœur ensemble et nous contenter de notre cellule de prison ; mais je ne suis plus le même, plus celui que vous regardiez avec une ombre de tendresse par-dessus vos frivolités. Je suis un évadé. Je ne ressemble plus à l'identité photomatique, quelle qu'elle soit, que vous vous faites de moi.

Je revins vers le débarcadère, et jetant un coup d'œil derrière moi je vis que le squelette canin me suivait à la piste. Sans doute le premier inconnu venu incarnait-il pour ce chien l'espoir.

« 'lut, 'ieux, héla une voix. T'y es si tant pressé ti fonces en quatrième ? »

Et Wordsworth fut soudain là, à quelques mètres. Il s'était levé d'un banc proche d'Urquiza le Libérateur et s'avançait, les mains tendues et le visage ouvert en deux par le coup de sabre de son sourire.

« T'y as pas oublié 'ieux Wordsworth, dis, mon 'ieux ? demanda-t-il en me tordant les doigts et riant si fort et si profond que son bonheur m'éclaboussait le visage.

— Comment, vous, Wordsworth ? dis-je avec un égal plaisir. Que diable faites-vous ici ?

— Ma pitite chérie elle me dit j'y descends à Formosa et j'attends M. Pullen il arrive. »

Je remarquai que son élégance du moment n'avait absolument rien à envier à celle de l'importateur au nez de lapin et qu'il portait lui aussi une valise toute neuve.

« Comment va ma tante, Wordsworth ?

— Pas mal oké, dit-il mais avec une lueur de détresse dans les yeux. Elle danse comme si elle a li diable. J'y li dis elle est plus pitite fille. Si pas moyen s'arrêter... J'y fais beaucoup souci pour elle, mon 'ieux.

— Vous prenez le bateau avec moi ?

— Bien sûr, monsieur Pullen. Ti laisses 'ieux Wordsworth s'occuper de tout. J'y connais li types de la douane à Asunción. Y en a bons gars. Y en a d'autres mauvais comme diables. Ti me laisses causer. S'agit pas blaguer.

— Mais je n'ai rien à passer en fraude, Wordsworth. »

Le mugissement de la sirène, montant du fleuve comme une plainte, nous rappela à l'ordre.

« Ti laisses 'ieux Wordsworth s'occuper de tout, mon 'ieux. J'y jette pitit coup d'œil sur ci bateau y a pitit moment et j'y vois très vilain type. Faire attention, beaucoup.

— Attention à quoi, Wordsworth ?

— T'y es en bonnes mains, monsieur Pullen. Ti fous la paix à 'ieux Wordsworth maintenant. »

Me saisissant soudain les doigts, il les pressa entre ses mains.

« T'y as li tableau, monsieur Pullen ?

— La photo du port de Freetown, vous voulez dire ? Oui, je l'ai apportée. »

Il poussa un soupir de satisfaction.

« J'y t'aime bien, monsieur Pullen. T'y es toujours régulier avec 'ieux Wordsworth. Maintenant ti montes sur bateau. »

Je m'éloignais déjà lorsqu'il ajouta :

« T'y as pas pitit CTC pour Wordsworth ? »

Je lui donnai toute ma monnaie. Même s'il m'avait causé des ennuis dans ce monde mort qu'était devenu mon passé, j'étais ravi de le revoir à ce stade.

On chargeait à bord les dernières caisses, par les sabords noirs, en fer, ouverts dans le flanc du navire. Je me frayai un chemin parmi les passagers d'entrepont ; assises çà et là, des femmes au faciès indien allaitaient des enfants ; je gravis l'escalier rouillé menant aux premières classes. A aucun instant je n'avais vu Wordsworth franchir la passerelle de coupée, et il n'y eut pas la moindre trace de lui au dîner. Sans doute, pensai-je, restait-il en bas pour économiser à d'autres fins la différence sur le billet, car j'étais absolument certain que ma tante avait tenu à prendre pour lui une cabine de première.

Après le dîner, O'Toole me proposa de venir boire un verre dans sa cabine.

« J'ai du bon bourbon », me dit-il.

Et bien que je ne sois pas buveur d'alcool et que ma préférence aille à un verre de xérès avant le repas, ou de porto après, j'acceptai l'invitation avec joie : c'était notre dernière soirée à bord ensemble. L'esprit de bougeotte s'était emparé de nouveau des passagers ; ils semblaient tous en proie à une sorte de folie. Au bar un orchestre d'amateurs jouait, et un matelot aux bras et aux jambes velus, improprement déguisé en femme, tourbillonnait entre les tables en réclamant une partenaire. Dans la cabine du capitaine, tout près de celle d'O'Toole, on grattait de la guitare et une femme poussait des petits cris aigus, bruits assez inattendus, venant des quartiers du seul maître à bord après Dieu.

« Personne ne fermera l'œil cette nuit, fit observer O'Toole en versant le bourbon.

— Encore un peu de soda, dis-je, si cela vous est égal.

— On y est tout de même arrivé. J'ai cru qu'on allait

rester en panne à Corrientes. Les pluies sont sacrément en retard cette année. »

Comme pour plaider les circonstances atténuantes à ce reproche au climat, un long roulement de tonnerre couvrit presque les accents de la guitare.

« Quelle impression de Formosa ? s'enquit O'Toole.

— Il n'y avait pas grand-chose à voir. A part la prison. Bel exemple de style colonial.

— Moins bien vu de l'intérieur », dit O'Toole.

Un éclair éclaboussa violemment le mur et fit vaciller les lumières de la cabine.

« Rencontré un ami, hein ?

— Un ami ?

— Vous ai vu bavarder avec un type de couleur. »

J'ignore ce qui éveilla ma méfiance, car j'aimais bien O'Toole. Je dis :

« Ah ! celui-là... Il me demandait de l'argent. Je ne vous ai pas vu à terre.

— J'étais sur la passerelle, répondit-il. Je regardais dans les jumelles du capitaine. »

Puis changeant brusquement de cap :

« Je n'en reviens pas que vous connaissiez ma fille, Henry. Vous n'imaginez pas à quel point cette gosse me manque. Vous ne m'avez même pas dit quelle mine elle avait.

— Elle avait l'air en bonne forme. Elle est très jolie.

— Ouais, dit-il, sa mère aussi, autrefois. Si jamais je devais me remarier je prendrais un laideron. »

Il médita un long moment devant son bourbon, tandis que je promenais mon regard sur la cabine. Au contraire de moi le premier jour, il n'avait même pas tenté de s'installer un semblant de chez soi temporaire. Ses valises pleines de vêtements et de linge gisaient sur le sol ; il ne s'était pas donné la peine de ranger quoi que ce fût. Un rasoir à côté du lavabo et un livre de poche sur la table de chevet — là s'arrêtait apparemment tout son déballage. Dehors, soudain la pluie martela le pont — une vraie trombe, semblait-il.

« Cette fois je crois bien que voilà l'hiver, dit-il.

— En plein juillet.

— J'ai fini par m'y faire, dit-il. Il y a six années que je n'ai vu de neige.

— Six ans que vous êtes dans ces pays perdus ?

— Non, mais j'étais en Thaïlande avant.

— Toujours vos recherches ?

— Ouais. D'un sens... »

S'il avait l'habitude d'être aussi peu loquace, il devait mettre un temps infini à déterrer les éléments nécessaires à ses enquêtes.

« Comment vont les statistiques urinaires ?

— Plus de quatre minutes trente secondes aujourd'hui. »

Il ajouta d'un ton lugubre en levant son bourbon :

« Et je ne suis pas au bout. »

Quand le second roulement de tonnerre ne fut plus qu'un trémolo de l'air, il reprit, peinant visiblement à la poursuite de n'importe quel sujet pour meubler le silence :

« Alors Formosa ne vous a pas plu ?

— Non. Evidemment c'est peut-être très bien pour la pêche, dis-je.

— La pêche ! s'exclama-t-il avec mépris. La contrebande, vous voulez dire.

— Je n'entends parler que de cela, sans arrêt. La contrebande de quoi ?

— C'est l'industrie nationale du Paraguay, répondit-il. Cela rapporte presque autant que le maté et infiniment plus que de cacher des criminels de guerre à compte en banque en Suisse. Et foutrement plus que mes recherches.

— Et que peut-on bien passer en fraude ici ?

— Le scotch et les cigarettes américaines. Le tout est de se dénicher au Panama un agent qui achète en gros et expédie la camelote à Asuncion par avion. Les colis sont marqués « marchandises en transit », vous pigez ? A l'aéroport international, la taxe à acquitter est infime et on transfère les caisses à bord d'un avion privé. Vous n'en reviendriez pas de voir le nombre de Dakota appartenant à des particuliers qui attendent actuellement à Asuncion. Ensuite, votre pilote décolle pour l'Argentine, juste sur l'autre rive. A quelques centaines de kilomètres de Buenos Aires, vous atterrissez dans une *estancia* ou une autre... elles ont presque toutes leur terrain privé. Pas prévu pour les Dakota peut-être, mais au pilote de prendre ses risques. Vous déchargez sur des camions et le tour est joué. Vous avez votre réseau de distributeurs qui tirent la langue en n'attendant que vous. Le gouvernement les affame en leur collant cent vingt pour cent de droits.

— Et Formosa ?

— Oh ! Formosa c'est bon pour les pauvres mecs, ceux qui crèvent à faire remonter le fleuve à la camelote. Toutes les marchandises en provenance de Panama ne sont pas routées par Dakota. Qu'est-ce que ça peut faire à la police que quelques caisses restent à la traîne ? Vous paierez le scotch moins cher dans les magasins d'Asuncion qu'à Londres, et dans les rues les gosses vous vendront d'excellentes cigarettes américaines au rabais. Un bateau à rames et un contact, voilà tout ce qu'il vous faut. Seulement, un jour, vous finirez par en avoir marre de ce petit jeu... une balle qui vous aura frôlé d'un peu trop près, peut-être... et vous prendrez une part dans un Dakota ; alors à vous le gros fric. Ça ne vous tente pas, Henry ?

— Je n'ai pas reçu la bonne formation à la banque », dis-je.

Mais je pensais à ma tante, à sa valise bourrée de billets et à sa brique d'or — peut-être avais-je dans le sang une vocation secrète que ce genre de carrière aurait pu réveiller à un moment ou à un autre.

« Vous m'avez l'air très au courant, ajoutai-je.

— Cela fait partie de mes recherches sociologiques.

— Vous n'avez jamais pensé à pousser plus loin vos enquêtes ? L'esprit de frontière, voilà un beau sujet, Tooley. »

Je le taquinais uniquement parce que je l'aimais bien. Jamais l'idée ne me fût venue d'en faire autant au major Charge ou à l'amiral.

Il me lança un long regard triste, comme s'il avait voulu me répondre en toute sincérité.

« Un boulot comme le mien ne permet pas de mettre de côté de quoi acheter un Dakota. Sans compter le risque ; il est trop grand pour un étranger, Henry. Les gars ne sont pas toujours sûrs, et il y a les gangs armés. Ou alors c'est la police qui devient gourmande. On disparaît comme un rien au Paraguay... et il n'y a même pas besoin de ça. Si vous croyez qu'on va faire des histoires pour un cadavre ou deux. Le général maintient l'ordre... le peuple n'en demande pas plus après la guerre civile qu'il vient de connaître... et ce n'est pas un mort de plus ou de moins qui gêne les gens. Il n'y a pas de magistrats enquêteurs au Paraguay.

— Si je comprends bien, Tooley, vous préférez votre peau à l'esprit des pionniers.

— Oh ! bien sûr, je ne peux pas faire grand-chose pour ma petite fille, à cinq mille kilomètres de distance, Henry, mais en tout cas elle reçoit son chèque en fin de mois. Un mort ne peut pas signer de chèques.

— Et la C.I.A. ? Elle s'en lave les mains ?

— Je vous en prie, Henry, ne croyez pas à ces bêtises. Je vous le répète... Lucinda est une romantique. Elle rêve d'un père extraordinaire, et qu'est-ce qu'elle a ? Moi, pour tout beurre. Alors il faut bien qu'elle invente des trucs. Une enquête sur la sous-alimentation, ça n'a rien de romantique.

— Je trouve que vous devriez la rapatrier au foyer, Tooley.

— Quel foyer ? » dit-il.

Je laissai mon regard errer sur la cabine et me posai à mon tour la question. Malgré moi je n'étais pas entièrement convaincu. Et cependant il était infiniment plus sérieux que sa fille.

Je le laissai devant sa bouteille d'Old Forester et regagnai ma propre cabine de l'autre côté du pont. O'Toole était à bâbord, moi à tribord. Il avait vue sur l'Argentine, moi sur le Paraguay. On grattait toujours de la guitare chez le capitaine et on y chantait dans une langue qui m'était inconnue — en guarani peut-être. Je n'avais pas fermé ma porte à clef, pourtant elle refusa de s'ouvrir quand je la poussai. Elle ne céda un peu que sous la pression de mon épaule. Dans l'entrebâillement je vis Wordsworth. Il faisait face à la porte, un couteau à la main. En constatant que c'était moi il baissa son couteau.

« Entre, patron, chuchota-t-il.

— Comment voulez-vous que j'entre ? »

Il avait coincé la porte avec une chaise. Il défit son agencement et me permit d'entrer.

« Faut que j'y fasse attention, monsieur Pullen, dit-il.

— Attention à quoi ?

— Y a trop mauvaises gens sur ci bateau, faire trop mauvaises blagues. »

Son arme était un couteau de boy-scout : trois lames, un tire-bouchon, un ouvre-boîte et un machin pour extraire les cailloux des sabots de cheval — les couteliers sont aussi conservateurs que les écoliers. Wordsworth referma la lame et remit le tout dans sa poche.

« Alors, dis-je, que me voulez-vous, jeune et joyeux berger ? »

Il secoua la tête :

« Oh ! ta tante elle est formidable. Personne il a encore

jamais parlé comme ça à Wordsworth. Elle vient tout droit vers moi dans la rue devant li cinéma palace et elle dit, clair comme li jour : « O toi, fils de la joie. » Moi j'y aime ta tante, monsieur Pullen. J'y suis prêt mourir pour elle, n'a qu'à lever li pitit doigt et dire : « Wordsworth, vas-y mourir. »

— Oui, oui, dis-je, tout cela est bel et bien, mais que fabriquiez-vous, barricadé dans ma cabine ?

— J'y viens chercher tableau.

— Vous ne pouviez pas attendre que nous soyons à terre ?

— Ta tante elle dit ramène tableau toute suite à l'abri, Wordsworth, aussi sec, ou ti remets plus jamais li pied ici. »

Je fus repris d'un soupçon. Le cadre, comme la bougie, était-il en or ? Ou bien la photographie dissimulait-elle des billets, de très gros billets ? Les deux hypothèses semblaient peu vraisemblables, mais rien n'était impossible avec ma tante.

« Moi j'y ai amis à la douane, dit Wordsworth, pas faire mauvaises blagues. Mais toi, monsieur Pullen, t'y es pas connu ici.

— Ce n'est jamais qu'une photographie du port de Freetown.

— D'accord, monsieur Pullen. Mais ta tante elle dit...

— C'est bon. Emportez-le, ce tableau. Où couchez-vous ? »

Il montra du pouce le parquet :

« J'y suis beaucoup mieux tout en bas, monsieur Pullen. Là li gens y chantent et y dansent, beaucoup bon temps. Y portent pas cravate et y vont pas jamais s'y laver mains avant manger. Moi j'y aime pas savon avec ma croûte.

— Prenez une cigarette, Wordsworth.

— Si ti permets, monsieur Pullen, moi j'y aime mieux fumer ça. »

Il sortit d'une poche toute froissée des débris de quelque chose roulés dans du papier.

« A ce que je vois, on marche toujours à la Marie, Wordsworth ?

— Ben, c'y est un peu comme médicament, monsieur Pullen. J'y vais pas très très bien, ci temps-ci. J'y ai beaucoup soucis.

— Ah ! oui, et à cause de quoi ?

— A cause ta tante, monsieur Pullen. Avec bon 'ieux Wordsworth elle a jamais rien à craindre. J'y lui coûte rien. Mais elle a un type à présent... Y li coûte très très cher. Et y est trop vieux, monsieur Pullen. Ta tante elle est plus enfant. Elle a besoin jeune type.

— Vous-même, Wordsworth, vous n'êtes plus tellement jeune.

— Moi j'y suis pas comme ci type, monsieur Pullen, j'y ai pas mes gros pieds dans la tombe. J'y mi méfie di ci gars. Quand on arrive ici, y est beaucoup malade. Y dit : « J'y ti « supplie, Wordsworth, j'y ti supplie », et y est tout miel tout sucre fondu plein bouche. Y vit dans pitit hôtel moche, mais y a pas de sous du tout. On va l'y fout' dehors et qu'est-ce qu'y a trouille, mon 'ieux. Et quand ta tante elle vient y s'y met à pleurer comme pitit enfant. Ci pas un homme, pour sûr ci pas un homme, mais y est beaucoup beaucoup moche. Tout miel tout suc' en paroles, ça oui, ça oui, mais pas conduite ; conduite toujours moche. Quoi c'est pourquoi ta tante y plaque Wordsworth pour un type aussi moche ? Dis, mon 'ieux, dis. »

Il s'affala de toute son énorme masse sur la couchette et se mit à pleurer. On eût dit une source s'efforçant péniblement de voir le jour et finissant par ruisseler par les crevasses de la roche.

« Wordsworth, dis-je, seriez-vous jaloux de Tante Augusta ?

— C'y était ma pitite chérie, mon 'ieux, dit-il. Maintenant elle est partie pour mi briser li cœur.

— Mon pauvre Wordsworth. »

C'est tout ce que je trouvai à dire.

« Elle veut j'y m'en aille, reprit-il. Elle veut j'y ti viens chercher, et après elle veut j'y m'en aille. Elle dit : « J'y ti « donne gros CTC comme t'y as jamais vu, ti retournes à « Freetown et ti trouves pitite chérie », mais moi j'y veux pas son argent, monsieur Pullen, j'y veux plus retourner Freetown et j'y veux pas pitite chérie. Moi j'y aime ta tante, j'y veux rester avec elle comme c'y est dit dans li cantique : « Demeure avec moi ; déjà tombe le soir ; déjà noircit la « nuit ; oh ! demeure avec moi... Les larmes ne sont pas « amères », pourtant les miennes y li sont, j'y ti jure, mon 'ieux.

— Où diable vous a-t-on appris ce cantique, Wordsworth ?

— On li chantait toujours à cathédrale Saint-Georges à Freetown. « Déjà tombe le soir. » Beaucoup airs tristes comme ça on chantait là-bas, et toujours j'y pense à ma pitite chérie. « Tardant encore ici nous n'y demandons rien « que de pouvoir t'adorer. » C'y est vérité, mon 'ieux. Mais maintenant elle veut j'y m'en aille, aussi sec, et j'y li revois plus jamais jamais.

— Qui est cet homme avec qui elle est, Wordsworth ?

— J'y veux pas dire son nom. Ma langue elle brûle si j'y dis son nom. J'y ti jure, mon 'ieux, ça fait longtemps longtemps moi j'y suis fidèle à ta tante. »

Pour le distraire de son chagrin, et non par reproche, je lui dis :

« Vous vous rappelez, à Paris, cette fille ?

— Ci-là qui voulait faire zig-zig ?

— Non, non, pas celle-là. La jeune du train.

— Oh ! oui. Pour sûr. J'y mi rappelle.

— Vous lui aviez fourni de la Marie, dis-je.

— Pour sûr. Pourquoi pas ? Très bonne drogue. Ti crois pas j'y fais rien de mal avec elle ? Mon 'ieux c'était comme le bateau qui passe, un jour au port et lendemain parti. Beaucoup trop jeune pour 'ieux Wordsworth.

— Son père est sur ce bateau. »

Il me regarda d'un air stupéfait.

« Ti blagues pas ?

— Il m'a posé des questions à votre sujet. Il nous a vus à terre.

— A quoi y ressemble ?

— Il est de votre taille, mais très maigre. Il a l'air malheureux et soucieux et porte une veste de sport en tweed.

— Hou là là, Seigneur ! Lui ! J'y lis connais. J'y li vois beaucoup à Asuncion. Si c'est lui, ti dois faire foutrement attention.

— D'après lui, son travail est d'étudier la condition sociale.

— Ça veut dire quoi ?

— Qu'il enquête sur des trucs.

— Oh ! pour ça, mon 'ieux, t'y as raison. J'y vais ti dire. Ci type de ta tante... Il aime pas voir cit homme dans li coin. »

J'avais voulu lui changer les idées, j'y avais certainement réussi. Il me pressa très fort la main dans les siennes en me quittant, le cadre et la photographie dissimulés sous sa chemise.

« Mon 'ieux, j'y vais ti dire ci qui t'y es pour Wordsworth. T'y es main secourable, monsieur Pullen. Oh ! demeure avec moi. »

CHAPITRE IV

LORSQUE je remontai sur le pont, après le petit déjeuner, nous approchions déjà d'Asuncion. Les falaises rouges criblées de grottes faisaient penser à des rayons de miel. A l'extrême bord de l'à-pic se dressaient des cabanes en ruine, et des enfants nus, avec le ventre gonflé des sous-alimentés, regardaient passer, immobiles là-haut, notre bateau pareil à un homme repu qui rentre à pas comptés chez lui au sortir d'un banquet ; la sirène lâchait de petits rots. Dominant les cabanes, tel un château fort qui surplombe de sa masse un misérable village aux huttes de branchages et de boue, se dressaient les formidables bastions blancs de la Shell.

O'Toole vint se planter à côté de moi, juste comme les fonctionnaires de l'immigration grimpaient à bord.

« Si vous avez besoin d'un service, me dit-il, je peux déjà vous déposer quelque part si vous voulez.

— Merci beaucoup, mais quelqu'un doit m'attendre. »

Les passagers d'entrepont débarquaient. Il insista :

« Si jamais je puis vous être utile en quoi que ce soit, n'importe quand... Je connais presque toutes les ficelles. On me trouve à l'ambassade. J'ai le titre de Deuxième secrétaire. Cela a ses avantages.

— C'est très gentil à vous.

— Vous êtes un ami de Lucinda... D'ici à Katmandou on

a l'impression d'une sacrée distance. Peut-être y aura-t-il du courrier.

— Elle écrit régulièrement ?

— Elle m'envoie des cartes postales, dit-il. Ce n'est pas votre ami que j'aperçois ? reprit-il, penché sur la rambarde.

— Lequel ? »

Mon regard courut le long de la file des immigrants sur la passerelle de coupée et s'arrêta sur Wordsworth.

« Le type qui vous avait adressé la parole à terre. »

Je dis :

« Tous les hommes de couleur se ressemblent beaucoup, à distance.

— Les Africains ne courent pas les rues ici, dit-il. C'est probablement votre ami. »

Les formalités enfin terminées, j'attendis à côté de mes bagages à l'angle d'une rue qui devait son nom à Benjamin Constant. Je cherchais des yeux Wordsworth autour de moi. En vain. Des familles échangeaient embrassades et saluts, puis s'éloignaient en voiture. Le Tchèque qui fabriquait des matières plastiques s'offrit à me déposer en taxi. Un petit garçon insista pour astiquer mes chaussures, un autre pour me vendre des cigarettes américaines. Une longue rue à colonnade, qui escaladait la colline devant moi, se révéla pleine de boutiques de spiritueux. De vieilles femmes, assises contre les murs, proposaient du pain et des fruits dans des paniers. Malgré la poussière sale et les gaz des vieilles voitures, l'air était sucré de fleur d'oranger.

Quelqu'un siffla et je me retournai : Wordsworth descendait d'un taxi. Il souleva mes deux valises, qui étaient lourdes, comme s'il se fût agi de deux cartons vides.

« J'y trouve d'abord ami, dit-il. Beaucoup trop mauvaises blagues par ici. »

Jamais de ma vie je n'étais monté dans un taxi si décrépi. La doublure intérieure pendait et la banquette perdait partout son rembourrage. Wordsworth tassa le tout à coups de poing pour le rendre plus confortable. Puis il fit de grands gestes au chauffeur qui parut comprendre.

« D'abord faire pitit tour, dit Wordsworth. J'y veux voir si on nous fout la paix. »

Il regarda par la portière tandis que le véhicule s'ébranlait dans un bruit de moulin à café. Tous les autres taxis que nous croisions étaient assez élégants ; parfois un chauffeur criait ce que je pris pour des insultes à l'adresse de notre vieux bonhomme, qui avait une moustache blanche et un chapeau sans fond.

« Et si on ne nous fiche pas la paix, dis-je, que ferons-nous ?

— Nous faire foutrement très gaffe, répondit vaguement Wordsworth.

— C'est exprès que vous avez choisi le plus vieux taxi de la ville ? »

Des soldats défilaient au pas de l'oie devant la cathédrale et un tank préhistorique se dressait sur un socle au milieu de la pelouse verte. Il y avait partout des orangers, les uns en fleur, les autres avec leurs fruits.

« Lui bon ami à moi.

— Vous parlez l'espagnol ? demandai-je.

— Non. Y cause pas espagnol.

— Quelle langue alors ?

— Y baragouine indien.

— Comment vous faites-vous comprendre ?

— J'y li donne à fumer, répondit Wordsworth. Il aime bien Marie. »

A part le gratte-ciel d'un hôtel neuf, la ville était d'allure extrêmement victorienne. Très vite on cessait de remarquer les voitures — elles représentaient un anachronisme ; il y avait des charrettes tirées par des mules, et de temps à autre des cavaliers ; et aussi une petite chapelle baptiste, blanche et crénelée, une université bâtie dans le style d'une abbaye néo-gothique ; et quand nous eûmes atteint le quartier résidentiel j'aperçus de grandes demeures en pierre, entourées de jardins buissonneux et dotées de portiques à colonnes au sommet de courts perrons, qui me rappelaient la partie la plus ancienne de Southwood — sauf qu'à Southwood les maisons étaient en général divisées en appartements, la pierre grise blanchie à la chaux, et les toits hérissés d'antennes de télévision. Et au lieu d'orangers et de bananiers, j'aurais vu des rhododendrons à l'abandon et des gazons élimés.

«Comment s'appelle cet ami de ma tante, Wordsworth ? demandai-je de nouveau.

— J'y souviens plus, répondit-il. J'y veux pas rappeler. J'y veux oublier.»

Tombant en ruine une petite baraque à colonnes corinthiennes et sans carreaux aux fenêtres portait le nom d'Ecole d'Architecture. Pourtant, si croulantes que fussent les maisons, on ne voyait partout que fleurs. Sur un seul et même jasmin s'épanouissaient des fleurs de couleur différente, les unes blanches, les autres bleues.

« Ci arrêt », dit Wordsworth en secouant le chauffeur par l'épaule.

C'était une énorme demeure avec une immense pelouse mal soignée aboutissant au vert sombre et pelucheux d'un petit bois où se mêlaient la banane, l'orange, le citron, le pamplemousse, le *lapacho.* Sur les deux façades, visibles à travers les grilles, d'où j'étais, de larges degrés de pierre menaient à des entrées distinctes. Les murs étaient éclaboussés de lichen et se dressaient sur trois étages.

« C'est une demeure de millionnaire, dis-je.

— T'y attends seulement », répliqua Wordsworth.

Les grilles étaient rouillées et cadenassées. Sur leurs piliers étaient sculptés des ananas, mais les grilles elles-mêmes, bardées de barbelés, avaient perdu toute dignité. Si, songeai-je, un millionnaire avait vécu là, c'était bien fini.

Wordsworth me fit faire le tour par l'angle de la rue et nous approchâmes de la maison par-derrière, pour franchir une petite porte qu'il referma soigneusement et continuer à travers les bosquets et les buissons parfumés.

« Ho ! cria Wordsworth à l'intention de l'énorme masse de pierre carrée. Ho ! »

Pas de réponse. Par sa solidité massive et son silence la maison me rappelait les formidables caveaux de famille du cimetière de Boulogne. C'était une autre forme de terminus.

« Ta pitite tante elle est devenue une peu sourde, dit Wordsworth. Elle est plus jeune, plus jeune du tout. »

Il exprimait un regret, comme s'il eût connu Tante Augusta jeune fille ; pourtant le jour où elle l'avait recueilli devant le Grenada Palace, elle avait soixante-dix ans bien sonnés. Nous gravîmes une volée de marches en pierre pour pénétrer dans le grand vestibule.

Pavée de marbre craquelé, l'immense entrée était vide de meubles. Les fenêtres avaient les volets mis et l'unique éclairage venait d'un globe nu collé au plafond. Pas un siège, pas une table, pas un canapé, pas un tableau. Le seul signe d'une présence humaine était un balai à franges posé contre un mur ; mais on avait pu le laisser là il y avait une génération, après avoir nettoyé l'endroit sur les talons des déménageurs.

« Ho ! cria Wordsworth. Ho ! M. Pullen y est ici. »

J'entendis un claquement de hauts talons à l'étage au-dessus, le long d'un couloir. Un escalier de marbre rose montait au premier, et au sommet parut ma tante. La demi-pénombre m'empêchait de la distinguer clairement et c'est peut-être mon imagination qui crut percevoir un ton différent dans sa voix : plus âgé, moins ferme qu'il ne me souvenait.

« Te voilà, Henry, dit-elle. Bienvenue à l'enfant prodigue. »

Elle descendit lentement. Etait-ce à cause de la mauvaise lumière ? Sa main ne lâcha pas la rampe.

« Désolée, dit-elle, que M. Visconti ne soit pas là pour t'accueillir. Je l'attendais hier.

— M. Visconti ?

— Mais, oui, dit ma tante, M. Visconti. Nous voici heureusement réunis. Tu n'as pas eu d'ennuis avec le tableau ?

— J'y l'ai, dit Wordsworth en brandissant sa valise neuve.

— Quel soulagement pour M. Visconti. Il redoutait la douane. Tu as très bonne mine, Henry, ajouta-t-elle en m'embrassant sur la joue et en laissant dans l'air un parfum de lavande. Viens, que je te montre ta chambre. »

Elle me précéda dans l'escalier et sur le palier du premier étage, aussi nu que le grand vestibule et où elle ouvrit une porte. A tout le moins la chambre contenait-elle un lit, un siège, une armoire, même si le mobilier s'arrêtait là. Ma tante jugea probablement bon de fournir une explication, car elle dit :

« J'attends des meubles d'un jour à l'autre. »

J'ouvris une autre porte qui révéla une seconde chambre, vide à part deux matelas côté à côte sur le sol, ainsi qu'une coiffeuse et un tabouret qui avaient l'air neuf.

« Je t'ai donné le lit, dit ma tante, mais je ne pouvais me passer de ma coiffeuse.

— C'est votre chambre ?

— Il y a des jours où ma verrerie vénitienne me manque, mais une fois les stores levés et le mobilier là... Tu dois mourir de faim. Wordsworth montera tes bagages. J'ai préparé un petit repas en ton honneur. »

Le décor de la salle à manger ne pouvait plus me réserver de surprise. Naguère trois lustres avaient éclairé l'énorme pièce ; les fils électriques ressemblaient à de la mauvaise herbe poussant par les trous dans le plafond. Il y avait une table, mais sans nappe, et des caisses d'emballage en guise de sièges.

« L'ensemble est un peu rudimentaire, dit ma tante, mais dès le retour de M. Visconti tu verras comme tout sera vite en ordre. »

Le repas provenait de boîtes de conserve ; il était accompagné d'un vin de pays, rouge et sucré, qui avait le goût affreux de certains médicaments de mon enfance. En songeant à mon billet de première classe sur le bateau j'eus honte.

« Au retour de M. Visconti, poursuivit-elle, nous projetons de donner une fête pour toi. Les maisons comme celle-ci sont faites pour recevoir. Il y aura un barbecue et nous ferons rôtir un bœuf entier dans le parc ; les arbres seront illuminés de toutes les couleurs et, bien entendu, on dansera au son d'un orchestre. Harpe indienne et guitare... c'est la mode ici, la polka et le galop sont les danses nationales. J'inviterai le chef de la police, le provincial des jésuites (pour la conversation, naturellement), l'ambassadeur de Grande-Bretagne et sa femme. L'ambassadeur d'Italie... non, ce serait manquer de tact. Il faudra que nous trouvions quelques jolies filles à ton intention, Henry. »

Une écharde sur la caisse m'égratignait la cuisse. Je dis :

« Le premier soin sera de trouver quelques meubles, Tante Augusta.

— Cela va de soi. Je regrette de ne pouvoir prier l'ambassadeur d'Italie... c'est un si bel homme ; mais étant donné les circonstances... Il y a une chose que je dois te dire, Henry. Wordsworth seul est dans le secret...

— A propos de Wordsworth, où est-il passé ?

— Il est à la cuisine. M. Visconti préfère que nous soyons seuls à table. Ainsi que j'allais le dire avant que tu m'interrompes, Henry, M. Visconti a dû s'offrir un passeport argentin, on le connaît ici sous le nom de M. Izquierdo.

— Vous ne m'en voyez pas autrement surpris, Tante Augusta. »

Et je lui racontai la perquisition des deux policiers chez elle.

« Au fait le général Abdul est décédé, ajoutai-je.

— Je m'y attendais assez. Ils n'ont rien emporté ?

— Non, sauf une carte postale en couleur de Panama.

— Et pourquoi cela ?

— A cause d'un rapport possible avec M. Visconti, dans leur esprit.

— Apparemment la police sera toujours aussi absurde. Cette carte postale venait très probablement de M. Dambreuse. Je l'ai rencontré sur le bateau, en route pour Buenos Aires. Le pauvre, il a beaucoup vieilli. S'il ne m'avait pas parlé de sa société de métallurgie et de sa petite famille toulousaine, je ne l'aurais même pas reconnu.

— Et lui, il ne vous avait pas reconnue ?

— Non, mais cela n'a rien de très étonnant. Du temps où nous vivions au Saint-James et d'Albany j'avais les cheveux noirs et non pas roux. Roux était la couleur favorite de M. Visconti. Je suis restée rousse exprès pour lui.

— La police agissait pour le compte d'Interpol, dis-je.

— Quelle ineptie de traiter M. Visconti en quelconque criminel de guerre, tandis qu'une foule de ceux-ci, des vrais, se cachent par ici. Martin Bormann est juste de l'autre côté de la frontière, au Brésil, et l'abominable docteur Mengele d'Auschwitz se trouve, dit-on, dans l'armée, près de la frontière bolivienne. Qu'attend donc Interpol pour s'occuper de ces individus ? M. Visconti a toujours été plein de bonté pour les Juifs. Même quand il traitait comme tu le sais avec l'Arabie séoudite. Pourquoi le chasser d'Argentine, où il se débrouillait très bien dans le commerce des antiquités ? A Buenos Aires, il y avait un Américain qui s'est permis les enquêtes les plus impertinentes, m'a raconté M. Visconti. M. Visconti avait vendu un tableau à un acheteur privé aux Etats-Unis, et cet Américain, qui prétendait représenter le Metropolitan Museum, a affirmé que la toile provenait d'un pillage de guerre.

— Cet homme ne s'appellerait pas O'Toole, par hasard ?

— C'est cela même.

— Il se trouve actuellement à Asuncion.

— Oui, je le sais. Mais il découvre que les gens sont

moins coopératifs, ici. Après tout, le général a du sang allemand dans les veines.

— Il était avec moi sur le bateau et il m'a déclaré se livrer à une enquête sur la condition sociale.

— C'est complètement faux. Comme l'histoire du Metropolitan Museum. Il est de la C.I.A.

— C'est le père de Tooley.

— De Tooley ?

— La jeune fille de l'Orient-Express.

— Comme c'est curieux. Je me demande si cela ne pourrait pas nous être utile, songea tout haut ma tante. Tu dis qu'il était sur le bateau avec toi ?

— Oui.

— Il est possible qu'il t'ait filé. Que d'histoires pour quelques tableaux. Si j'ai bonne mémoire, tu étais devenu très ami avec sa fille dans le train. Et il y a eu tout ce pataquès à propos de sa grossesse...

— Je n'y étais pour rien, Tante Augusta.

— Quel dommage, au fond, dit Tante Augusta, vu les circonstances. »

Wordsworth entra. Il avait enfilé le tablier de boucher que je lui avais vu pour la première fois dans l'appartement au-dessus de La Couronne et l'Ancre. A l'époque, on reconnaissait et on appréciait ses talents de laveur de vaisselle ; aujourd'hui, visiblement, on les trouvait tout naturels.

« Fini casser croûte ?

— Nous prendrons le café dans le parc », dit superbement ma tante.

Nous prîmes place à l'ombre maigre d'un bananier. L'air était doux d'orange et de jasmin, et la lune pâle vaguait dans la pâleur bleutée du ciel diurne. Elle avait l'aspect usé et mince d'une vieille monnaie, et les cratères étaient de la couleur du ciel, si bien que l'on avait l'impression de voir l'univers caché derrière comme à travers une passoire. Il n'y avait pas le moindre bruit de voiture. Le clap-clop d'un cheval qui passait appartenait à ce même monde de silence immémorial.

« Oui, quelle paix, dit ma tante. Sauf de temps à autre un coup de feu, la nuit venue. Il arrive que la police ait la détente chatouilleuse. J'oublie toujours : un seul morceau de sucre, ou deux ?

— J'aimerais tout de même que vous m'en disiez un peu plus long, Tante Augusta. Malgré moi je suis intrigué. Cette grande baraque démeublée... et Wordsworth ici, avec vous.

— Je l'ai amené de Paris, répondit-elle. Je voyageais avec pas mal d'argent liquide... presque tout ce qui me restait, bien que j'eusse gardé à Berne de quoi payer ton billet. Une frêle vieille dame comme moi avait besoin d'un garde du corps. »

C'était la première fois que je l'entendais admettre son âge.

« Vous auriez pu m'emmener.

— J'avais des doutes sur ton attitude à certains égards. Rappelle-toi, ce lingot d'or t'avait plutôt scandalisé à Istanboul. Quel dommage que le général Abdul ait gâché toute l'affaire. Ces fameux vingt-cinq pour cent nous arrangeraient bien aujourd'hui.

— Où est passé tout votre argent, Tante Augusta ? Vous n'avez même plus de lit où dormir.

— Les matelas sont extrêmement confortables, et j'ai toujours trouvé débilitants les lits trop mous. A mon arrivée ici, ce pauvre M. Visconti était au trente-sixième dessous. Il vivait à crédit dans un petit hôtel vraiment abominable. Il avait englouti tout son argent dans son nouveau passeport et dans les pots-de-vin à la police. Dieu sait comment s'en tire le docteur Mengele ; je présume qu'il a un compte sous numéro en Suisse. Je suis arrivée juste à temps. Sans compter que le malheureux était malade, à force de se nourrir surtout de *mandioca.*

— Bref, vous lui avez fait cadeau de votre argent une seconde fois, Tante Augusta ?

— Naturellement, que crois-tu ? Il en avait besoin. Nous

avons acheté cette maison pour une bouchée de pain (on y a assassiné quelqu'un il y a une vingtaine d'années, et les gens sont très superstitieux). Avec le surplus, nous avons fait un bon placement. Nous sommes en part à demi dans une entreprise très prometteuse.

— Il ne s'agirait pas d'un Dakota, par hasard ? »

Ma tante eut un petit rire nerveux de jeune fille :

« M. Visconti te racontera cela lui-même.

— Où est-il ?

— Il projetait de rentrer hier, mais il a beaucoup plu, les routes sont mauvaises. »

Elle eut un regard d'orgueil pour la coquille vide qu'était sa maison, puis dit :

« Dans une semaine, tu ne reconnaîtras pas cet endroit. Quand les lustres seront accrochés dans le grand vestibule et que les meubles seront là. J'aurais tant voulu que tout fût prêt avant ton arrivée, mais les choses ont traîné à Panama. C'est fou, l'importance de Panama.

— Et la police ?

— Oh ! elle ne mettra pas le nez dans une affaire bien établie », dit ma tante.

Tout de même, une autre journée passa sans que M. Visconti rentrât de l'endroit mystérieux où il se trouvait. Ma tante dormit tard sur ses matelas, Wordsworth s'affaira au nettoyage, et j'allai me promener en ville.

On se livrait aux préparatifs de je ne savais quelle fête. Il y avait des voitures décorées, pleines de jolies filles, parquées à tous les coins de rues. Devant la cathédrale et l'Académie militaire, qui se regardaient par-dessus le petit tank souvenir, des escouades de soldats marchaient au pas de l'oie. On voyait partout des images du général, soit en uniforme, soit en civil, où il avait l'air d'un pilier de *Bierstube* bavaroise aimable et bien nourri. A Buenos Aires, des histoires déplaisantes couraient sur le début de son règne — des histoires d'adversaires précipités du haut d'avions dans la jungle, de corps rejetés sur la rive argentine des deux grands fleuves, pieds et poings liés avec du fil de fer ; mais on trouvait des cigarettes pour rien dans les rues, du whisky à bas prix dans les magasins, et l'on ne payait pas d'impôt sur le revenu (à en croire ma tante) ; même les pots-de-vin n'étaient pas déraisonnables, pourvu que l'on fût prospère et que l'on payât régulièrement ; les oranges gisaient sous les arbres sans presque valoir la peine d'être ramassées puisqu'on les trouvait à trois sous la douzaine au marché ; et partout il y avait le parfum des fleurs. J'espérais que le placement de M. Visconti serait une réussite. On pouvait trouver pis que ce pays pour finir ses jours.

Pourtant, le second soir où je rentrai, il n'y avait toujours pas de M. Visconti et ma tante se querellait vivement avec Wordsworth. Tout en traversant la pelouse j'entendais sa voix résonner creux dans le grand vestibule vide, près du perron qui descendait au jardin.

« Je ne suis pas ta pitite chérie, Wordsworth, ou du moins je ne le suis plus. Comprends-le bien. J'ai mis de côté l'argent de ton retour en Europe...

— J'y veux pas ton argent, ripostait la voix de Wordsworth.

— Tu m'en as pris suffisamment autrefois. Quand je pense à tous les CTC que tu as reçus de mes amis et de moi-même...

— J'y prends ton argent à ci moment-là parce que ti m'aimes, ti fautes avec moi, ti veux faire zig-zig avec Wordsworth. Maintenant, ti fautes pas avec moi, ti m'aimes pas, j'y veux pas ton foutu argent. T'y donnes à lui. Y ti prend tout. Quand y a plus rien du tout, ti viens trouver Wordsworth, et moi j'y travaille pour toi, j'y faute avec toi, et ti m'aimes, et ti veux faire zig-zig tout pareil comme avant. »

Je restai piqué en bas du perron. Impossible de tourner les talons et de m'éloigner. Ils m'auraient vu.

« Comprends donc, Wordsworth, tout cela est fini maintenant que j'ai M. Visconti. M. Visconti désire que tu t'en ailles, et sa volonté est la mienne.

— Lui faire gaffe à Wordsworth.

— Mon cher, cher Wordsworth, c'est toi qui devrais avoir peur. Je veux que tu partes tout de suite... aujourd'hui même... comprendras-tu enfin.

— Oké, dit Wordsworth, j'y pars. Ti demandes et j'y obéis. J'y ai pas peur ci type. Mais ti fautes plus avec moi et j'y pars. »

Ma tante ébaucha un geste comme pour le prendre dans ses bras, mais Wordsworth se détourna et descendit le perron. Il ne m'aperçut même pas, je n'étais pourtant qu'à un pas de lui.

« Adieu, Wordsworth », dis-je, tendant la main.

Dans le creux de ma paume, j'avais dissimulé un billet de cinquante dollars. Wordsworth regarda le bout de papier sans le prendre. Il dit :

« Au revoir, monsieur Pullen. Mon 'ieux, les ténèbres s'obscurcissent, pour sûr, pour sûr, elle demeure pas avec moi. »

Il me serra longuement la main gauche qui ne tenait pas de billet de banque et disparut dans le parc.

Ma tante sortit sur le perron pour le suivre des yeux une dernière fois.

« Qu'allez-vous faire sans lui dans cette énorme baraque ? demandai-je.

— On trouve facilement des domestiques, et pour moins cher que Wordsworth avec ses CTC. Pauvre Wordsworth, reprit-elle, je suis navrée pour lui, mais ce n'était qu'un bouche-trou. Il n'y a eu que des bouche-trous depuis ma séparation d'avec M. Visconti.

— Vous devez l'aimer beaucoup, ce Visconti. En vaut-il la peine ?

— Pour moi, oui. J'aime les hommes insensibles. Je n'ai jamais voulu d'un homme qui avait besoin de moi, Henry. Le besoin se change en droit. Je croyais que Wordsworth avait envie de mon argent et du confort que je lui assurais à La Couronne et l'Ancre, mais il n'y a guère de confort pour personne ici, et tu as vu comme il a refusé même un CTC. Oui, Wordsworth m'a déçue. »

Elle ajouta, comme s'il y avait eu un rapport :

« Ton père aussi était assez insensible.

— N'empêche que j'ai trouvé votre photographie dans *Rob Roy*.

— Il manquait peut-être un peu d'insensibilité, tout compte fait, dit-elle. Songe à la petite institutrice, à « Dodo, ma poupée chérie », et à sa mort dans les bras de cette femme », ajouta-t-elle avec une pointe de venin dans la voix.

La maison était deux fois plus vide, maintenant que Wordsworth était parti et que nous étions seuls. Nous prîmes le repas du soir presque en silence, et je bus trop du lourd vin sucré et médicamenteux. A un moment, nous entendîmes un bruit lointain de voiture ; ma tante s'élança aussitôt vers les grandes baies qui donnaient sur le jardin. Au vaste plafond, l'unique globe électrique ne projetait pas sa lumière assez loin, en sorte que, dans sa robe sombre, ma tante avait l'air mince et jeune ; dans la pénombre, jamais je ne l'eusse prise pour une vieille femme. Elle se tourna vers moi pour me citer ces vers avec un sourire un peu effrayé :

> *Elle dit seulement : « Funèbre est la nuit,*
> *« Il ne vient pas »*, dit-elle.

Elle ajouta :

« Cela fait partie des enseignements de ton père.

— Oui, il m'a appris aussi ces vers... en un sens. Il a corné la page dans le Palgrave.

— Et il les avait sûrement appris à Dodo sa poupée chérie, dit-elle. Tu la vois d'ici, les récitant sur la tombe de Boulogne, comme une prière ?

— Vous, vous n'êtes pas insensible, Tante Augusta.

— C'est bien pourquoi j'ai besoin d'un homme qui le soit. Un couple d'êtres sensibles, songe à quelle vie terrible il se voue mutuellement : être deux à souffrir, à avoir peur de parler, peur du moindre geste, peur de faire du mal. La vie a une chance d'être supportable quand on est seul à souffrir. Il est facile de s'accommoder de sa propre souffrance, pas de celle d'un autre. Moi, je ne saurais pas. Je me sens merveilleusement libre. Je peux dire ce qui me plaît à M. Visconti sans même que cela ait une chance d'égratigner son épais épiderme de Latin.

— Et s'il vous fait souffrir ?

— Ce sera toujours de courte durée, Henry. Comme en ce moment, où il n'arrive pas, où j'ignore ce qui le retient, et où je crains...

— Il ne peut lui être arrivé rien de très sérieux. En cas d'accident, la police aurait prévenu.

— Mon chou, nous sommes au Paraguay. La police me fait peur.

— Alors pourquoi rester ici ?

— M. Visconti n'a guère le choix. Sans doute serait-il plus en sûreté au Brésil, à condition qu'il ait assez d'argent. Qui sait, quand il aura fait fortune, nous pourrons toujours y aller. M. Visconti a de tout temps voulu faire fortune, et il est convaincu de pouvoir enfin y parvenir ici. Il a failli y réussir tant de fois. Il y a eu l'Arabie séoudite, et ensuite les Allemands...

— S'il y parvient cette fois, il n'en jouira pas bien longtemps.

— Là n'est pas la question. Il mourra heureux de savoir que ça y est. Un tas de lingots ! (Il a toujours raffolé des lingots.) Il aura accompli le rêve de sa vie.

— Pourquoi teniez-vous à m'avoir ici, Tante Augusta ?

— Tu es toute ma famille, Henry... et tu peux être très utile à M. Visconti. »

Ce n'était pas le genre d'idée particulièrement fait pour me séduire. Je dis :

« Je suis incapable de parler un mot d'espagnol.

— M. Visconti a besoin d'une personne de confiance pour tenir les comptes. Les bilans ont toujours été son point faible. »

Je promenai mon regard sur le désert de la pièce. Dans le globe nu, la lumière vacilla à l'approche d'un orage. Le bois de la caisse d'emballage m'écorchait presque la cuisse. Je songeai aux deux matelas et à la coiffeuse en haut. Les livres de comptes ne semblaient guère nécessiter un comptable. Je dis :

« Je projetais de repartir après vous avoir vue.

— Repartir ? Pourquoi ?

— Je me disais qu'il serait presque temps pour moi de me ranger.

— Qu'as-tu fait d'autre ? Depuis tout ce temps !

— J'allais dire : et de me marier.

— A ton âge ?

— Je suis tout de même loin d'avoir l'âge de M. Visconti. »

Une rafale de pluie battit les vitres. J'entrepris de parler à ma tante de Mlle Keene et de la soirée où j'avais failli me déclarer.

« Tu souffres d'être seul, dit ma tante. Un point c'est tout. Tu ne te sentiras plus seul avec nous.

— Je crois vraiment que Mlle Keene est un peu amoureuse de moi. Et j'éprouve un certain plaisir à la pensée que j'aurais une chance de la rendre heureuse. »

Je me défendais sans conviction, guettant un démenti de ma tante, et même le souhaitant.

« Au bout d'une année, dit ma tante, quel sujet de conversation vous resterait-il, entre vous ? Elle serait dans son fauteuil, penchée sur ses frivolités... J'étais loin de me douter qu'il y avait encore des gens pour employer le temps à ce genre de chose... Et quant à toi, tu lirais tes revues de jardinage. Et quand enfin le silence deviendrait presque insupportable, elle se mettrait à te raconter un souvenir de Koffiefontein, le même pour la douzième fois. Sais-tu à quoi tu penserais quand tu ne parviendrais plus à dormir dans votre grand lit ? Pas aux femmes ; elles ne t'intéressent pas assez, sinon tu n'envisagerais même pas d'épouser Mlle Keene. Tu te dirais à quel point chaque jour te rapproche un peu plus de la mort. Elle serait là, tout près, comme le mur de la chambre. Et tu aurais de plus en plus peur de ce mur, parce que rien ne pourrait t'empêcher de t'en approcher de plus en plus toutes les nuits, pendant que tu essaierais de dormir et que Mlle Keene lirait. Que lit-elle, Mlle Keene ?

— Peut-être avez-vous raison, Tante Augusta, mais n'en va-t-il pas de même partout à nos âges ?

— Non, pas ici. Demain, un policier peut parfaitement t'abattre dans la rue parce que tu ne comprends pas le guarani, ou bien tu peux recevoir un coup de couteau dans une *cantina* parce que tu ne parles pas l'espagnol et qu'un homme s'imaginera que tu te donnes des airs supérieurs. La semaine prochaine, quand nous aurons notre Dakota, peut-être t'écraseras-tu avec lui en Argentine. (M. Visconti est trop vieux pour monter avec le pilote.) Henry mon chou, si tu vis avec nous, tu n'auras pas l'impression de t'acheminer doucement, de jour en jour, vers un dernier mur. Le mur viendra tout seul à toi, sans ton aide, et chaque jour de ta vie t'apparaîtra comme une sorte de victoire. « C'est moi qui ai encore été le plus malin », diras-tu, la nuit venue ; après quoi tu dormiras bien. »

Elle reprit :

« Mon seul espoir est que le mur n'aura pas rencontré M. Visconti. Sinon, il faudra que je sorte et que j'aille moi-même à la recherche de ce mur. »

CHAPITRE V

LA sourde et lointaine rumeur de foules énormes me réveilla le lendemain matin. D'abord je me crus revenu à Brighton, avec le barattement des galets par la vague. Ma tante était déjà levée et avait préparé le petit déjeuner ; il y avait des pamplemousses cueillis de sa main dans le jardin. De la ville parvenaient des bribes de fanfares.

« Que se passe-t-il ?

— C'est la Fête nationale. Wordsworth m'avait prévenue, mais j'avais oublié. Si tu sors en ville, arrange-toi pour porter quelque chose de rouge.

— Pourquoi cela ?

— C'est la couleur du parti gouvernemental. Pour les libéraux c'est le bleu, mais il est malsain d'arborer du bleu. Tout le monde s'en garde.

— Je n'ai rien de rouge.

— Mais moi j'ai une écharpe.

— Je me vois mal avec une écharpe de femme.

— Fourre-la dans la pochette de ta veste. On croira que c'est un mouchoir.

— Vous ne voulez pas m'accompagner, Tante Augusta ?

— Non. Je dois rester pour attendre M. Visconti. Je suis sûre de le voir arriver aujourd'hui. Sûre d'avoir au moins un message. »

Je n'avais pas besoin de craindre le ridicule en portant cette écharpe. Dans les rues, la plupart des hommes s'étaient noué des mouchoirs rouges autour du cou, et sur beaucoup de ces mouchoirs on voyait en imprimé l'image du général. Seuls les bourgeois s'étaient limités au port de la pochette ; certains même montraient à peine le bout de l'étoffe et le tenaient serré dans la main, le laissant tout juste entrevoir à travers leurs doigts — peut-être eussent-ils préféré porter du bleu. Partout, il y avait des drapeaux rouges : on aurait cru la ville tombée aux mains des communistes ; mais ici, le rouge était la couleur du conservatisme. A tous les croisements de rues j'étais constamment bloqué par des processions de femmes en écharpe rouge, brandissant des portraits du général et des mots d'ordre en faveur du grand parti du Colorado. Des groupes de gauchos arrivaient en ville sur leurs montures aux rênes écarlates. Un ivrogne déboula par la porte d'une taverne et s'étala nez contre terre, son dos exhibant la bonne figure du général peinte sur sa chemise, tandis que les chevaux enjambaient délicatement le corps et que défilaient les voitures décorées, pleines de jolies filles, camélias écarlates piqués dans les cheveux. Même le soleil semblait rouge dans la brume du matin.

La poussée de la foule me fit dériver vers l'avenue Mariscal Lopez où se déroulaient les cortèges. De l'autre côté de la rue se dressaient les tribunes réservées au gouvernement et aux diplomates. Je reconnus le général qui saluait les drapeaux. La tribune voisine devait être celle de l'ambassade des Etats-Unis : à l'arrière-plan, j'aperçus mon ami O'Toole, coincé dans un angle par un attaché militaire corpulent. Je lui fis signe de la main et je pense qu'il dut me voir, car il sourit timidement et se mit à parler au gros homme à côté de lui. Puis un cortège passa et je le perdis de vue.

Le cortège se composait d'hommes déjà âgés et pauvrement vêtus, dont quelques-uns avec des béquilles et d'autres manchots. Ils portaient des étendards aux insignes de leurs anciennes unités. C'étaient des vétérans de la guerre du Chaco ; une fois par an, j'imagine, ils avaient droit à ce moment de gloire. Ils avaient l'air plus humain que les colonels qui venaient après, raides comme des statues dans leur voiture, en uniforme de gala, glands et épaulettes d'or, tous avec une moustache noire et se ressemblant à s'y méprendre : on eût dit des quilles peintes attendant la boule qui allait les faucher.

Au bout d'une heure, j'en avais assez du spectacle et je me dirigeai vers le centre de la ville et vers l'hôtel gratte-ciel tout neuf, pour y acheter un journal de langue anglaise ; mais il n'y avait qu'un *New York Times* vieux de cinq jours. Un homme me chuchota secrètement quelque chose au moment où j'allais pénétrer dans l'hôtel ; il avait l'allure distinguée d'un intellectuel ; il aurait pu être diplomate ou professeur d'université.

« Pardon ? dis-je.

— Pas de dollars U.S. ? » me demanda-t-il précipitamment.

Et comme je secouais la tête (car je n'avais aucun désir d'enfreindre la moindre loi du pays sur les devises), il s'éloigna. Malheureusement, quand je sortis de l'hôtel avec mon journal, je le retrouvai sur le trottoir d'en face où il ne me reconnut pas.

« Pas de dollars U.S. ? » chuchota-t-il de nouveau.

Une fois de plus, je répondis par la négative et il me foudroya d'un regard chargé de dédain et de dégoût, comme si je lui avais fait une mauvaise niche de gamin.

Je revins vers les abords de la ville et vers la maison de ma tante, arrêté à certains coins de rues par la queue d'un cortège. Une demeure palatiale couverte d'oriflammes arborait un bon nombre d'affiches écarlates : probablement le quartier général du parti du Colorado. De gros hommes en costume de ville, suant sous le soleil matinal, escaladaient ou dégringolaient le large perron, tous avec des écharpes rouges. L'un d'eux s'arrêta pour me demander, du moins le supposai-je, ce que je voulais.

« Colorado ? demandai-je.

— Oui. Vous êtes Américain ? »

J'étais tout content de trouver quelqu'un qui parlât l'anglais. Il avait une tête de bouledogue aimable, mais aurait eu besoin de se raser.

« Non, répondis-je, Anglais. »

Il poussa une sorte de bref aboiement qui semblait fort peu aimable et, au même instant, peut-être à cause de la chaleur, du soleil, et du parfum des fleurs, je fus pris d'une violente crise d'éternuement. Sans y penser, je pris dans la poche de ma veste l'écharpe rouge de ma tante et me mouchai. Geste malencontreux entre tous. Je me retrouvai assis sur la chaussée, sans savoir comment j'avais atterri là, le nez ruisselant de sang. Des hommes gras m'entouraient, tous en costume sombre, tous avec des faciès de bouledogue. D'autres, identiques, surgirent au balcon de la maison du Colorado, pour me contempler de là-haut avec curiosité et réprobation. Le mot *« Ingles »* revenait souvent dans les bouches. Puis un policier me remit vigoureusement sur pied. Par la suite, j'en vins à penser que j'avais eu une chance folle ; si je m'étais mouché à proximité d'un groupe de gauchos, il y eût de fortes chances qu'on me plantât un couteau entre les côtes.

Plusieurs des hommes gras m'accompagnèrent jusqu'au poste de police, y compris celui qui m'avait frappé, il brandissait l'écharpe de ma tante, preuve du délit.

« Tout cela n'est qu'une erreur, dis-je.

— Erreur ? » (Son anglais était très limité.)

Au poste de police — bâtiment très imposant, construit pour soutenir un siège — tout le monde se mit à parler en même temps à grand bruit et avec colère. Je ne savais plus à quel saint me vouer. Je répétais sans arrêt : *« Ingles »*. En vain. Une fois j'essayai le mot « Ambassadeur », mais il n'avait pas place dans leur vocabulaire. L'officier de police était jeune et soucieux — ses supérieurs étaient probablement tous au défilé. Lorsque je répétai *« Ingles »* pour la troisième fois, et « Ambassadeur » pour la seconde, il me frappa, mais sans conviction — le coup me fit à peine mal. Je découvrais un monde nouveau. La violence physique, comme la roulette du dentiste, est rarement aussi terrible qu'on le craint.

J'essayai de nouveau « Erreur », mais personne n'était capable de traduire le mot. L'écharpe passa de main en main ; un doigt montra à l'officier de police une tache de morve. Il saisit sur son bureau quelque chose qui ressemblait à une carte d'identité et me l'agita sous le nez. Sans doute me demandait-il mon passeport.

« Je l'ai laissé à la maison », dis-je.

Sur quoi, trois ou quatre d'entre eux se mirent à discuter vivement, peut-être faute de tomber d'accord sur le sens de mes paroles.

Assez bizarrement, ce fut l'homme qui m'avait frappé le premier qui se révéla le plus compatissant. Je continuais à saigner du nez ; il me tendit son mouchoir, qui était assez sale. Mais, si terrifié que je fusse à la pensée d'une septicémie, j'hésitai à repousser cette aide et je me résignai à me tamponner délicatement le nez, puis fis mine de lui restituer le mouchoir. Il refusa de le reprendre d'un geste magnanime. Ensuite il griffonna quelques mots sur un bout de papier qu'il me tendit. Je lus un nom de rue accompagné d'un numéro. M'ayant montré du doigt le sol, puis ma propre personne, il m'offrit son crayon. Le groupe se resserra autour de nous, plein de curiosité. Je secouai la tête. J'étais capable de regagner à pied la maison de ma tante, mais je n'avais pas la moindre idée du nom de la rue. Mon ami — je commençais à le considérer comme tel — écrivit le nom de trois hôtels. Je secouai de nouveau la tête.

Nous en étions là lorsque je gâchai tout. J'étais planté à côté du bureau de l'officier de police, dans cette pièce étouffante de chaleur et de gens, avec une sentinelle armée sur le seuil, et je ne sais pourquoi mon esprit se reporta tout à coup au matin des obsèques de ma belle-mère ; je revis la chapelle pleine d'une parenté lointaine, j'entendis la voix de ma tante dominant le murmure du pasteur : « Une fois j'ai assisté à une incinération prématurée. » D'avance j'avais compté sur ces obsèques pour rompre l'harmonie routinière de ma retraite — et à quelle rupture cela n'avait-il pas abouti dans la réalité ! Je me souvenais de m'être fait du mauvais sang pour ma tondeuse à gazon sous la pluie. Du coup, je me mis à rire, et ce rire réveilla l'hostilité générale. Je redevins l'étranger insolent qui s'était mouché dans l'emblème du parti du Colorado. Mon premier assaillant m'arracha son mouchoir, et l'officier de police, écartant brusquement ceux qui se tenaient sur son chemin, fit trois grands pas jusqu'à moi et m'administra une sévère manchette sur l'oreille droite, qui commença à saigner à son tour. M'efforçant désespérément de retrouver un nom qui pût leur être familier, je lançai le nouveau nom de M. Visconti.

« Señor Izquierdo », dis-je sans le moindre résultat.

Je jetai alors en pâture :

« Señor O'Toole. »

L'officier de police laissa en suspens la main qui allait me frapper de nouveau et je tentai :

« Ambassade... Americano. »

Cette fois, les mots produisirent un certain effet, bien que je ne fusse pas très sûr que ce fût en ma faveur. On manda deux policiers qui me poussèrent dans un couloir et me bouclèrent dans une cellule. J'entendais l'officier de police téléphoner ; mon seul espoir était que le père de Tooley connût vraiment les ficelles. Il n'y avait rien pour s'asseoir dans la cellule — rien qu'un bout de sac sous une fenêtre à barreaux trop haute pour me permettre d'apercevoir autre chose qu'une tache de ciel uniforme. Il y avait sur le mur des graffiti en espagnol — peut-être une prière, ou peut-être une obscénité, impossible de le dire. Je m'assis sur mon bout de sac et me préparai à une longue attente. Le mur d'en face me rappelait les paroles de ma tante : je m'entraînai à remercier ce mur qui semblait garder ses distances.

Pour tuer le temps, je pris mon stylographe et me mis à faire des dessins sur le lait de chaux. J'écrivis mes initiales et en éprouvai de l'irritation, comme souvent déjà, parce que ce sont celles de la fameuse sauce en bouteille H.P. Puis j'écrivis la date de ma naissance, 1913, avec un tiret tout contre, pour que l'on pût y ajouter celle de ma mort. L'idée me vint de noter les annales d'une famille — ce qui m'aiderait à passer les heures si mon séjour devait se prolonger. J'écrivis donc la date de la mort de mon père, 1923, et de celle de ma belle-mère, il y avait moins d'un an. Comme j'ignorais tout de mes grands-parents, il ne restait de la famille que ma tante. Elle était née approximativement aux environs de 1895 ; je mis un point d'interrogation après la date. Pourquoi, me dis-je, ne pas essayer de tirer au clair l'histoire de ma tante sur ce mur, qui commençait déjà à prendre un air de famille plus aimable ? Je n'accordais pas entièrement foi à tous ses récits et peut-être découvrirais-je une faille dans la chronologie. Elle m'avait vu pour mon baptême et c'était tout ; elle avait donc dû quitter la demeure de mon père autour de 1913, à dix-huit ans — selon toute probabilité guère longtemps après le fameux instantané. Il y avait eu Brighton et la période Curran, qui devaient se situer certainement après la première guerre mondiale. J'inscrivis donc église des Chiens, 1919, avec un autre point d'interrogation. Curran avait abandonné ma tante, elle était partie pour Paris, à l'établissement de la rue de Provence où elle avait fait la connaissance de M. Visconti — peut-être vers la même époque où mon père rendait l'âme à Boulogne. Sans doute avait-elle alors vingt ans et quelques. J'attaquai la période italienne, les va-et-vient entre Milan et Venise, la mort de l'oncle Jo, la vie avec M. Visconti, interrompue par l'échec du projet d'Arabie séoudite. En face de Paris et de M. Dambreuse, je me risquai à coucher la date de 1937, car ma tante était retournée en Italie pour retrouver M. Visconti dans la maison derrière le *Messaggero* avant qu'eût éclaté la seconde guerre mondiale. Des vingt dernières années de sa vie j'ignorais tout jusqu'à l'arrivée de Wordsworth. Je devais bien l'admettre : je ne découvrais rien d'intrinsèquement faux dans cette chronologie. Tous les événements qu'elle m'avait racontés avaient eu largement le temps de se passer — et bien d'autres en plus. Je me mis à réfléchir à la nature de la querelle avec ma mère supposée. Elle avait dû survenir à peu près à l'époque de la prétendue grossesse — à supposer que l'histoire fût vraie...

La porte de la cellule s'ouvrit brutalement et un agent de police apporta une chaise. Je pris le geste pour une gentillesse et me levai de ma toile de sac pour profiter du siège. L'agent me repoussa rudement. O'Toole entra, la mine gênée.

« Vous m'avez tout l'air d'avoir des ennuis, Henry, dit-il.

— Ce n'est qu'une erreur. J'ai éternué et le hasard a fait ensuite que je me suis mouché...

— Dans l'emblème du Colorado et devant le Q.G. du Colorado.

— Oui. Mais pour moi ce n'était qu'un mouchoir.

— Vous êtes dans un sale pétrin.

— C'est probable.

— Vous pourriez écoper de dix ans comme rien. Permettez que je m'assoie ? Voilà des heures que je suis debout à ce fichu défilé.

— Bien sûr. Je vous en prie.

— Je pourrais demander une autre chaise.

— Ne vous donnez pas la peine. Je commence à me faire à ce sac.

— Ce qui aggrave probablement votre cas, dit O'Toole, c'est que vous ayez choisi leur Fête nationale pour faire ça. D'un sens, ça paraît une provocation. Autrement on se serait peut-être contenté de vous expulser. Qu'est-ce qui vous a donné l'idée de me demander ?

— Vous m'avez dit que vous connaissez les ficelles et ces gens n'avaient pas l'air de comprendre les mots « Ambassade d'Angleterre ».

— Vos compatriotes n'ont guère de poids ici, j'en ai peur. C'est nous qui équipons l'armée... sans compter la nouvelle station hydro-électrique que nous aidons à construire... pas loin des chutes de l'Iguaçu. Elle desservira également le Brésil, moyennant redevance, d'ailleurs. Belle affaire pour le pays.

— Passionnant, dis-je non sans amertume.

— Il va de soi que je ne demande pas mieux que de vous aider, dit O'Toole. Vous êtes un ami de Lucinda. A propos, j'ai reçu une carte postale d'elle. Elle n'est pas à Katmandou. Elle est à Vientiane. Je me demande bien pourquoi.

— Ecoutez, O'Toole, dis-je, à défaut d'autre chose, vous pourriez au moins téléphoner à l'ambassade de Grande-Bretagne. Si je dois écoper de dix ans de prison, j'aimerais autant avoir un lit et une chaise.

— Bien sûr, dit O'Toole, je peux vous arranger ça. Sans doute aussi pourrais-je me débrouiller pour vous faire relâcher... le chef de la police est un bon ami...

— Je crois que ma tante le connaît également.

— Ne banquez pas là-dessus. Voyez-vous, nous sommes

en possession de nouveaux renseignements sur votre parente. La police ne désire pas agir, j'ai l'impression que de l'argent est passé de la main à la main ; mais nous faisons pression sur elle. Vous m'avez l'air mêlé à pas mal de personnages assez douteux, Henry.

— Ma tante est une vieille dame de soixante-quinze ans. »

Je jetai un coup d'œil sur les notes que j'avais alignées sur le mur : rue de Provence, Milan, *Messaggero.* Neuf mois plus tôt, je n'eusse pas manqué de qualifier la carrière de ma tante de douteuse, mais maintenant apparemment je ne voyais pas grand-chose de mal dans son *curriculum vitae*, rien de comparable en tout cas à trente années dans la banque.

« Je ne vois pas ce qu'on peut avoir contre elle, dis-je.

— Votre ami, cette espèce de Noir, est passé nous voir.

— Je suis sûr qu'il ne vous a rien dit contre ma tante.

— Très juste. Absolument rien. Mais il avait beaucoup à dire au sujet de M. Izquierdo. En conséquence, j'ai persuadé la police de retirer celui-ci pour quelque temps de la circulation.

— Cela fait partie de votre enquête sociologique ? demandai-je. Sans doute est-ce une victoire de la sous-alimentation.

— Je crains de vous avoir menti, d'un sens, Henry, répondit-il, l'air gêné de nouveau.

— Vous êtes bien de la C.I.A., comme Tooley me l'avait dit ?

— Ma foi... d'un sens... pas exactement, dit-il, se cramponnant à la misérable loque de son mensonge comme à un parapluie retourné par un grand vent.

— Que vous a raconté Wordsworth ?

— Il était d'humeur assez amère. Si votre tante était moins vieille, je dirais que c'est de l'amour. Il avait l'air jaloux de ce type, de cet Izquierdo.

— Où se trouve Wordsworth actuellement ?

— Il traîne dans le coin. Il voudrait revoir votre tante quand les choses se seront tassées.

— Y a-t-il un espoir qu'elles se tassent ?

— Ma foi, Henry, c'est possible. Si tout le monde veut bien se montrer raisonnable.

— Même mon histoire d'éternuement ?

— J'imagine. Quant au racket de contrebande de M. Izquierdo... tout le monde s'en moque comme d'un peso dévalué, à condition qu'il y mette du sien. Cela dit, vous le connaissez, ce M.I... ?

— Je ne l'ai jamais rencontré.

— Peut-être le connaissez-vous sous une autre identité ?

— Non plus », dis-je.

O'Toole soupira.

« Henry, dit-il, je ne demande qu'à vous aider. Tous les amis de Lucinda peuvent compter sur moi. Nous pouvons liquider tout ça en quelques heures. Visconti n'est pas important... pas comme Mengeles ou Borman.

— Je croyais que nous parlions d'Izquierdo.

— Vous savez aussi bien que moi et que votre ami Wordsworth que c'est le même individu. La police aussi, mais elle protège ce genre de type... en tout cas jusqu'à ce qu'ils n'aient plus le sou. Ce qui a bien failli arriver à Visconti, à cela près que Mlle Bertram est survenue et a payé.

— Je ne sais rien, dis-je. Je ne suis qu'en visite ici.

— J'imagine qu'il y avait une bonne raison pour que Wordsworth vous attende à Formosa, Henry. N'importe comment, j'aimerais bavarder un peu avec votre tante, et un mot de vous pourrait faciliter la chose. Si je persuadais la police de vous relâcher, nous pourrions aller la voir ensemble...

— Où voulez-vous en venir, exactement ?

— Elle doit être morte d'inquiétude pour Visconti, à

l'heure qu'il est. Je suis en mesure de la rassurer. On ne le gardera en prison que quelques jours ; il ne tient qu'à un mot de moi.

— Est-ce une sorte de marché que vous lui proposez ? Je vous préviens qu'elle ne fera rien qui puisse se retourner contre M. Visconti.

— J'ai seulement envie de bavarder avec elle, Henry. En votre présence. Si je la vois seul, elle risque de se méfier. »

J'avais la crampe, sur mon sac, et je ne voyais pas de raison de refuser.

« Il faudra peut-être une heure ou deux pour que je vous fasse relâcher. C'est la pagaille aujourd'hui. »

Il se leva.

« Comment va la statistique, O'Toole ?

— Leur sacré défilé a tout fichu en l'air. J'ai eu peur de boire même une goutte de café au petit déjeuner. Des heures et des heures à rester debout sans lâcher un fil. Je ferais mieux de rayer complètement cette journée. Ce n'est pas ce qu'on appelle un jour normal. »

Il lui fallut plus d'une ou deux heures pour persuader la police de me relâcher, mais on avait oublié de retirer la chaise de la cellule après son départ et on m'apporta une maigre bouillie de gruau — autant de signes favorables, pensai-je. A ma grande surprise, je ne m'ennuyai pas, même n'ayant rien de très utile à ajouter à mes annales murales, à part deux dates problématiques concernant Tunis et La Havane. J'entrepris de composer mentalement une lettre à Mlle Keene lui décrivant ma condition présente : « J'ai insulté le parti au pouvoir au Paraguay et je suis compromis avec un criminel de guerre recherché par Interpol. Pour le premier délit, la peine maximale est de dix ans. On m'a mis dans une petite cellule de trois mètres sur deux, sans rien pour dormir qu'un bout de toile de sac. Je n'ai pas la moindre idée de ce qui m'attend encore, mais j'avoue ne pas être vraiment malheureux, tout cela est beaucoup trop passionnant. » Il n'était pas question d'écrire pour de bon cette lettre, car Mlle Keene eût été tout à fait incapable de concilier l'image de son auteur avec celle de l'homme qu'elle avait connu.

La nuit était complètement tombée, dehors, lorsqu'enfin on vint me libérer. Par le même couloir, on me conduisit jusqu'au même bureau où l'on me restitua solennellement l'écharpe rouge de ma tante ; puis le jeune officier de police me donna une grande tape amicale dans le dos, en me poussant dans la rue. O'Toole m'attendait dans une antique Cadillac. Il dit :

« Désolé. Cela a pris plus de temps que je ne pensais. Je crains que Mlle Bertram ne s'énerve aussi à votre sujet.

— Je ne crois pas compter beaucoup à côté de M. Visconti.

— L'eau passe, le sang demeure.

— L'eau est un terme de comparaison qui ne convient guère à M. Visconti. »

Deux lumières seulement brûlaient à l'intérieur de la maison. Comme nous traversions le petit bois au fond du parc, quelqu'un nous braqua un faisceau lumineux en pleine figure, mais juste le temps d'un éclair et je ne pus voir qui tenait la torche électrique. Sur la pelouse je me retournai : rien.

« Vous faites surveiller les lieux ? demandai-je.

— Pas moi, non, Henry. »

Je le sentais mal à l'aise. Il fourra la main à l'intérieur de sa veste.

« Vous êtes armé ? dis-je.

— Il faut bien prendre des précautions.

— Contre une vieille dame ? Ma tante est seule ici.

— On ne peut jamais jurer de rien. »

Nous traversâmes la pelouse et gravîmes le perron. Dans la salle à manger, la lumière du globe brillait sur deux verres vides et une bouteille de champagne, également vide.

Quand je la pris, la bouteille était encore glacée sous ma main. En la reposant, je renversai l'un des verres et le bruit résonna dans toute la maison. Ma tante devait être à la cuisine, car elle surgit aussitôt sur le seuil.

« Où diable étais-tu passé, Henry ?

— J'étais en prison. M. O'Toole m'a aidé à sortir.

— Jamais je ne me serais attendue à voir M. O'Toole chez moi. Surtout après ce qu'il a fait à M. Izquierdo en Argentine. Ainsi, c'est vous M. O'Toole ?

— Oui, mademoiselle Bertram. J'ai pensé qu'il ne serait pas mauvais que nous ayons une conversation amicale. Je sais toute l'inquiétude que vous devez éprouver pour M. Visconti.

— Je ne suis pas le moins du monde inquiète pour M. Visconti.

— Je pensais que peut-être... Ne sachant pas où il est... depuis tout ce temps...

— Je sais parfaitement où il est, dit ma tante. Aux toilettes. »

Le bruit de la chasse d'eau parvint à point pour lui donner la réplique.

CHAPITRE VI

J'ATTENDAIS avec une curiosité impatiente de voir M. Visconti. Peu d'hommes ont dû être tant aimés, ou tant pardonnés, et mon esprit avait une image toute prête et collant à l'emploi : celle d'un Italien grand, très brun, maigre, aussi aristocratique que le nom. Mais l'homme qui franchit le seuil pour venir à notre rencontre était court, gras et chauve ; quand il me tendit la main, je remarquai qu'il avait eu l'auriculaire cassé, ce qui donnait à cette main l'aspect d'une serre d'oiseau. Il avait des yeux bruns, doux et totalement dénués d'expression. On pouvait y lire ce qu'on voulait. Si ma tante y découvrait l'amour, j'étais certain qu'O'Toole y déchiffrait la malhonnêteté.

« Enfin vous voici, Henry, dit M. Visconti. Votre tante était morte d'inquiétude. »

Il parlait excellemment l'anglais, presque sans accent.

O'Toole dit :

« Vous êtes M. Visconti ?

— Mon nom est Izquierdo. A qui ai-je le plaisir ?...

— Le mien est O'Toole.

— Dans ce cas, dit M. Visconti avec un sourire qu'une large brèche dans ses dents de devant rendait factice, plaisir n'est pas le mot que je devrais employer.

— Je vous croyais bien tranquille en prison.

— La police et moi, nous sommes parvenus à une entente. »

O'Toole dit :

« C'est pour cela que je suis ici, moi aussi.

— Il est toujours possible de s'entendre, dit M. Visconti, comme il eût cité un auteur très connu (Machiavel peut-être). A avantage égal pour les deux parties.

— J'ai l'impression que c'est précisément le cas.

— Je crois, dit M. Visconti à ma tante, qu'il reste deux bouteilles de champagne à la cuisine.

— Deux ? demanda ma tante.

— Ma chère, nous sommes quatre. »

Il se tourna vers moi et reprit :

« Ce n'est pas le meilleur des champagnes. Il a beaucoup voyagé et a été pas mal secoué en venant de Panama.

— J'en déduis, dit O'Toole, que vos arrangements avec le Panama sont désormais O.K.

— Exactement, dit M. Visconti. Quand la police s'est saisie de moi à votre instigation, elle a d'abord cru arrêter une fois de plus un miséreux. J'ai pu la convaincre que je suis redevenu un homme plein de moyens en puissance. »

Ma tante revenait de la cuisine avec le champagne.

« Et des verres, dit M. Visconti. Vous avez oublié les verres. »

J'étais fasciné par le spectacle de Tante Augusta. Jamais encore je ne l'avais vue recevoir d'ordres de personne.

« Asseyez-vous, asseyez-vous, mes amis, dit M. Visconti. Excusez, je vous prie, la grossièreté de nos sièges. Nous venons de traverser une période de vaches plutôt maigres, mais toutes nos difficultés, je l'espère, touchent à leur fin. Bientôt nous serons à même de recevoir nos amis de la bonne façon. M. O'Toole, je lève mon verre aux Etats-Unis. Je n'ai pas de ressentiment envers vous, ni envers votre grand pays.

— C'est très chic à vous, dit O'Toole. Mais au fait, qui est ce type, dans le jardin ?

— Un homme de mon état doit prendre des précautions.

— Il ne nous a pas empêchés de passer.

— Seuls mes ennemis sont visés.

— Comment préférez-vous qu'on vous appelle : Izquierdo ou Visconti ? demanda O'Toole.

— J'ai eu le temps de me familiariser parfaitement avec les deux. Finissons de vider cette bouteille et débouchons-en une autre. Quand on cherche la vérité, le champagne est le meilleur détecteur de mensonges. Il encourage les gens à devenir expansifs, voire téméraires, tandis que les détecteurs de mensonges ne sont qu'une invitation à mentir encore mieux.

— Vous parlez d'expérience ? s'enquit O'Toole.

— J'ai eu droit à une petite séance du genre, avant de quitter Buenos Aires. Je soupçonne le résultat de n'avoir pas été très utile à la police... ni à vous. On vous l'a communiqué, je suppose ? Je m'étais préparé très soigneusement, longtemps à l'avance. On m'a bouclé deux courroies de caoutchouc autour des bras et j'ai cru d'abord qu'on allait prendre ma tension. D'ailleurs peut-être l'a-t-on fait en passant. On m'a prévenu que j'aurais beau mentir tant que je voudrais, la machine dirait toujours la vérité. Je vous laisse imaginer ma réaction. Le scepticisme est inné chez un catholique. On a commencé par me poser un certain nombre de questions innocentes, par exemple quel était mon plat favori, et si je m'essoufflais en montant un escalier. Tout en répondant à ces questions sans méchanceté, je pensais très fort à l'immense joie que j'éprouverais un jour à revoir ma chère amie ici présente, ce qui a fait bondir mon cœur et mon pouls, en sorte que personne ne comprenait ce que je pouvais trouver de si passionnant à monter un escalier, ou à manger des cannelloni. Alors on m'a laissé me calmer et ensuite, on m'a lancé à la figure le nom de Visconti. « Visconti, c'est vous ?... C'est bien vous, Visconti, le « criminel de guerre. » Le tout sans le moindre effet, car j'avais entraîné ma vieille femme de ménage à m'appeler par ce nom quand elle ouvrait les rideaux, le matin : « Visconti, « espèce de criminel de guerre, debout ! » C'était devenu pour moi une phrase familière, synonyme de : « Le café est prêt. » Ensuite, ils sont revenus sur la question de mon essoufflement dans les escaliers, et cette fois j'ai gardé un calme absolu ; mais lorsqu'ils m'ont demandé pourquoi j'aimais les cannelloni, j'ai pensé à mon amour chéri, ce qui m'a surexcité de nouveau, tant et si bien qu'à la question suivante, qui était sérieuse, le cardiogramme... si tel est bien le terme... s'est considérablement normalisé, parce que j'avais cessé de penser à ma chère amie. A la fin, ils étaient fous de rage... autant contre la machine que contre moi. Vous voyez comme le champagne me rend bavard. Je suis d'humeur à tout vous dire.

— Je suis ici pour vous proposer un arrangement, monsieur Visconti. Je comptais vous retirer de la circulation pour un bout de temps, de façon à convaincre Mlle Bertram en votre absence.

— J'aurais tout refusé, dit ma tante, tant que je n'aurais pas pu parler à M. Visconti.

— Nous pouvons encore vous créer des tas d'ennuis dans ce pays. Chaque fois que nous ferions pression sur la police, il vous en coûterait cher en pots-de-vin. Mais supposons que nous convainquions Interpol de classer votre dossier et que nous déclarions à la police que nous nous désintéressons de vous ; supposons que vous soyez libre d'aller et venir...

— Je ne vous ferais pas entièrement confiance, dit M. Visconti. Je préfèrerais rester sur place. D'ailleurs, je me fais des amis.

— Bon, restez tant que vous voulez... Supposons que la police n'ait plus aucun moyen de vous faire chanter.

— L'offre est intéressante, dit M. Visconti. Evidemment, vous devez penser que j'ai quelque chose à vous offrir en retour ? Vous permettez que je remplisse votre verre.

— Nous sommes prêts à conclure un marché, dit O'Toole.

— Je suis un homme d'affaires, répliqua M. Visconti. En mon temps, j'ai traité avec pas mal de gouvernements. L'Arabie séoudite, la Turquie, le Vatican.

— Et la Gestapo.

— Ceux-là n'étaient pas des gentlemen, dit M. Visconti. Seule la force des circonstances m'y a contraint. »

Sa façon de parler me rappelait celle de Tante Augusta. Ils avaient dû mûrir de conserve avec les années.

« Vous pensez bien, naturellement, que j'ai reçu d'autres offres, d'ordre privé.

— Un homme dans votre situation ne peut se permettre le luxe d'offres venant de particuliers. A moins de traiter avec nous, jamais vous ne pourrez vivre dans votre fichue baraque. Personnellement, je ne me soucierais pas d'acheter des meubles.

— Les meubles, dit M. Visconti, ne posent plus de problème. Hier, mon Dakota n'est pas rentré vide d'Argentine. Mlle Bertram avait déjà pris ses dispositions pour que Harrods, à Buenos Aires, livre le mobilier à l'*estancia* d'un ami. Tant de lustres contre tant de cigarettes. Le lit était un article dispendieux. Combien de caisses de whisky l'avez-vous payé, ma chère ? A mon ami, bien sûr, pas à Harrods. Firme honorable entre toutes. Il faut des tas de whisky ou de cigarettes, de nos jours, pour meubler quelques pièces principales, et franchement je reconnais que je m'accommoderais volontiers d'un peu d'argent liquide. On a parfois plus besoin d'un beefsteak que d'un lustre. Panama ne peut plus rien livrer avant deux semaines. Je me trouve dans la position d'un homme à la tête d'une affaire saine, avec de belles perspectives, mais à court de menue monnaie.

— Je vous offre la sécurité, dit O'Toole, et non de l'argent.

— J'ai l'habitude de l'insécurité. Elle ne m'inquiète pas. Dans ma position, seul l'argent liquide est éloquent. »

J'en étais à me demander quel ordre de découvert j'eusse

accordé à M. Visconti sur sa seule parole, lorsque ma tante me prit la main.

« J'estime, chuchota-t-elle, que nous devrions laisser M. Visconti tête à tête avec M. O'Toole. »

A voix haute, elle reprit :

« Veux-tu me suivre un instant. Je voudrais te montrer quelque chose.

— M. Visconti a-t-il du sang juif ? demandai-je quand nous fûmes sortis de la pièce.

— Non, répondit Tante Augusta, sarrasin, peut-être. Il s'est toujours très bien entendu avec les Arabes séoudites. Il te plaît, Henry ? » demanda-t-elle d'un ton anxieux qui me toucha étant donné les circonstances.

Ce n'était pas le genre de femme à adresser facilement une prière à quelqu'un.

« Il est un peu tôt pour se faire une opinion, dis-je. Je ne le trouve pas très digne de confiance.

— Sinon, est-ce que je l'aurais aimé, Henry ? »

Par la cuisine — une chaise, un séchoir, un antique fourneau à gaz, des boîtes de conserve empilées sur le plancher — elle me conduisit à l'arrière de la maison. La cour était pleine de grandes caisses en bois. Ma tante dit orgueilleusement :

« Voici les meubles. De quoi équiper deux chambres et une salle à manger. Sans compter quelques sièges de jardin, pour notre petite fête.

— Et pour la nourriture et la boisson ?

— C'est justement ce que M. Visconti est en train de discuter.

— S'attend-il vraiment que la C.I.A. fasse les frais de votre petite fête ? Qu'est devenu tout l'argent que vous aviez à Paris, Tante Augusta ?

— Il en fallut beaucoup pour régler les choses avec la police ; et il a fallu aussi trouver une maison digne de la position de M. Visconti.

— Quelle position ?

— En son temps, il a traité d'égal à égal avec des cardinaux et des princes arabes, dit Tante Augusta. Tout de même, tu ne vas pas imaginer qu'un petit pays comme le Paraguay le tiendra longtemps sous le boisseau, non ? »

Une lueur brilla au fond du jardin, puis s'éteignit.

« Qui est-ce qui rôde par ici ? demandai-je.

— M. Visconti se méfie un peu de son associé. On l'a trahi si souvent. »

Malgré moi, je me demandai combien de gens il avait lui-même trahi : ma tante, sa femme, ces fameux princes et cardinaux, même la Gestapo.

Tante Augusta s'assit sur une petite caisse et dit :

« Je suis si heureuse, Henry, que tu sois ici et que M. Visconti soit rentré sain et sauf. Peut-être est-ce que je vieillis un peu, mais je me contenterais parfaitement d'un brin de vie de famille pendant quelque temps. Toi, moi, M. Visconti, travaillant ensemble, tous les trois...

— Dans les cigarettes et le whisky de contrebande ?

— Mais oui.

— Y compris le garde du corps dans le parc.

— Je n'aimerais pas que ma vie se terminât en quenouille, Henry, sans la moindre étincelle de passion. »

La voix de M. Visconti appela de l'une des pièces de la vaste demeure :

« Chère amie, chère amie. M'entendez-vous ?

— Oui.

— Apportez-moi le tableau, ma chère. »

Ma tante se leva.

« Le marché doit être conclu, je crois bien, dit-elle. Viens, Henry. »

Mais je la laissai aller seule. Je m'éloignai de la maison en direction du petit bois. Une brise légère et chaude m'enveloppait du parfum des orangers et des jasmins. C'était comme si j'avais plongé la tête dans un carton de fleurs fraîchement coupées. Lorsque je pénétrai dans l'ombre, un éclair lumineux m'aveugla et s'éteignit de nouveau ; mais cette fois, j'étais prêt et je sus exactement où se tenait l'homme. J'avais sorti une allumette et l'enflammai. Je vis, accoté à un *lapacho*, un petit vieux moustachu ; sa bouche béait de surprise et de perplexité, au point que j'eus le temps d'apercevoir ses gencives édentées avant que l'allumette se fût éteinte.

« *Buenas noches* », dis-je (c'était l'une des rares expressions que j'avais retenues de mon lexique).

Il marmonna je ne sais quoi en retour. Je m'apprêtais à rebrousser chemin, quand je trébuchai sur une inégalité du terrain. Il alluma sa torche pour venir à mon secours. Je pensai à part moi que M. Visconti ne pouvait pas encore s'offrir le grand luxe en fait de garde du corps. Peut-être avec le second chargement en provenance de Panama serait-il en mesure de s'offrir mieux.

Dans la salle à manger, je les trouvai tous les trois penchés sur le tableau. Je le reconnus au cadre, qui avait décoré ma cabine pendant quatre jours.

« Je ne comprends pas, disait O'Toole.

— Ni moi non plus, répondit M. Visconti. Je m'attendais à une photographie de la Vénus de Milo.

— Vous savez très bien que je ne peux pas supporter les torses, cher ami, dit Tante Augusta. Je vous ai déjà parlé de cette histoire de meurtre dans un train. J'ai trouvé cette photographie dans la chambre de Wordsworth. »

O'Toole dit :

« Du diable si je comprends quelque chose à toutes vos histoires. Quel meurtre dans un train ?

— Ce serait trop long à raconter pour l'instant, dit Tante Augusta. D'ailleurs Henry sait de quoi il s'agit, et mes histoires ne l'amusent pas.

— Ce n'est pas vrai, dis-je. J'étais seulement fatigué ce soir-là, à Boulogne...

— Ecoutez, dit O'Toole, ce qui a pu se passer à Boulogne

ne m'intéresse pas. J'ai fait une offre pour un tableau que M. Visconti ici présent a volé...

— Je ne l'ai pas volé, protesta M. Visconti. Le prince me l'a donné de son plein gré, pour en faire cadeau au maréchal Gœring en reconnaissance de...

— Bon, bon, on sait tout cela. Le prince ne vous a pas donné de photo représentant un tas d'Africaines...

— Normalement, ce devait être la Vénus de Milo, dit M. Visconti en secouant la tête d'un air perplexe. Vous n'aviez pas besoin de la changer, chère amie. C'était une très belle photographie.

— Ce devait être un dessin de Léonard de Vinci, riposta O'Toole.

— Qu'avez-vous fait de cette photographie ? demanda M. Visconti.

— Je l'ai jetée. Je n'ai pas envie de torses qui me rappellent...

— Je vous referai foutre en taule demain matin, menaça O'Toole. Pot de vin ou pas. L'ambassadeur lui-même...

— Dix mille dollars, c'était le prix convenu. Mais je veux bien accepter d'être payé en devises du pays si c'est plus commode.

— Pour une photo représentant un tas de négresses, dit O'Toole.

— Si vous tenez vraiment à cette photographie, je suis prêt à vous la donner par-dessus le marché.

— Quel marché ?

— En plus de l'autre chose... le cadeau du prince. »

M. Visconti retourna le cadre et entreprit d'en arracher le dos. Ma tante dit :

« Quelqu'un voudrait-il un peu de whisky ?

— Pas après le champagne, ma chère. »

M. Visconti retira du cadre un petit dessin caché derrière la photographie de Freetown. Le dessin ne pouvait pas mesurer plus de vingt-cinq centimètres sur dix-huit.

O'Toole le regarda d'un air stupéfait. M. Visconti dit : « Eh bien, voilà. Qu'est-ce qu'il y a qui ne va pas ?

— Je suppose que je m'attendais à une madone.

— Léonard ne s'intéressait pas spécialement aux madones. Il était l'ingénieur principal des armées du pape Alexandre VI. Vous avez entendu parler d'Alexandre ?

— Je ne suis pas catholique romain, dit O'Toole.

— C'était le pape Borgia.

— Un sale type ?

— A certains égards, dit M. Visconti, il ressemblait à mon protecteur, feu le maréchal Gœring. Ceci, comme vous le voyez, est un appareil ingénieux pour s'en prendre aux murs d'une ville. Une sorte de drague, très semblable à celles dont on se sert sur les chantiers de construction aujourd'hui, mais mue à la force des bras. Cela vous arrache les fondations d'un rempart tout en rejetant les pierres dans la catapulte que voici, qui les projette à son tour sur la ville. De fait, on bombarde la ville avec ses propres remparts. Astucieux, non ?

— Dix mille dollars pour ça... Vous croyez que ça fonctionnerait ?

— Je ne suis pas ingénieur, dit M. Visconti. Je ne peux pas porter de jugement pratique, mais je défie quiconque aujourd'hui de faire un aussi beau dessin d'une drague.

— Vous avez probablement raison, dit O'Toole. C'est donc ça le vrai McCoy? ajouta-t-il avec déférence. Voilà près de vingt ans que nous sommes à sa recherche et à la vôtre.

— Et que va-t-on en faire à présent ?

— Le prince est mort en prison ; je suppose donc qu'on va le restituer au gouvernement italien. »

Il soupira. J'ignore si c'était de déception ou de satisfaction.

« Vous pouvez garder le cadre », dit M. Visconti avec bonté.

J'accompagnai O'Toole à travers le parc jusqu'à la grille. Il n'y avait plus signe du vieux garde du corps. O'Toole dit :

« Ça me fait mal au ventre de voir le gouvernement américain payer dix mille dollars pour un dessin volé.

— Le vol serait difficile à prouver, dis-je. Peut-être était-ce vraiment une sorte de cadeau à Gœring. Je me demande pourquoi on a bouclé le prince. »

Nous étions debout près de sa voiture. Il dit :

« J'ai reçu aujourd'hui une lettre de Lucinda. La première en neuf mois. Elle parle d'un petit ami à elle. Elle dit qu'ils sont partis pour Goa en auto-stop, parce que Vientiane ne convenait pas au jeune homme.

— C'est un peintre, expliquai-je.

— Un peintre ? »

O'Toole déposa soigneusement le Léonard sur la banquette arrière.

« Il peint des tableaux représentant des boîtes de soupe Heinz.

— Vous plaisantez.

— Léonard a bien dessiné une drague et vous venez d'en donner dix mille dollars.

— Je crois bien que je ne comprendrai jamais rien à l'art, dit O'Toole. C'est où, Goa ?

— Sur la côte de l'Inde.

— Cette fille est une fichue source de soucis », dit-il.

Mais, si elle n'avait pas existé, pensai-je, il eût été tout aussi anxieux. L'anxiété, dans son cas, se poserait toujours sur lui comme les mouches sur une plaie ouverte.

« Merci de m'avoir arraché à la paille humide des cachots, dis-je.

— Tous les amis de Lucinda...

— Mon souvenir affectueux à Tooley quand vous lui écrirez.

— J'embarque votre ami Wordsworth sur le prochain bateau. Pourquoi ne prendriez-vous pas le même ?

— Ma famille...

— Visconti n'est pas un parent. Ce type n'est pas votre genre, Henry.

— Ma tante...

— Une tante n'est pas si proche parente que ça. Une tante n'est pas une mère. »

Son démarreur refusait de fonctionner. Il dit :

« Il serait temps qu'on me donne une voiture un peu plus neuve. Réfléchissez, Henry.

— Je n'y manquerai pas. »

Quand je rentrai, M. Visconti riait sous l'œil désapprobateur de ma tante.

« Que se passe-t-il ?

— Je lui disais que dix mille dollars, ce n'est rien pour un Léonard, répondit ma tante.

— Il ne lui appartenait pas, rétorquai-je. Et il aura la paix par-dessus le marché. Le dossier est classé.

— M. Visconti, dit ma tante, s'est toujours moqué d'avoir la paix.

— Le bateau repart après-demain. O'Toole y embarque Wordsworth. Il voudrait que je parte aussi.

— Elle prétend que j'aurais dû demander le double, dit M. Visconti, pour un Léonard.

— Elle n'a pas tort.

— Mais ce n'est pas du tout un Léonard. C'est seulement une copie, dit M. Visconti. C'est pour cela qu'on a bouclé le prince. »

Le rire lui coupait un peu le souffle. Il reprit :

« C'est une copie presque parfaite. Le prince avait peur des cambrioleurs, il gardait l'original à la banque. Malheureusement la banque a été rasée par l'aviation américaine. Le prince était le seul à savoir que le Léonard s'était volatilisé du même coup.

— Si la copie est tellement bonne, comment la Gestapo a-t-elle pu deviner ? demandai-je.

— Le prince était très âgé, dit M. Visconti tout fier de

n'être qu'octogénaire. Quand je lui ai rendu visite, de la part du maréchal, il a plaidé pour son dessin. Il m'a déclaré que ce n'était qu'une copie et j'ai refusé de le croire. Alors il m'a montré la preuve. Si l'on regarde à la loupe et dans une glace la roue d'engrenage de la drague, on distingue nettement les initiales du faussaire, écrites à l'envers. J'ai gardé le dessin en mémoire du prince, dans la pensée qu'il pourrait servir un jour.

— Vous aviez prévenu la Gestapo ?

— Je me méfiais d'eux, il y avait trop de chances qu'ils le fassent expertiser, dit M. Visconti. Le prince n'en avait plus pour longtemps à vivre. Il était très âgé.

— Comme vous aujourd'hui.

— Il n'avait plus de raison de vivre, dit M. Visconti. Moi, j'ai votre tante. »

Je regardai Tante Augusta. Le coin de sa lèvre tremblait. Elle se contenta de dire :

« Vous avez eu grand tort, très très grand tort. »

M. Visconti se leva, saisit la photographie de Freetown et la déchira en petits morceaux.

« Et maintenant, allons prendre un repos bien gagné, dit-il.

— Je voulais rendre cette photo à Wordsworth », protesta ma tante.

Mais M. Visconti la prit par les épaules et ils gravirent côte à côte l'escalier de marbre, tel un couple de vieilles gens qui n'ont jamais cessé de s'aimer tout au long d'une existence longue et difficile.

CHAPITRE VII

« On vous a décrit sous les traits d'une vipère, dis-je à M. Visconti.

— Qui cela on ?

— C'est-à-dire, en fait, pas les inspecteurs. Le chef de la police romaine.

— Un fasciste, dit M. Visconti.

— En 1945 ?

— Ah ! alors un collaborateur.

— La guerre était finie.

— Un collaborateur tout de même. On ne collabore jamais qu'avec le vainqueur. On soutient les perdants. »

Cela aussi semblait tiré de Machiavel.

Nous buvions tous deux le champagne dans le parc : la maison était impraticable pour le moment. Des hommes charriaient des meubles. D'autres étaient grimpés sur des échelles. Les électriciens réparaient l'éclairage et accrochaient les lustres. Ma tante était très occupée à diriger les opérations.

« J'ai préféré la fuite à une nouvelle sorte de collaboration, dit M. Visconti. Qui peut jamais prédire où sera le gagnant en fin de compte ? La collaboration est toujours un moyen de raccroc. Non que je tienne particulièrement à ma sécurité, mais j'aime à survivre. Tenez, si le *Questore* m'avait traité de rat je n'y verrais pas la moindre objection. De fait, j'éprouve un grand sentiment de camaraderie pour les rats. L'avenir du monde leur appartient. Dieu, du moins tel que je l'imagine, a prévu un certain nombre de possibilités en cas de ratage de quelques-uns de ses prototypes... c'est cela la signification de l'évolution. Si telle espèce vient à survivre, telle autre s'éteindra. Je n'ai jamais compris pourquoi les protestants en veulent tant aux idées de Darwin. Si Darwin avait concentré l'effort de sa pensée sur l'évolution du mouton et de la chèvre, peut-être eût-il trouvé un écho dans le sentiment religieux.

— Mais les rats... protestai-je.

— Les rats sont des créatures d'une intelligence supérieure. Chaque fois que l'on entend découvrir quelque chose de neuf dans le corps humain, on expérimente sur les rats. En réalité ils sont indiscutablement en avance sur nous à un égard... ils vivent sous terre. Nous n'avons commencé à y vivre que durant la dernière guerre. Eux, voilà des millénaires qu'ils ont compris les dangers de l'existence à l'air libre. Le jour où explosera la bombe atomique, les rats en réchapperont. Songez au merveilleux désert que sera le monde pour eux. Pourtant j'espère qu'ils auront la sagesse de ne pas sortir le museau. Je les vois d'ici s'adaptant, à une vitesse folle. Je souhaite qu'ils ne répètent pas notre erreur en s'amusant à inventer la roue.

— Bizarre, tout de même, comme nous pouvons les haïr », dis-je.

J'avais bu trois coupes de champagne et je m'apercevais que je pouvais bavarder avec M. Visconti aussi librement qu'avec Tooley. Je repris :

« Nous traitons les lâches de rats, et cependant les lâches c'est nous. Les rats nous font peur.

— Peut-être le *Questore* n'avait-il pas peur de moi, mais

peut-être aussi avait-il le sentiment désagréable que je lui survivrais. C'est le genre d'inquiétude et d'envie qui tracasse uniquement les gens dont la position est assurée. Je ne sens pas cela en vous, bien que vous soyez beaucoup plus jeune que moi, parce que nous vivons tous ici dans une bienheureuse insécurité. Qui s'en ira le premier ? Vous ? Moi ? M. O'Toole ? C'est à qui sera meilleur rat que les autres. Voilà pourquoi, dans nos guerres modernes, les vieillards ne lisent pas les bilans de mort sans un brin de satisfaction béate. Ils ont une chance de survivre plus longtemps que leurs petits-enfants.

— Un jour je suis tombé sur un rat dans mon jardin, dis-je en laissant M. Visconti remplir ma coupe. Il se gardait de bouger, dans l'espoir de passer inaperçu au milieu du parterre de fleurs. Son poil bouffait un peu, comme les plumes d'un oiseau hérissées contre le froid. Il n'avait pas l'aspect répugnant des rats bien lisses et luisants. Sans y penser, je lui ai lancé une pierre. Je l'ai raté et je m'attendais à le voir détaler ; au lieu de quoi il s'est seulement retiré en boitant. Il devait avoir une patte cassée. Il y avait un trou dans la haie, vers lequel il s'est dirigé très lentement. A un moment il s'est arrêté, épuisé, et il a tourné la tête pour me regarder. Il avait l'air d'une espèce de réprouvé, et j'ai eu du remords. Impossible de lui lancer une autre pierre. Toujours boitant il est parvenu au trou et s'y est faufilé. Il y avait un chat dans le jardin d'à côté et je savais qu'il n'y couperait pas. Il allait à la mort avec tant de dignité que j'ai eu honte de moi toute la matinée.

— C'est tout à votre honneur, dit M. Visconti. Parlant en rat d'honneur et au nom de l'espèce, je vous pardonne cette pierre. Encore un verre.

— Je n'ai pas l'habitude de boire du champagne le matin.

— La chose la plus utile que nous puissions faire pour l'instant est de nous mettre de bonne humeur. Ma femme est tout heureuse, là-dedans, de vaquer aux préparatifs de notre petite fête.

— Votre femme ?

— Oui. Le mot est prématuré, mais la nuit dernière nous avons résolu de nous marier. Maintenant que le temps de l'appétit sexuel est passé pour nous, le mariage ne présente plus de risque d'infidélité ni d'ennui.

— Vous avez vécu longtemps sans être mariés.

— Nous avons eu ce que les Français appellent une vie mouvementée. Maintenant je peux vous laisser endosser le plus lourd du travail. Mon associé a besoin d'être tenu à l'œil ; je m'en charge. Et je veillerai également aux relations avec la police. Son chef sera ici demain soir. Soit dit en passant, il a une fille charmante. Dommage que vous ne soyez pas catholique, il ferait un précieux beau-père ; mais qui sait si l'on ne peut y remédier.

— Vous parlez comme si j'allais m'installer ici à vie.

— Je sais, ces mots de « à vie » sonnent assez lugubrement, comme dans l'expression « prison à vie » ; mais, dans ce pays, « à vie » peut signifier si facilement : pour un jour, pour une semaine, pour un mois. Et vous ne mourrez pas dans un accident de la circulation.

— A vous entendre, on me croirait un jeune homme en quête d'aventure. O'Toole voudrait que je prenne le bateau, demain.

— Mais vous êtes de la famille à présent, répliqua M. Visconti, posant sa main pareille à une griffe d'oiseau sur mon genou et enfonçant un peu les doigts dans la chair pour assurer l'étreinte. Je me sens tout à fait un père pour vous. »

Son sourire, qu'il voulait sans doute tendre, n'avait rien de ce genre d'expression que l'on associe d'ordinaire à l'amour paternel. Les dents absentes le gâtaient. Il dut surprendre mon regard attiré par sa bouche, car il expliqua :

« Il fut un temps où j'avais des fausses dents de première qualité. Un magnifique travail d'orfèvre, si je puis dire. Sur l'homme, c'est la seule forme de bijou qui enchante totalement les femmes. Les chères créatures aiment à toucher des lèvres l'or. Malheureusement la cupidité des nazis était sans borne dans ce monde ; j'avais beau m'employer à rester leur ami, j'ai jugé plus sûr de me faire ôter ces dents. L'un des officiers de la Gestapo en avait un tiroir plein. J'avais remarqué qu'il me regardait toujours dans la bouche, pas dans les yeux.

— Quelle raison avez-vous donné de leur absence ?

— J'ai raconté que je les avais troquées contre des cigarettes. Je me demande ce que j'aurais fait sans elles quand j'ai dû prendre la fuite. Avant même d'être parvenu à Milan et chez les jésuites de Mario j'en étais réduit à ma dernière dent. »

Tante Augusta sortit et vint se joindre à nous.

« Je prendrais bien aussi une coupe, dit-elle. J'espère qu'il ne pleuvra pas demain. Je laisse la salle à manger vide, en cas, pour les danseurs. Ta chambre a l'air meublée à souhait, Henry. Tout avance un peu lentement à cause de certains malentendus. Je retombe constamment dans l'italien et l'on ne me comprend pas. Il m'arrive de tourner la tête en cherchant Wordsworth pour expliquer les choses. Il avait le don d'expliquer...

— Il me semblait que nous étions convenus de ne plus prononcer ce nom, ma chère.

— Je sais, mais c'est d'une telle absurdité de nous encombrer de jalousie à nos âges. Imagine un peu, Henry, M. Visconti était affreusement inquiet quand je lui ai raconté que j'avais rencontré Achille sur le bateau. Pauvre Achille. Lui qui ne pouvait pas remuer à cause de sa goutte.

— Quand on est mort, j'aime qu'on le reste, dit M. Visconti.

— Ce n'est pas comme Pottifer, dit ma tante en riant.

— Qui était-ce ? demandai-je.

— J'étais sur le point de te le dire à Boulogne, mais tu as refusé d'écouter.

— Dites-le maintenant.

— J'ai bien trop à faire. »

Visiblement, le seul moyen de racheter mon attitude au restaurant de la Gare Maritime était de la supplier :

« Je vous en prie, Tante Augusta, je meurs d'envie de savoir... »

Je me sentais comme un enfant qui feint de s'intéresser à une fable pour retarder l'heure du coucher. Qu'était-ce donc que je voulais retarder ? Peut-être l'instant où je devrais finalement décider de prendre le bateau du retour, de retrouver mes dahlias et le major Charge, de répondre à la lettre de Mlle Keene, ou alors de sauter la frontière pour m'enfoncer dans l'univers de ma tante où je n'avais vécu qu'en touriste jusqu'à présent. Regardant le champagne importé de Panama faire ses petites bulles pareilles aux ludions dansants des baraques foraines, il me paraissait inconcevable de pouvoir renoncer à jamais au pays enchanté du colonel Hakim, de Curran et d'O'Toole...

« Pourquoi souris-tu ? me demanda Tante Augusta.

— Je songeais à O'Toole qui prend l'avion aujourd'hui pour Washington avec son faux Léonard.

— Pas aujourd'hui ; il n'y a pas de vol vers le Nord. Il sera de la petite fête demain soir. Je l'ai prié avant son départ. Une fois en possession de ce qu'il voulait, c'est le plus charmant des hommes. Et beau, dans le genre triste.

— Mais aujourd'hui où il a le temps d'examiner le dessin, qui peut dire...

— M. O'Toole n'a rien d'un expert, dit M. Visconti. Ce faussaire était un génie. Et parfaitement analphabète. C'était un paysan vivant sur les terres du prince ; mais quelle main et quel œil ! Le prince ne s'était jamais douté du trésor que représentait le gaillard jusqu'au jour où il fut arrêté à la suite d'une descente de police, dans les tout premiers temps de Mussolini. Il fabriquait des faux billets de banque. Il s'était bricolé une petite presse au fond de la forge du domaine. Ils étaient extraordinairement bons, ses faux billets ; mais inconscient de sa propre valeur, il en faisait cadeau à ses camarades autour de lui. Le prince n'arrivait pas à comprendre la prospérité soudaine de ses gens... il n'y avait plus un ouvrier agricole qui n'eût sa radio. Dans les milieux socialistes cela valait au prince une renommée considérable de patron éclairé... on voulut même qu'il se présentât à la députation. Ensuite, les paysans se mirent tous à acheter des réfrigérateurs, voire des motocyclettes. Naturellement ils allèrent trop loin... l'un d'eux se paya une Fiat. Et puis le papier dont se servait le faussaire n'était pas à la hauteur. Mais quand notre homme sortit de prison, le prince l'accueillit à bras ouverts et prit grand soin de lui fournir le bon matériel pour copier le Léonard.

— Etonnant. Et c'était un analphabète, dites-vous.

— Cela l'aidait vraiment pour ses faux. Par exemple il n'avait pas d'idée préconçue en matière d'écriture. Chaque lettre de l'alphabet n'était qu'une forme abstraite. Copier quelque chose qui n'a pas de sens est tellement plus facile. »

La chaleur matinale allait s'épaississant, le parfum des fleurs aussi. Nous avions presque vidé la bouteille de champagne. Je songeais au pays des lotophages.

Des discours de chacun écouter le murmure,
Tout en se nourrissant du lotus quotidien.

Quels étaient donc ces vers — quelque chose comme : « les fleurs aux longs pétales pleurent » ? Ici c'était les arbres qui pleuraient des larmes d'or. J'entendis le bruit rond d'une orange sur le sol. Elle roula un peu, puis s'immobilisa parmi une douzaine d'autres.

« A quoi penses-tu, mon chou ?

— Tennyson a toujours été mon poète favori. Je m'étais

fait à l'idée que Southwood avait quelque chose de tennysonien. Peut-être la vieille petite chapelle, les rhododendrons, Mlle Keene et ses frivolités. J'ai toujours beaucoup aimé ces vers de lui :

Alors prends ton cadre à broder, et ajoute
Une touche de pourpre au grand Ara baroque. »

A cela près, bien sûr, que l'ouvrage de Mlle Keene n'était pas de la broderie.

— Southwood te manque donc, même ici ?

— Non, dis-je, il y a au moins deux Tennyson et je retrouve le second ici beaucoup plus que là-bas :

La mort est la fin de la vie ; ah ! pourquoi faut-il que la vie ne soit que peine ?

— M. Pottifer, lui, ne croyait pas du tout cela... que la mort est la fin de la vie.

— Beaucoup de gens refusent de le croire.

— Oui, mais lui, il a agi en conséquence. »

Je voyais bien que Tante Augusta mourait d'envie de me parler de ce Pottifer. J'attrapai le regard de M. Visconti, suivi d'un très léger haussement d'épaules.

« Qui était ce Pottifer ? demandai-je à ma tante.

— Un conseiller fiscal », répondit-elle.

Puis, silence.

« C'est tout ?

— Et un homme d'une très grande fierté. »

Il était clair que ma réaction de Boulogne lui restait sur le cœur et que je devrais lui arracher son histoire bribe par bribe.

« Ah ! oui ?

— Il avait d'abord appartenu au fisc... comme inspecteur des impôts. »

Le soleil brillait sur les oranges, les citrons et les pamplemousses. Sous les *lapachos* roses poussait le jasmin aux fleurs de couleur différente, les bleues, les blanches. M. Visconti versa dans les trois coupes le reste du champagne. La lune transparente touchait presque l'horizon. Enregistrement, fisc... Tout cela me paraissait aussi lointain que la mer des Crises ou la mer des Humeurs sur le pâle disque dans le ciel.

« Je vous en prie parlez-moi de lui, Tante Augusta, me forçai-je à dire.

— Il a eu l'idée de prolonger sa vie par-delà la mort grâce au service des abonnés absents du téléphone. Ce qui laissa à désirer pour ses clients, dont j'étais. C'était l'époque où, pour la seconde fois, une guerre me séparait de M. Visconti. En Italie je n'avais jamais eu l'habitude de payer des impôts. Ce fut un rude coup de découvrir que cela existait. Surtout étant donné que mes pauvres petits revenus étaient considérés comme des rentes. Quand je pense à ces tournées interminables, Rome, Milan, Florence, Venise, avant la mort de Jo et avant que j'unisse mes forces à celles de M. Visconti...

— Heureux jour pour moi s'il en fut, ma chère, dit M. Visconti. Mais vous aviez commencé à parler à Henry de votre bonhomme Pottifer.

— Il faut bien que je revienne un peu en arrière, sinon Henry ne comprendrait rien à l'histoire de la société.

— Quelle société ? demandai-je.

— Celle que M. Pottifer avait inventée pour s'occuper de mon cas et de celui de quelques autres dames dans la même situation. Cela s'appelait la Meerkat Products Limited. On nous a toutes bombardées directrices, et nos revenus (d'autant plus immérités !) furent portés comme honoraires. Ils figuraient à ce titre dans les livres et aidaient la société à étaler un léger déficit, signe de santé, comme M. Pottifer aimait à appeler cela. En ce temps-là, plus le déficit était gros, plus une société valait cher, le moment venu de la vendre. Je n'ai jamais compris pourquoi.

— Votre tante n'a rien d'une femme d'affaires, dit M. Visconti tendrement.

— J'ai fait confiance à M. Pottifer et j'ai eu raison. Au cours de sa carrière d'inspecteur des impôts il avait fini par prendre vraiment en haine l'administration dont il était le serviteur. Il était prêt à n'importe quoi pour aider le premier venu à se débrouiller de ses impôts. Il était très fier de son habileté à tourner une législation nouvelle. Il disparaissait pour une retraite de trois semaines, comme un moine, à chaque nouvelle Loi de Finance.

— C'était quoi, Meerkat ? Qu'est-ce qu'on y produisait ?

— Absolument rien, sinon nous aurions été capables d'accuser des bénéfices. A la mort de M. Pottifer, j'ai cherché Meerkat dans le dictionnaire. Cela donnait : petit mammifère d'Afrique du Sud ressemblant à l'ichneumon. Comme j'ignorais tout de l'ichneumon, j'ai cherché aussi ce mot. Apparemment ça détruit les œufs de crocodile... occupation parfaitement stérile, dirais-je. Quant au fisc, sans doute prenait-il Meerkat pour une province de l'Inde. »

Deux hommes descendirent au jardin, chargés d'un cadre en métal noir.

« Qu'est-ce que cela, ma chère ?

— Le barbecue.

— Il m'a l'air énorme.

— Il le faut, pour rôtir un bœuf entier. »

Je dis :

« Vous ne m'avez toujours pas expliqué les abonnés absents.

— Mon Dieu, quelle fausse situation, dit ma tante. Arrivèrent les feuilles d'impôts... exorbitantes comme d'habitude... et chaque fois que je tâchais d'avoir M. Pottifer au téléphone, je tombais sur les abonnés absents :
« M. Pottifer est à la Commission de contrôle. Il rappellera
« lui-même. » Et ce, durant une quinzaine ou presque. Et puis l'idée me vint de téléphoner à une heure du matin.

Même réponse exactement : « M. Pottifer est à la Commission de contrôle... » Cette fois je me suis doutée qu'il se passait quelque chose. La vérité a fini par sortir. Il était mort depuis trois semaines ; mais dans son testament il avait insisté pour que son frère gardât la ligne téléphonique en service et s'arrangeât avec les abonnés absents.

— Mais pourquoi cela ?

— Je crois que c'était dû en partie à sa conception de l'immortalité, mais je pense aussi que cela participait de sa guerre contre le fisc. Il avait presque la religion des tactiques dilatoires. « Ne répondez jamais à toutes leurs « questions, disait-il. Forcez-les à écrire de nouveau. Et « prenez la tangente. Vous avez tout le temps de vous faire « une idée claire par la suite, selon les circonstances. Plus « vous engraissez votre dossier, plus vous leur donnez de « train. Le personnel change fréquemment. Les nouveaux « venus doivent reprendre le dossier de A jusqu'à Z. La « place manque dans les bureaux. A la fin ils ont tout « avantage à céder. » Parfois, si l'inspecteur devenait trop pressant, il me disait que le moment était venu d'y aller de l'allusion à une lettre qui n'avait jamais existé. Il écrivait sèchement : « Vous semblez n'avoir tenu aucun compte de « ma lettre du 6 avril 1963. » Un mois entier pouvait passer avant que l'inspecteur avouât ne pouvoir trouver aucune trace de la lettre. M. Pottifer envoyait alors une copie au carbone, portant une référence également introuvable. Si l'inspecteur était nouveau dans le secteur, naturellement il accusait son prédécesseur ; sinon, au bout de deux ou trois années de traitement Pottifer, il avait toute chance d'être mûr pour la dépression nerveuse. Je crois que, dans l'idée de M. Pottifer de continuer après sa mort (il va de soi qu'il n'y eut pas le moindre avis dans la presse et que l'enterrement fut des plus discrets) il entrait une bonne part de tactique dilatoire. Pas une seconde il ne songea au désagrément pour ses clients... rien qu'au tracas pour l'inspecteur. »

Tante Augusta poussa un profond soupir, aussi déroutant que les petites lettres du conseiller fiscal. Impossible de savoir si c'était de mélancolie au souvenir de Pottifer, ou de satisfaction d'avoir enfin conté l'histoire amorcée à la gare maritime de Boulogne.

« Sur cette terre bénie du Paraguay, il n'y a pas d'impôt sur le revenu et l'on n'a pas besoin de frauder le fisc. (Au ton de sa voix, M. Visconti semblait tirer la morale de l'histoire.)

— M. Pottifer eût été très malheureux dans ce pays », dit ma tante.

Ce soir-là, comme je m'apprêtais à me déshabiller, elle entra dans ma chambre et s'assit sur mon lit.

« C'est très confortable ici, maintenant, tu ne trouves pas ? me demanda-t-elle.

— Très. »

Elle remarqua aussitôt la photographie que j'avais retirée de *Rob Roy* et collée dans l'angle d'un miroir. Une chambre à coucher sans photographie a toujours l'air d'indiquer un occupant sans cœur ; l'on a besoin de présences, au seuil du sommeil, de sentinelles montant la garde comme Mathieu, Marc, Luc et Jean quand on était enfant.

« D'où tiens-tu cela ? demanda Tante Augusta.

— D'un livre, où je l'ai trouvé.

— C'est une photo prise par ton père.

— Je l'avais pensé.

— C'était un jour de vrai bonheur, dit-elle. On les comptait, les jours heureux, à ce moment-là. C'était les disputes à propos de ton avenir qu'on ne comptait plus.

— Mon avenir ?

— Et dire que tu n'étais même pas né ! En ce moment aussi j'aimerais bien connaître ton avenir. Vas-tu rester avec nous ? Tu es si évasif.

— Il est trop tard pour le bateau à l'heure qu'il est.

— Il y aurait sûrement encore une cabine vide.

— Je ne pense pas que l'idée de passer trois jours avec le pauvre Wordsworth m'enchante.

— Les avions ne manquent pas...

— Justement, dis-je, vous voyez bien qu'une décision ne presse pas. Je peux partir la semaine prochaine, ou dans quinze jours. Rien n'empêche d'attendre et de voir un peu venir.

— J'ai toujours cru qu'un jour nous finirions par être réunis.

— Toujours, Tante Augusta ? Voilà moins d'un an que nous nous connaissons.

— D'après toi, pourquoi étais-je venue à ces obsèques ?

— C'étaient celles de votre sœur.

— C'est vrai, oui, j'avais oublié ce détail.

— Nous avons tout le temps pour tirer des plans, dis-je. Qui sait même si vous aurez envie de vous installer ici. Après tout, vous êtes une grande voyageuse, Tante Augusta.

— Non, cette fois c'est le terminus, dit-elle. Voyager était peut-être pour moi une sorte de succédané. Du moment que M. Visconti était là, je n'avais pas envie de voyager. Qu'est-ce que Southwood a donc, qui t'attire tant ? »

Depuis plusieurs jours je me posais moi-même la question et ce soir-là je fis de mon mieux pour y répondre. Je parlai de mes dahlias, et même du major Charge et de ses poissons rouges. La pluie se mit à tomber avec un bruit de soie à travers les arbres du parc ; un pamplemousse dégringola lourdement sur le sol. J'évoquai ma dernière soirée avec Mlle Keene, et la tristesse et l'hésitation de sa lettre de Koffiefontein. L'amiral lui-même surgit de mes souvenirs avec sa démarche raide, son teint rougi par le Chianti et son bonnet de papier écarlate. Et il y avait les paquets d'Omo déposés sur le seuil. J'éprouvais le genre de soulagement que doit ressentir le patient sous penthotal, et je laissai mes pensées vagabondes me dicter les mots. Je parlai de Poulets et de Peter et de Nancy au restaurant de l'Abbaye dans Latimer Road, des cloches de la chapelle Saint-John et de la plaque en l'honneur du conseiller Trumbull, protecteur du sinistre orphelinat. Je finis par m'asseoir à côté de ma tante sur le lit, et elle me passa un bras autour de la taille tandis que j'achevais l'histoire sans histoire de ma vie. Comme si cela eût exigé une excuse, je conclus :

« J'étais très heureux.

— Oui, mon chou, oui, je sais », dit-elle.

Je lui expliquai toutes les bontés dont Sir Alfred Keene m'avait comblé, je lui parlai de la banque et des menaces de Sir Alfred de fermer son compte si l'on ne me maintenait pas à la direction.

« Mon petit chou chéri, dit-elle, tout cela est bien fini. »

Et de sa vieille main elle me caressa le front comme à un écolier qui s'est enfui de l'école, et elle me promettait que jamais plus je ne retournerais là-bas, que tous mes problèmes étaient résolus, que je pourrais rester à la maison.

J'étais enfoncé jusqu'au menton dans l'âge mûr. Malgré tout, je posai la tête sur son sein.

« J'étais heureux, dis-je, mais quel ennui... des siècles d'ennui. »

CHAPITRE VIII

LA petite fête était plus grande que je ne l'aurais cru possible après avoir vu ma tante esseulée et perdue dans l'immense baraque démeublée. A cela, il ne pouvait y avoir qu'une explication : le fait qu'il ne se trouvait pas un seul ami véritable parmi la centaine d'invités présents, à moins de considérer O'Toole comme un ami. Tandis que les gens s'entassaient de plus en plus, je me demandais jusqu'où M. Visconti était allé battre le rassemblement. La rue était bondée de voitures — dont deux blindées, car le chef de la police était venu comme promis, accompagné d'une épouse très grosse et très laide et d'une fille ravissante du nom de Camilla. Même le jeune officier de police qui m'avait arrêté était là, et il m'administra une chaleureuse claque dans le dos pour bien me prouver que c'était sans rancune de sa part. (J'avais encore un bout de pansement sur l'oreille, là où il avait cogné lors de notre première rencontre.) Je présume que M. Visconti avait dû faire le tour de tous les bars d'hôtel de la ville en invitant les relations nouées au passage à amener avec leurs amis. Cette réception se devait d'être son apothéose. Ensuite, qui songerait encore à se rappeler l'autre M. Visconti, le précédent cloué à son lit de malade et sans le sou dans un méchant hôtel, près de la gare jaune de style victorien.

On avait décapé et ouvert toutes grandes les hautes grilles, les lustres étincelaient dans la *sala;* les lumières brillaient jusque dans les pièces vides ; et des fils, auxquels étaient accrochés des globes de couleur, couraient d'arbre en arbre et au-dessus de la piste de danse en parquet installée sur la pelouse. Sur la terrasse, deux musiciens accordaient l'un sa guitare, l'autre sa harpe. O'Toole était là ; le Tchèque qui n'avait pas réussi à vendre ses deux millions de pailles en plastique était venu de l'hôtel Guarani avec sa femme ; et soudain j'aperçus, se faufilant discrètement dans la foule pour disparaître de nouveau, comme dans une garenne du parc, le négociant d'export-import, notre ancien convive à table sur le bateau, avec son air gris et maigre et son museau de lapin qui remuait. Sur la pelouse le bœuf fumait et grésillait dans son cadre de fer ; l'odeur de chair rôtie chassait les parfums des orangers et du jasmin.

Je garde un souvenir très confus de la fête, peut-être à cause de tout le champagne que j'avais assez généreusement ingurgité avant le dîner. Il y avait plus de femmes que d'hommes, comme il arrive souvent au Paraguay où deux guerres terribles ont décimé la population mâle, et je me retrouvai plus d'une fois dansant ou bavardant avec la belle Camilla. Les musiciens jouaient principalement des polkas et des galops, dont j'ignorais les pas, et j'étais étonné de voir comme ma tante et M. Visconti attrapaient le coup en un clin d'œil, par une sorte de seconde nature. Chaque fois que je promenais mon regard parmi les danseurs, sur la pelouse ou dans la *sala,* ils étaient là. Camilla, qui parlait très peu l'anglais, s'efforça en vain de m'apprendre les pas : elle y mettait trop de sens du devoir pour que je m'y prêtasse. Je lui dis :

« Je suis bien content de ne pas être en prison ce soir.

— Comment cela ?

— Ce jeune homme là-bas, vous voyez ? Il m'a jeté au cachot.

— Comment cela ?

— L'espèce d'emplâtre que j'ai, ici, c'est à l'endroit où il m'a frappé. »

J'essayai le badinage, mais au premier repos de l'orchestre elle se hâta de s'éclipser.

Tout à coup O'Toole fut près de moi, disant :

« Formidable, la réception. Formidable. Dommage que Lucinda ne soit pas là. Elle aurait trouvé ça formidable aussi. Le type qui parle à votre tante, c'est l'ambassadeur de Hollande. Il y a un instant j'ai vu votre ambassadeur de Grande-Bretagne. Et celui du Nicaragua. Je voudrais bien savoir comment M. Visconti a pu rameuter le corps diplomatique. Sans doute à cause de son nom... à supposer que ce soit bien le vrai. Il n'y a pas grand-chose à faire à Asuncion, et j'imagine qu'à la première invitation de quelqu'un qui s'appelle Visconti...

— Vous n'avez pas vu Wordsworth ? demandai-je. Je m'attendais plus ou moins à le voir surgir, dans le tas.

— Il doit être sur le bateau à l'heure qu'il est. Il lèvera l'ancre à six heures, dès qu'il fera jour. J'imagine qu'on ne serait pas très heureux de le voir ici, au train où vont les choses.

— Non. »

Les invités se pressaient autour de l'escalier menant à la terrasse ; ils battaient des mains et criaient *« Brava »*. Par-dessus les têtes je vis Camilla danser, une bouteille en équilibre sur sa chevelure. M. Visconti me tira par le bras et me dit :

« Henry, j'aimerais vous présenter notre agent à Formose. »

Me retournant, je tendis la main à l'homme gris au museau de lapin.

« Nous avons fait route sur le même bateau, venant de Buenos Aires », lui rappelai-je.

Mais, trop évidemment, il ne parlait pas un mot d'anglais.

« C'est lui qui a la charge de notre trafic fluvial, dit M. Visconti, du ton dont il eût parlé d'une vaste entreprise licite. Vous aurez de multiples occasions de vous revoir. Et maintenant venez, que je vous présente au chef de la police. »

Le chef de la police parlait l'anglais avec l'accent américain. Il me déclara avoir fait ses études à Chicago.

« Votre fille est très belle », le complimentai-je.

Il s'inclina légèrement et dit :

« Sa mère est très belle.

— Elle voulait m'apprendre à danser, mais je ne suis pas doué pour la musique et vos danses sont toutes nouvelles pour moi.

— Polka et galop. Ce sont nos danses nationales.

— Ce sont des noms qui font très victorien », dis-je.

Dans mon intention c'était un compliment. Mais mon interlocuteur me planta là.

Sous le bœuf les braises charbonnaient, et de la bête il ne restait plus guère que la carcasse. Le repas avait été excellent. Tout le monde avait pris place dans le parc sur des bancs devant des tables à tréteaux, chacun allant se servir avec son assiette au barbecue. Mon voisin de banc m'avait frappé par sa conduite : c'était un homme corpulent qui avait rempli quatre fois son assiette d'énormes tranches de bœuf.

« Vous avez bon appétit », lui dis-je.

Il mangeait comme ces bonnes fourchettes des illustrations de l'ère victorienne, coudes dehors, tête basse et serviette coincée dans le col de la chemise. Il me répondit :

« Ce n'est rien, ça. A la maison je mange huit kilos de bœuf par jour. Un homme, ça a besoin de force.

— Que faites-vous dans la vie ?

— Je suis le chef de la douane », répondit-il.

Puis, montrant de sa fourchette au bout de la table une jeune fille pâle et très mince, qui semblait à peine âgée de dix-huit ans :

« C'est ma fille, reprit-il. Je lui dis de manger plus de viande, mais elle est aussi têtue que sa mère.

— Sa mère est ici ?

— Elle est morte. Pendant la guerre civile. Elle n'avait pas de résistance. Elle ne mangeait pas de viande. »

Et maintenant, aux premières heures du matin, voilà que je le retrouvais à côté de moi. Il me prenait par l'épaule, me serrait contre lui comme si nous étions de vieux amis. Et il disait :

« Tenez, voilà Maria. Ma fille. Elle parle bien l'anglais. Dansez donc avec elle. Expliquez-lui qu'elle devrait manger plus de viande. »

Je m'éloignai avec la jeune fille, à qui je dis :

« Votre père déclare qu'il mange huit kilos de viande par jour.

— Oui. C'est la vérité.

— Je crains de ne pas connaître vos danses.

— Peu importe. J'ai assez dansé. »

Nous nous dirigeâmes vers les arbres et je trouvai deux sièges. Un photographe s'arrêta près de nous et leva son flash. Sous l'éclair brutal le visage de la jeune fille fut, un instant, d'une blancheur saisissante et ses yeux parurent agrandis par l'effroi. Puis tout s'effaça et ce fut à peine si je pouvais la voir.

« Quel âge avez-vous ? lui demandai-je.

— Quatorze ans.

— Votre père trouve que vous devriez manger plus de viande.

— Je n'aime pas la viande, répondit-elle.

— Vous aimez quoi ?

— La poésie. La poésie anglaise. J'aime beaucoup la poésie anglaise. »

Gravement elle récita :

« — De cœur de chêne sont nos vaisseaux, De cœur de « chêne sont nos hommes »... Et *La fille de Lord Ullin*, ajouta-t-elle. Souvent je pleure en lisant *La fille de Lord Ullin*.

— Et Tennyson ?

— Oui, je connais aussi Lord Tennyson. »

Elle prenait de l'assurance à découvrir entre nous un intérêt commun.

« Lui aussi il est triste. J'aime beaucoup ce qui est triste. »

Les invités envahissaient les parquets ; la harpe et la guitare venaient d'attaquer une autre polka ; au bout de la terrasse, par les fenêtres de la *sala*, nous pouvions suivre des yeux le flux et le reflux des danseurs. A mon tour, je citai *Maud* à la fille du chef de la douane :

« — La nuit brève s'en va en ébats et babil emportés par le vin. »

— Je ne connais pas ce poème. Est-ce qu'il est triste ?

— Il est très long, et la fin est très triste. »

J'essayai de me rappeler certains vers particulièrement tristes, mais le seul qui me revint à l'esprit disait : « Je hais ce creux sinistre au fond du petit bois », ce qui offrait peu de sens, sorti du contexte.

« Si vous voulez, je vous le prêterai. J'ai apporté les œuvres complètes de Tennyson. »

O'Toole s'avançait dans notre direction, j'y vis une chance pour moi de filer, car je me sentais très fatigué et mon oreille me faisait affreusement mal. Je dis à O'Toole :

« Je vous présente Maria. Elle étudie la littérature anglaise, tout comme votre fille. »

C'était un homme triste et sérieux. Ils s'entendaient parfaitement tous les deux. Il allait être deux heures du matin. J'avais envie de trouver un coin à l'écart où dormir un peu. Mais je n'avais pas traversé la moitié de la pelouse que je tombai sur le Tchèque en conversation avec M. Visconti.

« Henry, on nous fait une offre, me dit M. Visconti.

— Une offre ?

— Ce monsieur a deux millions de pailles en plastique qu'il est prêt à nous céder pour la moitié du prix de revient.

— Deux millions, dis-je, cela en fait presque autant qu'il y a de Paraguayens au Paraguay.

— Ce n'est pas au Paraguay que je pense.

— S'il y avait moyen de les persuader de boire le maté avec des pailles en plastique », dit le Tchèque en souriant.

Il ne prenait pas très au sérieux cette discussion d'affaires ; mais visiblement l'imagination de M. Visconti déployait déjà ses ailes — je pensais à Tante Augusta, lorsqu'elle commençait à broder sur une de ses anecdotes. C'était probablement la sonorité de luxe du nombre très rond — deux millions — qui avait enflammé M. Visconti. Il dit :

« C'est Panama que j'ai en tête. Si notre agent parvenait à faire passer ces pailles dans la Zone du Canal, pensez à toutes ces foules de matelots et de touristes américains...

— Est-ce que les marins américains prennent des boissons non alcoolisées ? s'enquit le Tchèque.

— On ne vous a donc jamais dit, rétorqua M. Visconti, que la bière bue à la paille enivre beaucoup plus ?

— Pure légende certainement.

— Voilà bien le protestant, dit M. Visconti. N'importe quel catholique sait qu'une légende, quand on y croit, a autant de valeur et d'effet que la vérité. Regardez le culte des saints.

— Qui vous dit que vos Américains ne seront pas protestants ?

— Alors en avant la preuve médicale ! C'est la forme qu'a prise la légende aujourd'hui. Des effets toxiques de l'alcool absorbé avec une paille. Il y a ici un certain docteur

Rodriguez qui se ferait un plaisir de m'aider. Statistiques du cancer du foie. Supposez que nous parvenions à convaincre le gouvernement du Panama d'interdire la vente de boissons alcoolisées avec paille. Les pailles seraient vendues en fraude sous le comptoir. La demande serait fantastique. Péril caché double l'attrait. Avec les bénéfices je fonde l'Institut Visconti pour la Recherche.

— Mais c'est de pailles en *plastique* qu'il s'agit.

— Qui nous empêche de les baptiser pailles *traitées ;* il y aura des articles de journaux pour prouver que le traitement est aussi vain que les filtres des cigarettes. »

Je les abandonnai à leur discussion. Passant au bord de la piste de danse, je vis ma tante danser le galop avec le chef de la police : elle semblait infatigable. Camilla, la fille dudit chef de la police, était dans les bras du chef de la douane. Cependant la foule des danseurs s'était amenuisée ; une voiture marquée CD s'en allait.

Je dénichai une chaise derrière la cuisine, dans la cour où attendaient encore quelques caisses de meubles non éventrées. Je m'endormis presque sur-le-champ. Je rêvai que l'homme au museau de lapin me tâtait le pouls et racontait à M. Visconti que j'étais mort du trématode — pour ce que cela voulait dire. Je tentai d'ouvrir la bouche et de crier pour prouver que j'étais bien en vie, mais M. Visconti ordonnait à des ombres confuses à l'arrière-plan, dans un mélange de mots plus ou moins tiré de *Maud,* de m'enterrer plus profondément, un tantinet plus profondément. Je voulais appeler au secours Tante Augusta qui, debout, enceinte et en maillot de bain, tenait M. Visconti par la main. Je me réveillai en suffoquant, cherchant l'air et les mots. J'entendis la harpe et la guitare qui continuaient à jouer.

Jetant un coup d'œil sur ma montre, je vis qu'il était près de quatre heures. Le soleil n'allait pas tarder à se lever ; on avait éteint les lumières du parc, les fleurs semblaient exhaler plus à fond leurs parfums dans la mince fraîcheur de l'aube. Je me sentais étrangement ivre de joie à la pensée d'être en vie, et j'eus la certitude, dans un éclair de décision, que plus jamais je ne reverrais le major Charge, ni les dahlias, ni l'urne vide, ni le paquet d'Omo sur le seuil, ni une seule lettre de Mlle Keene. Je me dirigeai vers le petit bois d'arbres fruitiers, serrant cette résolution contre mon cœur et la choyant — je crois bien que même à cet instant j'ai su ce qu'il en coûterait fatalement. Les derniers danseurs devaient tous êtres dans la *sala :* la pelouse était vide et il ne restait plus une voiture devant les grilles, à ce qu'il me sembla, bien que j'entendisse un bruit de moteur s'éloignant sur la route de la ville. Dans la précocité odorante et sucrée de l'aube, des vers de *Maud* me revinrent encore en mémoire : « Douceur et force alternées selon le sable et le pavé l'écho d'une dernière roue se meurt. » J'avais l'impression d'un retour à la sécurité de ce monde victorien, où les livres de mon père m'avaient appris à me sentir chez moi beaucoup plus que dans nos temps modernes. Le bosquet descendait en pente douce vers la route, puis remontait vers la grille de derrière. En pénétrant dans ce petit creux je mis le pied sur quelque chose de dur. Je me baissai et ramassai l'objet. C'était le couteau de Wordsworth. Le poinçon pour extirper les cailloux des sabots de cheval était sorti — peut-être Wordsworth avait-il voulu ouvrir la lame et s'était-il trompé dans sa précipitation. Je grattai une allumette et avant que la flamme se fût éteinte je vis le corps, à terre, et le visage noir constellé de blancs pétales de fleurs d'oranger, que la brise légère du petit matin avait emportés puis laissés là.

Je m'agenouillai, cherchant les battements du cœur. Il n'y avait plus de vie dans cette forme noire ; ma main revint mouillée de la blessure invisible.

« Pauvre Wordsworth », dis-je tout haut, vaguement dans

l'idée de prouver à son meurtrier, s'il rôdait encore par là, que Wordsworth avait un ami.

Je songeai aux étranges voies de son amour pour une vieille femme, qui l'avait arraché à son cinéma Grenada aux portes duquel il montait si fièrement la garde en uniforme, pour l'amener à mourir dans l'herbe humide non loin du fleuve Paraguay ; mais je savais que si tel était le prix qu'il devait lui en coûter, il n'avait pu que l'acquitter avec joie. C'était un romantique ; dans la seule forme de poésie qu'il connaissait, celle qu'il avait apprise à la cathédrale Saint-Georges à Freetown, il avait forcément trouvé les mots justes pour exprimer son amour et sa mort. Je l'imaginais sans peine à la fin, refusant d'admettre qu'elle l'eût renvoyé pour toujours et se récitant un cantique pour se donner du cœur, tout en marchant vers la maison à travers ce creux dans le petit bois :

Si je Lui demande de me recevoir,
Me dira-t-elle non ?
Pas tant que terre et ciel
Existeront.

La sincérité du sentiment n'y avait jamais manqué, même si la liturgie souffrait un peu des changements de mots.

Il n'y avait d'autre bruit que celui de mon souffle. Je refermai le couteau et le glissai dans ma poche. L'avait-il tiré dès qu'il avait pénétré dans le parc, avec l'intention de se jeter sur Visconti ? Je préférai l'autre hypothèse : il était venu dans le simple dessein de supplier une dernière fois son amour avant d'abandonner tout espoir, et entendant quelqu'un bouger parmi les arbres il avait précipitamment ouvert le couteau pour se défendre, menaçant l'ennemi invisible de son misérable poinçon à soulager les chevaux.

Je revins lentement vers la maison pour annoncer

la nouvelle avec tous les ménagements possibles à Tante Augusta. Les musiciens jouaient encore sur la terrasse, épuisés et tombant presque de sommeil sur leurs instruments. Mais entrant dans la *sala* j'y découvris un seul et dernier couple : ma tante et M. Visconti. Je songeai à la maison derrière le *Messaggero* où ils s'étaient retrouvés après une longue séparation et où ils s'étaient mis à danser entre les canapés pendant que les prostituées les regardaient bouche bée. Ils dansaient une valse lente à présent. Ils ne me virent pas entrer, couple de vieillards étroitement unis dans l'insondable et incurable égoïsme de la passion. Ils avaient éteint les lumières et, dans la grande pièce uniquement éclairée par le petit jour venant de la terrasse, il restait des flaques d'ombre entre les fenêtres. Je perdais et retrouvais leur visage à mesure qu'ils se déplaçaient. Tantôt l'ombre prêtait à ma tante un air illusoire de jeunesse (on eût dit la jeune femme sur la photographie prise par mon père, tout enceinte de bonheur), tantôt je reconnaissais la vieille femme qui avait tenu tête à Mlle Peterson avec tant de cruauté et de jalousie sans merci. Comme elle passait tout près j'appelai : « Tante Augusta », mais elle ne réagit pas au nom — pas le moindre signe qu'elle eût entendu. Ils plongèrent dans l'ombre, poursuivant la valse de leur passion infatigable.

Je m'avançai un peu plus dans la pièce en les voyant revenir vers moi, et j'appelai une seconde fois :

« Maman, Wordsworth est mort. »

Elle se contenta de jeter un coup d'œil par-dessus l'épaule de son danseur et dit :

« Mais oui, mon chou, chaque chose en son temps, tu vois bien qu'en ce moment je danse avec M. Visconti ? »

Un flash de photographe fit éclater la pénombre. J'ai gardé cette image de notre trio pétrifié par l'éclair dans son air de famille : on y voit la grande brèche dans les dents de Visconti tournant vers moi son sourire complice. Ma main reste figée dans son appel, et ma mère me considère avec un mélange de tendresse et de reproche. J'ai fait disparaître de l'image un autre visage dont je n'avais pas remarqué la présence dans la pièce sur le moment — le visage d'un petit vieux moustachu. Il m'avait devancé avec la nouvelle, et M. Visconti lui a donné le sac un peu plus tard sur mes instances (ma mère s'abstint de prendre part à la dispute, à l'en croire c'était une affaire à régler entre hommes.) Wordsworth ne s'en alla donc pas sans avoir été un peu vengé.

Non que j'aie tellement le temps de penser au pauvre diable. M. Visconti n'a pas encore fait fortune, et nos affaires d'import-export me dévorent de plus en plus. Nous avons eu nos hauts et nos bas, et les photographies de ce que nous n'appelons plus que la grande fête, y compris celles de nos honorables invités, ont finalement servi plus d'une fois. Nous sommes seuls propriétaires d'un Dakota maintenant : un agent de police a abattu accidentellement notre associé qui ne parvenait pas à se faire comprendre en guarani. Je passe le plus clair de mes loisirs à me pénétrer cette langue. L'an prochain, la fille du chef de la douane aura seize ans, je l'épouserai, c'est dit ; l'union a la bénédiction de M. Visconti et de la famille. Evidemment, la différence d'âge est considérable, mais c'est une enfant douce et docile, et souvent, dans la chaleur parfumée du soir, nous lisons ensemble le poète Browning.

Dieu est dans son paradis, —
Tout va bien pour le monde !

NOTE DU TRADUCTEUR

D'ABORD, qu'il me soit permis de remercier l'auteur pour la bonté qu'il a eue, de lire cette traduction et de m'adresser des explications et des remarques précieuses. Merci aussi à Marie Schébéko, qui prit sur la direction de son agence littéraire le temps de m'adresser également ses remarques. Trop de conscience ne nuit pas lorsque l'écrivain se situe au niveau de Graham Greene.

Je dois d'autre part au lecteur la justification de certains partis pris dont ce travail a fait l'objet. Avec le respect de l'esprit et du style de l'auteur (qui écarte « l'adaptation », comme on dit souvent aujourd'hui), le principe essentiel de toute traduction doit être sa lisibilité. On doit la lire comme une œuvre originale en français, de qualité et d'originalité correspondantes. Sinon, elle est trahie. D'où la nécessité d'éviter le plus possible et à tous égards que cela « sente le traduit ».

Ce n'est qu'un détail, mais à deux exceptions près l'on n'aura pas trouvé, dans *Voyages avec ma Tante,* de notes en bas de page : elles coupent la lecture. A deux ou trois reprises, l'explication qu'elles auraient fournie a été incorporée au dialogue ; ce sont les seuls écarts que l'on se soit permis par rapport à l'auteur. L'on ne trouvera pas non plus de « en français dans le texte » — à quoi bon ? Certains noms de restaurants ou de cafés anglais ont été traduits, chaque fois que bon nombre de lecteurs auraient pu s'irriter de ne pas les comprendre. Les autres ont été respectés. Enfin, les citations de poètes anglais ont été aussi traduites et incorporées, sans note ni autres références que celles données par l'auteur dans le courant du récit. Mais le lecteur qui en éprouverait l'intérêt trouvera ci-dessous les principales de ces citations, dans l'original, avec le rappel de la page de la traduction.

G. B.

Page 32 : *Oh thou child of joy, shout round me,*
Let me hear thy shouts, thou happy shepherd boy.

(William WORDSWORTH)

Page 186-187 : *There's a bell in Moscow,*
While on tower and kiosk O
In Santa Sophia
The Turkman gets;
And loud in air
Calls men to prayer
From the tapering summit
Of tall minarets.

Such empty phantom
I freely grant them;
But there is an anthem
More dear to me, —
'Tis the bells of Shandon,
That sound so grand on
The pleasant waters
Of the River Lee.

(Francis Sylvester Mahoney).

Page 207 : *Where shall the traitor rest,*
He the deceiver,
Who could win maiden's breast,
Ruin and leave her?
In the last battle...

(Sir Walter Scott).

Page 329-337 : *To hear each other's whispered speech,*
Eating the lotos day by day.

Then take the broidery frame, and add
A crimson to the quaint Macaw.

Death is the end of life ; ah, why should life all
labour be ?

(Sir Alfred Tennyson).

A noter en outre que, page 82, à la citation d'Henry : « Il repose en ce lieu tant souhaité », Tante Augusta répond en inversant, par parodie, la suite du célèbre poème *Requiem,* de R.L. Stevenson, dont le texte réel est :

Here he lies where he longed to be,
Here is the sailor home from sea,
And the hunter home from the hill.

Quant aux deux vers de Robert Browning qui closent le livre, les voici en anglais :

God's in his heaven —
All's right with the world !

Enfin, le *Livre d'or* de Palgrave, auquel il est fait fréquemment allusion, est une anthologie parue en Angleterre en 1861 et dont le titre complet est *Livre d'or de la poésie lyrique anglaise.*

ŒUVRES DE GRAHAM GREENE

Chez Robert Laffont :

Romans, nouvelles :

TUEUR À GAGES.
ROCHER DE BRIGHTON.
LES NAUFRAGÉS.
LA PUISSANCE ET LA GLOIRE.
LE FOND DU PROBLÈME.
LE MINISTÈRE DE LA PEUR.
LA FIN D'UNE LIAISON.
C'EST UN CHAMP DE BATAILLE.
UN AMÉRICAIN BIEN TRANQUILLE.
QUI PERD GAGNE.
NOTRE AGENT À LA HAVANE.
LA SAISON DES PLUIES.
LE TROISIÈME HOMME.
SEIZE NOUVELLES.
LES COMÉDIENS.
POUVEZ-VOUS NOUS PRÊTER VOTRE MARI ?
VOYAGES AVEC MA TANTE.
UN CERTAIN SENS DU RÉEL.
LE CONSUL HONORAIRE.
LA DOTTORESSA.
LE FACTEUR HUMAIN.
DOCTEUR FISCHER DE GENÈVE.

Théâtre :

LIVING-ROOM.
L'AMANT COMPLAISANT.

Essais :

À LA RECHERCHE D'UN PERSONNAGE.
UNE SORTE DE VIE.
ESSAIS.

IMPRIMÉ EN FRANCE PAR BRODARD ET TAUPIN
Usine de La Flèche (Sarthe).
LIBRAIRIE GÉNÉRALE FRANÇAISE - 43, quai de Grenelle - 75015 Paris.
ISBN : 2 - 253 - 00793 - 5 30/3326/3